Das Buch
Aylin hat endlich Ja gesagt. Daniel ist am Ziel seiner Träume. Denkt er. Denn eins ist nicht geklärt: Wer ist der Boss? Daniel? Aylin? Oder die Familie?
So tauchen viele diplomatische Probleme auf:
- Soll es in den Flitterwochen in eine 5-Sterne-Anlage auf den Seychellen gehen oder aufs Gästesofa von Tante Emine?
- Muss er wirklich Tante X anlügen, damit Onkel Y nicht beleidigt ist?
- Und was ist die empfohlene Richtgeschwindigkeit beim Überfahren einer roten Ampel innerhalb einer geschlossenen Ortschaft?

Moritz Netenjakob schreibt brüllend komisch und gleichzeitig warmherzig vom deutsch-türkischen Kulturenclash, sodass man am Ende selbst eine türkische Familie haben möchte.

Der Autor
Moritz Netenjakob, geboren 1970, ist einer der gefragtesten deutschen Comedy-Autoren und Kabarettisten (Grimme-Preis 2006). Über seinen ersten Roman »Macho Man«, der monatelang auf der »Spiegel«-Bestsellerliste stand und bei Hunderttausenden Lesern Zwerchfellattacken auslöste, schrieb Frank Goosen: »Das Witzigste, was ich seit ewigen Zeiten gelesen habe. Und vor allem das Witzigste, was ich seit ewigen Zeiten von einem deutschen Autor gelesen habe. Ich fordere den zweiten Teil!«

Moritz Netenjakob

DER BOSS

Roman

Kiepenheuer & Witsch

Verlag Kiepenheuer & Witsch, FSC®-N001512

1. Auflage 2013

© 2012, 2013, Verlag Kiepenheuer & Witsch, Köln
Alle Rechte vorbehalten. Kein Teil des Werkes darf in
irgendeiner Form (durch Fotografie, Mikrofilm oder ein
anderes Verfahren) ohne schriftliche Genehmigung des
Verlages reproduziert oder unter Verwendung elektronischer
Systeme verarbeitet, vervielfältigt oder verbreitet werden.
Umschlaggestaltung: Rudolf Linn, Köln
Umschlagmotiv: © plainpicture/fStop; Sandor Jackal – www.fotolia.com
Autorenfoto: © Marcus Wengenroth
Gesetzt aus der ITC Legacy
Satz: Pinkuin Satz und Datentechnik, Berlin
Druck und Bindearbeiten: CPI – Clausen & Bosse, Leck
ISBN 978-3-462-04544-4

Für Hülya

ERSTER TEIL

Dezember

1
*Noch 6 Wochen, 2 Tage, 1 Stunde, 20 Minuten
bis zur Hochzeit.*

»Unsere Flitterwochen-Top-3 sind: Seychellen, Malediven und Hawaii.«

Kenan, der smarte Geschäftsführer von *Ünül Tours*, fährt sich durch seine gegelten schwarzen Haare und schaut meine Verlobte Aylin und mich erwartungsvoll an. Kenan trägt ein schwarzes Hemd mit silbernen Applikationen, einen Dreitagebart mit orientalischem Muster – und ist natürlich ein Familienmitglied. Wir Deutschen machen möglichst keine Geschäfte *mit* der Familie. Türken machen möglichst keine Geschäfte *ohne* die Familie.

»Aber auch die Bahamas und Thailand sind sehr beliebt. Oder Barbados, Bali, Mexiko ...«

Aylin lächelt mich an. Eigentlich ist mir völlig egal, *wo* sie mich anlächelt – mit ihr würde ich meine Flitterwochen sogar in der Gartenabteilung der OBI-Filiale Bitterfeld verbringen. Kenan dagegen scheint uns beweisen zu wollen, dass er alle Fernreiseziele des TUI-Katalogs auswendig kennt:

»... Mauritius, Kenia, Jamaika, Kuba, Dominikanische Republik, Südafrika, Australien ...«

Ich hasse diese totale Wahlfreiheit. Immer kriegt man das Gefühl, man verpasst irgendwas. Es fällt mir schon schwer, mich im Restaurant für ein Essen zu entscheiden. Inzwischen habe ich ein System: Ich bestelle beim Italiener immer Pizza Funghi, in Bistros immer Salat mit Putenbrust und beim Chinesen grundsätzlich die M8. Egal, was es ist. Einmal, im China-Restaurant »Goldener Drache« in Bergisch Gladbach, gab es keine M8. Ich habe also gefragt, ob sich der Koch eine M8 für mich ausdenken kann – aber der Chinese an sich ist wenig flexibel, was die freie Interpretation von Speisekarten betrifft.

Aylin legt die Hand auf mein Bein – eine Berührung, die auch fast vier Monate nach unserem ersten Kuss noch dazu führt, dass mein Herz einen Sprung macht.
»Was meinst du denn, Daniel?«
»Hmm ... auf den Seychellen haben wir weißen Sand und türkisblaues Meer. Die Malediven zeichnen sich eher durch türkisblaues Meer und weißen Sand aus, während Mauritius vor allem weißen Sand hat, aber auch türkisblaues Meer.«
»Tja, bei so unterschiedlichen Optionen machen wir am besten eine Pro-und-Kontra-Liste.«
Aylin und ich grinsen uns an und lachen nur deshalb nicht laut los, weil wir merken, dass Ünül-Tours-Kenan sich ein klein wenig verarscht fühlt. Und wir wollen ihn nicht verletzen, schließlich ist er Aylins Cousin. Das hat für Türken eine emotionale Bedeutung, die für Deutsche nur mit der Mutterbindung kurz nach der Geburt vergleichbar ist.
Ich beschließe, Kenan den Schwarzen Peter zuzuschieben:
»Was würdest du uns denn empfehlen?«
Kenan zögert nicht den Bruchteil einer Sekunde:
»Auf jeden Fall Malediven. Kein Zweifel.«
Ich bin mal wieder beeindruckt. Türkische Männer zweifeln einfach nie an irgendetwas. Ich habe die Worte »Kein Zweifel« nur ein einziges Mal in meinem Leben benutzt: als mich meine erste Freundin gefragt hat, ob ich mit 22 Jahren wirklich noch nie Sex hatte.
Eigentlich finde ich Zweifel ganz sympathisch. Ich habe sogar Spaß daran, mir gelegentlich auszumalen, wie mein Leben wohl verlaufen würde, wenn ich beim Chinesen zukünftig statt der M8 die M7 bestelle. Und ich weiß auch: Aylin liebt mich, weil ich eben *kein* Macho bin.
»Also Malediven? Was meinst du, Aylin?«
»Klingt gut. Was meinst du denn?«
»Ich habe zuerst gefragt.«

»Ich habe ja gesagt, es klingt gut.«
»Also Malediven. Oder nicht?«
»Weiß nicht.«
»Wieso, du hast doch gesagt, es klingt gut.«
»Klar. Aber du hast noch gar nichts gesagt, Daniel.«
»Es klingt auf jeden Fall gut. Aber du hast gesagt: weiß nicht.«
»Ja, weil du noch nichts gesagt hast.«
»Jetzt hab ich's ja gesagt.«
»Was?«
»Na, dass ich auch finde, dass es gut klingt.«
»Okay.«
»Also Malediven.«
»Ja.«
»Oder lieber Seychellen?«
»Weiß nicht.«

So was passiert nicht zum ersten Mal. Einmal haben Aylin und ich eine halbe Stunde vor dem Kino gestanden und konnten uns nicht zwischen *Willkommen bei den Sch'tis* und *Kung Fu Panda* entscheiden. Es war vielleicht ein Fehler, dass wir uns dann eine Dokumentation über Leni Riefenstahl reingezogen haben, aber wenigstens war es ein gemeinsamer Fehler.

Doch Ünül-Tours-Kenan scheint wenig Verständnis für die Schwierigkeiten der Entscheidungsfindung in einer gleichberechtigten Partnerschaft zu haben und schaut mich mit einem »Bist-du-sicher-dass-du-nicht-schwul-bist«-Blick an. Als ein türkischer UPS-Mitarbeiter in der typischen braunen Uniform das Reisebüro betritt, nickt Kenan ihm kurz zu und verschwindet im Hinterzimmer.

Seychellen oder Malediven – was für eine absurde Frage! Sein oder Nichtsein, da kann man schon mal eine Weile drüber nachdenken. Aber wenn Hamlet die Frage »Seychellen oder Malediven« innerlich zerrissen hätte – ich weiß nicht, ob Sir Alec Guinness, Gustaf Gründgens oder Kenneth Branagh die Rolle dann gespielt hätten.

Während der UPS-Mitarbeiter vergeblich versucht, Blickkontakt mit meiner Verlobten herzustellen, kommt Ünül-Tours-

Kenan mit einem originalverpackten Kühlschrank aus dem Hinterzimmer zurück.

»Den hab ich heute Morgen an Erol verkauft. Du kommst doch sicher auf deiner Route an seinem Café vorbei?!«

»Klar, kein Problem.«

»Und wegen Geld ...«

»... gibst du mir für den nächsten Antalya-Flug Rabatt.«

»Perfekt.«

Der UPS-Mitarbeiter verschwindet. Ich bin verblüfft:

»Du verkaufst Kühlschränke?«

»Klar. Braucht ihr auch einen?«

»Nein, ich dachte nur, das ist ein Reisebüro.«

Gut, vor drei Monaten war es noch ein Klamottenladen, und ich habe bei Kenan ein türkisches Disco-Outfit gekauft – also warum wundere ich mich?

»Klar ist das ein Reisebüro. Aber wenn ihr Küchengeräte braucht oder Flat-Screens oder Computer, müsst ihr nie zu Saturn – kriegt ihr alles hier.«

»Gut zu wissen. Aber ...«

»Ab nächste Woche mache ich auch Sportwetten. Nur, damit ihr Bescheid wisst.«

»Super. Ich freue mich. Aber jetzt wollen wir erst mal die Frage klären, wohin unsere Hochzeitsreise geht.«

Ich schaue Aylin fragend an. Sie schaut fragend zurück. Ich weiß, sie wird keine Entscheidung treffen. Und noch besser weiß ich, dass *ich* keine Entscheidung treffen werde. Elektrogeräte-Sportwetten-und-Ünül-Tours-Kenan schaut mich jetzt schon ein wenig spöttisch an. Aber das ist mir egal. Ich bin nämlich hier der moralisch Überlegene: kein Macho, sondern ein verlässlicher Partner in einer Beziehung auf Augenhöhe. Ein Mann, der seine Frau ernst nimmt und nicht über sie bestimmt. Und ich weiß: Das ist genau das, was Aylin sich immer gewünscht hat.

»Daniel?«

»Ja, Aylin?«

»Triff einfach die Entscheidung. Du bist der Boss.«

2

*Noch 6 Wochen, 2 Tage, 1 Stunde, 16 Minuten
bis zur Hochzeit.*

Vor etwa fünf Sekunden hat meine Verlobte gesagt: »Du bist der Boss.« Seitdem ist unheimlich viel passiert. Nicht auf der physischen Ebene – ich sitze immer noch auf demselben Stuhl im selben Reisebüro, neben mir sitzt immer noch Aylin, und Ünül-Tours-Kenans Blick stellt weiterhin meine Heterosexualität infrage.

Aber mein Gehirn hat in diesen fünf Sekunden einen Weltrekord im Möglichst-viel-wirres-Zeug-auf-einmal-Denken aufgestellt. Hier die fünf wichtigsten Gedanken:

1. Wie kann man in einer gleichberechtigten Partnerschaft der Boss sein?
2. Wie kann man in einer gleichberechtigten Partnerschaft der Boss sein?
3. Wie kann man in einer gleichberechtigten Partnerschaft der Boss sein?
4. Wie kann man in einer gleichberechtigten Partnerschaft der Boss sein?
5. Warum darf ein Mann mit Glitzerhemd und orientalischem Muster im Dreitagebart *mich* mit einem »Bist-du-sicher-dass-du-nicht-schwul-bist«-Blick angucken?

Plötzlich keimt Hoffnung in mir auf. Vielleicht hat Aylin nur einen Scherz gemacht? Ich lache vorsichtig, um diese Möglichkeit abzuklären. Aber ihr Gesichtsausdruck zeigt: Sie meint es vollkommen ernst. Ich suche schnell nach einem Ausweg aus dem Dilemma:

»Okay, heute bin ich der Boss. Aber wir wechseln uns ab: Morgen bist du der Boss, übermorgen wieder ich. Oder wochenweise.«

Jetzt lacht Aylin, weil sie denkt, *ich* hätte Spaß gemacht. So schnell kann das gehen. Vor inzwischen zwanzig Sekunden war ich ein gleichberechtigter Partner, plötzlich bin ich der Boss. Ich hatte in meinem bisherigen Leben zwar wenig Zeit, Führungsqualitäten zu entwickeln – die einzige Entscheidungsfreiheit in meiner letzten Beziehung lag in der Frage, ob ich das Geschirr vor dem Spülen einweichen soll oder nicht –, dafür bin ich ein absoluter Experte im Verantwortung-schnell-wieder-Loswerden. Im Bruchteil einer Sekunde ziehe ich eine Ein-Euro-Münze aus meinem Portemonnaie:

»Pass auf, Aylin: Zahl ist Malediven. Kopf ist Seychellen. Okay?«
»Okay.«

Ich werfe die Münze und kann dabei Kenans Gedanken lesen: Einer Frau die Entscheidung zu überlassen, ist schwul; einer Münze die Entscheidung zu überlassen, ist *krank*. Der Kopf liegt oben. Ich bin erleichtert:

»Tja, damit ist die Entscheidung gefallen: Seychellen. Das ist doch perfekt – oder was meinst du, Aylin?«
»Ja, gut, perfekt.«
»Oder hat es dich gestört, dass Hawaii nicht dabei war?«
»Tja, eigentlich ...«
»Sag ruhig, wenn du unsicher bist.«
»Ich weiß nicht.«
»Also bist du unsicher.«
»Bist du denn unsicher?«
»Eigentlich nicht. Aber sooo sicher bin ich auch nicht.«
»Ich sag ja, du bist unsicher.«
»Ja, aber nur, weil *du* unsicher bist.«
»Wie gesagt: Du bist der Boss.«
»Stimmt. Hatte ich kurz vergessen. Pass auf: Ich werfe noch mal. Diesmal ist der Kopf Hawaii und die Zahl Seychellen.«

Ich werfe die Münze erneut. Zahl. Ich bin begeistert:

»Die Münze hat sich wieder für die Seychellen entschieden. Also, wenn das kein Zeichen ist!«

Ich weiß, dass Aylin an Zeichen glaubt – und auch wenn ich mir da nicht ganz so sicher bin, kommt es auf jeden Fall gut an, wenn ich so tue. Bei Aylin. Nicht so bei Ünül-Tours-Kenan mit der künstlerisch wertvollen Dreitagebartschnitzerei:

»Natürlich. Die Münze hat zwar keine Ausbildung zum Reisekaufmann. Aber wenn sie sich für die Seychellen entscheidet, dann hat sie sicher sehr gute Gründe.«

»Was? Nein, ich wollte nicht ... Natürlich vertrauen wir deiner Kompetenz, Aylin und ich. Es ist nur ...«

»Ich sage Malediven. Die Münze sagt Seychellen. Ich habe eine Ausbildung. Die Münze ... ist eine Münze. Sie ist nicht mal ein Tier. Sie ist einfach nur Blech.«

In Momenten emotionaler Erregung behandeln Türken einen Gedanken gerne sehr ausführlich. Insofern ist mir klar, dass Kenans Monolog noch nicht zu Ende ist.

»Am besten wäre ich direkt als Münze auf die Welt gekommen, dann hätte ich nicht mal zur Schule gehen müssen. Woher weiß denn die Münze, wie es auf den Seychellen ist? Hä? Woher weiß sie das denn? War sie auf Mauritius? Nein. Sie ist nur eine Münze.«

Das scheint mir ein perfekter Abschluss für Kenans kleine Abhandlung zum Thema »Entlarvung des Münzwurfs als Fehlerquelle bei der Entscheidungsfindung in Reiseangelegenheiten«. Kenan selbst sieht es offensichtlich anders:

»War sie auf den Seychellen? Nein. War sie auf Hawaii? Nein. War sie auf ... war sie irgendwo? Nein, sie war nur hier in Deutschland.«

Das ist ein Elfmeter für mich – schließlich prangt auf der Münze nicht der Bundesadler, sondern der Kopf von König Juan Carlos I.

»Und in Spanien.«

Kenan schaut sich die Münze an und pfeffert sie dann wütend in die Ecke. Aylin und ich tauschen Blicke aus und müssen erneut ein Lachen unterdrücken. Aber Selbstironie scheint nicht *direkt* zu Kenans Stärken zu zählen – was er durch einen finsteren »Wenn-dujetzt-lachst-gibt's-einen-auf-die-Fresse«-Blick unterstreicht. Und eine körperliche Auseinandersetzung wäre insofern problematisch, als ich mindestens drei Jahre intensives Krafttraining bräuchte, um ansatzweise Kenans Muskelmasse aufzubauen.

Also schaue ich Kenan lieber mit dem demütigen Bitte-hab-mich-wieder-lieb-Grinsen an, das ich vom gestiefelten Kater aus *Shrek 2* geklaut habe. Jetzt muss Kenan ein Lachen unterdrücken. Perfekt. Seine Wut ist so schnell verschwunden, wie sie gekommen war.

»Also, was soll ich für euch buchen?«

Ich bin in einem Dilemma. Wenn ich mich für die Seychellen entscheide, gebe ich der Münze recht und Kenan ist beleidigt. Wähle ich aber die Malediven, gebe ich Kenan recht. Und das will ich nicht, weil ... weil ... er Aylin zum wiederholten Mal mit dem »Was-macht-eine-Traumfrau-wie-du-eigentlich-mit-so-einem-Durchschnittstyp«-Blick anschaut.

Diesen Blick kenne ich, und er macht mir Angst. Es gibt kaum einen Mann, der nicht auf Aylin abfährt. Es ist, als wäre meine große Liebe ständig in Gefahr. Als hätte Aylin die Weltformel auf den Rücken tätowiert und würde nackt durch ein Atomphysiker-Symposium spazieren.

Ich habe die ganze Zeit diese latente Anspannung in der Magengegend, und dieses Gefühl hat sich verstärkt, seit Tante Emine ein Problem für unsere Hochzeit im Kaffeesatz gesehen hat. Wir waren bei ihr zum Essen eingeladen, und ich hatte mal wieder eine Menge Fleisch zu mir genommen, mit der der Kölner Zoo seinen gesamten Raubtierbestand durch den Winter gebracht hätte, als Emine einen besorgten Blick auf das Muster des Mokkasatzes in meiner Tasse warf:

»Ich sehe Schwierigkeiten für Hochzeit. Kommt nicht von Beziehung. Kommt von außen.«

Ich hatte so was nie für bare Münze genommen. Aber inzwischen fand ich es eigentlich ganz lustig, zumal Emine immer etwas Positives für Aylin und mich gesehen hatte. Umso irritierter war ich jetzt:

»Moment, das kann doch gar nicht sein. Letzte Woche hast du noch gesagt: ›Alles wird gut.‹ Wenn wir also davon ausgehen, dass der Kaffeesatz die Wahrheit sagt, liegt hier ein logischer Fehler.«

»Daniel, geht nicht um Fehler. Kaffeesatz ist einfach Medium.«

»Ja, aber ein fehlerhaftes Medium. Wir haben zwei Aussagen. Erstens: ›Alles wird gut.‹ Zweitens: ›Ich sehe Schwierigkeiten.‹ Diese Aussagen widersprechen sich.«

»Ich sage nur, was ich sehe. Sehe ich Widerspruch, sage ich auch. Ist aber nicht Widerspruch.«

»Und warum nicht?«

»Weil alles ist wahr.«

»Ach so. Das leuchtet natürlich ein.«

Man sollte immer versuchen, die Bereiche Kaffeesatzlesen und logisches Argumentieren voneinander zu trennen. Tante Emine bekam einen mitfühlend lächelnden, weisen Gesichtsausdruck wie Yoda aus *Star Wars*.

»Du musst nicht Angst haben, Daniel.«

Eigentlich hätte sie »Keine Angst haben er muss« sagen sollen. Aber ich war viel zu beunruhigt, um mir über solche sprachlichen Feinheiten Gedanken machen zu können.

Seit dieser Vorhersage sind zwei Wochen vergangen, und es ist noch nichts Schlimmes passiert – abgesehen von einer neuen Staffel *Germany's next Topmodel*. Bis zur Hochzeit sind es noch sechs Wochen, und dann kann mich kein Kaffeesatz der Welt mehr von meiner Lieblingsfrau trennen.

In diesem Moment wird mir schlagartig bewusst, dass mich sowohl Aylin als auch Ünül-Tours-Kenan erwartungsvoll anschauen. Adrenalin schießt durch meinen Körper, und ich höre mich sagen:

»Wir nehmen die Seychellen.«

»Okay. Wie ihr wollt.«

Kenans Unterton war beleidigt, aber auch mit einer winzigen Prise Respekt, dass ich endlich eine Entscheidung getroffen habe. Jawohl, das habe ich. Ich bin jetzt der Boss!

Während Kenan unsere Daten in den Computer eintippt, erscheint Tante Emine im Reisebüro, aber nicht die Kaffeesatzlese-Emine, sondern eine der beiden anderen Emine-Tanten, die nicht mit der Cousine Emine und schon gar nicht mit den vier Emine-Großcousinen verwechselt werden darf. Diese Tante Emine ist auf irgendeine Art auch mit Kenan verwandt, aber da blicke ich nicht mehr durch. Ach ja, sie ist seine Mutter.

Aylin kreischt vor Freude, als sie ihre Tante sieht, umarmt sie und küsst sie auf die Wangen. Das Zur-Begrüßung-vor-Freude-Kreischen hat bei türkischen Frauen keine besondere Bedeutung, vielmehr ist das *Nicht*-vor-Freude-Kreischen eine grobe Respektlosigkeit.

Da Kenan und ich als Männer nicht verpflichtet sind, vor Freude zu kreischen, begrüßen wir Tante Emine mit einfachen Wangenküssen. Kenan geht zu einem Medizinschrank, der direkt neben den TUI-Prospekten steht, und holt seiner Mutter eine Schachtel heraus:

»Hier, deine Tabletten.«

»Oh, danke, du bist eine Engel, vallaha, die habe ich gebraucht. Ich habe Schmerzen überall, vallaha.«

Ich bin erneut perplex:

»Medikamente verkaufst du auch?«

»Nur Schmerzmittel und Schlafmittel.«

Ich schaue auf die Packung.

»Aber das Mittel ist gegen hohen Blutdruck.«

»Ja, manchmal kommen Schmerzen auch von hohem Blutdruck.«

Ich sage lieber nichts. Vielleicht war ja bei der Ausbildung zum Reisekaufmann ein Medizinstudium inklusive, wer weiß. Tante Emine lässt sich sowieso nicht beirren.

»Mittel hat vor zwei Jahren geholfen meiner Schwester. Jetzt hilft mir auch garantiert.«

»Und was hatte deine Schwester?«

»Irgendwelche Schmerzen.«

»Aber, äh, ohne Kenans Fachwissen in Zweifel zu ziehen ... Vielleicht solltest du doch lieber zu einem Arzt ...«

»Ach, Unsinn, Ärzte nehme nur Geld und wisse gar nix. Ich nehme Medizin, und wenn nicht besser wird, nehme ich andere Medizin. Hauptsache, ich nehme Medizin.«

Diese Einstellung der Türken zu Medikamenten ist mir bekannt, seit sich Aylins Onkel Mustafa gegen einen offensichtlich allergischen Hautausschlag insgesamt zehn Aspirin-Tabletten eingeworfen hat. Der Hautausschlag ist irgendwann von alleine verschwunden, und seitdem gilt Aspirin in Aylins Familie als Antiallergikum.

Tante Emine hat sich aus einem Wasserspender am Eingang einen Becher genommen und schluckt jetzt zwei Tabletten – natürlich ohne die Packungsbeilage zu lesen. Dann wendet sie sich an Aylin.
»Und? Was machen hier?«
»Wir buchen unsere Hochzeitsreise.«
»Aha. Und wo geht hin?«
»Auf die Seychellen.«
»Seychellen? Ist viel zu teuer.«
Sie schaut Kenan vorwurfsvoll an. Kenan verteidigt sich:
»Hey, sie kriegen natürlich Familienrabatt.«
»Aber wie viel müsse bezahle?«
»So zweitausendfünfhundert, schätze ich.«
»Kommt gar nicht infrage. Ich gebe euch meine Sommerhaus in Antalya. Ihr kriegt Ehebett, dann übernachte Mustafa und ich auf dem Sofa.«
Ich versuche, so unauffällig wie möglich den Kopf zu schütteln. Aylin versucht, diplomatisch zu sein:
»Das ist sehr nett von dir, Tante, aber ...«
»Keine Widerspruch. Ich sage wirklich von ganze Herz.«
»Das ist wirklich unglaublich großzügig, aber ...«
»Vallaha, ich bin beleidigt, wenn ihr nicht kommt.«

Aylin schaut mich an. Jetzt ist sie es, die das Grinsen des Katers aus *Shrek 2* imitiert, und plötzlich werden mir zwei Dinge klar. Erstens: Ich bin *nicht* der Boss. Zweitens: Wir werden unsere Flitterwochen zusammen mit Aylins Tante verbringen.

3
Noch 5 Wochen, 4 Tage, 13 Stunden, 25 Minuten bis zur Hochzeit.

»Was meinst du? Stört er hier die Wirkung des Uecker-Bildes?«
Meine Mutter hat den Weihnachtsbaum einen halben Meter in Richtung Fenster geschoben und schaut meinen Vater unsicher an. Der tritt einen Schritt zurück und lässt das Gesamtbild auf sich wirken.
»Nun ja, ich finde, dass die abstrakte Sandsteinplastik von Alfons Kunen einen ironischen Kontrast zur Tanne bildet.«
»Aber was ist mit dem Uecker-Bild?«
»Vielleicht sollten wir es gegen das Paul-Klee-Aquarell tauschen. Die Wirkung von Ueckers Nägeln wird durch die Nadeln irgendwie geschwächt, finde ich.«
»Ja, ich hatte auch so ein komisches Gefühl im Bauch.«

Wenn meine Eltern ihren Weihnachtsbaum aufstellen, ist das immer so, als würden sie eine wichtige Ausstellung im Museum of Modern Art vorbereiten. Hauptsache, es sieht nicht so aus, als würden sie Weihnachten feiern. Wenn Intellektuelle »O Tannenbaum« singen, fürchten sie wahrscheinlich, dass Jean-Paul Sartre aus dem Grab steigt und sie als Spießer beschimpft.

Da aber jeder gerne Weihnachten feiert, brauchen Intellektuelle immer eine Rechtfertigung – meine Eltern haben dafür drei Methoden entwickelt:

1. Sie erklären den Weihnachtsbaum zu einem Kunstwerk, indem sie alternativen Schmuck verwenden – in diesem Jahr

hängen leere Joghurtbecher in den Zweigen (laut Aussage meines Vaters eine Anspielung auf den russischen Künstler Ilya Kabakov).
2. Sie ersetzen die traditionellen Rituale durch eigene (zum Beispiel legt mein Vater zur Bescherung immer »Wann ist denn endlich Frieden« von Wolf Biermann auf).
3. Sie tun so, als würden sie Weihnachten nur feiern, um meiner Oma Berta eine Freude zu machen.

Oma Berta, die Mutter meines Vaters, wohnt eine Etage unter meinen Eltern, ist 92, leicht verwirrt und wird dank Pflegestufe 2 professionell betreut. Sie sitzt auf dem Sofa und schaut irritiert auf die geschmückte Tanne.

»Ich verstehe nicht, wozu wir im April einen Weihnachtsbaum brauchen.«

»Berta, heute ist Heiligabend.«

»Was? Das hat mir keiner gesagt.«

»Doch, ich habe dir ... egal. Findest du, der Baum passt zum Uecker?«

»Uecker – ist das nicht der Schwule aus der *Lindenstraße*?«

»Nein, der Künstler.«

»Welcher Künstler?«

»Der diese Bilder macht, die nur aus Nägeln bestehen.«

»Was soll das? Ein Bild aus Nägeln?«

Jetzt kann ich mir eine Bemerkung nicht verkneifen:

»Oma, Nägel haben in der christlichen Kunst eine große Tradition. Du musst dir nur Jesus und das Kreuz dazudenken.«

Meine Oma schaut mich verdutzt an, während die Aufmerksamkeit meines Vaters vom Paul-Klee-Aquarell absorbiert wird, das meine Mutter nun neben den Weihnachtsbaum an die Wand hält.

»Und – was meinst du, Rigobert?«

Mein Vater starrt ins Leere. Sein typischer Ausdruck, wenn er in Gedanken versunken ist.

»Rigobert?«

Jetzt scheint sich mein Vater in seinem Kopf mit jemandem zu unterhalten. Er wird zunächst wütend, dann entspannt er sich und reibt sich schließlich die Hände – als hätte er seinem imaginären Gesprächspartner aber mal so richtig die Meinung gegeigt. Dann kommt er zurück in die Realität und scheint kurz überrascht, dass ich im Raum bin.

»Daniel, wusstest du eigentlich, dass Paul Klee bei den Nazis als ›entartet‹ galt?«

Ich schaue zur Uhr.

»23 Minuten 44 – das ist guter Durchschnitt.«

Ein kleines Spiel von mir: Wenn ich meinen Vater treffe, stoppe ich die Zeit, die er braucht, bis er auf den Nationalsozialismus zu sprechen kommt. Der Rekord liegt bei fünf Sekunden. (Ich hatte mir die Haare sehr kurz schneiden lassen, und mein Vater stellte noch vor der Begrüßung klar, dass ich wie ein Hitlerjunge aussähe.)

Jetzt bedenkt er mich – wie üblich – mit einem kurzen Über-das-Dritte-Reich-macht-man-keine-Witze-Blick und wird nur durch die Türklingel davon abgehalten, mir von der Freundschaft zwischen Paul Klee und Wassily Kandinsky zu erzählen. Eigentlich schade – vielleicht wäre ihm ja irgendein Detail eingefallen, das ich noch nicht kenne.

Meine Eltern eilen zum Eingang und öffnen ihren besten Freunden die Tür, der Schauspielerin Ingeborg Trutz und ihrem Exfreund, dem osteuropäischen Theaterregisseur Dimiter Zilnik. Ingeborg ist die Grande Dame des Kölner Schauspielhauses und nutzt auch ihr Privatleben stets für den großen Auftritt:

»Also, eigentlich ist mir gar nicht nach Feiern zumute. Ich habe gerade einen Bericht über die streunenden Katzen von Fuerteventura gesehen. Ich will ja hier keine schlechte Stimmung verbreiten, aber das hat mir den Appetit verdorben, ganz ehrlich. Na ja, Schwamm drüber! Heute Abend wollen wir einfach Spaß haben. Ich habe eine Migräne, das könnt ihr euch nicht vorstellen, aber das kommt wahrscheinlich vom Elektrosmog – und natürlich von den armen Katzen. Ach, was soll's. Reiß dich zusammen, Ingeborg.«

Unnötig zu erwähnen, dass sich Ingeborg Trutz *nicht* zusammenreißt. Tapfer gegen die Tränen ankämpfend, bringt sie noch hervor:

»Es sind doch nur Katzen.«

Dann versagt ihr die Stimme, und die Tränen vermischen sich mit dem viel zu dick aufgetragenen Mascara zu einem dunkelgrauen Matsch. Ingeborg Trutz atmet fünf Sekunden lang pathetisch mit geschlossenen Augen, bis sie die Traurigkeit abrupt durch positive Energie ersetzt:

»Also, euer Tannenbaum ist ja umwerfend, ist das eine Anspielung an HA Schult?«

»Nein, an Ilya Kabakov.«

»Na, egal. Es ist so schön, dass es euch gibt. Ich glaube, ohne euch würde ich mich Weihnachten umbringen, hahaha ... Also, entweder mich oder Dimiter. Oder uns beide. Hach, ich werde Weihnachten immer sentimental. Ich hasse diesen ganzen Kitsch. Eine verlogene Scheiße ist das, Kapitalismus pur. Und wenn ich Engelschöre sehe, kommt mir das Frühstück hoch, ehrlich. Aber egal, uns geht es doch gut – auf jeden Fall besser als den Katzen auf ... Ach, ich fange nicht schon wieder damit an. Ich liebe euch.«

Ingeborg umarmt meine Eltern mit großer Geste, bis ihr Blick auf mich fällt:

»Daniel – auweia, du bist ja so groß geworden!«

Ich bin zwar seit 13 Jahren nicht einen Zentimeter gewachsen, aber dieser Satz gehört einfach zum Weihnachtsfest dazu.

Dimiter Zilnik hat bis jetzt noch kein Wort gesagt. Er sagt überhaupt selten etwas – was ihn zur idealen Ergänzung von Ingeborg Trutz macht. Erst wenn sein Alkoholpegel die 1,5-Promille-Grenze überschreitet, bringt er Sätze wie »Der osteuropäische Film hat seine Seele verkauft« oder »Wenn Mutter Courage von einer nackten Studentin gespielt wird, ist das ein Verfremdungseffekt, den Brecht geliebt hätte«. Warum er sich von Ingeborg Trutz getrennt hat, ist ebenso ungeklärt wie die Frage, warum sie nach der Trennung weiter zusammenleben. Zumindest ist das einem geistig gesunden Menschen schwer zu erklären.

Jetzt steckt sich Dimiter Zilnik, der wie üblich ganz in Schwarz erschienen ist, eine Zigarre an und hustet dann eine gute Minute lang so blechern, als würde jemand auf eine leere Regentonne einprügeln. Wenn er nicht seit dreißig Jahren exakt so husten würde, müsste man mit seinem baldigen Ableben rechnen. Einmal, in einer Aufführung von Vivaldis *Vier Jahres*zeiten, hat er den kompletten Frühling durchgehustet, bis ein Ordner der Kölner Philharmonie ihn freundlich aufforderte, den Saal zu verlassen. Was für ihn wahrscheinlich eine Erlösung war, denn er findet Vivaldi »grauenhaft kitschig« und war nur Ingeborg Trutz zuliebe mitgegangen, die später vom Winter so gerührt war, dass ihr Schnappatmungs-Schluchzen den Saalordner erneut auf den Plan rief.

Ich bin mit diesen Menschen aufgewachsen, und als Kind findet man ja erst mal alles normal, was man im Elternhaus so vorfindet. Ein Durchschnittsmann war für mich jemand, der bis nachts um vier in abgestandenem Zigarrenqualm stockbesoffen über irgendwelche Theaterinszenierungen debattiert, dann wahllos mit der nächstbesten Frau ins Bett geht, die noch nicht eingeschlafen oder vom Nervenarzt abgeholt worden ist, und sich am nächsten Morgen bei einem zehnfachen Espresso darüber beschwert, dass das Feuilleton der Süddeutschen Zeitung sein Niveau verloren habe. Dass man auch eine monogame Paarbeziehung führen und Dinge wie »Schönes Wetter heute« sagen kann, habe ich erst sehr viel später gelernt.

Ich sehe die Verschrobenheit meiner Eltern und ihrer Freunde inzwischen gerne mit ironischer Distanz und komme auf diese Weise wunderbar damit klar.

Jetzt habe ich allerdings die Sorge, dass meine zukünftigen türkischen Schwiegereltern die Hochzeit abblasen werden, wenn sie meine Eltern zusammen mit Ingeborg Trutz und Dimiter Zilnik erleben. Ich habe versucht, meine Mutter zu stoppen – aber sie hat Aylins Familie tatsächlich eingeladen, um den Heiligabend gemeinsam zu verbringen. Nicht dass ich gegen Integration wäre – ich finde es toll, wenn Türken Weihnachten feiern. Aber bitte nicht mit meinen Eltern!

Ich flehe höhere Mächte an, dass Ingeborg Trutz nicht wieder im besoffenen Kopf das Hemd meines Vaters öffnet und an seiner Brustwarze lutscht wie im letzten Jahr. Ich fühle mich ein bisschen, als sähe ich meiner eigenen Hinrichtung entgegen. Plötzlich fällt mir etwas ein. Ich ziehe meine Mutter beiseite:

»Wo ist der Stoff-Harlekin?«
»In der Kommode.«
»Du musst ihn rausholen. Frau Denizoğlu wird beleidigt sein, wenn du ihr Geschenk nicht würdigst.«
»Tut mir leid, im Wohnzimmer haben wir ausschließlich die klassische Moderne.«
»Dann leg ihn halt in den Flur.«
»Zu den Originalskizzen von A. R. Penck???«
»Ja, ich weiß – ein Stoff-Harlekin gehört weder in die klassische Moderne noch in die Postmoderne, sondern in die Mülltonne. Aber es ist doch nur für heute Abend.«

Widerwillig öffnet meine Mutter die unterste Schublade der Kommode und zieht aus der hintersten Ecke den Harlekin mit einer schwarzen Träne im weißen Porzellangesicht und rosa Pailletten im Kostüm heraus. Dieses »Kunstwerk« ist für sie definitiv schlimmer als streunende Katzen für Ingeborg Trutz.

»Pass auf, ich lege dieses ... also ... das da ... ich lege es auf mein Bett. Und wenn Aylins Mutter mich fragt, dann sage ich, dass ... es ... meinen Schlaf bewacht.«

»Danke, das ist lieb von dir. Ich weiß, wie viel Überwindung dich das kostet.«

»Ich lüge nur für Aylin. Ich mag sie nämlich sehr.«

Jetzt mischt sich mein Vater ein:

»Trotzdem muss die Wahrheit für uns immer das Maß aller Dinge bleiben.«

Ich seufze:

»Rigobert, es geht nur um einen Stoff-Harlekin.«

»Nein, es geht eben *nicht* um einen Stoff-Harlekin. Es geht um einen abendländischen Konsens. Die Akzeptanz der Wahrheit ist die Voraussetzung für Demokratie.«

»O Mann!«

»Mit kleinen Lügen fängt es an. Und wenn es dann irgendwann um die Menschenrechte geht, sitzt man in der Falle.«

Mein Vater ist ein Meister darin, überall eine Entwicklung zum Faschismus auszumachen. Einmal hat er Bruno, dem Besitzer von »Brunos Teestube«, in einer zweiseitigen E-Mail erklärt, dass das bewusste Nichtausschenken von Kaffee ein totalitär-faschistoides Ausgrenzungsprinzip darstelle – und dass sich Teetrinker ebenso wie Nichtraucher und Fahrradfahrer in einer moralischen Überlegenheit wähnten, die mit der Arroganz der Nazis durchaus vergleichbar sei – woraufhin er das Nichtraucherschutzgesetz mit den Nürnberger Rassegesetzen verglich. Als er später erfuhr, dass Bruno eine jüdische Mutter hat, arbeitete mein Vater eine ganze Woche an einem 23-seitigen Entschuldigungsschreiben. Inzwischen gehört Bruno zu seinem engeren Freundeskreis.

Es klingelt: Aylin und ihre Familie. Als sich ihre Schritte der Wohnungstür nähern, drückt mir meine Mutter den Stoff-Harlekin in die Hand. Ich gehe schnell ins Schlafzimmer und platziere ihn liebevoll auf dem Kopfkissen. Als ich den Blick hebe, stelle ich fest, dass ich mir eigentlich keine Sorgen wegen Ingeborg Trutz und Dimiter Zilnik machen muss. Ich sollte mir nämlich besser überlegen, wie ich verhindern kann, dass Aylins Eltern das Ölgemälde neben dem Bett entdecken, auf dem ein befreundeter Künstler mit beeindruckendem Realismus dargestellt hat, wie sich meine splitternackte Mutter an eine griechische Adonis-Statue schmiegt.

4
Noch 15 Minuten weniger bis zur Hochzeit als am Anfang von Kapitel 3.

Ich schließe die Schlafzimmertür und trete in den Flur, wo meine Eltern gerade von Aylin, ihrem Bruder Cem sowie ihren Eltern mit Küsschen auf beide Wangen begrüßt werden. Meine Eltern haben sich inzwischen an das Kuss-Ritual zur Begrüßung gewöhnt – und wenn mein Vater nicht während des Küssens auch noch die Hände schütteln würde, wäre alles perfekt.

Ich sehe Aylin, die mit Stiefeln, schwarzem Minikleid und silbernem Schmuck mal wieder so umwerfend aussieht, dass ich sie am liebsten sofort auffressen würde – wüsste ich nicht inzwischen, dass Türken auf die richtige Reihenfolge Wert legen. Und so begrüße ich

1. Herrn Denizoğlu
2. Frau Denizoğlu
3. Bruder Cem
4. Aylin

Während Cem bereits am Esstisch sitzt und auf seinem iPhone eine türkische Telenovela verfolgt, hat Frau Denizoğlu ein vielfarbig schimmerndes Etwas aus einer Plastiktüte gezogen und meiner Mutter in die Hand gedrückt, das sich bei näherem Hinsehen als die wohl kitschigste Weihnachtskrippe aller Zeiten entpuppt: Ein rosa glitzerndes Christkind mit goldenem Heiligenschein liegt in einer silbernen Krippe – und auch für Josef, Maria, die drei Könige, Kühe, Schafe und Esel wurden sämtliche schillernden

Pastelltöne verwendet, die die Palette hergibt. Während das Dach des Stalls aus blassrosa eingefärbten Muscheln besteht, sind die Wände lückenlos mit goldenen Perlen besetzt. Kurz, eine Krippe, zu der selbst die katholischste Dorf-Mama in Süditalien gesagt hätte: »Nee, das ist echt drüber.«

Schon vor drei Monaten, als sie den Stoff-Harlekin bekam, musste meine Mutter einen Würgereflex bekämpfen. Diesmal ist es schlimmer. Ich glaube, meine Eltern hätten sich sogar über die Reichskriegsflagge mehr gefreut. Frau Denizoğlu hält die Bestürzung in den Augen meiner Eltern für Ehrfurcht und preist ihr Geschenk an:

»Vallaha, ich finde auch unheimlich schön. Das ist schönste Krippe aller Zeiten!«

Meine Mutter ringt immer noch mit der Fassung:

»Also, ich weiß gar nicht, was ich sagen soll. Das ist so ... so ...«

Sie wird kreidebleich. Frau Denizoğlu dagegen kann ihre Begeisterung kaum zügeln:

»Vallaha, ist wirklich wunderschön. Ist doch wunderschön, oder Frau Hageberger?!«

»Tja ...«

»Vallaha, wunderschön. Ich hätte so gerne selbst behalten, aber ...«

Plötzlich wittert meine Mutter eine Chance:

»Sie wollten sie selbst behalten?!«

»Ja, aber habe ich dann gedacht: Nein, für Daniels Eltern kann gar nicht sein schön genug.«

»Ich glaube, ich kann das gar nicht annehmen, wenn Sie es eigentlich selbst behalten wollen.«

»Sie sind zu nett, Frau Hageberger. Aber kommt wirklich von meine ganze Herz.«

»Aber Sie würden mir eine große Freude machen, wenn Sie die Krippe wieder mitnehmen ... Weil sie Ihnen doch so gut gefällt.«

Sie drückt Aylins Mutter die Krippe in die Hand. Die gibt ihr die Krippe wieder zurück.

»Auf gar keine Fall.«

Meine Mutter gibt die Krippe noch einmal Frau Denizoğlu, nur um sie postwendend zurückzubekommen. Ich habe etwas

Ähnliches vor einiger Zeit in Antalya mit einer Rosenverkäuferin erlebt. Deshalb weiß ich: Meine Mutter hat keine Chance. Irgendwie macht es mir Spaß, sie leiden zu sehen. Das sollte ich in meiner nächsten Therapiesitzung erwähnen. Erneut wandert die Krippe zwischen Frau Denizoğlu und meiner Mutter hin und her.
»Ich bitte Sie, Frau Denizoğlu!«
»Kommt gar nicht in die Frage.«
»Es würde mir viel bedeuten. Sie wissen gar nicht, *wie* viel.«
»Sie haben eine große Herz, Frau Hageberger.«
»Genau. Und deshalb möchte ich, dass Sie die Krippe wieder mit nach Hause nehmen.«
»Aber ich habe auch eine große Herz. Deshalb, Krippe bleibt hier.«
»Bitte nicht.«
»Keine Diskussion.«
»Was kann ich tun, damit Sie die Krippe nehmen?«
»Gar nix.«
»Gar nix?«
»Gar nix. Pass auf, ich suche jetzt gute Platz.«
Frau Denizoğlu schnappt sich die Krippe und spaziert mit ihr ins Wohnzimmer. Meine Eltern schauen mit angstgeweiteten Augen hinterher. So ähnlich müssen im 16. Jahrhundert die Serben geguckt haben, als das osmanische Heer Belgrad erstürmt hat.

Aylin lächelt mir entschuldigend zu. Sie kann mit dem Kitsch ihrer Mutter ebenso wenig anfangen wie ich mit modernen Theaterinszenierungen. Herr Denizoğlu hat wahrscheinlich einen inneren Spam-Filter für derartige Objekte, denn einerseits quillt seine Wohnung über von diesem Pastell-Glitzer-Nippes, andererseits kann ein heterosexueller Mann so etwas auf gar keinen Fall schön finden.

Frau Denizoğlu ist im Wohnzimmer so mit der Suche nach einem geeigneten Krippen-Platz beschäftigt, dass sie die ungläubigen Blicke von Ingeborg Trutz und Dimiter Zilnik gar nicht bemerkt. Dimiter Zilnik fragt sich wahrscheinlich gerade, ob er LSD in der Zigarre hat, denn in einem normalen Bewusstseinszustand hat er solche Farben sicher noch nie erlebt. (Die grellste Kulissenfarbe, die ich jemals in einer seiner Theaterinszenierungen gesehen habe, war ein schimmelartiges Graubraun.) Ingeborg Trutz hingegen stellt ihren persönlichen Rekord im Nichtsprechen auf und zündet sich nervös eine Roth-Händle an, die sie stets mit einer schwarzen Zigarettenspitze raucht, wie Audrey Hepburn in *Frühstück bei Tiffany's*. Ich möchte Frau Denizoğlu beglückwünschen: Sie hat Ingeborg Trutz tatsächlich zum Schweigen gebracht – das ist Dimiter Zilnik in über dreißig Jahren nicht gelungen.

Endlich hat Aylins Mutter einen geeigneten Platz gefunden: auf der abstrakten Steinplastik von Alfons Kunen.

»Vallaha, hier sieht super aus.«

Meine Eltern stehen mit immer noch schreckgeweiteten Augen in der Tür. Aber Frau Denizoğlu hat ihren Eingriff in die klassische Moderne noch nicht abgeschlossen:

»Platz ist vallaha sehr gut, nur Stein ist bisschen hässlich. Keine Angst, kaufe ich eine schöne Stoff oder Tüll, dann sieht besser aus.«

Die Stimme meiner Muter nimmt jetzt einen flehenden Tonfall an:

»Das ist wirklich nicht nötig.«

»Keine Widerrede, ich mache gerne.«

Aylin scheint sich noch nicht entschieden zu haben, ob sie sich für ihre Mutter schämen oder vom Kunstgeschmack meiner Eltern befremdet sein soll. Ihr Blick haftet an einem hässlichen rotbraunen Geschmiere (meine Einschätzung) beziehungsweise einem unheimlich intensiven Farberlebnis (Wahrnehmung meiner Eltern). Das Bild dominiert allein schon aufgrund seiner Größe von 2,30 × 3,50 Metern das Wohnzimmer. Herr Denizoğlu scheint von diesem Werk ähnlich erfreut wie von der Idee eines freien Kurdistan – und seine Frau überlegt vermutlich gerade, wie viele Pailletten man braucht, um die gesamte Fläche zuzukleben. Aber ich kenne die türkische Mentalität inzwischen gut genug und kann meiner Familie in spe eine Brücke zur klassischen Moderne bauen:

»Das Bild ist über 10 000 Euro wert.«

Zur Abscheu in den Augen der Denizoğlus gesellt sich jetzt Respekt. Immerhin ein Anfang.

In einer Übersprunghandlung begrüßt Aylins Mutter Ingeborg Trutz und Dimiter Zilnik mit Wangenküsschen, was diese regungslos über sich ergehen lassen.

Als Frau Denizoğlu meine Oma entdeckt, ist sie völlig aus dem Häuschen:

»Aaaaaaah, ist deine Oma?! Vallaha, ist unheimlich süß, Allah, Allah, sehr süß deine Oma, Daniel, guck doch mal, ist soooo süüüüß hahahaha.«

Jetzt gibt sie auch Oma Berta Wangenküsschen, was bei dieser großes Befremden auslöst. Sie ist selbst für eine Westfälin noch überdurchschnittlich distanziert – die zärtlichste Geste, die ich von ihr je erlebt habe, war, als sie meinem Vater zum Abschied kurz auf die Schulter geklopft hat. (Vielleicht hat sie auch nur nach einer Fliege geschlagen.) Auf jeden Fall wird diese Frau, die seit dem Tod meines Opas vor dreißig Jahren bis auf das Schütteln von Händen keinerlei Hautkontakt mit anderen Menschen hatte, jetzt von Frau Denizoğlu in beide Wangen gekniffen, gleichzeitig herzhaft auf die Stirn geküsst und anschließend so fest gedrückt, dass sie nach Luft schnappt.

Aylin lässt sich von der Begeisterung ihrer Mutter anstecken und drückt meine Oma, die sich gerade noch von der ersten Umarmung erholt, ebenfalls an sich und küsst sie zunächst auf die Hand, dann auf beide Wangen. Damit hat sich die körperliche Zuwendung, die meine Oma in den vergangenen dreißig Jahren erhalten hat, innerhalb von 25 Sekunden verhundertfacht. Irritation ist eine extreme Untertreibung für das, was sich jetzt im Gesicht meiner Oma spiegelt.

»Wer sind diese Menschen? Und was wollen sie von uns?«
»Das sind meine Verlobte Aylin und ihre Mutter.«
»Und warum begrabbeln sie mich?«
»Das ist eine türkische Tradition.«
»Was? Das sind Türken?«
»Ja.«
»Und was machen die hier in Deutschland?«
»Na, die leben hier.«

»Wie? Haben die uns etwa besiegt? Das hat mir keiner gesagt.«
Zur Abwechslung ist mir jetzt mal meine Oma peinlich.
»Oma, die Türken sind nicht unsere Feinde.«
»Und warum besetzen sie dann unser Haus?«
»Oma, die ...«
»Und wozu steht im April noch der Weihnachtsbaum im Wohnzimmer? Wir sind doch hier nicht bei den Hottentotten!«

In diesem Moment stellt Frau Denizoğlu unter Beweis, dass Türken die schöne Gabe besitzen, um des lieben Friedens willen die Realität schlicht zu ignorieren:

»Daniel, vallaha, deine Oma ist wirklich unheimlich süß – Allah, Allah ...«

Dieses Ausblenden der Realität praktizieren die Denizoğlus auch bei ihrem eigenen Sohn: Sie wissen eigentlich, dass Cem homosexuell ist, aber weil es ja keine schwulen Türken gibt, kann das gar nicht sein, und dann ist es auch nicht so.

Im selben Moment, als Frau Denizoğlu meiner überforderten Oma erneut in beide Wangen kneift, überreicht Herr Denizoğlu meinem Vater eine verpackte CD. Ich ahne schon, dass es sich eher nicht um die größten Erfolge von Wolf Biermann oder ein Hörbuch von Peter Sloterdijk handeln wird. Als ich Heinos Brille sehe, wird meine Ahnung bestätigt: *Deutsche Weihnacht – Heino und Hannelore singen die schönsten Lieder zum Fest.*

Jetzt sehe ich meine Chance, mich für die vielen Freejazz-Konzerte zu rächen, zu denen mich meine Eltern in meiner Jugend mitgeschleppt haben:

»Also, ich finde, die CD sollten wir sofort auflegen.«

5
Noch zehn Minuten weniger bis zur Hochzeit als eben.

Nachdem Heinos Interpretation von *Kommet ihr Hirten* es geschafft hat, den Nichtsprech-Rekord von Ingeborg Trutz um weitere drei Minuten zu verlängern, platzt es dann doch aus ihr heraus, als Hannelore die ersten Töne von *Lasst uns froh und munter sein* anstimmt:

»Das ist unerträglich. Keiner interessiert sich mehr für Bertolt Brecht, die Erde stirbt, auf Fuerteventura verhungern die Katzen – und wir sollen froh und munter sein. Ich glaube, ich kriege einen Migräneanfall. Hach, da ist er schon.«

Sofort zückt Frau Denizoğlu ihre Aspirinschachtel:

»Hier, nehme Sie. Hilft auch sehr gut gegen Hautproblem.«

»Danke, aber mir würde schon reichen, wenn diese grauenhafte Musik aufhörte.«

Mein Vater stoppt die CD, und auch Familie Denizoğlu scheint erleichtert – so gruselig hatten sie sich deutsche Weihnachtsmusik wahrscheinlich gar nicht vorgestellt. Eine peinliche Pause entsteht. Dann zeigt Oma Berta auf die Denizoğlus:

»Sind das die Russen, die sie bei uns einquartiert haben?«

Eine weitere peinliche Pause entsteht. Dann stupst meine Mutter meinen Vater an, der sich schnell erhebt und einen weißen Zettel aus seiner Hemdtasche holt. Das bedeutet Unheil: Er wird eine seiner gefürchteten Reden halten. Ich suche nach Fluchtgelegenheiten. Aylin seufzt. In einem Wer-schämt-sich-am-meisten-für-seine-Familie-Contest hätten wir jetzt ein enges Kopf-an-Kopf-Rennen. Aber ich fürchte, die Rede meines Vaters wird meinen Sieg bedeuten.

Er räuspert sich. Stille. Er räuspert sich erneut. Stille. Und noch einmal. In diesen Momenten bastelt er sich im Kopf aus den Stichworten den ersten Satz seiner Rede zusammen. Ein erneutes Räuspern, gefolgt von gut zehn Sekunden Pause und einem finalen Start-Räuspern, dann geht es los:

»Liebe Berta, liebe Erika, lieber Daniel, liebe Ingeborg, lieber Dimiter, liebe Aylin, lieber ...«

Ihm fällt der Name von Aylins Bruder Cem nicht ein.

»... lieber ...«

Er räuspert sich. Ich helfe ihm:

»Cem.«

»... lieber Cem. Und äh, liebes Ehepaar Denizoğlu. Dass wir heute gemeinsam Weihnachten feiern, erscheint mir ein wenig surreal, aber ich sehe darin auch eine gewisse Ironie.«

Ich sehe in den Gesichtern von Aylins Eltern, dass sie die Worte »surreal« und »Ironie« zum ersten Mal in ihrem Leben hören.

»... denn schließlich messen weder die Hagenbergers und ihre Freunde als Agnostiker noch die Denizoğlus als Vertreter der muslimischen Glaubensgemeinschaft der Geburt Christi eine größere Bedeutung bei. Und doch haben wir uns heute hier versammelt, um gemeinsam Jesu Geburtstag zu feiern.«

Frau Denizoğlu ist irritiert:

»Wer hat Geburtstag?«

Wie aus der Pistole geschossen antwortet Oma Berta:

»Der Führer.«

»Nein, Mutter. Jesus Christus.«

»Das kann gar nicht sein. Dann wäre ja Weihnachten.«

Frau Denizoğlu hakt noch einmal nach:

»Also Weihnachten ist Geburtstag von Jesus?«

Mein Vater erlebt seine glücklichsten Momente, wenn er Wissen weitergeben kann:

»Exakt. Weihnachten ist im Prinzip nichts anderes als eine Geburtstagsfeier. Mit der kleinen Abweichung, dass das Geburtstagskind schon tot ist.«

Oma Berta ist irritiert.

»Der Führer ist tot?«

»Der auch. Aber ich rede von Jesus Christus.«

»Das stimmt gar nicht. Jesus lebt. Haben neulich erst meine Nachbarn gesagt.«

»Mutter, das waren die Zeugen Jehovas. Ich habe dir doch erklärt: Die sind nicht deine Nachbarn und du sollst sie nicht immer einladen.«

»Aber die sind unheimlich nett. Und sie wissen, wann die Welt untergeht.«

Die Denizoğlus sind jetzt mindestens so verwirrt wie Oma Berta, versuchen aber, sich nichts anmerken zu lassen. Mein Vater räuspert sich dreimal – ein Zeichen dafür, dass er den Faden verloren hat. Er schaut hilflos auf seinen Zettel und räuspert sich noch exakt fünfmal leise und dann einmal laut – zum Zeichen, dass es weitergeht:

»Wir feiern also den Geburtstag eines Mannes, den niemand von uns kennt und auf den sich eine Religion beruft, die in ihrer Geschichte auf Verbrechen zurückblicken kann, die ansonsten in diesem Ausmaß nur von den Nazis begangen wurden.«

Drei Minuten 37 Sekunden – bei Reden stoppe ich ebenfalls die Zeit. Über drei Minuten dauert es selten. Diesmal ist ihm aber seine eigene Mutter mit dem Führergeburtstag in die Quere gekommen, das erklärt vielleicht das mäßige Abschneiden.

»... den Geburtstag eines Mannes, der zwar nicht auf dem Niveau von Sartre oder Kant philosophiert hat, der aber immerhin Wasser in Wein verwandelt haben soll, und allein das ist Grund genug, ihm jetzt gemeinsam ein Ständchen zu bringen. Also, bitte alle zusammen: Happy birthday to you ...«

In den Augen meines Vaters sehe ich, dass sein Stolz, ein originelles Weihnachtsritual entwickelt zu haben, durch die Anwesenheit von Familie Denizoğlu noch gewachsen ist. Zögernd stimmen zunächst meine Mutter und Ingeborg Trutz, dann auch Dimiter Zilnik, ich, Aylin, Cem, Oma Berta und schließlich auch Aylins Eltern in den Gesang ein:

»... happy birthday to you, happy birthday ...«

Jetzt singen ich, meine Mutter und mein Vater:

»... lieber Jesus ...«

Und meine Oma singt:

»... lieber Führer ...«

Und dann wieder alle:
»... happy birthday tooooo youuuuuuu!«
Da mein Vater nichts mehr sagt und sich auch nicht mehr räuspert, begreifen die Anwesenden langsam, dass die Rede wohl zu Ende ist. Ingeborg Trutz will etwas sagen, aber da sie immer gut fünf Sekunden braucht, um vor ihren Monologen pathetisch Rauch in den Raum zu blasen, kommt ihr Frau Denizoğlu zuvor:
»Vallaha, ist unheimlich interessant für uns. Wussten wir gar nicht, dass Deutsche singen zu Weihnachten *Happy Birthday*.«
Endlich kann mein Vater wieder dozieren:
»Nun, es handelt sich nicht um ein allgemeingültiges deutsches Ritual. Wir machen das eigentlich nur, um diesem ganzen albernen Brimborium eine gewisse ironische Note zu verleihen.«
Herr Denizoğlu hat die Worte *Ritual* und *Brimborium* bereits vergessen, als er nachhakt:
»Ironisch? Was bedeute ironisch?«
»Wenn man das Gegenteil von dem sagt, was man eigentlich meint.«
»Aber warum sagt man nicht gleich korrekt?«
»Nun, das, also ...«
Mein Vater räuspert sich viermal. Dann übernimmt meine Mutter:
»Das ist nur ein Spaß.«
»Ach so, hahaha, ich mache auch gerne Spaß. Zum Beispiel: Wie viele Griechen braucht man, um zu drehen eine Glühbirne in Fassung?«
Witze kommen im Universum meines Vaters ebenso wenig vor wie Tennissocken, hautstraffende Lotionen oder die Nintendo Wii. Wenn mein Vater lacht, dann eher über misslungene Metaphern oder falsche Superlative. Herr Denizoğlu klärt ihn auf:
»Egal. Bevor sie sind fertig, ist sowieso schon wieder hell, hahaha.«
Meine Mutter lacht höflichkeitshalber mit, und mein Vater sucht wie üblich nach einem tieferen Sinn – was ihn zum wohl schlechtesten Witzezuhörer aller Zeiten macht. (Einmal hat er es geschafft, mir meinen Lieblingswitz zu zerstören: »Gehen

zwei Zahnstocher durch den Wald und sehen einen Igel; sagt der eine: ›Guck mal, da fährt ein Bus!‹« Mein Vater sah in diesem Witz eine Menge verschenktes Potenzial und meinte, es wäre viel geistreicher, wenn die Zahnstocher dann auf den Igel aufsteigen würden und anschließend aus den unterschiedlichen kulturellen Erfahrungen von Zahnstochern und Stacheln eine tragikomisch-poetische Geschichte entstehen würde.)

Herr Denizoğlu kommt jetzt richtig in Fahrt:

»Was macht eine Grieche im Puff?«

Mein Vater verteidigt erfolgreich seinen Weltschlechtester-Witzezuhörer-Titel:

»Nun, ich denke, er hat sich, aus welchen Gründen auch immer, dazu entschlossen, auf eine von beiderseitigem Respekt geprägte erotische Erfahrung zu verzichten, und betrachtet Sex als eine Art Ware.«

»Falsch. Er besucht seine Schwester, hahaha ...«

»Ach, er hat eine Schwester? Das hatten Sie vorher gar nicht erwähnt.«

Während mein Vater nun Herrn Denizoğlu darüber aufklärt, was die Weltliteratur an Familientragödien im Rotlichtmilieu anzubieten hat, kommt Frau Denizoğlu mit einem großen, in silbernes Papier verpackten Karton zu mir, auf dem eine gigantische goldene Schleife prangt.

»Hier, Daniel, ist Geschenk für dich von Familie Denizoğlu.«

Augenblicklich verstummen alle Gespräche, und meine Eltern schauen sich irritiert an, weil Frau Denizoğlu eigenmächtig mit der Bescherung angefangen hat. Obwohl doch die Biermann-Platte das Signal für die Bescherung ist. Meine Eltern reden kurz miteinander, dann hastet mein Vater zum Plattenschrank und wühlt so aufgeregt darin, dass eine Live-Aufnahme von Jacques Brel zu Boden fällt. Mein Vater will sie noch in der Luft auffangen und reißt mit einer hektischen Bewegung die kleine Giacometti-Plastik aus dem Regal – das teuerste Stück in der Sammlung meiner Eltern. Mit einer Blitz-Reaktion bringt er seinen Fuß so unter die drei Kilo schwere, massive Eisenskulptur, dass er den Aufprall abfedern kann – auf Kosten der eigenen Unversehrtheit. (Auch wenn mein Vater für diese Entscheidung nicht den Bruchteil einer Sekunde, sondern ein Jahr Zeit gehabt hätte – er hätte sich immer für die Skulptur und gegen seinen Fuß entschieden.)

Mein Vater verzieht kurz vor Schmerz das Gesicht und tut dann so, als sei nichts gewesen. Er hebt die Plastik auf, seufzt erleichtert, dass sie unversehrt ist, und humpelt dann, sich zu einem Lächeln zwingend, aus dem Zimmer, gefolgt von meiner Mutter.

Aus dem Flur höre ich meinen Vater fluchen. Um der Betroffenheit im Wohnzimmer entgegenzuwirken, öffne ich das Paket der Denizoğlus und finde einen schwarzen Glanzanzug. Ich bin verblüfft. Bevor ich weiß, was ich davon halten soll, preist Frau Denizoğlu ihn an:

»Ist Anzug für Hochzeit, vallaha, sieht unheimlich elegant aus, ist vallaha eleganteste Anzug, den ich je gesehen habe. Und ist wunderbare Stoff, ganz elegant, hat Onkel Murat extra mitgebracht aus Istanbul, ist vallaha so elegant wie eleganter geht nix mehr so elegant, vallaha!«

Ich habe das Gefühl, neben mir zu stehen. Wie in Trance küsse ich alle Denizoğlus zum Dank auf die Wangen. Aylin flüstert mir ins Ohr:

»Ich weiß, er ist ziemlich drüber – ich konnte Mama nicht stoppen. Aber glaub mir, er wird gut zu meinem Kleid passen.«

Aylin grinst mich schelmisch an. Dann redet sie wieder laut:

»Und – gefällt er dir?«

»Ja. Er ist unheimlich ...«

Plötzlich scheint die deutsche Sprache nur noch ein Adjektiv zu besitzen.

»... elegant.«

Frau Denizoğlus Stimme überschlägt sich:

»Vallaha, ich bin so froh, dass dir auch gefällt, Daniel, ist vallaha unheimlich elegant. Sehr, sehr elegant, vallaha. Und du machst mich glücklichste Mensch, wenn du jetzt anziehst.«

Ich spüre einen gewissen emotionalen Druck, wenn das Lebensglück meiner Schwiegermutter davon abhängen soll, dass ich diesen Anzug anprobiere. Trotzdem nehme ich den Haufen glänzenden Stoff und gehe ins Badezimmer, um mich umzuziehen. Dort legt meine Mutter meinem Vater gerade einen Fußverband an und schaut besorgt:

»Wenn es heute Nacht anschwillt, fahren wir ins Krankenhaus.«

Mein Vater beschwichtigt:

»Aber davon lassen wir uns nicht den Abend vermiesen. Es ist schließlich nur ein Fuß.«

Mein Vater betrachtet seinen Körper stets als notwendiges Übel, das den einzigen Zweck hat, seinen Geist durch die Gegend zu tragen. Da das Badezimmer besetzt ist, gehe ich ins Schlafzimmer meiner Eltern.

Als ich gerade den letzten Knopf der Weste schließe, höre ich von draußen den tödlichen Satz meiner Mutter:

»Kommen Sie, Herr und Frau Denizoğlu, ich zeige Ihnen, wo ich Ihren Harlekin aufbewahre.«

Adrenalin schießt durch meinen Körper. Ich starre wie versteinert auf Erikas Akt mit Adonis-Statue. Er hängt an der vor Bildern überquellenden Wand direkt unterhalb eines gerahmten Geschmieres, das ich mit fünf Jahren angefertigt habe. (Mir war ein Glas Möhrensaft auf den Malblock gekippt, aber mein Vater hält es noch heute für ein Meisterwerk der Aquarellkunst.)

Die primären und sekundären Geschlechtsmerkmale meiner Mutter befinden sich glücklicherweise in einer Höhe, die ich mit meinem Körper verdecken kann. Ich mache mich so breit, wie das mit einem schmalen Körper möglich ist, und bin spontan gewillt, an die Existenz von Schutzengeln zu glauben, wenn ich dafür die nächsten Minuten überlebe.

6
Kurz vor einer Katastrophe.

Die Schlafzimmertür öffnet sich. Als Frau Denizoğlu mich in meinem Hochzeitsanzug erblickt, klatscht sie begeistert in die Hände und gibt Töne von sich wie eine Dreizehnjährige, die bei Hit-Radio Antenne 1 einen Backstage-Pass fürs Justin-Bieber-Konzert gewonnen hat.
»Aaaaaaahhhhhhhhhhh! Allah Allah! Allah Allah! Hahahaha! Allah Allah! Allah Allah! Allah Allah! Allah Allah! Allah Allah! Hahahahaaa!!!«
Aylin streicht über den Stoff und zwinkert mir zu:
»Eigentlich schon irgendwie sexy.«
Ich fühle mich eher wie ein Zuhälter, aber solange ich Aylin gefalle und meine nackte Mutter verdecke, bin ich zufrieden. Frau Denizoğlu hat sich noch immer nicht beruhigt:
»Allah, Allah! Allah, Allah! Jetzt dreh dich um, Daniel.«
Ich drehe mich um und schaue nun genau auf die Brüste meiner 25-jährigen Mutter. Ich schließe die Augen und würde alles dafür geben, dass diese Situation aufhört. Ich würde mir sogar ein Flippers-Konzert angucken oder zur »Latinoparty mit DJ Klaus« im Bürgerzentrum Köln-Porz gehen. Als ich erneuten Jubel von Frau Denizoğlu vernehme, versuche ich, die Aufmerksamkeit endlich von mir und dem Bild wegzulenken: Ich weise zum Stoff-Harlekin, den ich auf dem Kopfkissen platziert habe:
»Guckt mal, wie süß der aussieht!«
Meine Mutter schaut mich irritiert an, weil ich normalerweise nicht so einen Stuss rede.
Frau Denizoğlu gibt nur einen kurzen, quietschenden Jubel-

laut beim Anblick des Stoff-Harlekins von sich und wendet sich sofort wieder mir zu:

»Vallaha, unheimlich elegant. Nicht wahr, Frau Hageberger, ist doch unheimlich elegant, oder?!«

Für meine Mutter, die mich zwar in Windeln, Strampelanzügen, Cordhosen, Jeans und Shorts mit lustigen Tiermotiven gesehen hat, aber noch nie in einem schwarzen Glanzanzug, scheint das Wort »elegant« nicht zu 100 % auf das zuzutreffen, was da gerade ihr Nackt-Porträt verdeckt. Auch mein Vater, der in diesem Moment ins Zimmer humpelt, schaut mich mit einem beunruhigten Das-ist-nicht-mein-Sohn-Blick an.

Ich versuche, die Szene möglichst schnell zu beenden:

»Puh, ich habe richtig Kohldampf – wollen wir nicht schon mal ins Esszimmer gehen?!«

Meine Mutter sieht mich tadelnd an.

»Daniel, du weißt doch: erst Bescherung, dann essen.«

Da sind meine Eltern spießig. Es hängt zwar Plastikmüll am Baum und zur Bescherung läuft Wolf Biermann, aber das Ritual muss jedes Mal exakt gleich ablaufen. Dass Familie Denizoğlu eigenmächtig die Abfolge geändert hat, war schon schwer zu schlucken. Dann bringt mich meine Mutter in eine schwierige Lage:

»Daniel, hol doch aus dem Keller noch eine Kiste Château Fenouche für Ingeborg und Dimiter.«

»Okay.«

Warum habe ich nur »okay« gesagt? Jetzt warten meine Mutter und Frau Denizoğlu darauf, dass ich gehe – und damit würde der Blick frei. Ich suche fieberhaft nach Argumenten fürs Stehenbleiben und komme nur auf drei jämmerliche Ausreden:

1. Ich täusche einen Wadenkrampf vor (dumm, weil ich mich dann auf den Boden legen müsste).
2. Ich falle in Ohnmacht (nicht ganz so dumm – ich müsste zwar auch zu Boden gehen, könnte aber vielleicht im Fallen das Bild mit runterreißen).
3. Ich erkläre, dass ich vergessen habe, meine Tai-Chi-Übung zu machen, und das an Ort und Stelle nachholen will (ex-

trem dumm, denn ich habe keine Ahnung, wie eine Tai-Chi-Übung aussieht).

Als ich sehe, wie Aylin mich verliebt anlächelt, wähle ich in einem Anfall von Übermut die Flucht nach vorn: Ich gebe die Sicht auf das Bild frei und rede mit der Stimme von Franz Beckenbauer:

»Ja gut äh, sicherlich, der Adonis, er ist in jedem Museum dieser Welt zu Hause, der Adonis, er ist ein Mythos, eine Legende, genau wie der Lothar Matthäus, und, äh, ja gut, meine Mutter ... Der eine schämt sich, nackt zu sein; der andere schämt sich für das Dritte Reich – das ist sicherlich ein kleiner kultureller Unterschied.«

Das Schlimmste an einem Versuch, eine peinliche Situation mit Humor zu überspielen: Durch das Ausbleiben des Lachens wird das Scheitern allzu offensichtlich. Herr und Frau Denizoğlu schauen schockiert zwischen dem Ölgemälde und meiner Mutter hin und her. Ein innerer Zwang lässt mich nun mit der Stimme von Dieter Hallervorden »Uiuiuiuiuiuiui« sagen. Was ebenso wenig zu ausgelassener Heiterkeit führt wie die Beckenbauer-Imitation zuvor.

Ich bin nicht ganz sicher, ob die Empörung in den Gesichtern von Aylins Eltern mehr von der Nacktheit ausgelöst wird oder von der Tatsache, dass sich meine Mutter an einen Griechen lehnt. Aber am Ende ist das auch egal. Meine Eltern schauen sich an. Die Denizoğlus schauen sich an. Eine viel zu lange Pause entsteht. Wenn ich jetzt die Wahl hätte, vom Blitz erschlagen zu werden oder einem Erklärungsversuch meiner Mutter beizuwohnen – ich würde mich für den Blitz entscheiden. Leider meint es das Schicksal nicht gut mit mir. Meine Mutter hat bereits losgelegt:

»Das Bild hat ein Freund von uns gemalt. Er war eigentlich ein Freund von Rigobert, aber dann hatte ich mit ihm eine Affäre. Das war aber nicht so schlimm, haha, denn Rigobert und ich waren ja noch gar nicht verheiratet, und außerdem ist Rigobert danach mit der Freundin des Malers ins Bett gegangen, das war übrigens Ingeborg Trutz, ihr habt sie ja gerade kennengelernt. Aber damals war sie noch nicht mit Dimiter zusammen. Gut, jetzt sind sie auch nicht mehr zusammen, also, in sexueller Hinsicht, aber egal, ich selbst habe jedenfalls mit Dimiter nur ein einziges Mal geschlafen, aber das war betrunken in den Kulissen von Heiner Müllers *Hamlet-Maschine*. Was ich sagen wollte: Seit wir verheiratet sind, führen wir ein ganz normales Leben, wir haben eigentlich nur noch selten außereheliche Beziehungen, sieht man von Rigoberts russischer Schlampe einmal ab.«

Jetzt meint mein Vater, sich einbringen zu müssen:

»Sie hat das beste Buch über Tolstoi geschrieben, das ich je gelesen habe, und damit die russische Sekundärliteratur einen großen Schritt weitergebracht.«

»Jaja, sie ist ganz toll, deine Anuschka. Auf jeden Fall: Wir sind nicht mehr so wie früher. Wenn ich mal keine Lust auf Rigobert habe, lege ich lieber selbst Hand an, das ist auch emotional viel einfacher als eine Affäre, haha.«

Selbst meine Mutter hat inzwischen bemerkt, dass ihre Offenheit bei den Denizoğlus weniger gut ankommt als bei ihren intellektuellen Freunden. Ich spüre, dass mein Leben sich gerade am Scheideweg befindet – und nicht einmal die Doppeldeutigkeit des Wortes »Scheide« im Kontext mit dem Ölgemälde kann mich aufheitern. Sogar Aylin, die deutlich weniger traditionell denkt als ihre Eltern, ringt um Fassung.

Meine Mutter fordert meinen Vater mimisch auf, etwas zu sagen. Mein Vater räuspert sich mehrfach und schaut dann ratlos zu mir, aber ich unterdrücke meine Idee, die Situation mit der Stimme von Udo Lindenberg zu retten. Meine Eltern schauen die Denizoğlus ratlos an. Aylins Mutter murmelt arabische Sätze vor sich hin, in denen verdächtig oft das Wort »Allah« vorkommt. Aylins Vater vergleicht meine nackte Mutter mit meiner angezogenen Mutter und kriegt dafür von seiner Frau einen unmerklichen Stoß in die Rippen.

Als letzter Ausweg fällt mir spontan die türkische Wir-ignorieren-einfach-das-Problem-Taktik ein und ich rufe laut:

»Bescherung!!!«

Erleichtert klatscht Frau Denizoğlu in die Hände:

»Oh, ich freue mich, ich wollte schon immer dabei sein bei eine traditionelle deutsche Bescherung, hahahaha.«

Jetzt lachen alle gemeinsam. Ich lache auch – erstens, weil mir ein Felsbrocken von der Größe eines Jupiter-Mondes vom Herzen fällt; und zweitens, weil die Denizoğlus nach dem heutigen Abend denken werden, dass man in Deutschland traditionell Geschenke mit dem Feuilleton der *Zeit* einpackt und zur Bescherung Wolf Biermann hört. Meine Eltern und die Denizoğlus gehen gut gelaunt zurück in Richtung Wohnzimmer.

Nur Aylin und ich stehen noch vor dem Ölgemälde. Aylin wirkt mitgenommen von den detailreichen Intim-Informationen, die sie gerade von ihren zukünftigen Schwiegereltern erhalten hat. Sie ringt mit sich:

»Daniel ... Ich meine, du ... also, ich war noch nie mit einem Deutschen zusammen. Ich wusste nicht, dass ihr so ... so offen seid.«

»Aylin, du darfst meine Eltern nicht mit den Deutschen verwechseln. Sie sind zwar Deutsche, aber eine Art Mutation. Jeder Franzose ist deutscher als sie.«

»Okay. Und ... du?«

»Ich hasse Fremdgehen. Ich bin spießig und stehe auf Treue.«

Aylin seufzt erleichtert.

»Und du willst auch kein Nacktbild von mir neben das Bett hängen?«

»Nein, Nacktbilder natürlich immer nur ins Wohnzimmer.«

Aylin lacht und funkelt mich dann gespielt böse an:

»Sen var ya sen!!!«

Das heißt so was wie »Du bist ja ein ganz Schlimmer«, und Aylin schafft es regelmäßig, diesen Satz wie ein erotisches Vorspiel klingen zu lassen. Ich ziehe sie zu mir heran:

»Aber jetzt musst du mir auch etwas versprechen.«

»Okay?!«

»Versprich mir, dass wir niemals niemals niemals einen Stoff-Harlekin oder eine glitzernde Pastell-Krippe in unserer Wohnung haben werden!«

»Hmmm ... weiß nicht. Das wäre schon ein herber Verlust. Was krieg ich denn dafür?«

Als Antwort hole ich endlich den Kuss nach, auf den ich seit einer halben Stunde mit Rücksicht auf die Familie verzichtet habe, und erkunde dabei mit meinen Händen Aylins Po, der deutlich schönere Rundungen aufweist als die abstrakte Steinplastik von Alfons Kunen.

7
*Noch lange genug bis zur Hochzeit, um weitere
peinliche Situationen zu erleben.*

Wir sitzen mit vollen Bäuchen am Esstisch, und eine zufriedene Müdigkeit hat sich breitgemacht. Meine Mutter hat natürlich keine Weihnachtsgans gebraten, sondern zu Ehren unserer türkischen Gäste ein Büfett aus mediterranen Speisen vorbereitet. (Obwohl meine Eltern immer noch Anhänger der Frauenbewegung sind, lässt meine Mutter meinen Vater niemals an den Herd, seitdem dieser das angebliche Leibgericht von Hermann Hesse nachkochen wollte und dabei die Küche im Zustand eines explodierten Chemielabors hinterließ.)

Nach der schwierigen Situation im Schlafzimmer sind Bescherung und Essen ohne weitere Zwischenfälle verlaufen, bis auf einen Fauxpas meines Vaters. Er konnte es sich nicht verkneifen, Herrn Denizoğlu darauf hinzuweisen, dass die schwarzen Oliven aus Griechenland stammen, und zwar *nachdem* Aylins Vater sie gegessen und für gut befunden hatte. Hätte sich Oma Berta nicht just in diesem Moment an einem Stück Knoblauchwurst verschluckt und wäre fast gestorben – die Situation hätte brenzlig werden können.

Zur Bescherung haben meine Eltern wieder einmal sensationelle Menschenkenntnis bei ihrer Geschenkauswahl bewiesen:

Person	Geschenk meiner Eltern
Ich	DVD-Box mit Dokumentationen über den Philosophen Hans Magnus Enzensberger
Oma Berta	Buch: *Die Geschichte des Todes* von Philippe Ariès (eine Sammlung von Sterberitualen aus aller Welt)
Herr Denizoğlu	Buch: *Zypern in seinen Beziehungs- und Konfliktverhältnissen zu Türkei und Griechenland*
Frau Denizoğlu	Buch: *Die Kulturgeschichte des Essens und Trinkens* von Paczensky/Dünnebier (576 Seiten)
Aylin	Abstrakte Metallplastik, von einem russischen Gegenwartskünstler gestaltet
Cem	Buch: *Volksgerichtshof – die politische Justiz im 3. Reich* (weil Cem ja Anwalt ist)
Ingeborg Trutz	Eine Stange *Roth-Händle*
Dimiter Zilnik	*Johnnie Walker, Black Label*

Lediglich Ingeborg Trutz und Dimiter Zilnik bekamen Dinge, die sie wirklich gebrauchen können. Aber ich bin sicher, Herr Denizoğlu wird begeistert sein, endlich die Wahrheit über Zypern zu erfahren.

Nachdem mein Vater das obligatorische Wolf-Biermann-Lied ohne weitere Unfälle auf den Plattenteller gebracht hatte (während dieser drei Minuten zeugten die Gesichter der Denizoğlus davon, dass sie im Nachhinein Heino doch nicht *so* schrecklich fanden), wollte Frau Denizoğlu von Ingeborg Trutz wissen, warum sie nicht mehr mit Dimiter Zilnik zusammen ist, obwohl sie sich doch offenbar gut verstehen. Ingeborg antwortete, sie würden sich nicht wirklich gut verstehen, sondern seien einfach zu pazifistisch, um sich die Schädel einzuschlagen – woraufhin Frau Denizoğlu die Gesichtszüge entglitten; was sie allerdings nicht davon abhielt, zehn Sekunden später ihre Cousine Valide anzurufen, um ihr mitzuteilen, sie habe endlich einen Ehemann für sie gefunden.

Valide gab zur Antwort, sie sei in fünf Minuten da, und jetzt, knapp zwei Stunden später, warten wir immer noch auf sie. Meine Eltern finden es zwar ungewöhnlich, dass ihre Weihnachtsgäste an Heiligabend ohne zu fragen eine fremde Frau eingeladen haben; aber die Freude, dass die Türken die traditionelle Weihnachtsroutine durcheinanderwirbeln, überwiegt (zumindest bei meinem Vater).

Dimiter Zilnik und Ingeborg Trutz sind zwar weniger begeistert, haben ihren Alkoholpegel aber inzwischen so weit erhöht, dass ihnen das Leben an sich und auch alles andere egal ist.

Mein Vater erhebt sein Glas:

»So, ich habe für unsere Gäste extra einen türkischen Trinkspruch geübt: ön kolü gunümu böö ... ooolun.«

Er schaut die Denizoğlus an und wartet vergeblich auf Applaus. Sie haben kein Wort verstanden. Als er die fragenden Blicke bemerkt, holt er einen Zettel hervor.

»Ich meinte: ähn kotü güll ... äh günü ... äh ... böhle ohlsohn.«

Erneut allgemeine Ratlosigkeit. Dann übernimmt meine Mutter:

»En kötü günümüz böyle olsun.«

Jetzt haben die Denizoğlus verstanden und applaudieren begeistert. Offenbar hat meine Mutter mehr Talent für die türkische Sprache als mein Vater, der immerhin die deutsche Übersetzung beisteuert:

»Dies soll unser schlechtester Tag sein. Das bedeutet, die Zukunft soll *noch* besser werden.«

Meine Mutter ist vom Erfolg ihres ersten türkischen Satzes so euphorisiert, dass sie ihn wiederholt:

»En kötü günümüz böyle olsun – ein toller Spruch. So optimistisch!«

Endlich ergreift Dimiter Zilnik zum ersten Mal das Wort:

»Optimismus ist nur ein Mangel an Information.«

Eine kurze betroffene Pause entsteht, dann klingelt es. Frau Denizoğlu springt auf und öffnet die Tür. Ihre Cousine Valide betritt ein wenig schüchtern das Wohnzimmer. Sie ist Mitte fünfzig, und es scheint, als habe der Künstler, der die Kitsch-Krippe gestaltet hat, in Valides Gesicht ein neues Betätigungsfeld gefunden. Zusätzlich glitzern in ihrem Pullover bunte Pailletten und Perlen, ihre einfarbig pinke Hose wirkt dagegen regelrecht dezent.

Nach einer Wangenkuss-Orgie, bei der viel Glitzer an allen Beteiligten hängen bleibt, platziert Frau Denizoğlu ihre Cousine neben Dimiter Zilnik.

»Er ist berühmter Filmregisseur.«

Meine Mutter korrigiert:

»Theaterregisseur.«

»Auf jeden Fall hat keine Frau.«

Jetzt greift Ingeborg Trutz ein:

»Aber verheiratet ist er schon. Mit dem Theater.«

Frau Denizoğlu ignoriert das und preist ihre Cousine an wie ein Haushaltsgerät auf Home Order Television:

»Valide kann vallaha sehr gut kochen und ist unheimlich ordentlich und sehr, sehr fleißig. Und hat sogar Führerschein, kann also selber einkaufen fahren.«

Dimiter Zilnik schaut Valide mit glasigem Blick an. Frau Denizoğlu klopft ihm auf die Schulter.

»Aber lerne euch erst mal kennen.«

Damit überlässt sie die beiden sich selbst. Nachdem er ein weiteres Glas Château Fenouche auf ex geleert hat, findet Dimiter ein geeignetes Gesprächsthema:

»Haben Sie die letzte Castorf-Inszenierung an der Berliner Volksbühne gesehen?«

Obwohl man durch mehrere Zentimeter Spachtel- und Glitzermasse schwer einen Gesichtsausdruck ausmachen kann, ist doch zu erahnen, dass Castorf-Inszenierungen auf Valides Small-Talk-Themenliste relativ weit unten rangieren. Immerhin will sie sich auf ein Gespräch einlassen:

»Was ist Castorf?«

Dimiter Zilnik sackt augenblicklich in sich zusammen und schafft es, innerhalb von weniger als fünf Sekunden nicht nur einzuschlafen, sondern auch laut zu schnarchen. Ingeborg Trutz tröstet die enttäuschte Valide:

»Seien Sie froh. Dimiter grunzt beim Sex wie eine englische Bulldogge – nicht auszuhalten.«

In die folgende Gesprächspause dringt die Stimme von Frau Denizoğlu, die gerade mit Oma Berta spricht:

»Wirklich? Wusste ich ja gar nicht, dass Jesus kam aus Österreich.«

8

*Noch 4 Wochen, 4 Tage, 16 Stunden, 44 Minuten
bis zur Hochzeit.*

»Hi, I'm Jamil, wanna see *Phantom of di Opera* tonight? Only 100 Quid, man.«

Aylin steht in ihrem atemberaubenden roten Silvesterkleid aus Samt in der Shaftsbury Avenue und schaut zwischen mir und einem afrikanischen Schwarzmarkthändler hin und her. Dabei spiegelt sich die Leuchtreklame des *Lyric Theatre* in ihren Augen.

»100 Pfund pro Karte – das ist echt zu teuer, Daniel.«

»Aber ich will, dass unser erstes gemeinsames Silvester perfekt wird: Candlelight-Dinner, *Phantom der Oper*, und dann das Feuerwerk auf der Themse. Verstehst du? Es muss einzigartig werden – ein Abend, von dem wir noch unseren Enkelkindern erzählen.«

»Du bist verrückt.«

Aylin schaut mich verliebt an. Jamil schaut mich genervt an.

»So you wanna buy ticket or no buy ticket?«

Ich freue mich, dass Jamil schlechter Englisch spricht als ich – das gleicht irgendwie meine fehlende Muskelmasse aus. Plötzlich kommen mir Zweifel an seiner Seriosität:

»Und was, wenn die Tickets gar nicht echt sind? Ich meine, warum verkauft er Karten für *Phantom der Oper* vor einem Theater, in dem *Cabaret* läuft?«

»*Cabaret* sold out. Is New Year's Eve. Only *Phantom of di Opera*. 100 Quid. Is special price.«

Dass der Preis speziell ist, habe ich auch schon gemerkt. Aber um Aylin glücklich zu machen, ist mir nichts zu teuer. Ich will nur nicht verarscht werden – und Jamils prall gefülltes Lederportemonnaie, das vorne in seinem Gürtel steckt und aus dem mindestens zehn Hundert-Pfund-Noten hervorquellen, lässt ihn nicht unbedingt seriös erscheinen.

»Was meinst du, Aylin? Verarscht er uns?«

»Kann sein. Das wäre dann Schicksal. Wenn der Beduine Pech hat, fickt ihn in der Wüste ein Polarbär.«

»Was???«

»Wenn der Beduine Pech hat, fickt ihn in der Wüste ein Polarbär. Kennst du das nicht?«

»Nein.«

»Ist eine türkische Redensart.«

»Wow! Deine Kultur fasziniert mich immer wieder.«

Statt orientalischer Bildsprache bevorzugt Jamil eine eher nüchterne Kommunikation:

»Buy or no buy?«

Vor zwei Wochen ›Malediven oder Seychellen‹, und jetzt ›Buy or no buy‹. Ich schaue Aylin prüfend an und versuche herauszufinden, ob sie mich immer noch für den Boss hält. Wenn ja, sollte ich jetzt eine Entscheidung treffen. Ich sollte mit großer Geste zweihundert Pfund hervorholen und Aylin generös zunicken. Das wäre souverän und männlich. Ich höre mich sagen:

»Was meinst du denn, Aylin?«

Es ist einfach ein Reflex.

»Tja, ich find's zu teuer. Aber entscheide du. Du bist der Boss.«

Also doch. Ich dachte, mit meiner Boss-Rolle hätte es sich spätestens auf dem Hinflug nach London-Stansted erledigt, als ich mich drei geschlagene Minuten lang nicht entscheiden konnte, ob ich mein Happy Snack Menü mit Puten- oder Käsesandwich wollte.

Jetzt überlege ich fieberhaft, ob Aylin

a) *Phantom der Oper* eigentlich unbedingt sehen will und nur abwiegelt, damit ich nicht so viel Geld ausgebe, oder

b) alles hasst, was Andrew Lloyd Webber jemals komponiert hat, und das Geld nur als Vorwand benutzt, um sich ein Martyrium zu ersparen.

Eigentlich der perfekte Plan: Ich finde Aylins Wünsche heraus, und dann entscheide *ich*, dass wir das tun, was *sie* will. Vielleicht

lautet so das Rezept für eine glückliche Ehe. Leider kann ich unter Druck schwer denken und habe keinen blassen Schimmer, was in Aylin vorgeht. Jamil wird langsam unruhig:
»Hey man, I no got time da whole evening.«
»Okay, I buy.«
Zwischen »I no got time« und »Okay, I buy« lagen höchstens ein paar Hundertstelsekunden. Es war dieser drohende Blick. Mein Vater würde jetzt sagen, dass meine Angst vor diesem Rasta-Mann eine passive Form von Rassismus ist. Ich persönlich finde eher, der Ticketpreis ist eine passive Form von Straßenraub – aber darüber ließe sich streiten.

Aylin fällt mir vor Freude um den Hals.
»Danke! Du bist mein Traumprinz.«
Yes!!! Ich habe mich zwar unter Druck und aus Angst entschieden, aber wie unser Exkanzler so schön sagte: »Wichtig ist, was hinten rauskommt.«
Ich zücke vier Fünfzig-Pfund-Scheine und will sie unserem ungeduldigen neuen Freund überreichen, doch Aylin hindert mich daran und baut sich mit untrüglichem Instinkt für die Wirkung des eigenen Körpers vor Jamil auf:
»100 for both!«
Sie hat recht – es heißt ja Schwarzmarkt*handel* und nicht Schwarzmarktfestpreis.
»Hey, you beautiful Lady. But price is 100 each.«
Jetzt setzt Aylin ihre zweitschrecklichste Waffe ein: ihr Lächeln. Jamil hat einen Wirkungstreffer abbekommen:
»Okay. 180 for both.«
Nun setzt Aylin ihre schrecklichste Waffe ein: ihren Schmollmund.
»Hey you wanna kill me? Okay, 150 for both.«
Lächeln.
»140. Last offer.«
Schmollmund.
»130. Very last offer.«
Schmollmund in Kombination mit hochgezogenen Augenbrauen.
»120. Dat's di end, Lady.«

Kurze Abfolge von Schmollmund, Lächeln und wieder Schmollmund.

»Okay, you bitch. 100.«

Aylin ist einfach unschlagbar. Sie zwinkert mir zu, nimmt zwei Fünfziger aus meiner Hand und zahlt. Unser Musical-Experte hält die Karten zurück und gibt sie Aylin erst, als sie erneut ihren Schmollmund präsentiert. Dabei lässt er eine Lache vernehmen, mit der er Eddie-Murphy-Filme synchronisieren könnte. Während das passiert, stehe ich, also der Boss, als interessierter Beobachter daneben und überlege, ob ich etwas dazu sagen sollte, dass ein schwarzer Schwarzmarkthändler meine Verlobte gerade auf Englisch als Hure bezeichnet hat.

Allerdings fordert meine Erziehung, dass ich jetzt erst mal nachprüfe, ob das Wort »bitch« nicht eventuell eine umgangssprachliche Bedeutungsverschiebung hin zum Liebevoll-Kumpelhaften erfährt, wenn es in diesem Kontext verwendet wird. (Als Kind eines Germanistikprofessors mit Nazi-Komplex trägt man schwere seelische Schäden davon.)

Ich verzichte also darauf, mit Jamil über das Wort »bitch« zu diskutieren; Aylin und ich wenden uns zum Gehen. Dabei merke ich, dass Jamil ihr so intensiv auf den Hintern starrt, als gäbe es dort die neue Staffel *Dr. House* zu sehen. Ich ignoriere auch das und winke ihm zum Abschied zu. Was Jamil offenbar als Einladung missversteht:

»Hey Folks, where you go? I know good place.«

Ich weise ihn mit unerbittlicher Härte ab.

»That's very kind of you – but no, thank you so much.«

Jamil lässt wieder seine Eddie-Murphy-Lache hören.

»Hey, you're a funny man. And your girl is gorgeous. Why don't we spend da night together. We could do a sandwich, hahaha ...«

So. Jetzt brauche ich etwas Zeit zum Nachdenken:

1. Ich habe das latente Bauchgefühl, dass mich Jamil als Mann nicht zu 100 % ernst nimmt.
2. Mir fällt die exakte Bedeutung des Wortes »gorgeous« nicht ein. Ich meine, es bezieht sich auf die Attraktivität einer Frau, hat aber auch einen sexuellen Unterton.

3. Sehr viel wichtiger als die Bedeutung von »gorgeous« ist, wie der Satz »We could do a sandwich« zu verstehen ist. Ganz langsam gelange ich zu der Schlussfolgerung, dass Jamil mit uns keine Stullen schmieren will. Offensichtlich ist er extrem dreist (oder wie mein Vater sagen würde: aus kulturellen Gründen mit der Kunst der vorsichtigen Annäherung nicht vertraut).
4. Äh ...

Aylin guckt mich auffordernd an. Verdammt, in jedem Scheiß-Handballspiel darf der Trainer eine Auszeit nehmen. Aber für wirklich wichtige Momente gibt es so was nicht. Es geht einfach weiter. Mir bricht der Schweiß aus. Ich muss ihm jetzt so knallhart die Meinung sagen, dass unmissverständlich klar wird: Hier läuft nix. Nada. Niente. Nothing.

In meinem Kopf formt sich der Satz »I'd appreciate if you were so kind to spend the night with someone else«, aber irgendwie habe ich das Gefühl, dass ich mit meinem Streber-Schulenglisch nicht weiterkomme. Selbst wenn ich sagen würde: »I'd fuckin' appreciate ...« – mir fehlt einfach die »Street Credibility«. O Mann, warum habe ich nie eine Eminem-CD gehört?

Die Sekunden dehnen sich. Aylin hat den berechtigten Anspruch auf einen Beschützer, und ich fühle mich wie ein Zwerghamster, der eine Rennmaus gegen Godzilla verteidigen soll. Jamil schaut mich mitleidig an:

»Hey, what's wrong with you, man?«

Meine Therapeutin hat mir geraten: Wenn ich vor Angst gelähmt bin, soll ich mir das Schlimmste ausmalen, was passieren könnte, dann würde sich die Blockade lösen.

Also, mal überlegen: Aylin stellt fest, dass ich sie niemals beschützen kann, sagt die Hochzeit ab, verbringt die Silvesternacht mit Jamil, der sie erst schwängert und dann bis an sein Lebensende glücklich mit ihr auf Barbados lebt, während ich meinen Kummer in Alkohol ertränke und kurz vor dem Delirium von einer russischen Bande auf ein Schiff verschleppt werde, auf dem man mich drei Jahre lang zu schwerer körperlicher Arbeit zwingt, bis ich schließlich bei einem Fluchtversuch vor der Küste Lettlands von einem Atom-U-Boot gerammt und anschließend von einem Riesenkraken verspeist werde. Ich glaube, die Methode meiner Therapeutin funktioniert nur bei weniger phantasiebegabten Menschen.

Plötzlich erinnere ich mich daran, wie mir Aylin bei unserem ersten Rendezvous an einem Strand bei Antalya einen Blick gezeigt hat, mit dem man männliche Konkurrenten vertreiben kann. Damals waren es sogar mehrere Soldaten – dann wird es doch wohl für einen Schwarzmarkthändler reichen. Ich sammle meine mentalen Kräfte, ziehe meine Augenbrauen hoch und versuche, Jamil drohend anzugucken. Jamil ist tatsächlich irritiert:

»Hey, you okay?!«

Er lacht wieder, aber immerhin etwas verunsichert. Leider geht er noch nicht. Wahrscheinlich steckt in meinem Blick immer noch eine Spur Scham wegen der Kolonialverbrechen unter Wilhelm II.

Ich intensiviere den Blick. Jamils Lache stoppt so abrupt, als hätte ich bei der Eddie-Murphy-DVD die Pausetaste gedrückt. Dann hebt er theatralisch entschuldigend die Arme.

»Hey, be cool, man. I only make joke. Have fun. See you.«

Damit dreht er sich um und fragt die nächsten Passanten, ob sie *Phantom of di Opera* sehen wollen. Die letzte Minute kam mir zwar länger vor als 10000 Folgen *Lindenstraße*, aber ich habe mich tapfer geschlagen. Aylin zollt mir mimisch Respekt, dann küsst sie mich auf den Mund.

»Danke, Daniel. Du bist mein Held.«

Na also. Ich bin der Boss. Und ich bin ein Held. Wenn jetzt noch klebrige Fäden aus meinen Händen kämen, mit denen ich mich von Haus zu Haus schwingen könnte, würde ich vielleicht die Welt retten. Und das, obwohl ich von einem Mann abstamme, dessen einzige Heldentat in seinem Leben darin besteht, dass er eine Giacometti-Statue auf Kosten eines Mittelfußbruchs gerettet hat (ja, der Fuß ist in der Nacht *doch* angeschwollen).

Ich zünde die nächste Stufe meines perfekten Abends:

»Sollen wir uns vor dem Candlelight-Dinner noch Big Ben angucken?«

»Ja. Nachdem wir die Geschenke besorgt haben.«

»Welche Geschenke?«

»Wir können doch nicht nach London fahren, ohne unseren Eltern was mitzubringen.«

»Also, das gehört zu den wenigen Dingen, die ich wirklich hervorragend beherrsche: Ich kann meinen Eltern von fast überall nix mitbringen. Einmal hab ich ihnen aus Paris nichts mitgebracht – da haben sie sich besonders gefreut.«

Aylin lacht.

»Das ist nicht dein Ernst, oder?!«

»Doch. Wieso?«

»Du bringst deinen Eltern wirklich nie was mit?«

»Nein.«

»Aber sie würden sich doch sicher freuen.«

»Klar. Meine Eltern würden sich auch freuen, wenn ich wieder bei ihnen einziehe und den Rest meines Lebens in schwarzen Rollkragenpullis am Schreibtisch meines Vaters existenzialistische Lyrik produziere.«

Aylin schüttelt lachend den Kopf und schaut mich verliebt an.

»Ab jetzt bringen wir deinen Eltern *immer* etwas mit. Okay?«

»Okay.«

Warum habe ich nur ›okay‹ gesagt? Bei Aylins Mutter löst schon eine rosa Plastiktulpe aus dem Eineuroshop eine Freude aus, als hätte sie bei Günther Jauch die Millionenfrage richtig beantwortet. Aber meine Eltern haben einen komplizierten Geschmack. Klar, ich könnte einfach irgendwas aus der Mülltonne fischen und behaupten, das sei englische Postmoderne. Aber das Lügen ist nicht so mein Ding.

Aylin bleibt abrupt stehen, als sie in einem Schaufenster Kerzen in Form diverser Tierarten erblickt.

»Ooooh, wie süß! Davon kaufen wir fünfzig Stück als Tischdeko für die Hochzeitsfeier.«

»Fünfzig Stück???«

»Stimmt, mit hundert sind wir auf der sicheren Seite. Also, ich würde sagen: je zwanzig Kühe, Löwen, Elefanten, Hunde und Katzen. Was meinst du?«

»Und wenn ich ›Nein‹ sage?«

»Das machst du nicht.«

»Nein?«

»Nein.«

»Okay, dann find' ich's gut.«

»Du bist der Beste!«

Meine Zeit als Boss ist offenbar wieder vorbei. Man kann halt nicht gleichzeitig der Boss und der Beste sein.

Wenige Minuten später stehen wir in einem Souvenir-Shop in der Coventry Street vor einem Meer von Royal-Family-Tassen.

»Tante Hatice will unbedingt eine Tasse mit der Queen drauf.«

»Sicher.«

»Obwohl – wenn wir Hatice etwas mitbringen, müssen natürlich auch meine anderen Tanten was kriegen.«

»Klingt logisch.«

»Also Emine, Valide, Jale, die beiden anderen Emines, Nursel, Nihal, Özlem, Ayşe, Ayşe und Nilüfer.«

»Dann kaufen wir Hatice vielleicht lieber nichts, damit nicht alle beleidigt sind.«

»Ja. Oder – wir kaufen einfach allen was.«

»Oder so.«

»Meinst du, Onkel Mustafa wäre traurig, wenn wir ihm nichts mitbringen?«

»Ich denke, er würde es verkraften.«

»Ich hab's: Er kriegt englischen Tee!«

»Okay.«

»Aber was mach ich dann mit den anderen Onkeln?«

»Keine Ahnung.«

»Wir kaufen einfach 15 von diesen schönen bunten Dosen, dann haben wir auf jeden Fall genug.«

»Ja, aber vergiss deine 38 Cousins und Cousinen nicht.«

Den Satz hatte ich eigentlich ironisch gemeint, aber leider ist Aylins Ironieverständnis im Bezug auf ihre Familie außer Kraft gesetzt:

»Oje, daran hab ich gar nicht gedacht.«

»Aylin, das war eigentlich ...«

»Pass auf: Für die nehmen wir einfach T-Shirts. Wir sollten's nicht übertreiben.«

Aylin hat offenbar eine ganz andere Vorstellung von der Bedeutung des Wortes »übertreiben«. Aber sie stammt auch aus einem Haushalt, der bei einem einzigen Abendessen das komplette Bruttosozialprodukt von Luxemburg auf den Tisch stellt.

Zwei Stunden, achtzehn Souvenir-Shops und 642 englische Pfund später haben wir über fünfzig Geschenke gekauft – und ich stelle verblüfft fest: Ich bin nicht etwa genervt wie die Comedians, die aus der Aversion gegen die Shopping-Sucht ihrer Partnerin ganze Abendprogramme gestalten. Nein, ganz im Gegenteil: Ich schwelge in einem nie gekannten Glücksgefühl. Das Einzelkind Daniel Hagenberger, das seine wenigen Verwandten seltener sah als den Zahnarzt und für das der Begriff ›Familie‹ auf einer Stufe mit ansteckenden Krankheiten stand, dieser Daniel Hagenberger hat gerade über fünfzig Geschenke für seine Verwandtschaft gekauft! Ich bin jetzt Mitglied einer großen Gemeinschaft, eines Clans, eines Kollektivs, das gemeinsam durch dick und dünn geht und sich gegenseitig mit Präsenten seine Liebe demonstriert. Ich bin endlich geborgen im Schutz einer Herde – *meiner* Herde. Ich werde nie wieder allein und einsam sein.

Während sich eine ungewohnte Wärme in meinem Herzen ausbreitet, stehe ich mit meiner Traumfrau am Piccadilly Circus und bin bereit, den Beweis anzutreten, dass man mit 27 prall gefüllten Plastiktüten im Gepäck zusammen mit ein paar Millionen Touristen im Zentrum von London das romantischste Silvester aller Zeiten erleben kann.

9
*Noch 4 Wochen, 4 Tage, 13 Stunden, 27 Minuten
bis zum endgültigen Ende meines Einzelkindschicksals.*

Ich sitze mit Aylin im *Her Majesty's Theatre*, während das Phantom der Oper gerade der schönen Christine in ihrem Garderobenspiegel erscheint. Dass es sich tatsächlich um das Phantom der Oper handelt, habe ich nur geraten – wir sitzen nämlich direkt unter der Decke im gefühlten dreißigsten Stock, und ich kann nicht mal unterscheiden, ob der Hauptdarsteller eine Maske oder einen Eiterpickel im Gesicht hat. Die Bühne sieht von hier oben wie eine winzige Puppenstube aus – jedenfalls der Teil, der nicht von der großen Säule direkt vor uns verdeckt wird. Immerhin hat sich meine Sorge, unsere Tickets könnten gefälscht sein, als unbegründet erwiesen.

Um uns herum sitzen etwa dreißig japanische Touristen, von denen mindestens 25 friedlich vor sich hin schlummern. Die wenigen, die noch wach sind, betätigen mit letzter Kraft den Mega-Zoom ihrer Digitalkameras, damit sie wenigstens zu Hause etwas von der Aufführung sehen können.

Mein Sitznachbar hat mir erzählt, dass Silvester in London der Höhepunkt ihres Europa-Urlaubs »Dreißig Städte in zehn Tagen« ist, bei dem sie auch eine halbe Stunde in Köln waren. (Am Dom sind sie sogar kurz aus dem Bus ausgestiegen!) Heute standen schon die Kronjuwelen, London Eye, Buckingham Palace, British Museum, Westminster Abbey, Nationalgalerie, Imperial War Museum und Hyde Park auf dem Programm, sowie ein Konzert in der Albert Hall und ein Ausflug nach Oxford. Zwischendurch hatten sie immerhin fünfzehn Minuten frei, um die Stadt auf eigene Faust zu erkunden – dieser Urlaub kann vom Erholungsfaktor her problemlos mit den Balkankriegen mithalten.

Die wohl miesesten Musicalplätze aller Zeiten – jeder normale Deutsche hätte jetzt extrem schlechte Laune bekommen. Nicht so meine Verlobte mit Migrationshintergrund. Sie hat sich erst minutenlang über die Schönheit des Theaters gefreut und ist seit dem Aufführungsbeginn vor einer halben Stunde vom Bühnengeschehen hingerissen. Offenbar besitzt sie einen eingebauten Spam-Filter für Säulen und schnarchende Japaner.

Überhaupt kann Aylin störende Elemente hervorragend aus einer Situation ausblenden: Als wir wegen des langen Einkaufs unser romantisches Candlelight-Dinner spontan bei *Kentucky Fried Chicken* am Leicester Square abhielten und ich ihr das »Colonel's Burger Menü« mit einer brennenden Kerze im Krautsalat servierte, die ich im Souvenir-Shop hinter ihrem Rücken gekauft hatte, bezeichnete sie das mit Tränen in den Augen als »das romantischste Abendessen meines Lebens«.

Diese Äußerung würden sicher nicht viele Frauen machen, die bei *Kentucky Fried Chicken* in einen lauwarmen Burger beißen, aus dem an allen Seiten Mayonnaise heraustropft, während sich das Wachs einer rosafarbenen Big-Ben-Miniatur in den Krautsalat ergießt und ein bierbäuchiger Alt-Punk mit Sex-Pistols-Tattoo über eine Souvenir-Tüte mit Queen-Mum-Gedächtnis-Tassen stolpert, wobei er einen Eimer mit dreißig Chicken Wings auf dem Boden verteilt und anschließend einen neuen Rekord im So-oft-wie-möglich-Fuck-Sagen aufstellt.

Deutlich gesitteter verhält sich gerade das Phantom der Oper nach dem Scheitern seines Werbens um die schöne Christine: Es schmettert seinen Liebesschmerz mit einem herzzerreißenden finalen Stoßseufzer quer durch die Kulissen – ein magischer Theatermoment. Der sicher noch besser wirkt, wenn man ihn sehen kann. Jetzt erheben sich alle Zuschauer zu Standing Ovations. Alle Zuschauer? Nein! Eine von unbeugsamen Japanern bevölkerte Sitzreihe hört nicht auf, dem Wachsein Widerstand zu leisten.

Kurz darauf stehen wir an der Garderobe und holen unsere 27 Tüten wieder, für die wir insgesamt 19 Pfund Gebühr zahlen mussten. Ein Pfund pro Tüte – aber nachdem Aylin es nicht geschafft hatte, die etwa 150-jährige Garderobiere runterzuhandeln, konnte sie durch geschicktes Umpacken immerhin die Tütenzahl reduzieren. Was gut zehn Minuten dauerte und den Unmut der Schlange hinter uns auf sich zog (während die vergreiste Garderobiere das Ganze in einer Art Wachkoma teilnahmslos zur Kenntnis nahm).

Es ist kurz nach halb elf, als wir *Her Majesty's Theatre* verlassen und den Weg in Richtung Themse einschlagen. Völlig überraschend sind wir nicht die Einzigen, die auf die Idee gekommen sind, sich das Feuerwerk am Fluss anzugucken. Eine zähe Masse schiebt sich den Haymarket runter in Richtung Trafalgar Square, den wir überqueren müssen, um zum Victoria Embankment zu gelangen. Nach gut fünfzig Metern auf dem größten Platz Londons geht es nicht weiter. Wir stehen mit 19 Tüten im Gewühl und schauen auf die gigantische Säule, die Admiral Nelson für seinen Sieg gegen die Franzosen gewidmet wurde. (Beeindruckend – so was hat Horst Hrubesch für den entscheidenden Elfer im Halbfinale der WM 1982 nicht gekriegt.)

Inzwischen ist mir klar geworden, dass wir uns auf einer Mega-Party befinden – Lady Gaga dröhnt aus riesigen Lautsprecherboxen, und Besoffene aus aller Welt tun so, als könne man auf einem halben Quadratmeter pro Person locker abtanzen. Eine riesige Leinwand wird später das Feuerwerk zeigen, das nur 500 Meter weiter in echt stattfindet.

Hinter uns versucht jetzt eine Gruppe meiner Landsleute, das Lied »Paparazzi« mit »Hey, was geht ab?!« von der sympathischen Kombo »Frauenarzt« zu übergrölen – eine Kakofonie, die akustisch durch einen sächsischen Akzent und optisch durch über die Winterjacken gezogene T-Shirts mit lustigen Sprüchen abgerundet wird, von denen »Lieber von Picasso gemalt als vom Schicksal gezeichnet« noch der originellste ist. Genau deshalb will man Silvester in einer Weltstadt verbringen: besoffene Ossis, das Feuerwerk auf der Leinwand und der SAT.1-Fun-Freitag auf T-Shirts gedruckt. Ich verabschiede mich von dem Plan, das beeindruckendste Feuerwerk Europas zu sehen. Plötzlich habe ich eine viel bessere Idee ...

10
Noch 54 Sekunden bis zum neuen Jahr.

Ich öffne die Flasche Bloomsbury-Champagner, die ich zusammen mit zwei Plastik-Sektkelchen in einem Kiosk am Notting Hill Gate erstanden habe, und verschütte beim Eingießen die Hälfte, weil meine Augen sich einfach nicht von meiner Verlobten lösen wollen. Nur mit allergrößter Konzentration schaffe ich es, zumindest einen Teil des Flascheninhalts nicht danebenzugießen. Ich schaue zur Uhr. Noch zwölf Sekunden. Wir zählen:

»Zehn – neun – acht – sieben ...«

Aylins roter BH hängt über der Energiesparlampe und sorgt zwar für romantische Stimmung, schränkt aber gleichzeitig die Sicht ein, sodass ich auf dem Weg zum Hotelbett über meine eigenen Schuhe stolpere. Immerhin bleibt fast die Hälfte des Champagners in den Kelchen.

»Sechs – fünf – vier ...«

Ich reiche Aylin einen Kelch und schmiege mich an sie.

»Drei – zwei – eins ...«

Durch das Fenster ertönen Glocken und Silvesterknaller. Wir trinken den Champagner auf ex und werfen die Kelche weg. Zur Krönung ertönt auch noch die Filmmusik von *Notting Hill* im Zimmer. Ich bin zu sehr im Rausch, um mich daran zu erinnern, dass Aylin sich diese Musik extra für unseren Silvester-Trip als Klingelton runtergeladen hatte. Plötzlich löst sich Aylin von mir und stößt einen Freudenschrei aus:

»Aaaaaaaaaaaaaaaaaaahhhh – Anneeeee!!!!«

»Anne« heißt auf Türkisch Mutter. Und ich bin erstaunt: Ich habe noch nicht ein einziges Mal erlebt, dass Frau Denizoğlu pünktlich war. Und jetzt hat sie nicht nur exakt um Mitternacht angerufen, sondern sogar die eine Stunde Zeitverschiebung korrekt berücksichtigt. Das passt gar nicht zu ihr.

Ich küsse sanft Aylins Rücken, während sie aufgeregt mit ihrer Mutter spricht – im Vergleich zu einem deutschen Neujahrstelefonat mit der etwa dreihundertfachen emotionalen Intensität. Da meine Schwiegermutter in spe wie üblich die große Entfernung durch Lautstärke ausgleichen will, ist der historische Moment gekommen, in dem ich zum ersten Mal einen türkischen Dialog verstehe:

»Seni çok seviyorum, kızım!« (Ich liebe dich sehr, meine Tochter.)

»Ben de seni çok seviyorum, Anne!« (Ich liebe dich auch sehr, Mutter.)

Mit diesem Satz kommt man in einer türkischen Familie schon sehr weit – vor allem, wenn man ihn mit dem nötigen Pathos aussprechen kann.

Als die Sprache für mich wieder unverständlich wird, zieht Aylins Po meine Aufmerksamkeit magisch auf sich. Ich lasse meine Hände sanft darauf kreisen und versuche, das Telefonat möglichst schnell einem Ende zuzuführen:

»Grüß deine Mutter schön von mir, ja?«

Endlich vernehme ich die mir bekannten türkischen Abschiedsfloskeln. Während Aylin das Handygespräch beendet, arbeite ich mich mit sanften Küssen von ihrem Bauchnabel weiter nach oben. Plötzlich spüre ich etwas an meinem Ohr. Aylins Zunge? Nein, das ist anatomisch unmöglich. Es ist ... Aylins Handy.

»Daniel?«

Es ist ein eigenartiges Gefühl, die Brustwarze seiner Verlobten im Mund zu haben und dabei die Stimme seiner Schwiegermutter zu hören.

»Daniel, ich wünsche wunderschönes neues Jahr und alles alles alles Gute!«

Ich muss mich erst mal sammeln. Mein Sprachzentrum schaltet auf Autopilot, und ich höre mich sagen:

»Ihnen auch ein frohes neues Jahr, Frau Denizoğlu.«

»Allah, Allah! Du sollst sagen *Anne*.«

»O natürlich, tut mir leid, Anne ... Ich ... also ...«
»Weißt du, Daniel, ist erstes Silvester für mich ohne Aylin. Wollte ich nur sagen: Pass gut auf mein Tochter auf.«
Jetzt höre ich ein Schluchzen. Ich schaue Aylin verwirrt an. Weinende Frauen machen mich völlig hilflos. Ich spüre Panik in mir hochsteigen. Aylin hält die Hand über das Handy und flüstert:
»Das ist ganz normal. Mama wird schnell sentimental, wenn es um mich geht.«
Aylin lässt das Handy wieder los und nickt mir aufmunternd zu. Mir ist klar, dass es wahrscheinlich als unhöflich empfunden würde, wenn ich jetzt sagen würde: »Sorry, wir reden später, ich schlafe gerade mit Ihrer Tochter.« Also improvisiere ich:
»Machen Sie sich keine Sorgen, Frau Denizoğlu ...«
»Anne.«
»... äh, Anne, ... ich liebe Ihre Tochter, und ich werde immer auf sie aufpassen. Solange sie das will.«
Aylin lächelt mich zufrieden an, und im Handy höre ich wieder ein lautes Schluchzen, gefolgt von einem Schnäuzen und erneutem Schluchzen. Dann fängt sich Frau Denizoğlu und erhöht das Pathos in ihrer Stimme um weitere fünfzig Prozent:
»Ich liebe dich sehr, Daniel. Du bist für mich Beste. Ich liebe dich unglaublich. Du bist ganz besonderes Mensch, ehrlich. Du hast vallaha sehr großes Herz. Allah soll dich beschützen für immer!«
Jetzt schluchzt Frau Denizoğlu wieder herzzerreißend, bis plötzlich eine herbe Männerstimme ins Telefon krächzt:
»Daniel?«
»Oh, Herr Deniz ... Baba.«
»Ich wünsche frohes neues Jahr und alles Gute ...«
»Ja, dir auch, also mu ... äh ...«
Aylin flüstert mir den Rest ins Ohr, und ich schicke zum ersten Mal türkische Neujahrsgrüße:
»Mutlu yıllar.«
Jetzt lacht Aylins Vater aus voller Kehle:
»Hahahaaa ... du sprichst Türkisch.«
Ich muss grinsen, weil er nicht »sprichst«, sondern »schiprichst« gesagt hat – ein Trick vieler Türken, um das schwierige »sp« zu

umgehen.* Dann stockt Herrn Denizoğlus Lache und geht fast unmerklich in ein Schluchzen über. Aylin nimmt mir das Handy aus der Hand:

»Baba wird *auch* schnell sentimental, wenn es um mich geht.«

Jetzt redet Aylin so schnell mit ihrem Vater, dass ich nicht mehr nachvollziehen kann, worum es geht. Ich zähle fünfmal den Satz »Ich liebe dich«, dann reißt Frau Denizoğlu das Gespräch wieder an sich, woraufhin sich die beiden noch je dreimal »Ich liebe dich« sagen, bis schließlich Bruder Cem an der Reihe ist und ich aufhöre zu zählen.

Mein Kopf dreht sich. Einerseits habe ich Alkohol im Blut, andererseits wurde gerade mein Weltbild erschüttert: Mein Schwiegervater – dieser Inbegriff eines stolzen Osmanen, diese letzte Bastion des wahren Machismo – hat gerade *geweint*. Und zwar nicht aus einem wirklich wichtigen Grund (also z. B. weil Trabzonspor verloren hat), sondern weil seine Tochter an Silvester nicht da ist. Mir dämmert langsam, dass Aylin die Trennung von der Familie eventuell nicht ganz so spektakulär geglückt ist, wie ich das als Mitteleuropäer erwartet habe.

Ich schaue auf die Uhr: 0 Uhr 18. Zwar hat das Zeitalter der Kommunikation dafür gesorgt, dass ein irritierendes Gemisch aus Emotion und Pathos in unser Portobello-Road-Liebesnest gedrungen ist, aber vor mir sitzt immer noch die schönste Frau der Welt. Ich knabbere sanft an Aylins Nacken – mit Erfolg: Nach zwei weiteren Liebesbekundungen drückt Aylin die Gesprächbeenden-Taste. Ich kann mein Glück kaum fassen: Die erotische Warteschleife ist tatsächlich vorbei!

Aylin wirft das Handy aus dem Bett und schaut mir tief in die Augen. Dann ertönt die Filmmusik von *Notting Hill*. Diesmal ist es Tante Emine.

---

* Auch »kn« und »schn« sind für Türken problematische Konsonantenfolgen, sodass sie zum Knobeln »Kunobeln« sagen – oder auch »schinick, schanack, schunuck«.

11
4 Stunden, 27 Minuten im neuen Jahr.

Ein Silvesterböller, der direkt vor unserem Hotel explodierte, hat mich vor einer Stunde aus dem Schlaf schrecken lassen. Während Aylin friedlich vor sich hin schlummert, muss ich mir seit 45 Minuten aus dem Nachbarzimmer weibliches Stöhnen anhören, das sich wellenförmig auf den Höhepunkt zubewegt. So was ist ein bisschen demütigend, wenn man selbst auf Sex verzichten musste. Nachdem Tante Emine mit Onkel Mustafa, zwei Cousins sowie drei Cousinen und schließlich auch noch Tante Ayşe mit Anhang zum neuen Jahr gratuliert hatten, war es schon fast ein Uhr. Wir nahmen trotzdem noch einen vielversprechenden Anlauf, der jedoch um kurz nach eins von der anderen Tante Emine gestoppt wurde, die leider nicht im Kaffeesatz gesehen hatte, dass Aylin gerade anderweitig beschäftigt war.

Als Kaffeesatzlese-Emine ihre Jahresprognose abgegeben hatte, reichte sie ihr Handy an drei weitere Tanten sowie zwei Onkels und insgesamt fünf Cousins und Cousinen weiter, die unbedingt noch loswerden mussten, dass sie Aylin lieben.

Nach dem Ende dieser Gesprächsfolge gegen zwei Uhr war mein Bemühen um prickelnde Erotik von einer bleiernen Müdigkeit überschattet: Mir fielen beim Sekt-aus-dem-Bauchnabel-Schlürfen die Augenlider zu – bis ich vom erneuten Erklingen der *Notting Hill*-Musik aus meinem Sekundenschlaf gerissen wurde. Diesmal war es Aylins angetrunkene Cousine Emine, die von unserer Londonreise nichts wusste. Im Halbschlaf bekam ich noch mit, dass sie uns zu einer Party in Köln-Kalk lotsen wollte, wo der Zweitplatzierte einer Castingshow des türkischen Fernsehens angeblich gerade mit ihrer Schwester Yasemin knutschen würde. Dann hatte ich einen verstörenden Traum, in dem Aylin mit ihrer Familie hinter einer riesigen Glaswand lebte und ich nicht an sie herankam. Als ich wie wild mit den Fäusten gegen die Scheibe hämmerte, ohne dass Aylin mich hörte, hat mich der Silvesterkracher gnädigerweise erlöst.

Ich schaue auf Aylin: Sie atmet ruhig und sieht im Schlaf fast noch begehrenswerter aus. Ich lege sanft meinen Arm um sie und bin ein winziges bisschen enttäuscht, dass der Abend wohl nicht als der romantischste aller Zeiten in die Geschichtsbücher eingehen wird. Und irgendwo in meinem Bauch spüre ich: Ich sollte keine Angst vor Aylins zahlreichen männlichen Verehrern haben. Ich sollte Angst vor Aylins *Familie* haben. Und zwar nicht, weil man mich umbringen will. Sondern, weil man mich integrieren will.

ZWEITER TEIL

Januar

12
Noch 3 Wochen, 5 Tage, 14 Stunden, 23 Minuten bis zur Hochzeit.

Ich sitze mit meinen Eltern am Esstisch von Familie Denizoğlu, auf dem sich mal wieder so viel Fleisch türmt, dass man aus Sicht der Tiere von einem Massenmord sprechen kann.

Aylins Bruder Cem fährt auf seinem iPhone ein Autorennen, verfolgt dabei mit einem Auge das laufende Fernsehprogramm und führt sich gleichzeitig in enormem Tempo Nahrung zu – da soll noch mal einer sagen, Männer seien nicht multitaskingfähig.

Aylin sitzt mir gegenüber und kommuniziert nur über die Augen mit ihrer Mutter: Frau Denizoğlu deutet mit dem Blick zunächst auf die Frikadellen und dann auf meine Mutter. Aylins Augen ziehen den Blick ihrer Mutter auf den Teller meiner Mutter, auf dem sich noch eine halbe Frikadelle befindet, woraufhin Frau Denizoğlu ihren Blick mit Nachdruck wiederholt – was Aylin mit einem genervten Augenrollen beantwortet. Dieses wird von Frau Denzioğlu mit einem strafend-vorwurfsvollen Blick quittiert, woraufhin Aylin ihr genervtes Augenrollen wiederholt, dann aber seufzend meiner Mutter eine weitere Frikadelle auf den Teller gibt und dafür von ihrer Mutter ein wohlwollendes Augenschließen erntet.

Ich bin mal wieder beeindruckt: Aylin kann mit ihrer Mutter minutenlang nur mit den Augen kommunizieren. In den vergangenen Monaten habe ich die Bedeutung zumindest teilweise entschlüsselt:

Blick	Bedeutung
Mutter guckt von einem Gegenstand zu Aylin.	Nimm diesen Gegenstand.
Mutter guckt von einem Gegenstand zu einer dritten Person und dann zu Aylin.	Gib dieser Person den Gegenstand.
Aylin schließt die Augenlider kurz.	Okay, ich mach's.
Aylin guckt vorwurfsvoll zurück.	Mach's doch selbst.
Aylin rollt genervt mit den Augen und schaut dann vorwurfsvoll zurück.	Ich habe dir schon tausendmal gesagt: mach's doch selbst.
Mutter guckt zum Vater, dann mit hochgezogenen Augenbrauen zu Aylin.	Dein Vater darf das nie erfahren.
Mutter guckt zum Vater, dann mit genervtem Blick zu Aylin.	Dein Vater geht mir auf die Nerven.
Mutter guckt zum Vater, rollt mit den Augen und schaut dann mit genervtem Blick zu Aylin.	Ich könnte deinen Vater umbringen.
Aylin schaut zum Vater und dann mitleidig zu ihrer Mutter.	Er kann doch nichts dafür.
Aylin schaut zum Vater und dann mit hochgezogenen Augenbrauen zur Mutter.	Lass meinen Vater in Ruhe.
Aylin schaut zu mir und dann mit fragendem Blick zur Mutter.	Können wir uns jetzt zurückziehen?
Mutter schließt kurz die Augen.	Ja.
Mutter guckt zu mir, dann auf die Frikadellen, daraufhin schließt sie kurz die Augen.	Ihr könnt euch zurückziehen, wenn Daniel vorher noch Frikadellen isst.
Mutter guckt zu mir, dann zu Baba, dann zum Trabzonspor-Wimpel an der Wand, danach zur Tür und schließlich mit hochgezogenen Augenbrauen zu Aylin.	Daniel soll heute mit deinem Vater ins Männercafé gehen und das Spiel von Trabzonspor gucken.

Die Augensprache zwischen Aylin und ihrer Mutter ist noch wesentlich komplexer – aber ich habe hoffentlich noch viele Jahre Zeit, die verbliebenen Rätsel zu lösen. In diesem Moment schnellen Frau Denizoğlus Blicke in einem solchen Tempo hin und her, dass mir der Sinnzusammenhang verloren geht. Ich kann nur vermuten, dass es etwas mit der nahenden Vermählung zu tun hat.

Aylins Eltern haben die Planung der Hochzeitsfeier übernommen – auf dem Gebiet kennen sich Türken nun mal besser aus. Dafür haben wir Deutschen mehr Erfahrung mit Eheverträgen.
Mein Vater hat sich bereits mehrfach geräuspert. Sein übliches Ich-werde-gleich-etwas-Bedeutendes-sagen-Räuspern – aber Frau Denizoğlu denkt, dass ihm ein Krümel im Hals steckt, und reicht ihm ein Glas Wasser:
»Hier, Herr Hageberger, Sie müssen trinken, dann rutscht runter.«
Höflichkeitshalber nimmt mein Vater das Wasser, trinkt einen Schluck und lächelt.
»Sehe Sie, Herr Hageberger, so geht besser. Und jetzt noch eine Lammkotelett.«
»Nein danke. Ich bin wirklich satt.«
»Okay, ich gebe drei. Wenn ist zu viel, lassen Sie einfach liegen.«
Jetzt häuft sie auf den Teller meines Vaters drei Lammkoteletts, vier türkische Frikadellen, ein paar Kartoffeln und jede Menge Reis. Ich habe wohlweislich ein Kotelett und zwei Frikadellen übrig gelassen. Das bedeutet in der türkischen Kultur: »Ich bin satt.« Und nicht: »Es hat mir nicht geschmeckt.« Trotzdem bin ich damit noch nicht am Ziel:
»Daniel, was ist los? Komm, iss noch mehr!«
»Nein danke. Vallaha, ich bin satt! Es war unglaublich lecker, ich habe noch nie so gut gegessen, aber noch ein Bissen, und ich platze, vallaha!«
Jetzt kneift mich Frau Denizoğlu liebevoll in die Wange und räumt meinen Teller ab.
»Aferin, oğulum – vallaha seni çok seviyorum!«*
»Elerine sağlık Anne – ben de seni çok seviyorum!«**
Meine Eltern reiben sich verwundert die Augen, dass ich mich

---

 * Bravo, mein Sohn – bei Gott, ich liebe dich sehr!
 ** Gesundheit für deine Hände, Mutter, ich liebe dich auch sehr!

schon so gut in die türkische Kultur integriert habe. Unterdessen hat Herr Denizoğlu zwei Aspirin in Wasser aufgelöst und kippt sich das Glas auf ex in den Rachen. Meine Mutter ist besorgt:
»Oh, haben Sie Kopfschmerzen?«
»Nein, mein Verdauung ist letzte drei Tage nicht in Ordnung.«
»Aber Aspirin ist ein Schmerzmittel.«
»Ja. Aber hilft auch gegen Verdauung.«
»Seit wann nehmen Sie es denn?«
»Seit drei Tage.«
»Ist es denn besser geworden?«
»Nein.«
»Dann hilft es also nicht.«
»Muss man immer bisschen Geduld haben.«
»Aber warum nehmen Sie denn kein Mittel gegen Verdauungsprobleme?«
»Aspirin ist Beste. Gibt nix Besseres.«
»Ja, bei Kopfschmerzen. Aber nicht bei Verdauungsproblemen.«
»Wer sagt das?«
»Na ja, es ist doch logisch, dass ...«
»Ach, Deutsche immer kommen mit Logik. Aber zum Beispiel Mustafa hatte Hautausschlag. Dann hat er genommen Aspirin, und drei Tage später war weg.«
Ich habe längst gelernt, dass es zwecklos ist, meiner zukünftigen türkischen Familie die Allheilkraft von Aspirin ausreden zu wollen. Genauso gut könnte man versuchen, Benedikt XVI. vom Polytheismus zu überzeugen. Aber meine Mutter glaubt in diesem Punkt naiverweise noch an eine mögliche rationale Einsicht:
»Aber das Verschwinden des Hautausschlags hatte garantiert nichts mit dem Aspirin zu tun.«
»Woher wollen Sie wissen?«
»Weil Aspirin ein Schmerzmittel ist.«
»Ja, und?«
»Schmerzmittel haben keine Auswirkungen auf die Haut.«
»Aber Ausschlag war weg.«
»Das ist kein Beweis.«
»Wozu brauche ich Beweis? Beweis nutzen überhaupt nix. Neu-

lich hat Trabzonspor Tor geschossen, hat Schiedsrichter nicht gegeben, aber war keine Abseits, habe ich gesehen in Fernsehen ganz eindeutige Beweis, aber diese Penner kriegt auf jeden Fall Geld von Zuhälter Fenerbahçe.«
»Äh, mit Verlaub, aber ich verstehe den Zusammenhang nicht.«
»Ich auch nicht. Aber jetzt, ich bin wütend.«
»Entschuldigung, ich wollte Sie nicht ...«
»Nein, nicht wegen Sie, wegen Penner Vollidiot Schiedsrichter.«
»Ah. Aber um noch mal auf das Aspirin zu sprechen zu kommen ...«

Jetzt gibt Aylins Mutter meiner Mutter mimisch zu verstehen, dass sie besser nicht weiter diskutieren soll. Doch Aylins Vater ist ohnehin nicht mehr zu stoppen:

»Und gegen Antalyaspor, Ball war eindeutig hinter die Linie. Aber gibt Schiedsrichter Tor? Nein, gibt kein Tor. Vallaha was für ein Arschloch! Ich möchte ihn einfach umbringen. Waren 30 000 Menschen da, hat jeder gesehen: Ball war in Tor, aber diese große Schwein Penner Zuhälter Arschloch ist Einzige im Stadion, der hat gar nix gesehen. Was bedeutet Beweis, hä? Was bedeutet Beweis?«

Herr Denizoğlu funkelt meine Mutter wütend an, deren rationaler Diskussionsansatz weder der Emotion noch dem Themenwechsel standhalten kann. Sie schaut hilflos zu meinem Vater, in der Hoffnung auf argumentative Unterstützung, aber der schiebt gerade unter Schweißausbrüchen die letzte Frikadelle in sich rein. Ich sitze zu weit weg, um ihn aufklären zu können, dass Türken das Leeressen des Tellers nicht als höflich, sondern eher als gierig empfinden. Aber warum sollte er es auch besser haben als ich bei meinen ersten Besuchen?

Herr Denizoğlu ist nun bereit, seine rhetorische Frage, die seit 45 Sekunden im Raum wabert, selbst zu beantworten:

»Beweis bedeutet eine Scheise.«*

---

* Herr Denizoğlu spricht »Scheiße« zumeist mit stimmhaftem s aus – was dem Wort irgendwie die Schärfe nimmt. Nach einer Niederlage des 1. FC Köln hat er mir das Wort einmal so gesimst: »Şeyze«.

Endlich ist mein Vater bereit, sich ins Gespräch einzubringen:
»Das sehe ich anders. Ein Beweis ist im kritischen Dialog eine unverzichtbare ...«
Bevor es zu einer emotionalen Katastrophe kommt, versuche ich, meinen Vater in die richtige Spur zu bringen:
»Rigobert, vor den drei Koteletts und den fünf Frikadellen wolltest du doch etwas sagen ...«
»Ah ja, richtig. Tja, also, äh, was die Planung der ... des ... äh ...«
Mein Vater versucht krampfhaft, das Wort »Hochzeit« zu vermeiden, damit es weniger spießig klingt.
»Also was die Planung des ... Treueschwurzeremoniells betrifft ... Die Familien sind ja bereits informiert. Aber, äh, ich denke, wir sollten jetzt die exakte Anzahl der Gäste festlegen. Damit wir wissen, wie viele Einladungen wir drucken müssen.«
Frau Denizoğlu strahlt:
»Keine Sorge – wir habe schon gedruckt.«
Jetzt bin ich verblüfft:
»Schon gedruckt???«
Ich durchforste schnell meine Erinnerungen. Wenn ich nicht unter einem spontanen Anfall von Amnesie leide, habe ich noch nicht mal einen Entwurf gesehen. Frau Denizoğlu lächelt stolz.
»Ja, schon gedruckt. Ist unsere Überraschung für heute.«
Sie greift in eine Schublade und überreicht meinem Vater eine mit geschwungenem Goldrahmen versehene Einladungskarte, in deren Mitte zwei große goldene Herzen prangen, das eine mit einem geschnörkelten A, das andere mit D. Der Raum zwischen Herzen und Rahmen wird von roten, rosafarbenen und weißen Rosen ausgefüllt. Alle grafischen Elemente kommen dem Betrachter reliefartig aus dem Karton entgegen. Die stufenweise Desensibilisierung meiner Eltern gegen Extremkitsch zeigt erste Erfolge: In ihren Gesichtern ist zwar noch Abneigung zu erkennen, aber kein Ekel mehr.
Ich spüre, dass ich ein wenig enttäuscht bin. Ich wollte als Einladung vier Versionen eines Fotos von Aylin und mir in Antalya anfertigen lassen, im Stil von Picasso, Monet, van Gogh und Warhol. Aber gut, goldene Herzen mit geschnörkelten Buch-

staben sind natürlich auch ... äh ... also, wenn man es mit einem ironischen Augenzwinkern sieht ... tja.

Ich schaue Aylin an, die entschuldigend mit den Schultern zuckt und mich dann so lange lieb anlächelt, bis mir egal ist, dass sich meine Hochzeitseinladung auf dem gleichen ästhetischen Level befindet wie das Kostüm von Florian Silbereisen beim Winterfest der Volksmusik.

Mein Vater klappt die Karte auf. Die goldene Schnörkelschrift ist in eine gemalte Papierrolle gedruckt, die von zwei weiß-goldenen Tauben getragen wird:

Aylin'in ve Daniel'in düğününe davet ediyoruz:
31. Ocak
Rathaus Köln, Saat 10:00
Serkan Düğün Salonu, Industriestraße 23
50137 Leverkusen, Saat: 18:00

Ich muss kurz schlucken. Obwohl ich wusste, dass wir im Hochzeitssalon von Aylins Onkel Serkan heiraten, erschreckt mich plötzlich das Wort »Leverkusen«. Das hat auf einer Hochzeitseinladung eigentlich nichts zu suchen. Ein Ereignis kann entweder romantisch sein *oder* in Leverkusen stattfinden. Außerdem: Ich bin Kölner. Da könnte ich einen Mann heiraten – das wäre ganz normal. Aber eine Party in Leverkusen, das geht gar nicht.

Mein Vater wendet die Karte: Die Rückseite ist leer. Er ist verblüfft:

»Das ist auf Türkisch.«

Herr Denizoğlu schmeißt gerade ein weiteres Aspirin in sein Wasserglas:

»Ja, weil kommen viele Gäste und Verwandte auch aus Türkei und sprechen keine Deutsch.«

»Aber die deutschen Gäste sprechen auch kein Türkisch.«

»Ja. Aber ist nicht so kompliziert.«

»Ocak heißt Januar?«

»Ja.«

»Und woher sollen unsere Gäste wissen, dass es nicht Oktober heißt?«

»Hmmm ...«

»Oder Februar oder März ...«

Aylin zuckt wieder entschuldigend mit den Schultern, lächelt mich an und massiert mit ihrem Fuß meine Wade.

»... oder April oder Mai oder ...«

Ich habe das Gefühl, meinen Vater aus seiner rhetorischen Schleife befreien zu müssen:

»Rigobert, ich glaube, der Punkt, dass wir Deutschen die Bedeutung von ›Ocak‹ nicht kennen, ist so weit klar geworden.«

Mein Vater schaut hilflos zwischen mir, meiner Mutter und Herrn Denizoğlu hin und her. Herr Denizoğlu kratzt sich am Kopf:

»Vielleicht, man kann schreiben ›Januar‹ daneben.«

Mein Vater ist erleichtert:

»Ah, sehr gut. Das ist also nur ein Probedruck, den man noch ändern kann.«

»Nein, ich meine: schreiben mit Hand. Weil ist schon alles fertig gedruckt.«

In diesem Moment trägt Aylins Bruder Cem einen riesigen Karton ins Zimmer. Mein Vater ist überrascht:

»Das ... scheint ja eine ganze Menge zu sein.«

Frau Denizoğlu öffnet stolz den Karton:

»500 Stück.«

Meinem Vater fällt die Kinnlade nach unten:

»500 Stück?«

»Keine Sorge, 500 Stück ist nur diese Karton. Aber sind noch drei andere Kartons in Flur.«

»Aber ... wie viele Menschen wollen Sie denn einladen?«

»Weiß nicht. Jeder von unsere Bekannte und Familie kriegt Einladung, und wer will, kriegt auch zehn oder zwanzig und kann einladen seine Freunde und Familie.«

Jetzt mischt Cem sich ein:

»2000 kosten nur 100 Euro mehr als 1500, dann kriegen wir also 500 Karten für 100 Euro. Wenn wir 500 Karten nachdrucken lassen, kostet das aber doppelt so viel, dann hätten wir 100 Euro zum Fenster rausgeschmissen.«

Dass sie jetzt wahrscheinlich auch 100 Euro zum Fenster rausgeschmissen haben, sage ich lieber nicht. Aber Cem ist sowieso noch nicht fertig:

»Außerdem gehört die Druckerei dem Mann unserer Cousine Orkide – Harun. Und der hat mir im letzten Jahr zwei Mandanten geschickt. So konnte ich mich revanchieren.«

Frau Denizoğlu überreicht meiner Mutter den Karton:

»Hier, diese Einladungen ist für Sie. Wir haben gedacht, deutsche Familie ist nie so groß wie türkische. Oder brauche Sie mehr als 500?«

Jetzt räuspert sich mein Vater wieder – und fängt diesmal an zu reden, bevor Aylins Mutter ihm ein Wasserglas reichen kann:

»Nun, wir haben gemeinsam mit Daniel eine Liste erstellt mit den Menschen, die wir gerne ... äh, ja, also, die uns so nahestehen, dass wir ... tja ... die wir dabeihaben wollen.«

Mein Vater holt nun ein DIN-A4-Blatt hervor, auf das er fein säuberlich exakt 27 Namen und Adressen geschrieben hat, und überreicht den Zettel Herrn Denizoğlu. Dieser nimmt den Zettel an und stellt zu seiner Überraschung fest, dass die Rückseite leer ist. Die Denizoğlus tauschen ratlose Blicke aus, bis Frau Denizoğlu es als Erste schafft, ihr Erstaunen in Worte zu fassen.

»Das ... ist ... alles?«

Mein Vater windet sich:

»Nun ja, wir haben uns lange und intensiv mit der Frage beschäftigt, wer in Daniels Leben wirklich wichtig war oder ist.«

»Aber ist doch egal, wer wichtig ist. Muss man einfach alle einladen, damit niemand ist beleidigt.«

»Tja, das ist eine, äh, etwas andere Einstellung. Sicherlich kulturell bedingt. Wobei ich Ihnen natürlich ihre eigenständige, individuelle Entscheidungsfähigkeit nicht absprechen will. Ich meine nur, dass die Tendenz, die Gästefrage so zu betrachten, in der osmanischen Tradition ... äh ... Wobei ich das natürlich noch einmal recherchieren muss, um es faktisch zu untermauern.«

Wie immer, wenn mein Vater sich in seinen Gedanken verstrickt, springt ihm meine Mutter helfend zur Seite:

»Außerdem ist die Liste noch gar nicht vollständig. Ingeborg Trutz und Dimiter Zilnik wollen einen Lyriker aus Kasachstan mitbringen, der zurzeit bei ihnen wohnt ...«

Frau Denizoğlu hat keine Scheu, ihre Wissenslücken zu offenbaren:

»Was ist Lyriker?«

Bei solchen Fragen kann mein Vater nicht verbergen, dass er Germanistikprofessor ist:

»Die Lyrik ist neben der Epik und der Dramatik die dritte literarische Gattung. Das Wort stammt aus dem Griechischen und ...«

Obwohl Herr Denizoğlu gerade nicht zuhört, weil er wahrscheinlich zum ersten Mal in seinem Leben die Packungsbeilage der Aspirinschachtel liest, lenkt meine Mutter das Gespräch sicherheitshalber am Thema ›Griechenland‹ vorbei, um einem unangenehmen Gesprächsverlauf vorzubeugen:

»Ein Lyriker ist jemand, der Gedichte schreibt ...«

Mit der Erklärung scheint Frau Denizoğlu zufrieden. Mein Vater schafft es jedoch elegant, den unangenehmen Gesprächsverlauf auf andere Weise herbeizuführen:

»Ich hoffe, es stört Sie nicht, dass unser kasachischer Freund Einreiseverbot in die Türkei hat.«

Plötzlich schaut Herr Denizoğlu von der Packungsbeilage auf:

»Einreiseverbot? Warum?«

»Na ja, er hat in einem seiner Verse den Völkermord an den Armeniern erwähnt. Aber das heißt nicht, dass er etwas gegen die Türkei an sich hat – im Gegenteil: Es geht ihm nur darum, eine historische Lüge zu korrigieren.«

»Was für eine historische Lüge?«

»Ich meine die Leugnung des Völkermords.«

»Welcher Völkermord?«

»Der an den Armeniern.«

»Das stimmt. Das ist eine Lüge.«

»Nein. Die Leugnung ist die Lüge.«

»Ich nicht weiß etwas von Leugnung. Aber wenn sie auch eine Lüge ist, bin ich dagegen.«

»Sie sind also gegen die Lüge.«

»Ja.«

»Das heißt, Sie sind auch der Meinung, dass die Türkei sich der historischen Wahrheit stellen muss.«

»Türkei hat eine große Geschichte. Ist eine stolze Nation.«

»Abgesehen vom Völkermord.«

»Natürlich. Mord ist eine Scheise. Darf nicht geben so was ...«

Mein Vater ist zufrieden. Für zwei Sekunden.

»... und *hat* auch nicht gegeben.«

»Also leugnen Sie den Völkermord doch?!«

»Nein, wie ich gesagt, ich bin gegen.«

»Wogegen?«

»Egal. Auf jeden Fall: Völkermord ist eine Scheise, Leugnen ist auch eine Scheise, aber wir Türken haben alle gar nix gemacht. Wenn einer hat gemacht Scheise, waren immer die Griechen.«

Mein Vater hat keine Ahnung, was Herr Denizoğlu meint, und ich vermute, Herr Denizoğlu selbst auch nicht. Das Gespräch stockt kurz, bis mein Vater den Faden wieder aufgreift:

»Ich halte es für ausgesprochen wichtig, die historischen Tatsachen anzuerkennen. Als zum Beispiel in den Nürnberger Prozessen die Verbrechen der Nazizeit aufgearbeitet wurden ...«

Ich schaue zur Uhr:

»72 Minuten 17 Sekunden – ganz schwach!«

Herr Denizoğlu weiß natürlich nicht, worum es geht, und es ist ihm wohl auch egal:

»Griechen und Schiedsrichter sind schlimmste Menschen auf diese Planet.«

Da meine Mutter weiß, dass mein Vater gerade im Kopf an einer rhetorisch anspruchsvollen Erwiderung auf diese Äußerung bastelt, kommt sie ihm mit einem ihrer gefürchteten Monologe zur Überbrückung angespannter Situationen zuvor:

»Also, ich muss sagen: Ich finde diese Einladungskarten toll. Man merkt sofort, dass man es mit einer fremden Kultur zu tun hat. Und was für den einen geschmacklos ist, findet der andere schön. Wäre doch langweilig, wenn wir alle gleich wären, nicht wahr?! Und diese goldenen Herzen und die ganzen Blumen – das ist wie trivialisierter Barock, das ist gar nicht so schlimm, wie es auf den ersten Blick aussieht. Und es erinnert mich an die Cocktail-Karte in dieser Schwulenbar, in die wir damals aus Versehen reingeraten sind, wo Dimiter Zilnik im Suff mit der blonden Frau rumgeknutscht hat, die sich dann als transsexuell herausgestellt hat – na, das war vielleicht ein Abend, aber Schwamm drüber. Und warum sollen wir ›Januar‹ danebenschreiben? Unsere Freunde können sich ruhig mal mit der türkischen Sprache auseinandersetzen – das kann man doch sicher im Internet recherchieren. ›Ocak‹ ist sowieso ein viel schöneres Wort als ›Januar‹. ›Januar‹, das ist in meinem Kopf immer mit dieser miesen Absteige in Paris verknüpft, in der ein zweitklassiger Touristenmaler mir mit Ölfarbe ein Bild von Georges Braque auf den Rücken gemalt hat und dann zu besoffen war, um mit mir zu schlafen – furchtbar. Aber ›Ocak‹ – das könnte auch ein Tanzstil sein oder ein Filmtitel von Luis Buñuel. Ach, ich liebe die türkische Sprache: ›En kötü günümüz böyle olsun!‹«

Frau Denizoğlu bricht in hysterischen Jubel darüber aus, dass meine Mutter sich den Satz, der ihr zu Weihnachten schon so gut über die Lippen kam, tatsächlich gemerkt hat. Vielleicht ist sie auch nur erleichtert, dass der Monolog zu Ende ist. Und ich stelle mal wieder fest: Meine Eltern sind so ausländerfreundlich – wenn sie auf der Straße von einem Araber verprügelt würden, wäre das für sie eine interessante kulturelle Erfahrung.

Dreißig Minuten und eine Dreiviertelflasche Raki später haben wir alle relevanten Themen durchgesprochen. Es wird türkisches Essen und türkische Getränke geben, die von türkischen Kellnern serviert werden, bevor dann eine türkische Band türkische Lieder spielen wird. Genauso stellt man sich eine Multikulti-Hochzeit vor. Immerhin hat die Band nach Auskunft von Frau Denizoğlu auch zwei deutsche Songs im Repertoire: »Ein Prosit der Gemütlichkeit« und »Volare«.

Ehrlich gesagt bin ich heilfroh, dass nicht *meine* Eltern die Hochzeit planen, denn

a) jetzt muss sich Aylin für ihre Eltern schämen und nicht ich,

b) es ist im Freundeskreis meiner Eltern Tradition, dass jeder Gast eine lustige Geschichte über das Brautpaar erzählt – das könnte bei über 1000 Gästen ganz schön dauern; und

c) mein Vater hätte ohnehin keinen Alleinunterhalter gefunden, der das Gesamtwerk von Wolf Biermann beherrscht.

Als Herr Denizoğlu den letzten Tropfen Raki ins Glas meines Vaters schüttet, lässt sich dieser zu einem leichtsinnigen Versprechen hinreißen:

»... und weil so viele türkische Hochzeitsgäste da sein werden, werde ich meine Rede nicht nur auf Deutsch, sondern auch auf Türkisch halten!«

Nach ein paar Sekunden Überraschung branden tosender Applaus und Jubel von Familie Denizoğlu auf, und ich grinse in mich hinein. Rigobert Hagenberger im Türkischkurs – das könnte vom Unterhaltungswert sogar den Besuch im Restaurant »Le Moissonnier« toppen, als mein Vater beim Versuch, auf Französisch zu bestellen, eine unverständliche Mischung aus Latein und Portugiesisch von sich gab und schließlich dem Kellner vorwarf, sein bretonischer Akzent mache die Kommunikation unmöglich.

13
*Noch 2 Wochen, 4 Tage, 15 Stunden, 37 Minuten
bis zur ersten türkischen Rede meines Vaters.*

Ich sitze neben meinem Vater in einem Klassenraum mit Neonbeleuchtung und fühle mich spontan wie 15, als unser Lehrer seinen Namen »Celal Yilmaz« an die Tafel schreibt. Heute startet der Kurs »Türkisch I« an der Volkshochschule, für den mein Vater sich selbst und mich angemeldet hat. Ich hätte sehr gerne ohne meinen Vater Türkisch gelernt, aber die Begründung »du nervst« ist auch bei einer ausgeprägten Begabung für euphemistische Formulierungen diplomatisch schwer rüberzubringen. Immerhin bin ich dankbar für ein wenig Abwechslung, denn Aylin hat im Moment kaum Zeit für mich – seit wir aus London zurück sind, verbringt sie täglich gut sechs bis acht Stunden mit Hochzeitsvorbereitungen, an denen ich mich nicht beteiligen darf, weil es Überraschungen sein sollen. In diesem Moment bekomme ich eine SMS von Aylin:

»Hochzeitstorte sechs oder acht Stöcke?«

Da ich weiterhin der Boss bin, darf ich immerhin entscheiden, ob ich mich von einer sechs- oder achtstöckigen Torte überraschen lassen darf. Ich will Aylin eine »8« zurücksimsen, drücke aber einmal zu oft auf die Taste, sodass Aylin jetzt ein »Ü« bekommt und ich noch ein »Sorry, versimst, meinte 8« hinterherschicke. Gut, dass mein Vater das Wort »versimst« nicht mitbekommen hat. Einmal hat er mir einen fünfminütigen Vortrag darüber gehalten, wie schrecklich er meinen Satz »Ich habe mir den Wolf gegoogelt« fand.

Herr Yilmaz startet jetzt den Unterricht mit einer Vorstellrunde. Unter den 13 Kursteilnehmern gibt es sieben Frauen zwischen 16 und 25 mit türkischen Freunden, einen 28-jährigen Mann mit türkischer Freundin sowie zwei deutsche Lehrer, die endlich ihre Schüler verstehen wollen, und einen Polizisten, der genervt ist, weil er sich nicht mit den Verdächtigen unterhalten kann. Dazu ich und mein Vater, der als einziger Kursteilnehmer eine Hochzeitsrede auf Türkisch halten will.

Eine der Frauen mit türkischem Freund kenne ich: Es ist Viviane, eine Blondine mit Lipgloss, Zungenpiercing und rosa-silbernem Bustier. Sie hat mal im Flugzeug neben mir gesessen und mit mir geflirtet. Ich war scharf auf sie – aber heute wirkt sie mit der Kombination aus rosa Pumps und silbernen Glanzleggings eher wie die Silvester-Dekoration einer Beate-Uhse-Filiale. Und ich habe mich offenbar weiterentwickelt, denn obwohl sie mir zuzwinkert, spüre ich eher Mitleid als Erregung: Wenn eine Frau im Januar bei minus sechs Grad in rosa Pumps durch die Gegend spaziert und dann auch noch auf Socken verzichtet, um die rosafarbenen Fußnägel mit den aufgeklebten Mini-Brillanten nicht zu verdecken, dann kann es um die geistige Gesundheit nicht allzu gut bestellt sein. Obwohl Viviane alles tut, um die Aufmerksamkeit des attraktiven Lehrers zu erregen, wird sie von diesem schlicht ignoriert.

Stattdessen greift er sich spontan meinen Vater als »Alterspräsidenten« der Gruppe heraus und hält ihm die Hand hin:

»Merhaba. Nasilsin?«

Mein Vater ergreift die Hand und versucht zu glänzen:

»Äh, mer ... äh ... merha ... bobababa. Äh ... wie war das?«

»Merhaba. Nasilsin? Das heißt ›Guten Tag. Wie geht's?‹«

»Ah ja. Merha ... äh ... bebaba, nein, das war ein ba zu viel. Mer ... äh ...«

»Merhaba.«

»Merhaba.«

»Gut. Merhaba. Nasilsin?«

»Merhaba. Nasil ... äh ...«

»... sin?«

»... sin?«

»Sehr gut. Und darauf antworten wir: ›iyiyim‹.«

»Und das heißt ...?«
»Mir geht es gut.«
»Ah ja. Aber ich würde lieber eine gewisse Ambivalenz zum Ausdruck bringen.«
»Dann können Sie ›Şöyle böyle‹ sagen. Das heißt ›so lala‹.«
»So lala?!«
»Ja.«
»Nein, das würde ich eigentlich auch nicht sagen wollen.«
»Was wollen Sie denn sagen?«
»Tja, so etwas in der Art: ›Mir geht es verhältnismäßig gut. Also in Anbetracht der globalen Probleme.‹«
»Das ist natürlich schwierig, wenn man gerade sein erstes Wort lernt.«
»Natürlich. Mir ist die Problematik schon bewusst ...«
Lipgloss-und-rosa-Pumps-Viviane schaut meinen Vater an, als wolle sie ihn umbringen. Auch die anderen Kursteilnehmer haben sich den Einstieg in die türkische Sprache mit Sicherheit anders vorgestellt.
In diesem Moment erreicht mich per SMS von Aylin das Foto eines Porzellan-Brautpaares: Der stolze Bräutigam trägt seine Braut sicher in seinen starken Armen, während die Braut ihre Stirn an seinen Hals schmiegt. Als Text hat Aylin nur zwanzig Fragezeichen angefügt. Offenbar soll dieses Kunstwerk den achten Stock unserer Hochzeitstorte verschönern. Da es stilistisch perfekt zu unserer Einladungskarte passt, schicke ich ein »Ja« mit fünf Ausrufezeichen zurück.
Derweil zeigt unser 35-jähriger Lehrer Yilmaz offenbar Respekt vor der professoralen Ausstrahlung meines Vaters und will ihn weder zu einem ›Mir geht es gut‹ noch zu einem ›So lala‹ nötigen:
»Vielleicht stellen wir uns erst einmal vor und reden später über unsere Befindlichkeiten.«
»Gut. Wie Sie meinen.«
»Also, wenn Sie sich vorstellen wollen, sagen Sie: Merhaba, benim adim Rigobert.«
»Und das heißt?«
»Hallo. Mein Name ist Rigobert.«
»Hmmmm ...«

»Also: Merhaba ...«

Herr Yilmaz fordert meinen Vater mimisch auf, ihm nachzusprechen. Mein Vater windet sich. Nach einer Weile räuspert er sich mehrfach. Ich ahne Schlimmes.

»Also ... ›Mein Name ist Rigobert‹ – das gefällt mir nicht. Das würde ich nicht sagen. Erinnern Sie sich, wie Mephisto sich Doktor Faust vorstellt: ›Ich bin ein Teil des Teils, der anfangs alles war. Ein Teil der Finsternis, die sich das Licht gebar.‹ *Das* ist ein guter Gesprächsbeginn. Denken Sie, *Faust* wäre ein Klassiker geworden, wenn Goethe geschrieben hätte: ›Guten Tag, mein Name ist Mephisto?‹«

»Goethe konnte zu dem Zeitpunkt aber auch mehr als zwei Worte.«

Mein Vater feilt ein paar Sekunden an einer passenden Erwiderung, dann gesteht er seine Niederlage mannhaft ein:

»Touché. Natürlich. Mein Fehler.«

»Also sprechen Sie mir einfach nach: Merhaba ...«

»Wissen Sie, ich möchte von meinem türkischen Gesprächspartner lediglich nicht als plump wahrgenommen werden.«

»Glauben Sie mir, wir Türken freuen uns schon, wenn ein Deutscher überhaupt ein paar Worte Türkisch kann.«

»Natürlich ... Aber wie kann man sich über einen Satz freuen wie ›Mein Name ist Rigobert‹? Sprache ist dazu da, damit man seine Persönlichkeit ausdrücken kann. ›Mein Name ist Rigobert‹ ist eine billige Floskel, die können Sie von mir aus Ihren Schülern beibringen.«

»Sie *sind* mein Schüler.«

Völlige Leere tritt in das Gesicht meines Vaters. Die banale Richtigkeit dieser Aussage ist für eine Sekunde auf seiner Großhirnrinde angekommen – nur um jetzt von Neuem verdrängt zu werden:

»Darum geht es hier ja gar nicht. Es geht darum, dass ...«

»O Mann, es reicht, Opa! Ich will hier Türkisch lernen – wenn ich dummes Gelaber brauche, guck ich Barbara Salesch.«

Lipgloss-Viviane hat endlich ihrem Ärger Luft gemacht und erntet dafür Applaus von der gesamten Klasse. Mein Vater ist empört:

»Bitte. Aber wenn Sie dann von Ihrem türkischen Freund als plump wahrgenommen werden, ist das Kind in den Brunnen gefallen.«

Mein Vater verschränkt nun die Arme und schmollt. Dafür darf Viviane unter Beweis stellen, dass die türkische Sprache durch einen kölschen Akzent interessante Nuancierungen erfährt.

Nach einer Stunde voller Begrüßungsfloskeln, zu denen sich schließlich auch mein Vater widerwillig bereit erklärt hat, verlassen die Schüler den Raum. Bis auf mich, meinen Vater und Lipgloss-Viviane, die Herrn Yilmaz als Erste anspricht:

»Herr Yilmaz, darf ich Celal zu dir sagen?«
»Okay.«
»Celal?«
»Ja?!«
»Gehen wir 'nen Kaffee trinken?«
»Nein.«
»Nein???«
»Nein. Du hast einen türkischen Freund. Und ich bin nicht lebensmüde.«
»Ehrlich gesagt hab ich irgendwie voll gelogen. Ich hab gar keinen türkischen Freund. Aber die Melody, die war bei dir im letzten Kurs ...«
»Ja?!«
»Und die hat irgendwie gesagt, dass du voll süß bist, und die hat voll recht, irgendwie. Und als wir gerade sagen sollten, warum wir Türkisch lernen, da war mir das voll peinlich irgendwie, weil, ich kann ja irgendwie schlecht sagen, ich bin nur hier, weil die Melody gesagt hat, dass du voll süß bist ...«

Von einer Sekunde auf die andere ändert sich das Verhalten unseres Lehrers: Vor zehn Sekunden war er Viviane gegenüber noch eiskalt – jetzt guckt er wie das Krümelmonster in einer Keksfabrik.

»... tja, na ja, und da hab ich halt irgendwie gesagt, ich hab einen türkischen Freund, weil das haben ja irgendwie alle voll so gesagt und so. Dabei bin ich im Moment voll solo irgendwie, aber ich musste ja irgendwie voll was sagen. Na ja, und irgendwie ...«

Jetzt platzt es aus meinem Vater heraus:

»Mit Verlaub, der inflationäre Gebrauch des Wortes ›irgendwie‹ raubt Ihren Äußerungen jegliche Prägnanz, und die adverbiale Verwendung des Attributs ›voll‹ ist umgangssprachlich und hat an einer Hochschule nichts verloren.«

»Ey, du bist voll peinlich, Opa.«

»Genau das meine ich. Besser wäre: ›überaus peinlich‹ oder ›extrem peinlich‹.«

»Ey, Mann, ey ...«

»Und anstelle von ›ey‹ könnten Sie ›mit Verlaub‹ sagen. Das hätte in diesem Kontext etwas Sarkastisches und würde mich viel treffender beleidigen.«

Lipgloss-Silberleggings-und-rosa-Pumps-Viviane rollt mit den Augen und wendet sich dann wieder unserem Lehrer zu:

»Also, ich setz mich jetzt rüber ins Starbucks und warte auf dich ...«

Sie zwinkert Herrn Yilmaz zu, der sich ein Grinsen nicht verkneifen kann, während sein Blick an Vivianes üppigem Dekolleté haften bleibt. Dann wendet sich Viviane an mich:

»Du bist übrigens auch immer noch voll süß irgendwie. Aber du heiratest ja in zwei Wochen, damit bist du irgendwie voll aus dem Rennen.«

Viviane verschwindet, aber der Gedanke, dass ich irgendwie voll aus dem Rennen bin, bleibt bei mir. Was heißt hier ›aus dem Rennen‹? War das ein Rennen? Und wenn ja, warum bin ich draußen? Wenn das ein Rennen war, dann habe ich Aylin bekommen und damit das Rennen gewonnen. Das Rennen kann doch jetzt unmöglich weitergehen, also kann ich auch unmöglich draußen sein, nur weil dieses rosa-silberne Farbphänomen sich gleich bei Starbucks mit meinem Türkischlehrer trifft.

Herr Yilmaz ist ebenso in Gedanken wie ich und merkt nach einigen Sekunden zu seinem Erstaunen, dass mein Vater neben ihm steht:

»Oh, äh ... haben Sie auch noch eine Frage?«

»Ja. Wenn man sagen möchte, dass man die Ehe als Ausdruck des freien Willens zweier eigenständiger Individuen betrachtet, die sich entschieden haben, ihr Leben unabhängig von kulturellsozialen Zwängen miteinander zu teilen, und man gleichzeitig betonen will, dass man die Endgültigkeit dieser Entscheidung nur deshalb anzweifelt, weil die Liebe als vergängliches Phänomen in einem zu engen Korsett ersticken kann – dass dieser Zweifel aber keinesfalls eine Negierung der Ehe an sich und schon gar nicht eine Abwertung des Entschlusses von Daniel und Aylin im Besonderen darstellt ... wie kann man diesen Gedanken in wenigen einfachen Worten auf Türkisch formulieren?«

Jetzt zeigt sich eine völlige Leere im Gesicht von Herrn Yilmaz. In seinen Augen erkenne ich nur einen einzigen Gedanken: »Ich will jetzt zu Starbucks.«

14
Noch 17 Stunden, 45 Minuten bis zur Hochzeit.

Ich sitze an einer Café-Bar im Ankunftsbereich des Köln/Bonner Flughafens. Vor mir liegt ein Pappschild, auf dem »Abdullah Denizoğlu« steht. Ich wurde von der Familie eingeteilt, ihn abzuholen, weil er früher in Köln bei Ford gearbeitet hat und Deutsch spricht – im Gegensatz zu Tante Hatice und ihrem Mann, die zeitgleich von Aylins Bruder Cem in Düsseldorf aufgelesen werden, sowie Onkel Mehmet und Tante Nihal, für die Herr Denizoğlu vor zwei Stunden zum Frankfurter Flughafen aufgebrochen ist.

Aylin versucht seit zwei Tagen gemeinsam mit ihrer Mutter und diversen Cousinen, die Hässlichkeit von Onkel Serkans Hochzeitssalon in Leverkusen hinter einer Mauer aus Deko-Kitsch verschwinden zu lassen. Seitdem wurde ich ohne Unterbrechung als Kurierfahrer eingespannt und habe unter anderem fünfzig Meter roten Samt aus einem Industriegebiet in der Nähe von Bielefeld und 150 silberne Tisch-Vasen mit integrierten rosa Stoffblumenarrangements aus einem türkischen Teppichgeschäft in Mönchengladbach abgeholt (es passten nur fünfzig in meinen Ford Ka, deshalb musste ich dreimal fahren). Da ist es eine schöne Abwechslung, dass ich heute mal einen Menschen transportieren darf.

Meine Vorfreude auf Onkel Abdullah wäre sicherlich noch größer, wenn ich nicht so angespannt wäre. Einerseits heirate ich morgen zum ersten Mal in meinem Leben und habe angemessenes Lampenfieber, andererseits bin ich mir nicht sicher, ob das gut geht mit mir und Onkel Abdullah. Als ich gestern mit der letzten Fuhre silberner Tisch-Vasen im Hochzeitssalon eintraf, hat mich Aylin auf die Begegnung vorbereitet:

»Mach dir keine Sorgen, Daniel – Abdullah Amca ist wirklich sehr nett.«

»Amca? Ich dachte, sein Nachname ist auch Denizoğlu?!«

»Ist er auch. Amca heißt Onkel.«

»Ich dachte, Onkel heißt *dayı*.«

»Dayı ist der Onkel mütterlicherseits.«

»Und warum sagst du zu Onkel Serkan immer *Enişte*?«

»Weil er angeheiratet ist.«

»Verstehe. Onkel Abdullah ist also nett.«

»Genau. Er ist nur ...«

Aylin stockte und lächelte mich mit ihrem zauberhaften Bitte-übe-Nachsicht-mit-meiner-Familie-Blick an.

»Er ist nur ... also, was Religion betrifft ...«

»Ja?«

»Na ja, er ist nicht ganz so tolerant wie die meisten anderen in der Familie.«

»Was soll das heißen? Ist er ein Fundamentalist?«

»Nein, das wäre übertrieben. Obwohl ... Egal, er wird dich auf jeden Fall mögen. Das weiß ich.«

»Weil ich so einen guten Charakter habe?«

»Nein. Weil ich gesagt habe, du bist Moslem.«

»Was???«

»Das ist kein Problem. Echt nicht.«

»Aber ... du willst, dass ich ihn anlüge.«

»Nein. Du sollst nur akzeptieren, dass *ich* ihn anlüge.«

»Aber ...«

»Sag einfach nicht, dass du *kein* Moslem bist.«

»Schon klar. Und wenn wir gemeinsam aufs Klo gehen, nehme ich nicht das Urinal direkt neben ihm.«

»Siehst du? Du hast verstanden.«

»Trotzdem. Unser Verhältnis basiert dann auf einer Lüge.«

»Na und? Dafür mag er dich.«

»Aber nur, weil er die Wahrheit nicht kennt.«

»Die Wahrheit wird überschätzt. Hauptsache, man versteht sich.«

»Aber ich mag die Wahrheit. Neben Sitcoms und dem Regelwerk des Deutschen Fußball-Bundes ist sie eine der wichtigsten Errungenschaften unserer Zivilisation.«

»Genau. Redet über Fußball. Abdullah Amca liebt Trabzonspor – sogar mehr als Baba.«

»*Noch* mehr?«

»Einmal hat er nach einem nicht gegebenen Elfmeter gegen Fenerbahçe den Fernseher eingetreten und ist dabei mit dem Fuß im Bildschirm stecken geblieben.«

»Und wenn er herausfindet, dass ich kein Moslem bin? Schlägt er mich dann bewusstlos und führt einen Exorzismus durch?«

»Ihr werdet euch verstehen, glaub mir.«

»Dein Wort in Gottes Ohr.«

»Ach ja, Gott solltest du vielleicht besser nicht erwähnen.«

Daraufhin küsste mich Aylin und beklebte die Wände weiter mit den 1000 Plastikrosen, die ich drei Tage zuvor aus dem Keller eines türkischen Restaurants in Duisburg abgeholt hatte.

An der Anzeigetafel leuchtet hinter Flug Nr. 2451 aus Istanbul »30 Minuten Verspätung« (Abdullah kommt aus Trabzon, muss aber in Istanbul umsteigen), deshalb kann ich mich meinem Handy zuwenden, das mir gerade netterweise meldet, mein Mitteilungs-Speicher sei voll. Aylin hat mir allein in den vergangenen drei Tagen über 200 SMS geschickt. Hier die von heute Vormittag:

> 8 Uhr 44: Kleid ist fertig – jaaaaaaaaaaaaaaaaaaaaaaaaaaaaaaaaaaaaa-aaaaaaaaaaaaaaaaaaaaaaaaaaaaaa!!!
>
> 8 Uhr 46: Kleid passt nicht – neeeeeeeeeiiiiiiiiiiiiiiiiiiiiiiiiiiiiiiiiiiiiiiiiiiiiiiii iiiinnnnnnnnnnnnnn!!!!
>
> 9 Uhr 03: Liebst du mich auch, wenn das Kleid nicht 100% perfekt ist?
>
> 9 Uhr 11: Problem wegen Sitzordnung: Tante Emine hat sich mit Tante Ayşe verkracht. Wenn Emine am Familientisch sitzt, ist Ayşe beleidigt und umgekehrt.
>
> 9 Uhr 25: Kurze Frage zum Büfett: Soll auch was ohne Knoblauch dabei sein?

9 Uhr 33: Kenan (vom Reisebüro) will Fotos auf Feier sofort ausdrucken und für 8 € verkaufen. OK?
9 Uhr 37: Ich bin so unglücklich wg. Kleid.
9 Uhr 45: Mein Friseur ist krank. Ich krieg die Kriiiiiiiiiiiiiiseeeeeeeeeeeee!!!
9 Uhr 46: Sorry, wollte dich nicht belasten. Alles ist super.
9 Uhr 58: Kaufe gerade Unterwäsche für die Hochzeitsnacht – wird dir gefallen!!!!!!!!!!
10 Uhr 07: Lösung Tischproblem: zwei Familientische, und wir sitzen nur mit den Eltern.
10 Uhr 31: Arzt hat Papa Magenmittel verschrieben. Er nimmt trotzdem weiter Aspirin. O Mann!
10 Uhr 54: Ich HASSE meine Cousine!!! So. Das musste raus.
11 Uhr 07: Ich liebe dich über alles. Weißt du das eigentlich? Sen benim hayatımsın.*
11 Uhr 13: Kleid wurde geändert – es passt!!!! Jaaaaaaaaaaaaaaaaaaaaaaaaaaaaaaaaaaaaaaaaaaaaaaaaaaaaaaaaaaaaaaaaaaaaaaaaaaaaaaaaaaaaaaaaaaaaaaaaaaaaaaaaaaaaaaaaaaaaaaaaaaaaaaaaaaaaaaaaaaaaaaaaaaaaa!

Auch wenn ich zum Beispiel keine Ahnung habe, welche ihrer 21 Cousinen Aylin hasst, schaffe ich es nicht, auch nur eine einzige SMS zu löschen. Ich will sie als historische Hochzeitssouvenirs bewahren. Beim Durchforsten meines Posteingangs finde ich eine vier Tage alte Nachricht von meinem Vater:

»23 Uhr 15 auf 3sat: Dokumentation über Hermann Hesse im Ersten Weltkrieg – ein Muss!«

Ich drücke auf Löschen und verspüre ein schlechtes Gewissen, weil ich mir die Dokumentation nicht angesehen habe. Jetzt werde ich vielleicht nie erfahren, was Hermann Hesse im Ersten Weltkrieg überhaupt gemacht hat.

Eine hübsche Flughafen-Café-Bar-Mitarbeiterin, deren Namensschild sie als »Mona« ausweist, serviert mir mit einem flirtenden Augenzwinkern eine weitere Cola, und es ist mir egal, dass ich

---

* Du bist mein Leben.

als verheirateter Mann weder mit ihr noch mit irgendeiner anderen schönen Frau jemals wieder etwas anfangen darf, denn in 17 Stunden und drei Minuten bin ich aus dem Rennen. Freiwillig und mit Freude! Dann bin ich mit der Frau verheiratet, die in der Damenwelt dasselbe ist wie Lionel Messi im Fußball: das Nonplusultra.

Wobei Fußball vielleicht das falsche Bild ist, weil man da zum Erfolg noch zehn andere Spieler braucht, und ich will ja nur Messi und nicht noch Carles Puyol, Dani Alves oder Xavi Hernandez. Abgesehen davon bin ich Fan vom 1. FC Köln, und deshalb ist für mich sowieso nicht Messi das Maß aller Dinge, sondern der Geißbock.

Genau, das Bild ist viel besser: Der 1. FC Köln wird immer nur *ein* Maskottchen haben. Und auch wenn Hennes VIII. kastriert ist und die Gegner in keinster Weise einschüchtert, wäre man als echter Fan doch immun gegen andere Maskottchen.

Wenn jetzt zum Beispiel ein Berggorilla ankäme, mit den Augen zwinkern und säuseln würde: »Hey, vergiss doch den Geißbock – ich habe mehr Muskeln, ich habe noch meine Eier, und ich würde auch nicht ängstlich zur Seite springen, wenn der Ball mal auf mich zurollt ...« Dann würde man als echter FC-Fan sagen: »Das mag sein, aber ich liebe nun mal den Geißbock – in guten wie in schlechten Zeiten! Er mag seine Fehler haben, und laut Wikipedia wäre die biologisch korrekte Bezeichnung für einen kastrierten Bock ›Mönch‹, aber ich habe beschlossen, den Rest meines Lebens mit ihm zu verbringen. Such dir doch einen Retorten-Club wie Hoffenheim – die haben zwar den albernen Stoffelch ›Hoffi‹, diesen Nebengewinn einer Kirmeslosbude, der bei jedem Tor einen Tanz hinlegt wie eine hüftkranke Background-Sängerin beim ZDF-Fernsehgarten – aber ich bin sicher: Wenn der Preis stimmt, tauschen sie den sofort aus.«

So ist es: Aylin ist mein Geißbock – unendliche Liebe bis in den Tod. Vielleicht sollte ich das ihr gegenüber so nicht formulieren, denn eventuell würde sie es für Sarkasmus halten – Frauen fehlt oft der Sinn für die ehrlichen Gefühle eines Mannes in Bezug auf das Maskottchen seines Fußballvereins.

Ich schaue zur Anzeigetafel. Endlich ist hinter Onkel Abdullahs Flug das Wort »gelandet« erschienen. Flughafen-Café-Bar-Servicekraft Mona zwinkert mir noch einmal zu. In meiner Hose tut sich etwas. O nein! Ich habe mich doch gerade erst für die Monogamie entschieden. Da merke ich: Es ist mein Handy, das vibriert. Ich bin erleichtert.

Es ist die nächste SMS von Aylin:

»Bitte auf Rückweg in Weidengasse vorbeifahren und im Reisebüro drei Ballen rosa Tüll, vier silbernen Tüll, drei goldenen Tüll und zwei roten Tüll abholen! Ist bezahlt. Liebe dich.«

Ich simse zurück:

»Natüllich.«

Zugegeben ein eher billiges Wortspiel, aber ich bin nun mal im Hochzeitsstress, da kann Aylin kein Loriot-Niveau von mir erwarten. Ich kriege wieder die Speicher-voll-Meldung und durchforste meine SMS-Sammlung. Diesmal finde ich eine fünf Tage alte Nachricht meiner Mutter:

»Habe dir Sonnencreme für die Flitterwochen gekauft.«

In der permanenten Sorge, ich könne Hautkrebs bekommen, versorgt sie mich seit der Erfindung von Lichtschutzfaktor 50 mit ebendiesem. Außerdem ignoriert sie die Tatsache, dass Aylin und ich die Hochzeitsreise auf Mai verschoben haben, weil es in Tante Emines Sommerhaus im Februar noch zu kalt ist. (Gut – das hätte ich meiner Mutter natürlich auch sagen müssen.)

Ich habe die SMS gerade gelöscht, als das Handy erneut vibriert. Das Display zeigt den Namen Rüdiger Kleinmüller – mein ehemaliger Chef und Leiter der Werbeagentur *Creative Brains Unit*. Ich habe vor vier Monaten gekündigt und lebe seitdem von meinen Ersparnissen. Die Werbebranche ist eine kranke, zynische Welt voller Arschlöcher, für die das Anhäufen von Geld auf Kosten der Menschenwürde zum Lebenszweck geworden ist, und ich will damit nichts mehr zu tun haben. Trotzdem gehe ich natürlich ran. Nur aus Neugier.

»Ja?!«

»Hey, Daniel, lange nichts gehört! Du, ich spar mir jetzt das ganze Wie-geht's-dir-und-was-machst-du-so-Gequatsche und komme directly to the point: Hast du morgen Zeit?«

»Nein, ich heirate morgen.«

»Oh, okay. Und wann?«

»Um zehn.«

»Perfekt. Die Besprechung ist nämlich um zwölf.«

»Welche Besprechung?«

»Mit Süffels Kölsch. Soll eine Mega-Campaign werden.«

»Interessant. Aber wie gesagt, ich heirate morgen.«

»Kein Problem. Dauert bestimmt nicht lange, vielleicht so ein bis zwei Stunden. Höchstens drei. Ich will dich unbedingt wieder into the boat holen.«

»Herr Kleinmüller, ich werde ganz bestimmt nicht am Tag meiner Hochzeit mit Ihnen und irgendeinem Typ von Süffels Kölsch darüber diskutieren, ob man lieber ›echt kölsch‹, ›typisch kölsch‹ oder ›echt typisch kölsch‹ aufs Plakat schreibt.«

»Echt typisch kölsch – das ist gut. Den hatten wir noch nicht. Siehst du, das ist genau der Brain-Input, den ich brauche. Du bist einfach ein Creative Genius, Daniel.«

Ich hasse schleimige englische Werbefuzzi-Schmeicheleien. Und noch mehr hasse ich, dass ich mich durch schleimige englische Werbefuzzi-Schmeicheleien gebauchpinselt fühle.

Aus dem Sicherheitsbereich kommt jetzt ein älterer Türke, zu dem die Beschreibung von Onkel Abdullah passt, aber der wird von einer gut zehnköpfigen Familie mit lautem Gejohle und Kreischen in Empfang genommen.

»Herr ... äh ... Kleinmüller. Das freut mich ehrlich, dass Sie mich zu schätzen wissen. Aber ich möchte mit der Werbebranche nichts mehr zu tun haben. Ich passe da nicht rein.«

»Du, ich verstehe das total gut, honestly. Die Werbebranche geht mir auch total auf den Zeiger.«

»Wirklich?«

»Ja, ich hatte ein Burn-out im November – ohne Koks hätte ich sogar den Dr.-Oetker-Deal verloren. Als die Scheiße gerockt war, musste ich zwei Wochen in Kur, und da ist mir klar geworden, dass im Leben eigentlich nur eins zählt: die Liebe.«

Ich lache kurz, weil sich dieser Satz etwas seltsam anhört aus dem Mund eines skrupellosen Turbo-Kapitalisten:

»Die Liebe?!«

»Ja, Daniel, die Liebe. Ich habe in der Kur ein Buch vom Dalai

Lama gelesen, du, ich habe Rotz und Wasser geheult, und jetzt lebe ich quasi nur noch für meine seelische Entwicklung. Also zumindest privat. Die Berufswelt ist voller Arschlöcher, die jede Schwäche von dir gnadenlos ausnutzen.«

Jetzt kommen zwei ältere Türken aus dem Sicherheitsbereich. Der eine hat eine Frau dabei, der zweite ist zu dunkel für einen Schwarzmeer-Türken, also kann keiner Onkel Abdullah sein. Die automatische Tür öffnet sich erneut, und ein älterer Herr schiebt einen Wagen mit sechs großen Koffern nach draußen. Er trägt nur einen Kinnbart, aber keinen Schnäuzer; dafür sprießen die Haare so üppig aus seinen Nasenlöchern, dass man Zöpfchen daraus flechten könnte. Ist er Onkel Abdullah? Nein, er trägt einen Fenerbahçe-Trainingsanzug. Ich erschrecke leicht, als ich wieder Rüdiger Kleinmüllers Stimme höre:

»Und wenn ich sage: Ich begrenze die Besprechung auf eine Stunde ...?!«

»Herr Kleinmüller ...«

»Sag Rüdiger. Wir sind jetzt ein Team auf Augenhöhe.«

»Rüdiger, ich werde nicht kommen. Nicht morgen und auch an keinem anderen Tag.«

Ich bin von mir selbst begeistert. Selten habe ich meine Position so klar und kompromisslos vertreten. Und es gibt nichts, das er sagen kann, um mich zu erweichen.

»Okay, Daniel. Morgen heiratest du. Kein Problem. Aber danach ... ich wollte dich eigentlich zum Chef der Kreativabteilung machen.«

»Chef?«

»Chef.«

»Also, äh, Chef im Sinne von ...«

»Chef.«

»Oh. Okay ...«

»Mit eigener Praktikantin.«

»Oh. Okay.«

»Und Chefgehalt.«

»Oh. Okay ...«

»Deal?«

»Deal.«

»Also kommst du morgen?!«
»Ich heirate morgen.«
»War nur ein Versuch. See you on Monday.«
Rüdiger Kleinmüller legt auf. Mir dröhnt der Kopf. Ich habe gerade meiner Rückkehr in die Werbebranche zugestimmt. Ist ein Chefposten wirklich wert, dass man sich dafür in ein Milieu begibt, das man in seinem tiefsten Inneren verachtet? Ich gehe in mein tiefstes Inneres und finde eine Antwort, die mich selbst überrascht: ja.
Ja?
Ja.
Mein ganzes Leben lang haben andere über mich bestimmt: Meine Mutter hat mich gezwungen, Lichtschutzfaktor 50 zu benutzen. Mein Vater hat mich genötigt, das Gesamtwerk von Stockhausen anzuhören. Den Mädchen und später den Frauen musste ich zuhören, durfte aber nicht mit ihnen schlafen. Und als ich beim Einparken die Stoßstange eines Golf GTI nur ganz leicht touchiert habe, musste ich dem Besitzer 250 Euro geben, obwohl nicht die geringste Delle zu erkennen war. (Okay, ich *musste* natürlich nicht, aber wenn ein Zweimeterprolet mit der Muskelmasse eines Amazonaskrokodils einem die Neuausrichtung der Nasenscheidewand androht, ist man in einer schlechten Verhandlungsposition.)

Jetzt bin ich für Aylin der Boss und für Rüdiger Kleinmüller der Chef. Vielleicht will mir das Schicksal zeigen, dass ich in meinem Leben den nächsten Level erreicht habe. Vielleicht ist es an der Zeit, erwachsen zu werden. Vielleicht sollte ich bei der nächsten Fußball-WM keine Panini-Bildchen mehr sammeln und aufhören, mit albernen Stimmen zu sprechen, wenn ich meine Freunde treffe.

Der Anblick von Onkel Abdullah reißt mich aus meinen Gedanken. Ich hätte das Schild nicht gebraucht. Er ist Aylins Vater wie aus dem Gesicht geschnitten – mit dem Unterschied, dass sein Schnäuzer nach unten abknickt, so wie der von Wolf Biermann. Auf dem Kopf trägt er eine kleine gehäkelte Kappe. Sein kariertes kurzärmeliges Hemd und seine graue Hose sind so weit, dass Abdullah, dessen Körperform einem Gartenzwerg ähnelt, locker zweimal reinpassen würde. Ich winke ihm zu und erinnere mich im selben Moment daran, dass das Winken an sich von Männern des osmanischen Kulturkreises eher selten praktiziert wird.

Onkel Abdullah schiebt seinen Wagen mit zwei gigantischen Koffern durch die Sicherheitsschleuse und umarmt mich so herzlich, als würden wir uns schon immer kennen. Dann malträtiert er meine Schultern mit harten Schlägen, was im Gegensatz zum Winken unter die akzeptierten Begrüßungsrituale fällt. Ich platziere gekonnt meinen auswendig gelernten Begrüßungssatz:

»Almanya'ya hoş geldiniz Amca.«*

Onkel Abdullah scheint gar nicht aufzufallen, dass es für mich eine kleine Sensation ist, diesen Satz ohne Versprecher über die Lippen gebracht zu haben. Er schaut hektisch zum Ausgang.

»Schnell, Daniel, wir müssen um sechs sein in Schwarzmeer-Café in Weidengasse. Spielt Trabzonspor heute in Ankaragücü.«

Ich schaue auf die Uhr. Halb sechs. Eine halbe Stunde bis zur Weidengasse. Das könnte klappen. Wenn ich mich beeile.

Siebeneinhalb Minuten später habe ich es irgendwie geschafft, die beiden Koffer in den Ford Ka zu quetschen, und verlasse das Flughafen-Parkhaus. Die Ankunftszeitanzeige des Navigationsgerätes behauptet, dass wir um 17 Uhr 58 in der Weidengasse eintreffen werden. Onkel Abdullah nimmt das mit einem zufriedenen Seufzer zur Kenntnis und klopft mir wohlwollend auf den Oberschenkel.

»Bist guter Junge, Daniel. Eine ganz besondere Mensch.«
»Danke.«
»Ist nicht normal, dass eine Deutsche wird Moslem.«
»Stimmt, das ist nicht normal.«
»Aber du hast gemacht.«
»Tja.«
»Das zeigt, du hast Charakter.«
»Tja.«
»Sag mal, Daniel ...«
»Ja?«
»Warum bist du geworden Moslem?«

* Willkommen in Deutschland, Onkel (väterlicherseits).

15
Noch 16 Stunden, 25 Minuten bis zur Hochzeit.

Vor einer halben Minute hat mich Onkel Abdullah gefragt, warum ich Moslem geworden bin. Danach war ich gut 15 Sekunden in einer Schockstarre, aus der mich mein Navigationsgerät befreit hat:

»Nach 300 Metern rechts abbiegen.«

Die Zeit dehnt sich. Jetzt bräuchte ich ein Konversations-Navi: »Noch zehn Sekunden dem Gesprächsverlauf folgen, dann in Richtung Fußball abbiegen.« Los, denk nach, Daniel! Vielleicht sollte ich ihm einfach die Wahrheit sagen? Aber wird er immer noch denken, dass ich ein besonderer Mensch bin, wenn ich sage, dass ich atheistisch erzogen wurde, jedoch nach dem Ende meiner ersten Beziehung das Buch *Klassiker der Spiritualität* gelesen habe und seitdem denke, dass es irgendwo im Universum doch eine Instanz geben muss, die noch besser Bescheid weiß als Frank Plasberg?!

Vielleicht hat Aylin recht, und die Wahrheit wäre in diesem Fall kontraproduktiv. Jetzt fließen irgendwelche Buchstaben aus meinem Mund:

»Tja, also, äh, das war, äh, also äh ...«

»Ich weiß, warum du Moslem geworden bist.«

»Was? Woher? Ich meine, ich ... Ich kann das erklären ...«

»Ganz einfach. Du bist Moslem geworden, weil Allah hat zu dir gesprochen.«

»Oh. Das ... das hab ich gar nicht gemerkt.«

»Genau. Wir merken nicht. Aber Allah weiß genau.«

»Wirklich? Tja, wenn du meinst ...«

»Ich meine nicht. Ich weiß. Aber deine Eltern, die sicher sind keine Moslems.«

»Die ... na ja, also die ... äh ...«

»Keine Angst, Daniel. Jede Kultur hat eigenes Religion. Muss man immer haben Toleranz.«

»Oh, gut. Für mich ist Toleranz auch sehr wichtig.«

»Außer natürlich für Griechen, haha.«

»Ja. Haha.«

»Aber für Christe, Jude, Hinduiste, Buddhiste, ich habe immer Toleranz.«

»Das ist toll. Und was ist mit Atheisten?«

»Was ist das?«

»Leute, die nicht an ... eine höhere Macht glauben.«

»Habe ich auch Toleranz.«

»Oh. Gut.«

»Sind nämlich geisteskrank und brauchen Behandlung.«

»Tja.«

»Habe ich Mitleid.«

»Immerhin.«

»Vielleicht muss man auch erschießen. Aber nur wenn nicht anders geht.«

Ich bin überrascht, dass mir jemand, der indirekt den Tod meiner Eltern fordert, trotzdem sympathisch ist. Vielleicht will mein Unterbewusstsein Rache, weil mein Vater mir schon als Vierjährigem erklärt hat, dass man nach dem Tod nicht mit Engeln, sondern mit Würmern in Kontakt kommt.

Außerdem hat Onkel Abdullah eine absolut liebenswürdige Ausstrahlung. Und dann der Nachsatz »Aber nur wenn nicht anders geht« – das bedeutet ja, dass er sich um einen renitenten Atheisten wahrscheinlich erst jahrelang liebevoll kümmern und mit Engelszungen auf ihn einreden würde, bevor er ihm eine Kugel in den Kopf jagt.

Trotzdem kann ich mir einen kleinen Sarkasmus nicht verkneifen:

»Das ist in der Tat sehr tolerant und demokratisch.«

Zum Glück hat Onkel Abdullah kein Gespür für Ironie.

»Also, deine Eltern sind Christe?«

»Sie sind als Christen geboren.«

Ich kann einfach nicht lügen. Aber meine Eltern sind tatsächlich erst Ende der Sechzigerjahre aus der Kirche ausgetreten. Und ich muss Onkel Abdullah ja nicht unter die Nase reiben, dass ihr Traumpaar nicht Jesus und die heilige Maria sind, sondern Jean-Paul Sartre und Simone de Beauvoir.

Ich biege auf die A 559 und stehe im Stau. Das lenkt Onkel Abdullahs Gedanken schnell von der jenseitigen auf die diesseitige Welt. Er schaut nervös zur Ankunftszeitanzeige des Navigationsgerätes, die aufgrund des Staus auf 18 Uhr 20 springt.

»Daniel?«

»Ja?«

»Fahr Seitenstreifen.«

»Tut mir leid, aber das geht nicht.«

»Warum?«

»Weil es verboten ist.«

»Stimmt. Habe ich vergessen, dass du bist Deutscher ... Also, wir tauschen Plätze.«

Onkel Abdullah steigt aus und kommt zur Fahrertür. Ich bin perplex. Seine autoritäre Geste, die mich zum Aussteigen auffordert, duldet keinen Widerspruch. Ich werde ja bald in der Firma Chef sein – hier überlasse ich das Kommando Onkel Abdullah und gehe mit mulmigem Gefühl im Magen zum Beifahrersitz. Ich bin noch nicht mal angeschnallt, als Onkel Abdullah mit quietschenden Reifen auf den Seitenstreifen fährt und kurz darauf mit 165 km/h rechts am Stau vorbeibrettert – erstaunlich, denn die maximale Geschwindigkeit des Ford Ka liegt bei 159 km/h. Die Ankunftszeit geht ziemlich schnell auf 18 Uhr 15 zurück, und Onkel Abdullah lacht aus tiefstem Herzen:

»Haha, werden wir sehen, ob ich verpasse Anpfiff!«

Dieser Mann riskiert gerade unser Leben für ein paar Minuten der Begegnung Ankaragücü gegen Trabzonspor. Heldentod ist etwas anderes. Aber vielleicht sieht man das auch lockerer, wenn man einen so direkten Draht zu Allah hat.

Ich versuche, ruhig zu atmen, und bin kurz davor, tatsächlich religiös zu werden. Als ich gerade sehe, dass sich die Ankunftszeit auf 18 Uhr 09 reduziert hat, schert kurz vor uns ein BMW aus, und ich habe das Gefühl, dass ich in wenigen Sekunden die Wahrheit über das Jenseits herausfinden werde.

Abdullah legt eine Vollbremsung hin, die meine Winterreifen in nur einer Sekunde in Sommerreifen verwandelt, und vermeidet so um wenige Zentimeter einen Frontalzusammenstoß. Als mein Ford Ka endlich steht, ist Onkel Abdullah der Ohnmacht nahe, springt aber nur zwei Sekunden später wie aus dem Nichts mit einer unglaublichen Energie aus dem Wagen und läuft dem wegfahrenden BMW ein paar Meter fluchend hinterher. Dann kommt er schnaubend zurück. Hinter uns stehen mittlerweile drei Autos, die ebenfalls die Standspur nutzen wollen, und hupen. Onkel Abdullah brüllt sie an:

»Ist verboten hier, ihr Penner! Nix hupen!«

Es folgen einige türkische Flüche, die ich nicht verstehe, dann reduziert Aylins Onkel erneut die Gummimasse der Ford-Ka-Bereifung und erreicht diesmal nicht die 165 km/h, weil der BMW vor uns konstant 120 fährt und sich nicht davon beirren lässt, dass Onkel Abdullah sowohl die akustische als auch die Lichthupe ausgiebig einsetzt.

Immerhin reduziert sich die Ankunftszeit, die nach der Vollbremsung wieder bei 18 Uhr 10 lag, nach und nach auf 18 Uhr 03. Dann ist der Stau zu Ende und Abdullah holt zwei weitere Minuten auf, weil er auf dem Zubringer nach Köln-Deutz, auf dem 70 erlaubt sind, 140 fährt. Da meldet sich die sachlich-weibliche Stimme des Navigationsgeräts.

»In 100 Metern links abbiegen.«

Onkel Abdullah reagiert nicht, weil er gerade eine SMS auf seinem Handy liest.

»Jetzt links abbiegen.«

Onkel Abdullah versucht eine weitere Vollbremsung, aber er ist zu schnell und rauscht an der Abbiegung vorbei.

»Neuberechnung ... In 200 Metern links abbiegen.«

Jetzt erscheint die Ankunftszeit 18 Uhr 06 auf dem Display. Onkel Abdullah schimpft mit der Frau im Navi:

»Was soll das? Du hast viel zu spät gesagt! Du bist schuld!«

Onkel Abdullah muss bremsen: Wegen eines Tokio-Hotel-Konzerts staut es sich vor der KölnArena. Und es gibt keinen Seitenstreifen. Mit Panik in den Augen starrt Onkel Abdullah auf das Navigationsgerät und muss mit ansehen, wie die Ankunftszeitanzeige von 18 Uhr 06 auf 18 Uhr 07 umspringt. Im selben Moment meldet sich die weibliche Stimme:

»Jetzt links abbiegen.«

»Du blöde Kuh! Hier ist Scheiße-Autos vor mir, ich kann nicht fahren eine verdammte Meter – also, wie soll ich jetzt links abbiegen???«

»Jetzt links abbiegen.«

»Du willst mich kaputt machen, ja? Erst sagst du viel zu spät, und jetzt redest du eine verdammte Dreckmist, obwohl du hast keine Ahnung! Wenn du noch *einmal* Scheißedreckmist erzählst, fliegst du raus.«

Onkel Abdullah und die Navi-Stimme streiten sich wie ein altes Ehepaar. Irgendwie habe ich Mitleid mit der Navi-Frau, weil sie zu Unrecht beschuldigt wird, und springe ihr zur Seite:

»Äh, Onkel Abdullah, es tut mir leid, aber das Navi hat dich rechtzeitig gewarnt. Du warst nur mit dem Handy beschäftigt.«

»Nein, Navi redet Blödsinn.«

Offensichtlich ist Aylins Onkel nicht an einer sachlichen Aufarbeitung des Fehlers interessiert. Warum sollte man sich auch von etwas so Unbedeutendem wie der Realität von seinen Emotionen ablenken lassen? Bei der nächsten Ampelphase geht es nur wenige Meter voran. Die Ankunftszeit springt auf 18 Uhr 08.

»Jetzt links abbiegen.«

Onkel Abdullah schnaubt vor Wut:

»Gut. Ich habe gewarnt dich.«

Jetzt reißt er das Navi von der Scheibe, steigt aus und pfeffert es auf den bepflanzten Mittelstreifen.

»Bist du zufrieden jetzt? Das hast du davon!«

Es folgen noch ein paar türkische Flüche, dann will er das Navi treten, erwischt aber mit dem Schienbein die Leitplanke und stürzt zu Boden – nur um den Bruchteil einer Sekunde später wie ein Stehaufmännchen wieder auf den Beinen zu stehen und so zu tun, als wäre nichts passiert. Er kommt stolz zum Auto zurück – als hätte er gerade Darth Vader besiegt und sich nicht beim

Versuch, ein Navigationsgerät zu treten, auf die Fresse gelegt. Ich bewundere türkische Männer dafür, wie sie es schaffen, auch in extrem peinlichen Situationen ihren Stolz zu bewahren. Mein Stolz wurde mir abgewöhnt, als ich elf war und meine Mutter mich mit einer hellblauen Strickstrumpfhose in den Sportunterricht schickte, die mich vor Schürfwunden schützen sollte. Endgültig auf null war er dann wohl, als meine Mutter auf der Geburtstagsfeier meiner heimlichen Flamme Gaby Haas auftauchte, um Gabys Eltern eine Liste meiner Lebensmittelallergien zu überreichen.

Onkel Abdullah setzt sich wieder ans Steuer, fährt die zehn Meter bis zur nächsten Rotphase und trottet dann, arabische Verse murmelnd, über den Mittelstreifen, um das Navi zurückzuholen. Er wischt es sorgfältig mit einem Taschentuch trocken, schließt es wieder an und seufzt tief:

»Weißt du, Daniel ... Wichtigste im Leben ... ist Vergebung.«

16
Noch 15 Stunden, 30 Minuten bis zur Hochzeit.

Ich befinde mich auf dem Weg zur Wohnung der Denizoğlus, wo ich Onkel Abdullahs Koffer abliefern werde, bevor ich die zwölf Rollen Tüll nach Leverkusen kutschiere. Onkel Abdullah kam um exakt 18 Uhr 21 im Café an und musste zu seinem Entsetzen feststellen, dass er nicht nur 21, sondern 81 Minuten verpasst hatte (also abzüglich der Pause 66 Minuten Nettospielzeit). Das Spiel begann nämlich um 18 Uhr *türkischer* Zeit. Abdullahs Ärger verflog jedoch schnell, als er feststellte, dass Trabzonspor mit 1:0 in Führung lag.

Aber Onkel Abdullah ist nicht der Einzige, der heute noch pünktlich zum Fußball muss. Am letzten Abend vor meiner Hochzeit zieht es mich nicht etwa in Nachtbars und Strip-Shows, sondern ins RheinEnergieStadion. Das Schicksal und der Deutsche Fußball-Bund haben durch die Ansetzung des Spiels 1. FC Köln gegen VfL Wolfsburg um 20 Uhr 30 dafür gesorgt, dass ich den Junggesellenabschied gemeinsam mit meinem besten Freund Mark, dem Geißbock und Lukas Podolski erleben darf. Das ist auf jeden Fall stilvoller, als mich in einem albernen Kostüm und zehn Flaschen »Kleiner Feigling« um den Hals durch die Kölner Altstadt zu saufen und irgendwelche Aufgaben zu lösen, in der Art von »Bring eine Blondine dazu, dir Nutella von den Brustwarzen zu lecken«.

Die einzigen leicht bekleideten Tänzerinnen, die ich heute Abend zu Gesicht bekommen werde, sind die Cheerleader des 1. FC Köln. Und selbst Jennifer Lopez wirkt nicht mehr erotisch, wenn sie zur Musik der Höhner tanzt.

Als ich um 19 Uhr 04 bei den Denizoğlus klingele, denke ich darüber nach, ob ich die Tüll-Ballen nicht besser per Kurierdienst nach Leverkusen schicke, damit ich im Gegensatz zu Onkel Abdullah den Anstoß erleben kann. Dann würde ich zwar Aylin heute Abend nicht mehr sehen – aber da sie nach der Hochzeit bei mir einzieht, werden wir das mehr als kompensieren können. Ich schleppe die unglaublich schweren Koffer, aus denen eine nach Essig und Knoblauch riechende Flüssigkeit tropft, die Treppen hoch. An der Tür steht Aylin. Ihre Augen sind rot geweint.

»Aylin! Ich dachte, du bist in Leverkusen ... Was ... was ist los?«
»Es tut mir leid, Daniel ... Wir können morgen nicht heiraten.«
Dann fällt sie mir schluchzend um den Hals.

DRITTER TEIL

30. Januar – 2. Februar

17
Eine Sekunde nach dem Schock.

Vor mir ist eine weiße Wand. Ich umarme eine weinende Frau und habe keine Ahnung, wer sie ist und wer ich bin.

18
Zwanzig Sekunden nach dem Schock.

Der Nebel lichtet sich. Die Frau ist meine Verlobte. Sie heißt Aylin und hat gerade gesagt, dass wir nicht heiraten können.

Solche Momente kenne ich nur aus Seifenopern: Ein folgenschwerer Satz wird ausgesprochen, das Bild friert ein – in der *Lindenstraße* kommt dann immer noch dieser Geigen-Spannungsakkord, der klingt wie ein Bienenschwarm –, und dann muss man eine Woche warten, bis es weitergeht. Aber ich will *jetzt* wissen, was los ist!

Mein Magen krampft sich zusammen. Hat Aylin in letzter Sekunde gemerkt, dass ich doch nicht gut genug für sie bin? Eigentlich war es auch zu perfekt, um wahr zu sein. Ich, Daniel Hagenberger, und eine Traumfrau. Irgendwas in mir hat schon immer gewusst: Das ist zu perfekt. So viel Glück kann nicht von Dauer sein.

Warum mache ich mir eigentlich Gedanken und frage sie nicht einfach? Es gibt überhaupt keinen Grund, die Ungewissheit mit unnötigen Überlegungen zu verlängern.

Ich könnte jetzt einfach fragen: »Was ist denn passiert, Aylin?«, dann würde sie sagen: »Brad Pitt hat um meine Hand angehalten«, und der Fall wäre erledigt. Es würde wehtun, aber die Angst hätte wenigstens ein Ende. Wobei Brad Pitt doch mit Angelina Jolie zusammen ist, also kann ich das schon mal ausschließen. Brad Pitt könnte sich natürlich von ihr getrennt haben und dann um Aylins Hand ... AAAAAAAAAAAHHHHH!!!

Ich werde um Aylin kämpfen. Egal, warum sie mich nicht heiraten will, ich werde alles tun, um sie zurückzugewinnen. O Mann, jetzt frag sie endlich, Daniel!!! Das ist ja schlimmer als damals die Angst vor dem Hirntumor. Da hatte ich mich schon vorsorglich nach OP-Terminen bei den Neuro-Spezialisten des Union Memorial Hospital in Baltimore erkundigt, bevor mein Arzt feststellte, dass es nur eine harmlose Verspannung ... AAAAAAAAAAAAAA-AAAAAAAAAAAAH!!!

So, Schluss mit der sinnlosen Amok-Denkerei. Ich werde mich der Wahrheit stellen und Aylin fragen. Jetzt.

Jetzt.

Jetzt.

Jetzt.

Jetzt.

Jetzt.

Jetzt.

19
Vierzig Sekunden nach dem Schock.

Vielleicht sollte ich Aylin erst mal ausweinen lassen.

20
Fünfundfünfzig Sekunden nach dem Schock.

So, es reicht jetzt. Ich habe das Gefühl, dass ich die Spannung künstlich in die Länge ziehe. Irgendwann ist es aber auch mal gut. So.

Aylin weint immer noch.

Langsam wird ihr Schluchzen weniger. Noch weniger. Es hört auf. Aylin schaut mich an. Der Moment ist gekommen, in dem ich die Wahrheit erfahre. Einmal habe ich das bei meinem Hausarzt erlebt, der auf meine Blutwerte schaute und nur »Oioioioioioioi« sagte. In dem Moment zog mein Leben schon an mir vorbei. Dann machte er eine Pause und sagte noch einmal »Oioioioioioi«, nur um mir dann mitzuteilen, dass mein Allergiewert extrem hoch war – was bei mir *immer* der Fall ist. AAAAAAAAAAAAAAHHHH ... Ich lenke mich schon wieder ab. Ich habe Angst. Aylin öffnet ihren Mund.

Das ist wie in diesen ganzen Gerichts-Serien, wo es um Todesstrafe oder Freispruch geht und der Richter fragt: »Ist die Jury zu einem einstimmigen Urteil gekommen?« Und man sitzt da und denkt: »Ja, du Idiot, du hast doch gerade den Scheiß-Zettel gelesen, jetzt macht hinne!« AAAAAAAAAAAAAAAAAAAAAAAAAAAAAAAAHHHHH ...

So. Ich kann nicht mehr. Ich muss da jetzt durch:

»Aylin, was ist passiert???«

Die Zeit dehnt sich. Ich halte es nicht mehr aus. Irgendwie absurd, dass meine Zukunft von den Worten abhängt, die jetzt aus ihrem Mund kommen – beziehungsweise noch nicht kommen. AAAAAAAAAH!

Aylin muss sich erst sammeln. Sie macht das nicht absichtlich, aber trotzdem muss ich unwillkürlich an diese ganzen Castingshows denken, wo die Moderatoren die Ergebnisverkündung so grotesk hinauszögern, dass man selbst mit den idiotischsten Kandidaten Mitleid bekommt. Aber hier geht es gerade nicht darum, ob irgendwelche pubertierenden Dumpfbacken zum Superstar, Topmodel oder irgendeiner anderen Marionette der Unterhaltungsindustrie werden – hier geht es um mein *Lebensglück*!!!

Plötzlich wünsche ich mir einen Werbebreak. Ich will die Wahrheit nicht wissen. Ich will lieber in einem schönen Traum leben als in einer unschönen Realität. Aber Aylins Lippen bewegen sich:

»Daniel ... Tante Emine hatte einen Herzinfarkt.«

Mein Herz setzt kurz aus und dann wieder ein. Tante Emine hatte einen Herzinfarkt. *Deshalb* können wir nicht heiraten. Ich bin unglaublich erleichtert, dass Aylin mich nicht verlassen will! Was bin ich nur für ein Mensch? Aylin sagt mir, dass ihre Tante einen Herzinfarkt hat, und was fühle ich? Die pure Freude! Was sagt das bitte über meinen Charakter aus? Ich habe keine Zeit, darüber nachzudenken.

»O nein! Hat sie ... überlebt?«

»Sie wird gleich operiert. Ich wollte mit Mama gerade zum Krankenhaus fahren.«

»Oje ... die arme Tante ... Welche Emine eigentlich?«

»Die Mutter von Gül, Orkide und Kenan.«

»Also nicht die Kaffeesatz-Emine?!«

»Nein. Die, die uns in ihr Sommerhaus eingeladen hat.«

»*Alle* deine Tanten haben uns in ihr Sommerhaus eingeladen.«

»Die wir im Reisebüro getroffen haben.«

»Oh. Die Arme. Es tut mir so leid.«

Wir umarmen uns lange. Ich spüre zwar immer noch mehr Erleichterung als Mitgefühl, aber langsam vermischt sich die Freude, dass Aylin mich nicht verlässt, mit der Enttäuschung, dass die Hochzeit verschoben werden muss. Ich versuche, mich zu Mitgefühl für Tante Emine zu zwingen, aber ich habe sie nur zweimal kurz getroffen und vergessen, wie sie aussieht. Mir kommt immer das Gesicht der Kaffeesatzlese-Emine in den Kopf. Erstaunlich –

sie sah Schwierigkeiten für die Hochzeit, die nicht aus der Beziehung, sondern von außen kommen. Wie zum Teufel hat sie das in nassem Kaffeepulver gelesen?!

Frau Denizoğlu kommt in den Flur. Als sie meine Tränen sieht, drückt sie mich an sich:

»Du bist guter Junge ... bist guter Junge ... Allah, Allah ...«

Sie schluchzt und drückt mich nun so fest, dass ich neben Liebe und Mitgefühl auch Atemnot verspüre. Es klopft, und kurz darauf steht Tante Emines Sohn, Reisebüro-Kenan, in der Tür. Nachdem Aylins Mutter auch ihm eine Weile die Luftzufuhr abgeschnitten hat, klatscht er in die Hände – und ich nehme einen gewissen Widerspruch zwischen der Panik in seinen Augen und seiner oberflächlichen Besonnenheit wahr:

»So, dann lasst uns zur Uniklinik fahren.«

Ich hatte vor nicht einmal einer Stunde ein Nahtoderlebnis und versuche, während wir zu viert die Treppe hinunterhasten, einem weiteren vorzubeugen:

»Vielleicht sollte lieber *ich* ans Steuer – Kenans Mutter hatte einen Herzinfarkt – da sollte er besser nicht Auto fahren.«

»Meine Mutter hat einen Herzinfarkt. Das ist scheiße, okay. Aber warum soll ich deshalb nicht Auto fahren?«

»Weil du emotional belastet bist. Das schränkt die Wahrnehmung ein, und ...«

»Kein Problem. Ich habe alles unter Kontrolle.«

Seine zitternden Finger beim Drücken des automatischen Türöffners zeugen vom Gegenteil. Ich atme tief durch. Ich verdränge die Erinnerung an blaue Strickstrumpfhosen im Sportunterricht und Lebensmittelallergielisten. Du bist der Boss, Daniel! Ich versuche, alle Autorität aufzubringen, die ich habe:

»Okay. Gib mir den Schlüssel, Kenan.«

Anstelle einer Antwort setzt sich Kenan auf den Fahrersitz und schließt die Tür. Frau Denizoğlu hat bereits neben ihm Platz genommen; Aylin sitzt hinten und winkt mich zu sich:

»Komm, steig ein, Daniel.«

»Ich meine es ernst: Er darf nicht fahren.«

Meine Verlobte will gerade antworten, als Kenan mit quietschenden Reifen anfährt. Die geöffnete Tür schließt sich nach dem Zusammenprall mit einem Halteverbotsschild automatisch, und Kenans Mercedes braust mit doppelter Warp-Geschwindigkeit davon, nur um nach rund 200 Metern eine Vollbremsung zu machen und mit mindestens 50 km/h rückwärts zurückzukommen. Vor mir hält er mit quietschenden Reifen. Aylin öffnet die verbeulte Tür, und während eine Stimme in meinem Kopf sehr laut »TU DAS NICHT!!!!« ruft, steige ich ein. Nach spätestens einer Sekunde weiß ich, dass es ein Fehler war.

21
5 Minuten, 21 Sekunden nach dem Schock.

Kenans Fahrstil zeichnet sich durch das gleiche Feingefühl aus wie der von Onkel Abdullah – mit dem Unterschied, dass Kenan zum Brechen der Verkehrsregeln rund fünfmal so viel PS zur Verfügung stehen. Es liegt mir fern, mich an rassistischen Gentheorien zu beteiligen, aber wenn es in der DNA irgendeine spezielle Mutation gegeben hat, die zu unzivilisiertem Verhalten im Straßenverkehr führt, dann muss diese irgendwann während des Osmanischen Reiches passiert sein.

Als Kenan mit 80 km/h gegen die Fahrtrichtung einer Einbahnstraße düst und sich ein entgegenkommender Fiat in allerletzter Sekunde in eine Parklücke rettet, erfasst mich urplötzlich eine unerklärliche innere Ruhe. Vielleicht hat mein Kleinhirn gemeldet, dass ich schon tot bin. Ich schaue Aylin tief in die Augen. Wenn wir jetzt gemeinsam sterben, hätte es etwas Romantisches, wie bei Romeo und Julia – eine junge tragische Liebe, die gerade durch den Tod unsterblich wird. (Shakespeare ließ allerdings, dank seines dramaturgischen Scharfsinns, die Schwiegermutter nicht mitsterben.)

Nachdem Kenan die Stürze zweier Radfahrer provoziert, Schockzustände bei einem guten Dutzend Fußgänger verursacht und dem Leben dreier Tauben, einer Ratte sowie mehrerer Hundert Insekten ein Ende gesetzt hat, kommen wir zu meinem Erstaunen unverletzt an der Uniklinik an.

Wir hasten zum Info-Schalter des Herzzentrums. Dort sitzt ein rundlicher Mann um die sechzig, der laut Namensschild Hermann Töller heißt und eine so selbstzufrieden-gemütliche rheinische Gelassenheit ausstrahlt, dass ich ihn mir als Fotomodell für die Süffels-Kölsch-Kampagne vormerke und mich gleichzeitig darüber ärgere, dass sich die verdammte Werbebranche schon wieder in meinem Kopf eingenistet hat.

Der Portier schaut die Sendung *Rheinsport* auf dem Kölner Heimatkanal *Center TV*, wo gerade über die Vorfreude einiger Kneipenbesucher auf die Fernsehübertragung des Spiels Köln – Wolfsburg berichtet wird. (*Vor* dem Spiel ist die Stimmung in Köln ja immer prächtig.) Schlagartig wird mir klar, dass ich Mark noch nicht abgesagt habe. Während ich hastig eine SMS mit den Worten »Tante Herzinfarkt. Hochzeit fällt flach. Erklärung später. Dein Votan Wahnwitz« ins Handy hacke, braucht Aylin einige Anläufe, um die Aufmerksamkeit von Hermann Töller auf sich zu lenken:

»Hallo? Entschuldigung? HAAALLLOOO!«

Der Portier lässt sich von Aylins Nervosität und Ungeduld nicht im Geringsten aus der Ruhe bringen.

»Moment ... Isch bin gleich bei dir, Mädche.«

Er wartet noch in aller Seelenruhe einen unglaublich spannenden Dialog des Reporters mit einem betrunkenen Proleten im FC-Trikot ab, der auf die Frage nach dem Spielausgang völlig überraschend einen Sieg des 1. FC Köln voraussagt. Kenan reißt der Geduldsfaden – er schlägt mit der Faust auf den Tresen.

»Hey, jetzt sag uns endlich, wo meine Mutter ist!«

Auch von Kenans Aggression lässt sich unser Portier nicht irritieren und antwortet mit fröhlich-rheinischem Singsang:

»Jung, woher soll isch wissen, wer deine Mutter ist?«

Jetzt bringt sich Aylin ins Gespräch ein:

»Sie ist meine Tante.«

»Jut, dat wir dat jeklärt haben ... Jetzt hammer natürlisch ein Problem.«

Kenan wird bleich:

»Ein Problem?«

»Ja. Jetzt weiß isch nit, ob isch Sie in die Tanten-Abteilung oder in die Mütter-Etage schicken soll.«

Kenan, Aylin und Frau Denizoğlu schauen ihn verdutzt an.

»Haha, kleiner Spaß. Muss auch mal sein. Dat Leben is ja ernst jenug, nischt wahr?!«

Die Mienen meiner türkischen Verwandten verraten, dass rheinischer Humor im Moment nicht die allererste Option für sie ist. Hermann Töller lässt dann auch von weiteren Frohsinnverbreitungsversuchen ab:

»Nä, im Ernst, isch brauche den Namen.«
»Emine Kılıçdaroğlu.«
»Oh, jetzt haben wir ein Problem.«
Kenan wird wieder bleich.
»Ein Problem?«
»Ja.«
»Was für ein ... ich meine, ist sie ... tot?«
»Nein. Isch meine, isch habe keine Ahnung, wie dat jeschrieben wird.«

Aylin, Kenan und Frau Denizoğlu seufzen erleichtert, sind aber mit den Nerven am Ende. Aylin holt eine Flasche *Kolonya* aus der Tasche – die türkische, nach Urinalsteinen riechende Version von Kölnisch Wasser – und schüttet mindestens fünfzig Milliliter in die geöffneten Hände ihrer Mutter, die sich die anatolische Antwort auf die Stinkbombe nun mit einem lauten Stoßseufzer ins Gesicht klatscht. Kenan erklärt:

»Kılıçdaroğlu. Wie der Vorsitzende der CHP*.«
»CHP?«
»Egal. Ich buchstabiere: »*Ka. Ih. El. Ih. Ce* ...«
»Moment, nit so schnell. *Ka. Ih. El* ...«
»*Ih. Ce.*«
»Ach, isch dachte: *Ih. El.*«
»Ja. Aber danach *Ih. Ce.*«
»Also, *Ka. Ih. El. Ih. Ce.*«
»Genau. *De. Ah. Er.*«
»*De. Ah. Er.*«
»*Oh. Ge. El. Uh.*«
»*Oh. Je* ...«
»Nein, *Ge.*«
»Sag isch doch: *Je.* Hier in Köln sagen wir nit *Je*, sondern *Je.* Aber jeschrieben wird et *Je*, wie Justav.«

---

* Die Atatürk-Partei

Kenan ist kurz vor einem Wutanfall. Aylin zieht ihn sicherheitshalber zur Seite und buchstabiert weiter:
»Ge. El. Uh.«
»Je ... Wissense, dat *Je* wird in Köln immer jerne mit dem *Jott* verwechselt. Also mit dem Buchstaben *Jott* – nit mit dem lieben Jott. Kleiner Spaß, haha ...«
»*El. Uh.*«
»*El. Uh* ... Ist Ihnen schon mal aufjefallen, dat der liebe Jott jar nit mit *Jott* jeschrieben wird, sondern mit *Je*?«
»Nein, das ist mir noch nicht aufgefallen.«
»Da könnte isch misch stundenlang drüber beömmeln, haha.«
Jetzt nähert sich auch Aylin einem Wutanfall.
»Würden Sie mir jetzt *bitte* sagen, wo meine Tante liegt!«
»Natürlisch. Haben wir denn alle Buchstaben?«
»Ja.«
»Also Kilitz-dar-ocklu.«
»Genau.«
»Zweiter Stock, Zimmer 245. Hier vorne ist der Aufzug für Nichten, und dahinten der für Söhne.«
Aylin schaut ihn kurz irritiert an.
»Haha, kleiner Spaß. Nix für unjut.«

Als wir im zweiten Stock ankommen, wird Tante Emines Bett gerade über den Gang in Richtung OP geschoben. Kaffeesatzlese-Emine geht nebenher und platziert diverse Glücksbringer auf der Matratze – vom blauen Auge, das angeblich den »bösen Blick« abwehrt, über den Koran bis hin zu einer kleinen Marienstatue (ja, auch die Türken verehren sie) und irgendwelchen Kräutern.

Kenan, Aylin und Frau Denizoğlu hasten hinzu und reden auf Türkisch synchron auf die kranke Emine ein. Ich persönlich hätte vor einer OP ein besonnenes »Mach dir keine Sorgen, die Ärzte hier sind hervorragend« bevorzugt, aber Türken halten offenbar hysterisches Schluchzen, Wimmern und Brüllen für angemessen.

Das Bett wird nun durch eine Tür geschoben, auf der in großen Buchstaben »Für Unbefugte verboten« steht – und trotzdem müssen die zwei Pfleger, die das Bett schieben, meine türkischen

Verwandten mit körperlicher Gewalt vom Betreten des OP-Bereichs abhalten. Aylin kommt zu mir und fällt mir in die Arme – erschöpft von zu vielen Emotionen. Ich will ihr helfen:

»Aylin, das Beste ist, wenn wir uns jetzt ablenken. Wie wär's, wenn wir was essen gehen?«

»Wir können doch nicht essen gehen, während Tante Emine operiert wird.«

»Äh, und warum nicht?«

»Wir müssen doch bei ihr sein.«

»Dir ist schon klar, dass sie betäubt wird?!«

»Ja.«

»Und dass sie nicht merkt, ob wir da sind oder nicht.«

»Ja.«

»Und?«

»Ich will einfach dableiben.«

»Aber das kann Stunden dauern.«

»Daniel, die ganze Familie bleibt da.«

In diesem Moment kommt Kenans Schwester Orkide im Krankenhaus an und fällt so zielsicher in Ohnmacht, dass ihr Bruder sie gerade noch auffangen kann, bevor Aylin sie mit gut 100 ml *Kolonya* ins Leben zurückholt. Die Kaffeesatzlese-Emine klärt uns über den Stand der Dinge auf:

»Arzt hat gesagt, war früh genug, çok şükür.«

Jetzt murmeln Aylin, Kenan, Frau Denizoğlu und Orkide gleichzeitig »çok şükür« (Gott sei Dank).

»Wird werden wieder gesund inşallah.«

Jetzt murmeln alle gleichzeitig »inşallah« (Allah soll es erlauben) und blicken sich um, als würden sie etwas suchen. Ein paar Sekunden lang bin ich verwirrt. Dann findet Aylin ein Holzgeländer, zu dem sich nun alle schnell begeben, um eilig draufzuklopfen, wobei sie erneut mehrfach »inşallah« sagen. Anschließend beißt sich jeder auf die Zunge und zieht sich am rechten Ohrläppchen. Diese Menschen scheinen weder Allah noch den Ärzten wirklich zu vertrauen.

Ich wage noch einen Versuch:

»Wir könnten auch *alle zusammen* essen gehen.«

Aylin schüttelt nur den Kopf und schließt dabei die Augen.

Die Diskussion ist beendet. Ich lösche eine weitere SMS meines Vaters, in der er mich vor einer Woche auf eine Impressionisten-Ausstellung im Museum Ludwig aufmerksam gemacht hat, und mache so meinen Speicher für Marks Antwort frei. Die nicht lange auf sich warten lässt:

»O nein! Tut mir total leid. Wenn du reden willst, melde dich. Brülle auf der Südtribüne für dich mit. Dein Jacques Gelee.«

Mich erfasst ein kurzer Moment der Traurigkeit – weniger wegen des verpassten Fußballspiels als wegen der abgesagten Hochzeit. Dann wird meine Aufmerksamkeit von Aylins Cousine Orkide auf sich gezogen, die jetzt tränenüberströmt in den OP-Bereich stürmt, gefolgt von Kenan. Die beiden sind dabei, völlig ihre Fassung zu verlieren. Vielleicht kann ich ja durch meine Anwesenheit dazu beitragen, dass Aylins Familie die Operation mit etwas mehr Distanz und Gelassenheit verfolgt.

Oma Berta hatte vor neun Jahren auch eine Bypass-OP. Dadurch bin ich mit dem Ablauf vertraut und werde meine aufgeregten türkischen Verwandten mit Nüchternheit und der Evidenz der Fakten beruhigen können. Dann werden sie mich noch mehr respektieren und feststellen, dass ich etwas Wertvolles in die Familie einbringen kann. Dass nicht nur die deutsche Kultur von der türkischen Lebendigkeit profitieren kann, sondern auch die türkische Kultur von der deutschen Sachlichkeit.

Kenan und Orkide werden von einem kräftigen Krankenpfleger zurück in den Flur geschoben. Ich sehe Angst in ihren Augen und gehe zu ihnen:

»Macht euch keine Sorgen. Eure Mutter wird es überleben. Solche OPs sind heute reine Routine.«

Kenan nickt und klopft mir abwesend auf die Schulter.

»Danke. Du hast recht.«

Im selben Moment bewirkt ein Windstoß, dass mehrere Blütenblätter einer Geranie zu Boden fallen. Kaffeesatzlese-Emine schreckt hoch:

»O nein! Das ist ein Zeichen!«

Kenan wird bleich, dann pfeffert er sein iPhone auf den Boden und tritt es kaputt, woraufhin Orkide einen hysterischen Heulkrampf bekommt, gefolgt von einem noch hysterischeren Tröstungsversuch von Kenan. Ich verkneife mir den Satz »Ja, das ist ein Zeichen. Und zwar dafür, dass man die Blume gießen sollte.«

Vielleicht sollte ich noch ein paar Minuten warten, bevor ich die deutsche Sachlichkeit erneut einbringe.

22
Zwei Stunden nach Beginn der OP.

Wir sitzen mit zwanzig Familienmitgliedern im Wartebereich des Herzzentrums. Onkel Abdullah hat das Schwarzmeer-Café noch vor Spielende beim Stand von 1:1 verlassen und muss seine Schwester wirklich sehr lieben, wenn er für sie den 2:1-Siegtreffer für Trabzonspor verpasst hat (er hat sich im Taxi zum Krankenhaus das Spielende via Handy von einem Mann im Café live schildern lassen).

Nach Oma Bertas Herzinfarkt beschloss mein Vater, den Rest der Familie erst dann zu informieren, wenn sich die Lage stabilisiert hat. Die Einstellung der Türken scheint in diesem Punkt geringfügig abzuweichen. Offenbar gehört es zu den familiären Pflichten, die gesamte Verwandtschaft möglichst unverzüglich in Panik zu versetzen. Besonders erstaunt hat mich die Reihenfolge der Informationsweitergabe. Wenn ein neues Familienmitglied eintrifft, läuft das Briefing wie folgt ab:

1. O Gott, sie stirbt, wir werden sie nie mehr wiedersehen, sie verlässt uns, Allah soll ihrer Seele gnädig sein, ich kann nicht mehr, auch ich will sterben.
2. Weinen. Schluchzen. Wimmern.

Erst wenn das neu eingetroffene Familienmitglied kalkweiß im Gesicht und mit den Nerven am Ende ist, folgt die nächste Information:

3. Die Ärzte haben gesagt, es wird alles gut.

Das ist dramaturgisch gesehen hervorragend. Denn wenn man direkt sagen würde, dass alles gut wird, wäre ja die Überraschung weg. Und ich würde niemals Szenen erleben, gegen die *Jenseits von Afrika* wie ein gefühlskalter Autorenfilm anmutet.

Als ich einmal eigenmächtig die Reihenfolge änderte und Herrn Denizoğlu unmittelbar nach seinem Eintreffen darüber informierte, dass es gut aussehe, fing ich mir sogar einige böse Blicke ein. Seitdem überlasse ich die Ereignisse lieber ihrem natürlichen Lauf und lenke mich von der andauernden Hysterie ab, indem ich die Partie Köln–Wolfsburg auf dem Live-Ticker meines Handys verfolge.

Der Einzige, der außer mir bisher versucht hat, die Gemüter zu beruhigen, ist Onkel Abdullah. Als Emines Tochter Orkide zum geschätzt zwanzigsten Mal nachfragte, warum die OP so lange dauere, und sicher war, dass das auf jeden Fall ein schlechtes Zeichen sei, beruhigte sie Abdullah mit den Worten:

»Keine Angst, dauert immer zwei Stunden so eine OP.«

Das hat er vor einer Stunde gesagt, und die zwei Stunden sind um – was in diesem Moment von Orkide bemerkt wird:

»O nein! Es gibt Komplikationen!«

Sie fängt an zu schluchzen und muss vom leichenblassen Kenan gestützt werden. Alle reden aufgeregt durcheinander. Mindestens vier Frauen fangen an zu weinen. Mein Moment ist gekommen.

»Entschuldigung?!«

Niemand reagiert auf mich. Ich werde lauter:

»ENTSCHULDIGUNG?!«

Das Chaos um mich herum ist einfach zu groß. Ich nehme allen Mut zusammen und brülle so laut ich kann:

»RRRRUUUUUUUUHHHEEEEEE!!!!!!!!!«

Alle schauen mich überrascht an. Ich bin selbst erstaunt von mir. Aber ich habe die Aufmerksamkeit, die ich brauche:

»Entschuldigung. Aber bei meiner Oma Berta wurde exakt die gleiche Operation durchgeführt. Und es hat dreieinhalb Stunden gedauert. Die Ärzte haben uns erklärt, dass das ganz normal ist. Es kann sogar länger als vier Stunden dauern. Es besteht also kein Grund zur Sorge.«

Ich habe es geschafft. Die Gemüter beruhigen sich. Während meine Informationen gerade für die nicht der deutschen Sprache mächtigen Verwandten ins Türkische übersetzt werden, nehmen langsam alle wieder ihre Plätze ein. Ich bin stolz auf mich. Nach einer Weile wendet sich Orkide an Onkel Abdullah:
»Und warum hast du gesagt, es dauert zwei Stunden?«
»Ich habe gehört.«
»Von wem?«
»Weiß nicht. Aber ist allgemein bekannt, dass dauert zwei Stunden.«
Ich sehe, dass erneut Panik in Orkide hochsteigt. Ich versuche gegenzusteuern.
»Aber wie gesagt, im Falle von Oma Berta ...«
Onkel Abdullah unterbricht mich.
»Normal ist zwei Stunden. Vielleicht, bei Oma gab auch Komplikationen.«
»Nein, wie schon gesagt ...«
»Wie alt war deine Oma bei Operation?«
»Dreiundachtzig.«
»Siehst du. Bei ältere Mensche dauert immer länger.«
Ich finde es ein klein wenig egoistisch von Onkel Abdullah, dass er die gesamte Familie weiter in Panik hält, nur um seine Wissenslücke nicht zugeben zu müssen.
»Ich bitte dich, Onkel Abdullah, sag doch einfach, du bist dir nicht sicher.«
Jetzt fange ich mir von Onkel Abdullah einen Blick ein, der selbst Reiner Calmund zum Schweigen gebracht hätte, und gebe auf. Die Panik ist ohnehin schon im Zimmer zurück. Frau Denizoğlu bricht in Tränen aus:
»Bei Allah, sie wird sterben!«
In diesem Moment meldet sich mein Live-Ticker: 1:0 für Köln! Ich kann den Jubelschrei nicht zu 100 % unterdrücken – und habe Glück, dass Frau Denizoğlu so laut getröstet wird, dass nur zwei oder drei Familienmitglieder das schlechte Timing meiner Freude bemerken.
In den folgenden Minuten wird jeder, der aus dem OP-Bereich kommt, von der Familie mit Fragen bombardiert, selbst die Putz-

frau, die aber als Türkin mit Hysteriekompetenz ausgestattet ist: Durch ihre sicherlich erfundene Behauptung, dass die OP später angefangen hat, kann sie die Familie über sechzig Sekunden lang ruhigstellen – immerhin länger als der Assistenzarzt, der zuvor versicherte, dass alles normal verläuft. (Frau Denizoğlu: »Wenn alles verläuft normal, warum ist nicht vorbei?«)

Langsam bekomme auch ich Probleme, mich nicht von der allgemeinen Hysterie anstecken zu lassen – vor allem, seit der VfL Wolfsburg das 1:1 geschossen hat. Da verstummen plötzlich alle. Kaffeesatzlese-Emines Tochter Emine betritt das Wartezimmer. Da sie offensichtlich eine ganze Flasche *Poison* über sich ausgekippt hat, übertüncht sie kurzfristig den penetranten *Kolonya*-Gestank im Raum. In ihrem ultraknappen Rock und den hohen Stiefeln könnte sie sofort bei den *Pussycat Dolls* einsteigen – die Herzinfarkt-Nachricht hat sie wohl auf dem Weg zur Disco erwischt. Normalerweise würde sie niemals mit so wenig Stoff und so viel Haut der Familie gegenübertreten, aber die Schocknachricht hat den normalen Verhaltenskodex über den Haufen geworfen. Sie überreicht ihrer Mutter eine Mokkatasse.

»Hier, hab ich schnell in Murats Dönerladen geholt.«

Das kurze Entsetzen der Familie über Emines allzu freizügiges Outfit weicht nur Sekunden später einer ängstlichen Neugier. Mustafa, der Mann der Herzinfarkt-Tante-Emine, trinkt hastig den Mokka und dreht die Tasse um. Offenbar soll der Kaffeesatz für Klarheit sorgen.

Angespannte Stille. Nach dem Umdrehen der Tasse müssen ein paar Minuten vergehen, bis sich das erforderliche Muster an der Tassenwand bildet, und die Familie wartet gebannt.

Als mir Emines Tochter Emine, die jetzt neben mir steht, vor Aufregung die falschen Fingernägel in den Unterarm bohrt, muss ich kurz daran zurückdenken, wie ich mit ihr vor einigen Monaten in einer türkischen Disco geflirtet und dabei meine Beziehung mit Aylin aufs Spiel gesetzt habe. Inzwischen weiß ich, dass Anbaggern ebenso ihr Hobby ist wie falsche Fingernägel und das Jede-Woche-die-Haare-neu-Färben. Ich werde nicht mehr in diese Falle tappen.

Eine kleine Ewigkeit später dreht Tante Emine die Tasse wieder um. Sie murmelt irgendwas Türkisches, auf das die Familie mit aufgeregten Nachfragen reagiert. Aylin wird leichenblass:

»Es gibt ein Problem.«

Die meisten Frauen fangen an zu weinen und müssen von ihren Männern getröstet werden. In der allgemeinen Aufregung bemerke ich als Einziger den Chefarzt, der in diesem Moment aus der Tür des OP-Bereichs tritt. Ich versuche, die Aufmerksamkeit der Familie auf ihn zu lenken. Vergebens. Alle bestürmen aufgeregt die Kaffeesatzlese-Emine mit Fragen, worin denn das Problem bestehe.

Der Chefarzt, Prof. Dr. Meyer, räuspert sich laut.

»Darf ich um Ihre Aufmerksamkeit bitten?«

Niemand außer mir beachtet ihn. Wir tauschen ratlose Blicke aus, dann gelingt es mir immerhin, Aylin von seiner Anwesenheit zu überzeugen. Aylin nimmt den verdutzten Chefarzt kurz entschlossen an der Hand, zieht ihn zur Familie und sorgt für Aufmerksamkeit. Prof. Dr. Meyer lächelt generös:

»Ich habe gute Neuigkeiten. Wir haben die Maschinen abgeschaltet. Das Herz schlägt wieder.«

Diese Nachricht wird jetzt von Frau Denizoğlu ins Türkische übersetzt, woraufhin Tante Nihal und Tante Hatice von Heulkrämpfen geschüttelt zusammenbrechen. Prof. Dr. Meyer ist genauso irritiert wie ich. Jetzt brüllt Frau Denizoğlu die beiden an, die sich daraufhin langsam wieder beruhigen. Herr Denizoğlu klärt auf:

»*Herz schlägt* heißt auf Türkisch: *Kalp atıyor*. Aber Nihal und Hatice haben verstanden *atmıyor*. Heißt: *Herz schlägt nicht*. Ist nur ein Buchstabe Unterschied. Haben gedacht, Emine ist gestorben.«

Prof. Dr. Meyer spricht jetzt, als hätte er geistig Minderbemittelte vor sich:

»ALLES – IST – GUT. FRAU – KILIC... ÄH ... SIE – LEBT. VERSTANDEN?«

Prof. Dr. Meyer wartet ein paar Sekunden vergebens auf Dankbarkeit und Erleichterung. Dann meldet sich Kaffeesatzlese-Emine zu Wort:

»Aber wo ist Problem?«

Prof. Dr. Meyer überspielt seine aufkeimende Wut:

»Es gab kein Problem. Alles ist optimal verlaufen.«
Nun ist Onkel Abdullahs Einsatz gekommen:
»Aber wenn es gibt kein Problem, darf nicht länger dauern als zwei Stunden.«
»Wer sagt das?«
»Ich habe gehört.«
»Dann haben Sie es falsch gehört.«
»Wollen Sie sagen, ich erzähle Unwahrheit?«
»Ja. Exakt das will ich sagen.«
Onkel Abdullah möchte Prof. Dr. Meyer am liebsten eine Ohrfeige verpassen und wird nun vorsorglich von Kenan nach hinten gezogen. Kaffeesatzlese-Emine übernimmt wieder die Gesprächsführung.
»Aber in Kaffeesatz, ich habe gesehen Problem.«
»Was?«
Jetzt hält Emine dem verdutzten Chefarzt die Tasse unter die Nase.
»Hier, sehen Sie diese Linie? Bedeutet Komplikation. Sie haben übersehen etwas, ganz bestimmt.«
Vom Rest der Familie kommt nun beistimmendes Gemurmel.
Jetzt kann Prof. Dr. Meyer seine Wut kaum noch kontrollieren:
»Lassen Sie mich überlegen: Wir haben auf der einen Seite mich, den Chefarzt des Herzzentrums, mit dreißig Jahren Berufserfahrung, einem Team aus Spezialisten, Computertomografie, Blutanalyse sowie anderen Hilfsmitteln modernster Diagnostik – und auf der anderen Seite eine Hausfrau mit einer ungespülten Tasse. Wessen Diagnose sollte man wohl vertrauen?!«
Er funkelt die Familie wütend an. Nach ein paar Sekunden findet Frau Denizoğlu als Erste die Sprache wieder:
»Also moderne Geräte sind gut, vallaha. Aber kann auch passieren Fehler. Kaffeesatz habe ich noch nie erlebt, dass Vorhersage war falsch.«
Als erneut zustimmendes Gemurmel ertönt, winkt Prof. Dr. Meyer kopfschüttelnd ab und geht zurück in Richtung OP-Bereich. Ich laufe ihm nach.
»Äh, Professor Meyer?«
»Ja?«

»Vielleicht wäre es ganz gut, wenn Sie die anderen darauf hinweisen, dass Tante Emine ... also Frau Kılıçdaroğlu ... keine Tabletten einnehmen sollte, die zufällig irgendwem irgendwann mal wegen irgendwas geholfen haben.«

»Gehören Sie zur Familie?«

Ich muss kurz innehalten. Ja, ich will dazugehören. Ja, ich will ein Teil der Herde sein, behütet und beschützt. Das warme Gefühl, das ich beim Geschenkekauf in London hatte, kehrt für kurze Zeit zurück. Aber da ist auch etwas in mir, das sagt: Pass auf, Daniel! Sie denken anders als du. Sie fühlen anders als du. Sie haben andere Werte als du. Und sie werden deine Heterosexualität infrage stellen, wenn sie das Ölbild der Barbapapa-Familie in deinem Wohnzimmer sehen.

Prof. Dr. Meyer wird ungeduldig:

»Also was jetzt – gehören Sie zur Familie oder nicht?«

In diesem Moment kriegt Kenan von einem seiner Cousins eine kräftige Ohrfeige, die ihn viel besser aus seiner Hysterie befreit als meine rationalen Argumente. Plötzlich wirkt diese Kultur irgendwie fremd auf mich und macht mir ein kleines bisschen Angst. Werden sie mich so akzeptieren, wie ich bin? Oder muss ich mich anpassen? Und wenn ja – welche Drogen muss ich nehmen, um *so* draufzukommen?

Prof. Dr. Meyers Geduld ist erschöpft. Er will sich gerade von mir abwenden, als ich ihn stoppe:

»Professor Dr. Meyer?«

»Ja?!«

»Die ehrliche Antwort ist: Ich habe nicht die geringste Ahnung, ob ich dazugehöre.«

23
20 Minuten vor dem geplatzten Hochzeitstermin.

Nach einer unruhigen Nacht betrete ich mit einem Strauß Sonnenblumen das Herzzentrum der Kölner Uniklinik. Am Info-Schalter sitzt schon wieder – oder noch immer – Hermann Töller:
»Juten Tach. Hamse auch dat Spiel jesehen? 1:1, dat war für misch verschenkt.«
»Tja, mit der Champions League wird's knapp in dieser Saison. Haha, kleiner Spaß. Nicht wahr, das Leben ist ja ernst genug.«
Hermann Töllers Miene verfinstert sich zum ersten Mal.
»Dat is nit lustisch. Dat is tragisch.«
»So gesehen ja. Also, ich möchte zu Frau Kılıçdaroğlu.«
»Ach zu den Türken? Dritter Stock, dann immer dem Jeschrei nach bis zu dem Flur, wo vor lauter Besucher kein Arzt mehr reinpasst.«
Als ich in den Aufzug steige, gesellen sich rund zehn Türken zu mir, die höchstwahrscheinlich auch Familienmitglieder sind.
Wie sich herausstellt, haben viele Hochzeitsgäste den Rathausbesuch durch eine Visite bei Tante Emine ersetzt. Bei einer deutschen Hochzeit wäre das nicht so gravierend gewesen. Aber wir reden von einer *türkischen* Hochzeit. Das bedeutet, dass gerade mehrere Sicherheitskräfte dabei sind, zwischen 200 und 300 Türken aus dem Herzzentrum zu schleusen, das für solche Besucheransturme nicht ausgerichtet ist. Wenn Tante Emine noch mal operiert werden muss, wird Prof. Dr. Meyer wahrscheinlich die KölnArena reservieren. Während die Sicherheitskräfte gegen zum Teil massiven Widerstand eine große Gruppe ins Treppenhaus zurückdrängen, stürmt auf der anderen Seite eine ebenso große

Gruppe mit kreischenden Kindern an ihnen vorbei in Richtung Krankenzimmer. Es ist ein einziges Chaos und erinnert mich an die Untergangsszene in *Titanic*, als kein Matrose mehr die in Panik geratenen Dritte-Klasse-Passagiere vom Oberdeck fernhalten kann.

Nach gut fünf Minuten nutze ich den Moment, in dem die Sicherheitskräfte eine gut zehnköpfige Gruppe aus Tante Emines Zimmer nach draußen führen, und schlüpfe hinein.

Ich schaue in viele betroffene Gesichter und höre, wie einige »der Bräutigam« flüstern. Aylin, die nicht viel geschlafen haben kann, umarmt mich und küsst mich – wie immer in Gegenwart der Familie – nur auf die Wangen. Tante Emine, die als Einzige im Raum gut gelaunt zu sein scheint, winkt mich zu sich.

»O Thomas ...«

»Daniel.«

Ich reiche ihr die Blumen.

»Das ist so lieb von dir. Unglaublich lieb, vallaha, du bist wirklich unglaublich lieb, und bitte glaub mir von meine ganze Herz: Tut mir so leid, wegen Hochzeit.«

»O nein, ich bitte Sie. *Mir* tut es leid.«

Jetzt überkommt Tante Emine ein Pathos, mit dem sie problemlos in jedem Bollywood-Film mitspielen könnte.

»Nein. Ich habe zerstört eure Hochzeit. Ich werde mir niemals verzeihen ... Niemals ... Niemals ...«

Damit wird ihre Stimme schwächer und sie fasst sich ans Herz. Für fünf Sekunden herrschen um mich herum Panik und Hysterie. Dann hebt Emine die Hand – was alle anderen verstummen lässt:

»Korkmayın.«

»Bitte?«

»Macht euch keine Sorgen.«

»Ah.«

Tante Emine lächelt kurz pathetisch. Danach verwandelt sich ihr Gesichtsausdruck in wenigen Sekunden von »Macht euch keine Sorgen« zu »Macht euch Sorgen« – und die Botschaft kommt bei der Familie an: In Panik drückt Frau Denizoğlu die Fernbedienung am Bett und hebt so ihre Schwägerin in eine aufrechte

Position, woraufhin Tante Ayşe sich unter wilden Flüchen die Fernbedienung schnappt und das Bett wieder in die Waagerechte steuert. Als die frisch operierte Emine laut aufstöhnt, machen sich Frau Denizoğlu und Tante Ayşe hysterisch Vorwürfe, was Sekunden später dazu führt, dass sich der gesamte Raum in zwei Lager spaltet und sich nun alle gegenseitig anbrüllen. Wenn Tante Emine nicht schon einen Herzinfarkt gehabt hätte – spätestens jetzt würde sie einen bekommen.

Ich erinnere mich an den Besuch mit meinen Eltern am Krankenbett von Oma Berta nach deren Herzinfarkt vor neun Jahren. Damals war sie geistig noch völlig klar. Als wir uns besorgt nach ihrem Befinden erkundigten, meinte sie nur, wir sollten nicht so betroffen gucken, als läge sie schon unter der Erde. Daraufhin schilderte ihr mein Vater, wie der Schriftsteller Peter Härtling in seiner Erzählung *Die Lebenslinie* seinen eigenen Herzinfarkt mit trockener Sprache beschreibt und so eine heilsame Distanz zwischen sich selbst und seinem Körper aufbaut. Nach zwanzig Minuten schlief Oma Berta ein.

Mein Vater legte Oma Berta einen Zettel auf den Nachttisch: »Der Tod lächelt uns alle an. Das Einzige, was man tun kann, ist zurücklächeln (Marcus Aurelius)«. Meine Mutter schrieb noch »Gute Besserung« drunter, und ich malte ein Herz – wozu mein Vater mit ehrlicher Enttäuschung anmerkte, in gemalten Herzen drücke sich die Unfähigkeit der jungen Generation im Umgang mit Sprache aus. Danach lehnte Oma Berta telefonisch weitere Krankenbesuche mit den Worten ab: »Nutzlos rumliegen kann ich auch alleine.«

Die Einstellung der Herzinfarkt-Tante-Emine zeigt hierzu geringfügige Abweichungen. Erstens erkundigt sie sich ständig mit vorwurfsvollem Unterton nach nicht anwesenden Familienmitgliedern, und zweitens stöhnt sie immer dann gequält auf, wenn sich die allgemeine Anspannung zu sehr gelockert hat. So hält sie das Zimmer auf einem konstanten Hysterie-Level, der allerdings nicht den Höchststand während der OP erreicht; er hat sich etwa auf dem Niveau von Jodie Foster in *Panic Room* eingependelt.

Solange alle besorgt sind, nehmen Tante Emines Gesichtszüge

den Ausdruck tiefster Zufriedenheit an. Bis sich die Familie entspannt und das Spiel von vorne losgeht.

Als gerade eine Frau, die ich nicht kenne, der kranken Emine unter Tränen und sehr, sehr laut versichert, dass sie sie unendlich liebt, bemerkt niemand außer mir die zierliche Krankenschwester, die sich mühsam den Weg durch die Menge bahnt. Sie versucht zweimal vergeblich, gegen den Lärmpegel anzureden, dann brüllt sie:

»Bitte alle den Raum verlassen! Ich muss eine Spritze setzen.«

Offensichtlich ist sie es nicht gewohnt, ihre Stimme zu erheben, weshalb sie sich überschlägt. Es folgt eine kurze Stille, in der alle Anwesenden die Krankenschwester verblüfft angucken, bis Tante Emine abwiegelt:

»Ist kein Problem. Ist Familie. Kann ruhig sein dabei.«

»Gut. Wie Sie meinen.«

Damit lüftet die Krankenschwester zunächst die Decke, dann dreht sie Tante Emine auf die Seite. Kurz darauf sehe ich für eine Sekunde Tante Emines entblößtes Hinterteil, das sofort von einem etwa zehnjährigen Jungen mit dem iPhone fotografiert wird, der dafür von seiner Mutter Ayşe einen Schlag an den Hinterkopf erhält:

»Wenn ich das bei Facebook sehe, kannst du die PlayStation vergessen, Tarkan!«

In diesem Moment klingelt mein Handy, und *ich* kriege fast einen Herzinfarkt: Es ist meine Mutter. Ich verlasse blitzartig das Zimmer:

»Erika, du, also, es ist so ...«

»Wo seid ihr? Wir stehen am Rathaus und finden euch nicht.«

»Du, das tut mir echt leid, aber ich bin irgendwie total daneben seit gestern, deshalb hab ich vergessen, es euch zu sagen.«

»Uns *was* zu sagen?«

»Aylins Tante hatte gestern einen Herzinfarkt. Deshalb können wir heute nicht heiraten.«

Stille am anderen Ende der Leitung.

»Erika?«

»Ja.«

»Ich wollte euch anrufen, nach der Operation, aber ich bin bis nach Mitternacht im Krankenhaus geblieben, und danach musste ich mit dem Taxi nach Ehrenfeld, weil mein Auto da noch stand. Zu Hause wollte ich eine SMS schreiben, aber ich musste erst mal drei Gläser Rotwein trinken, um irgendwie runterzukommen. Dann bin ich neben dem Handy eingeschlafen, und heute Morgen war ich einfach nur traurig, weil ich doch eigentlich jetzt heiraten sollte, da bin ich sofort nach dem Aufwachen zur Uniklinik, und ...«

»Schon gut, Daniel. Schon gut. Es ... es tut mir leid.«

Ich höre meine Mutter weinen. Da das höchstens alle zehn Jahre passiert, ist es ein seltenes Naturereignis wie eine totale Sonnenfinsternis. Ich kann mich überhaupt nur an drei Situationen erinnern:

1. Als ihre Mutter gestorben ist.
2. Als Willy Brandt gestorben ist.
3. Als ich gesagt habe, ich ziehe aus.

Nach meinen Erlebnissen während der OP habe ich vergessen, dass man auch leise und kurz weinen kann; schon nach wenigen Sekunden stoppt sich meine Mutter:

»Entschuldigung, ich wollte nicht sentimental werden.«

»Erika, das Wort *sentimental* hat für mich inzwischen eine extreme Bedeutungsverschiebung erfahren. Also mach dir keine Gedanken.«

»Okay.«

Meine Mutter weint noch einmal für höchstens zwei Sekunden, dann reißt sie sich erneut zusammen, und ich höre, wie sie meinem Vater die Geschehnisse berichtet, bevor der das Gespräch übernimmt:

»Daniel? Hier ist Rigobert. Ich wollte nur sagen, äh ... Es tut mir auch ... also, ich weiß nicht, was ich jetzt ... Es ... äh ... gibt einen hervorragenden Satz von Hans Magnus Enzensberger, in dem er das Auf und Ab in der Liebe in wenigen Worten ironisch auf den Punkt ... Halt, Moment! Die Zeile stammt aus einem Lied von Wolf Biermann. Nein, aus den *Jahrestagen* von Uwe Johnson. Ja. Da steht er drin ...«

»Danke, Rigobert. Es ist wirklich nett, dass du mich aufbauen willst, aber ...«

»Also, der Satz ... ich hoffe, ich zitiere ihn korrekt ... äh ... So ein Mist, jetzt fällt er mir nicht ein ... Das ist ja blöd. Eben hatte ich ihn noch.«

»Egal. Der gute Wille zählt.«

»Der Satz drückt im Prinzip aus – natürlich viel eleganter als mir das jetzt möglich ist –, dass das Gefühl der Enttäuschung ... Also im Vergleich zu anderen negativen, äh ... Ich denke da zum Beispiel an die politische Situation im Nahen Osten. Die natürlich objektiv betrachtet schwerer wiegt als eine abgesagte Hochzeit ...«

»Wie gesagt, es ist wirklich nett ...«

»Oder die Verbrechen der Nazizeit.«

Ich habe vergessen, auf die Uhr zu schauen. Ich bin wirklich erledigt.

»Danke für die aufbauenden Worte, Rigobert. Ich muss jetzt auflegen. Ich melde mich!«

Als ich wieder ins Zimmer will, kommen mir mindestens 15 Verwandte entgegen. Ich erfahre, dass Tante Emine aufgrund des Besucheransturms in ein größeres Zimmer verlegt wird. In der Tür kommt es zu einem Stau, weil jetzt alle Familienmitglieder gleichzeitig in den Flur strömen, sodass die Schwester gut zwei Minuten braucht, um das Bett durch den Türrahmen zu bugsieren. Erst jetzt sehe ich, dass noch ein zweites Bett im Zimmer steht, das vorher von der Familienmasse verdeckt war. Darin liegt eine Frau mit weißen Haaren. Als ich sie überrascht ansehe, lächelt sie und redet mit einer belegten, brüchigen Stimme:

»Gott sei Dank bin ich nicht privat versichert – so eine Show kriegst du im Einzelzimmer nicht geboten.«

Daraufhin lässt sie eine heisere Lache vernehmen, die mich an einen Comic-Hund aus meiner Kindheit erinnert. Da spüre ich eine Hand auf meiner Schulter. Es ist Aylin. Sie schaut mich mit feuchten Augen an:

»Daniel, gleich hätten wir uns das Jawort gegeben.«

Ich schaue zur Uhr. Fünf nach zehn. Wenige Sekunden später

werde ich genauso kurz und dezent »sentimental« wie meine Mutter. (Darüber sollte ich mal mit meiner Therapeutin sprechen.)

Ich nehme meine Verlobte an beiden Händen:

»Aylin Denizoğlu, wollen Sie mit dem hier anwesenden Daniel Hagenberger einen neuen Hochzeitstermin finden, ihn in den Kalender eintragen und einhalten, bei gutem wie bei schlechtem Wetter, wenn keine ernste Krankheit einer Ihrer 2000 Blutsverwandten dazwischenkommt, dann antworten Sie jetzt mit *Ja*.«

»Ja. Ja, ich will.«

Aylin lächelt mich liebevoll an und flüstert:

»Sie dürfen die Braut jetzt küssen.«

24
*Eine Stunde, 47 Minuten nach der
geplatzten Hochzeit.*

Es ist 11 Uhr 47. Eigentlich sollte ich jetzt verheiratet sein. Ich sollte mit Aylin und der Familie im Restaurant *Alter Wartesaal* sitzen, Glückwünsche entgegennehmen und Geschenke auspacken. Stattdessen betrete ich zum ersten Mal seit meiner Kündigung die Geschäftsräume der *Creative Brains Unit*.

Zugegeben, ich nehme nur aus einem einzigen Grund an der Süffels-Kölsch-Besprechung teil: Reisebüro-Kenan hat mich gefragt, ob ich 15 Teppiche vom Flughafen-Zoll abholen und zum Reisebüro fahren könne, weil er seine Mutter in dieser schweren Zeit nicht allein lassen wolle. Ich war erstaunt über die Formulierung *allein lassen* – wenn rund zwanzig Familienmitglieder im Zimmer sitzen und draußen noch mehrere Dutzend auf Einlass warten. Aber ich weiß inzwischen, dass sich auch die klarsten Fakten keinesfalls auf das emotionale Empfinden eines Orientalen auswirken.

Ich hatte keine Lust, irgendwelche Teppiche am Flughafen abzuholen – zumal ich die Beamten auch noch anlügen sollte, die nagelneuen Perserteppiche seien Erbstücke und würden rein privat verwendet. Aber Kenan war emotional so aufgeladen, dass ich mich in die Behauptung flüchtete, ich hätte gerade einen Anruf erhalten und müsse um zwölf Uhr zu einer Besprechung. Anschließend meldete sich mein schlechtes Gewissen – da rief ich Rüdiger Kleinmüller an und ließ die Lüge wahr werden.

Als ich mich dem Kreativbüro nähere, wird mir plötzlich bewusst, dass ich meinen alten Kollegen Karl, Ulli und Lysa zum ersten Mal als Chef gegenüberstehen werde. Werden sie mich als Vorgesetzten akzeptieren? Habe ich genügend Autorität für diese Rolle? Vor der Tür halte ich kurz inne und atme tief ein und aus. Was ist das Schlimmste, was jetzt passieren kann? Ich versage als Chef, verliere den Job, werde depressiv, gerate in die Drogenszene, werde im Heroinrausch von einem streunenden Rottweiler-Mischling angefallen und kriege eine Blutvergiftung, weil ich die Tetanus-Impfung nicht rechtzeitig aufgefrischt habe, woraufhin ich mich voller Verzweiflung von der Hohenzollernbrücke stürze und dummerweise auf einem Partyschiff aufpralle, sodass das Letzte, was ich auf dieser Welt wahrnehme, das Lied »Fantasie braucht Flügel« von Helene Fischer ist. Warum mache ich eigentlich diese Übung, obwohl sie nie funktioniert?

Ich öffne die Tür und trete ein. Ulli, der seit seinem ersten Arbeitstag eine halbe Apotheke vor sich auf dem Schreibtisch stehen hat, sieht mich als Erster:

»Daniel!«

Jubel bricht aus. Karl, wie üblich mit einem Heavy-Metal-T-Shirt bekleidet (heute ein extrem ausgewaschenes *Iron-Maiden*-Motiv aus den Neunzigerjahren), klatscht mich mit einem »Heeeeeey!« ab, und Lysa, die immer noch aussieht wie Scarlett Johansson, umarmt mich:

»Schön, dich zu sehen – wir haben dich vermisst!«

»Hey, ich hab euch auch vermisst. Ehrlich. Und ich find's toll, dass ihr kein Problem damit habt.«

Ulli wirft sich gerade eine Fischöl-Kapsel mit hoch konzentrierten Omega-3-Fettsäuren ein:

»Problem – womit?«

»Na, dass ich euer Chef bin.«

Jetzt schauen mich alle drei sprachlos an.

»Ach, hat der Kleinmüller euch nicht gesagt, dass ...«

Es ist überflüssig, weiterzureden. Sie wissen von nichts.

»Oh, ja dann, also, äh ... Man hat mich gefragt, ob ich Chef der Kreativabteilung ... äh ... sein will. Aber ... äh ... also zwischen uns ... äh ... da, da, da ändert sich natürlich nichts ... außer natürlich die Rangordnung. So ein bisschen.«

Ich halte es für möglich, dass ich gerade nicht ganz so souverän rüberkomme wie geplant.

»Äh, vielleicht kriege ich ja einen Mitleidsbonus, denn eigentlich sollte ich heute Morgen heiraten, aber Tante Emine hatte einen Herzinfarkt und ...«

Lysa fällt mir ins Wort:

»Du wolltest heiraten? Warum hast du uns nicht eingeladen?«

»Was? Ach so, äh, also ... Ich hab nur die engsten ... wobei ihr schon zu meinen engsten ... äh, aber eingeladen habe ich nur die *aller-aller-aller*-engsten ... äh ...«

Plötzlich wird mir der Vorteil der 2000-Leute-Hochzeiten klar: Wenn man einfach *alle* einlädt, kommt man nie in Erklärungsnot. In diesem Moment öffnet sich die Tür, und Rüdiger Kleinmüller tritt ein.

»Hey, Daniel! Willkommen zurück bei *Creative Brains*!«

Jetzt legt mir Rüdiger Kleinmüller den Arm um die Schulter und präsentiert mich der Truppe, als wäre ich sein bester Freund:

»Daniel ist jetzt euer Chef, okay? Please treat him with love and respect. So, Daniel, und jetzt schieb deinen Arsch in den Konferenzraum – Jupp und Ralf Süffels sind da.«

Damit verschwindet er. Meine erste Minute als Chef hatte den Wohlfühlfaktor einer Atomkatastrophe. Wenn Rüdiger Kleinmüller den Arm um einen legt, ist das, als würde man zum Arschloch geadelt. Ich lache gequält:

»*Please treat him with love and respect* ... Au weia!«

Als mein Team nicht mitlacht, versuche ich, mit der Stimme von Udo Lindenberg zu punkten.

»Ja, das war ne panikmäßige Überraschung, aber jetzt geh' ich erst mal el-schnello-mäßig in den Konfi, dübndüdüüüü ...«

In diesem Moment kommt mir der Gedanke, dass die Stimme von Udo Lindenberg vielleicht nicht die allererste Wahl ist, wenn man sich als neuer Chef Respekt verschaffen will. Mit traumwandlerischer Sicherheit scheine ich die gesamte Verhaltensklaviatur zu beherrschen, die zur Untergrabung der eigenen Autorität nötig ist. Lysa, Karl und Ulli schauen mich erwartungsvoll an. Ich muss jetzt irgendwas sagen, sonst werde ich hier in den nächsten Wochen keinen Spaß haben. Ich improvisiere:

»Also ... passt auf: Ihr kennt mich. Ich rede gerne mit albernen Stimmen. Ich mache Comic-Geräusche. Wenn ich in Gedanken bin, schütte ich Milch in die Cola und Zitrone in den Kaffee. Und wie es aussieht, wird sich das auch nicht ändern, wenn ich Chef bin. Aber ich denke schon, dass ich beurteilen kann, ob eine Idee gut ist oder nicht. Insofern gebt mir bitte eine Chance, denn ich habe keine Lust, den Wochenend-Kurs *Arschloch in 48 Stunden* zu besuchen. Okay?«

Mit diesen Sätzen lasse ich Karl, Lysa und Ulli allein und schließe die Tür. Autoritätspersonen tun das: Sie machen eine klare Ansage und verlassen dann den Raum. Ein schlechter Chef würde jetzt ängstlich dableiben und die Reaktionen abwarten – aber *ich* bin cool. Mal abgesehen davon, dass ich an der Tür lausche. Die sich jetzt öffnet. Ich tue spontan so, als hätte ich Schmutz von der Tür entfernt – aber eigentlich nur, weil ich in diversen Sitcoms gesehen habe, dass man so reagiert, wenn man beim Lauschen erwischt wird. Lysa schaut mich an und muss kichern. Ich rede spontan mit der Stimme von Martin Semmelrogge:

»Wenn ihr meine Autorität nicht akzeptiert, werde ich euch zerquetschen wie eine Nussschale ...«

Dann schiebe ich noch ein Dieter-Hallervorden-Kichern (»Hü, hü, hü«) hinterher. Die drei lachen. Karl zündet sich eine selbst gedrehte Zigarette an:

»Mach dir keine Sorgen, Daniel. Du hast zwar die Autorität eines kastrierten Erdmännchens, aber du bist immer noch die genialste Ideenschleuder, die in der Werbebranche rumläuft. Also – verlass dich auf uns!«

Lysa und Ulli nicken. Ich bin gerührt und verspüre den Drang, eine emotionale Rede über Loyalität und Freundschaft zu halten, kenne mich aber gut genug, um freiwillig darauf zu verzichten.

So gehe ich in den Konferenzraum, wo Kölsch und Mettbrötchen bereitstehen. Wenn sich Rüdiger Kleinmüller, der sonst auf Prosecco und Sushi steht, derart anbiedert, muss es um viel Geld gehen. Er erhebt sein Glas:

»Also, lieber Jupp, lieber Ralf, auf den Dom, auf Süffels Kölsch und auf den FC – Prösterchen!«

Prösterchen statt *Cheers* – es muss um *sehr* viel Geld gehen. Jupp

Süffels trinkt sein Kölsch auf ex und lässt einen langen Genuss-Seufzer hören. Er sieht mit seinem imposanten Schnäuzer und den vielen Lachfalten aus wie Henning Krautmacher, der Sänger der Höhner – bei etwa dreifacher Körperfülle. Sein Sohn Ralf Süffels ist die exakte Kopie seines Vaters – in jünger und ohne Schnäuzer. Auch er kippt das Kölsch auf ex und schenkt sich nach, während sein Vater sich für sein eigenes Produkt begeistert:

»Herrlich – et schmeckt schon wieder! Isch meine, wat jibbet Schöneres, als wemmer sein Hobby zum Beruf macht?!«

»Genau. Also, lieber Jupp Süffels, lieber Ralf Süffels, ich darf Ihnen meinen besten Mitarbeiter vorstellen: Daniel Hagenberger, der Head of Creativity – ein echtes Wording-Genie.«

»*Wording*? Wat soll dat denn sein?«

»Er, äh, textet sehr gut.«

»Und warum sagen Sie dann *Wording*?«

»Na ja, *Texten* ist irgendwie old-fashioned. Wenn ich *Wording* sage, ist das halt modernes ... äh ... Wording.«

»Herr Kleinmüller, wenn dat mit uns funktionieren soll, dann hab isch eine Bitte ...«

»Ja?!«

»Hören Sie mit diesem Werbefuzzi-Geschleime auf. Man kann sein Klo auch *Shit Department* nennen – am Ende jeht et doch nur um Scheiße.«

Rüdiger Kleinmüller muss schlucken, und ich möchte Jupp Süffels einfach nur abknutschen. Jupp Süffels kippt – ebenso wie sein Sohn – ein weiteres Süffels Kölsch auf ex:

»Aaaaaah – herrlisch ... Wissense, Herr Kleinmüller, wir sind Kölsche, und für uns zählt nur eins ...«

»Kölsch?«

»Dat Herz.«

Nach ein paar Sekunden hat sich Rüdiger Kleinmüller gefangen:

»Genau. Absolut. Für mich auch. Love and ... äh, Liebe und Respekt. Das ist das Wichtigste. Und der Daniel ist übrigens ein echter Kölner. Er hat es also auch – the cologne heart ... Äh, et kölsche Herz.«

»Freut misch, Daniel. Und Herr Kleinmüller, wemmer kein Kölsch kann, soll man et lassen.«
»Tut mir leid, ich wollte ...«
»Ejal. Isch sag ja nur.«
»Gut, dann will ich mal zur Sache kommen. Ich habe mir schon einige Gedanken gemacht: Das Wording ... beziehungsweise die Werbetexte von Süffels Kölsch der vergangenen dreißig Jahre ...«

Rüdiger Kleinmüller geht zu einem Flipchart und reißt das Deckblatt ab. Darunter steht professionell gedruckt:

    81–82: Kölsch und lecker.
    82–84: Leicht, lecker, kölsch.
    84–85: Kölsch, kölsch und noch mal kölsch.
    85–87: Lecker. Kölsch.
    87–88: Herrlich kölsch.
    88–90: Unverwechselbar kölsch.
    90–91: Einmalig kölsch.
    91–93: Das Kölsch der Kölschen.
    93–96: Typisch kölsch.
    96–97: Kölscher geht's nicht.
    97–00: Kölsch – kölscher – Süffels Kölsch.
    00–02: Echt kölsch.
    02–03: Kölsch wie der Dom.
    03–05: Kölsch wie der FC.
    05–06: Kölsch wie der Geißbock.
    06–08: Ein kölsches Original.
    08–jetzt: Original kölsch.

Rüdiger Kleinmüller lässt den Eindruck einen Moment wirken und klappt dann das Flipchart um. Jetzt erscheint groß das Wort *kölsch*.

»Die bisherige Strategie von Süffels Kölsch zielte besonders auf das Wording, äh das Wort *kölsch* als Eigenschaftswort ab und wollte damit zum Ausdruck bringen, dass Süffels Kölsch eben nicht nur für das obergärige Bier Kölsch steht, sondern auch für die kölsche Lebensart ...«
»Dat haben Se aber schön jesagt.«

»Danke. Nun haben wir ja die Herausforderung, dass es noch 27 weitere Kölschsorten gibt, die ebenfalls für die kölsche Lebensart stehen. Insofern besteht unsere Aufgabe darin, zu zeigen, dass Süffels Kölsch anders ist. Etwas Besonderes. Etwas Einzigartiges.«

Jupp Süffels ist leicht irritiert:

»Ja, dat Besondere ist ja, dat Süffels Kölsch besonders kölsch ist.«

»Genau. Sehr richtig. Aber ...«

»Isch meine nur, wenn wir jetzt sagen, Süffels Kölsch ist anders, dann fragen sich die Leute doch: ›Wie, wieso dat denn? Dat hat doch bisher immer jeschmeckt. Wieso is dat denn plötzlisch anders?‹«

»Na ja ...«

»Süffels Kölsch is ein typisches Kölsch und kein untypisches Kölsch – dat is sehr wischtisch.«

»Natürlich. Aber unter den 28 Kölschsorten, die alle typisch kölsch sind ...«

»Moment, et sind ja nit *alle* Sorten typisch kölsch. Isch finde zum Beispiel Küppers Kölsch und Peters Kölsch nicht typisch kölsch.«

»Okay, aber ...«

»Oder Richmodis Kölsch. Das schmeckt für misch wie ein janz normales obergäriges Bier. Aber nicht typisch kölsch.«

»Ja.«

»Oder Gilden Kölsch. Wo is da bitte dat Typische?«

»Ich weiß nicht, aber ...«

»Oder Zunft Kölsch.«

»Tja ...«

»Aber wenn du Süffels trinkst, da wirst du immer sagen: Dat is typisch kölsch.«

»Natürlich.«

»Weil dat halt dat Typische hat, wat ein Kölsch haben muss.«

»Ja.«

»Und jenau dat muss in der Werbung rauskommen.«

Rüdiger Kleinmüller seufzt und ändert seine Strategie:

»Gut. Vorschlag. Wir fahren zweigleisig: Für die traditionelle

Zielgruppe von Süffels Kölsch machen wir weiter wie bisher – so was wie *Echt typisch kölsch* ...«

»*Echt typisch kölsch* ... Dat is jut. Und dat hatten wir noch nit. Da is dat Echte drin, aber auch das Typische. Und dat is ja beides wischtisch.«

»Genau. Und für die neue Zielgruppe gehen wir Wege, mit denen wir uns von den anderen 27 Kölschsorten radikal absetzen ...«

Rüdiger Kleinmüller reißt das nächste Blatt ab. Jetzt erscheint der Slogan: *Süffels Kölsch – a new dimension of beer*. Während sich Ralf Süffels gelangweilt sein mittlerweile drittes Kölsch einschenkt, runzelt sein Vater ratlos die Stirn:

»Dat is ja englisch.«

»Genau. Cool. Jugendlich. Frisch. Ein Trend-Bier, das man auch in der Disco trinkt.«

»Nä. Dat is Driss.«

»Lassen Sie es doch einen Moment auf sich wirken.«

»Nä.«

»Aber ...«

»*Echt typisch kölsch*. Dat jefällt mir.«

Rüdiger Kleinmüller blättert ratlos weitere Seiten seines Flipcharts um. Es erscheinen die Slogans: »The Spirit of Süffels«, »Süffels – be a part of Cologne« und »The Süffels-Adventure«.

»Aber schauen Sie sich doch erst mal meine anderen Ideen an!«

»Nä. Alles Driss.«

»Aber ich dachte, Sie wollen neue Wege gehen?«

»Dat *is* ja ein neuer Weg. Bisher hatten wir *typisch kölsch* und *echt kölsch*. Aber die Kombination, dat is ein neuer Weg. Oder sind Sie anderer Meinung, Herr Kleinmüller?«

»Nein. Das ist in der Tat ein ... ganz neuer Weg. *Echt typisch kölsch* gefällt mir eigentlich auch am besten. War ja auch meine Idee.«

Früher hätte ich ihm das durchgehen lassen. Aber durch den Kontakt mit der türkischen Kultur habe auch ich etwas von dem entwickelt, das allgemein als »Stolz« bezeichnet wird:

»Wenn ich Sie korrigieren dürfte ... Ach nee, wir duzen uns ja inzwischen. Wenn ich *dich* korrigieren dürfte, Rüdiger: Das war *meine* Idee. Nicht, dass das wichtig wäre – nur fürs Protokoll.«

Rüdiger Kleinmüller schaut mich vorwurfsvoll an. Ich wende mich an Jupp Süffels:

»Entschuldigung, ich bin nicht immer so ein Korinthenkacker ... Beziehungsweise *Currant-Shitter*.«

Als Jupp Süffels lacht, stimmt Rüdiger Kleinmüller mit ein – straft mich aber gleichzeitig mit einem Blick. Jupp Süffels setzt zu reden an, hält aber kurz inne, um sich ein halbes Mettbrötchen in den Mund zu schieben. Dann braucht er eine gute halbe Minute, bis er sprechen kann:

»Jut, dat is entschieden. Der neue Slogan lautet *Süffels Kölsch – echt typisch kölsch*. Aber wat mir eigentlich am Herzen liegt, dat is mein Sohn, der Ralf.«

Jetzt schaut Ralf, schon leicht angeheitert, zum ersten Mal ein kleines bisschen weniger desinteressiert.

»Wie Sie ja wissen, tritt der Ralf sehr erfolgreich im Kölner Karneval auf.«

»Klar. Wusste ich.«

Das war gelogen – Rüdiger Kleinmüller hasst den Karneval wie die Pest und fliegt jedes Jahr über die tollen Tage nach Mauritius. Ich dagegen habe Ralf Süffels bei der bisher einzigen Karnevalssitzung erlebt, die ich in meinem Leben besucht habe: Mein bester Freund Mark und ich hatten Karten für das *Kölschfest* im großen Zelt hinter dem Südstadion ergattert – eigentlich nur, um uns über die Veranstaltung lustig zu machen. Der absolute Tiefpunkt des Abends war der Auftritt von Ralf Süffels alias *Bernd Banane*. Vor ihm hatte die Kölschrock-Band Brings den Saal zum Kochen gebracht, und dann versuchte Ralf in einem gelben Glitzeranzug, mit einer kölschen Cover-Version von *Ein Stern, der deinen Namen trägt* Werbung für Süffels Kölsch zu machen: *Ein Kölsch, das meinen Namen trägt*. Der einzige Grund, dass er überhaupt bei dieser Veranstaltung mitwirken durfte: Süffels Kölsch war der Hauptsponsor. Ralfs Auftritt wurde von den meisten Besuchern als willkommene Gelegenheit genutzt, die Toilettenräume aufzusuchen.

»Also bisher ist der Ralf ja vom Image her sehr an den Kölner Karneval angebunden. Aber dat wollen wir jetzt ändern, damit der Ralf mal so richtig durchstarten kann.«

Rüdiger Kleinmüller schaut verwundert und fragt sich wohl genauso wie ich, was Jupp Süffels mit »richtig durchstarten« meint.

»Verstehense, Herr Kleinmüller, mir wurde von verschiedenen Seiten zujerufen, dat Bernd Banane dat Potenzial zum Superstar hat. Und dat wollen wir jetzt auch nutzen.«

Ich schaue auf den bierbäuchigen Mann um die dreißig mit dem Charisma eines eingeschläferten Rauhaardackels und suche vergeblich nach irgendeiner Verbindung dieser Erscheinung zum Begriff *Superstar*. Allerdings werden bei RTL ja auch fortwährend irgendwelche stinknormalen Teenager mit diesem Begriff versehen.

Rüdiger Kleinmüller geht erst mal konstruktiv an die Geschichte ran:

»Ich nehme an, er soll auf der Mallorca-Welle mitschwimmen?«

»Nein, dat is unter Niveau. Dat würde der Ralf nit machen.«

»Aber Papa, wieso denn nit?«

»Die besaufen sisch doch nur und singen obszönes Zeug.«

»Ja und? Dat ist doch datselbe wie im Karneval.«

»Ralf, du kannst doch nit den Ballermann mit Karneval vergleichen.«

»Und wat soll der Unterschied sein?«

»Karneval ist Tradition. Isch meine, wat du machst, dat muss auf der Höhe der Zeit sein. So wat wie Hip-Hop.«

Rüdiger Kleinmüller fühlt vorsichtig vor:

»Also was schwebt Ihnen vor? Dass aus Ralf der deutsche Eminem wird?«

Jupp Süffels stutzt:

»Eminem? Wer soll dat denn sein?«

»Der erfolgreichste weiße Rapper aller Zeiten.«

»Ach, isch dachte, dat ist Howard Carpendale.«

»Mensch Papa, lebst du hinter dem Mond oder wat? Howard Carpendale is doch kein Rapper.«

»Aber er kommt aus Südafrika, und seine neue CD jeht über die Grenzen des Schlagers weit hinaus. Sogar sehr weit hinaus. O ja.«

Während ich ein Lachen unterdrücken muss, sehe ich in den

Augen von Rüdiger Kleinmüller Panik. Ich überlasse meinem Chef das Reden:

»Hip-Hop. Warum nicht. Willst du die Texte selbst schreiben, Ralf?«

Erneut spricht Jupp Süffels für seinen Sohn:

»Nein, wir wollen dat zu 100 % professionell angehen. Deshalb hab isch Horst Zick engagiert.«

»Sehr gut, sehr gut. Äh, ich kenne den Namen, aber, äh ...«

»Der schreibt auch für *Quark und Stulle*.«

»Quark und Stulle.«

»Jenau. 2007, der Riesenhit *Meine Leber tanzt Sirtaki*, der war von Horst Zick.«

»Das war ein ... Riesenhit?«

»Ja, also, et kam jedenfalls in den Sälen jut an. Und et landete sogar auf der Sammel-CD *Copa Colonia*.«

»Oh. Ja dann ...«

»Der Horst ist zwar jetzt 76, aber der trifft immer noch zu 100 % den Geschmack der Jugend.«

Die Panik in den Augen von Rüdiger Kleinmüller wird größer.

»76?!«

»Keine Sorje, der Ralf und der Horst, die werden sich verstehen. Isch spüre so wat. Dat wird ein kreatives Dream-Team wie Rudolf Schluppes und dat *Lappenclown-Trio*.«

Rüdiger Kleinmüller wischt sich Schweißperlen von der Stirn.

»Und, äh ... was soll unsere Aufgabe dabei sein?«

»Na ja, die janze Karriereplanung. Damit er halt ein Superstar wird.«

»Okay.«

»Wissense, deshalb bin isch zu nem Werbefuzzi wie Ihnen jekommen. Isch mag Sie zwar nit, aber Sie können meinen Sohn zum Superstar machen. Und wennse dat schaffen, kriejense die komplette Werbung von Süffels Kölsch für zehn Jahre. Und wennse dat nit schaffen, dann kriejense jar nix und isch geb die komplette Werbung zum Dieter Pütz. Hammer uns verstanden?«

»Natürlich. Daniel Hagenberger wird sich ab sofort mit seiner ganzen Kraft ausschließlich um die Karriere Ihres Sohnes kümmern.«

Bis jetzt war ich amüsiert. Aber das geht nun wirklich zu weit! Soll ich etwa die nächsten Monate meines Lebens damit vergeuden, aus Bernd Banane einen Superstar machen zu wollen – ein Unterfangen, das in etwa so viel Erfolg verspricht wie ein Erotikfilm mit Johannes B. Kerner in der Hauptrolle?

»Das ist doch kein Problem für dich, Daniel?!«

»Nein. Natürlich nicht.«

Ich stehe neben mir, zeige mir selbst den Vogel, brülle mich an und gebe mir eine Ohrfeige, während Jupp Süffels mir auf die Schulter klopft.

»Dat freut misch. Du bist en juter Junge, glaub isch. Wobei, ob einer ein Arschloch is, dat steht ihm ja auch nit ins Jesicht jeschrieben. Also dann ...«

Jupp und Ralf Süffels trinken je ein weiteres Kölsch auf ex, verabschieden sich und verlassen die Firmenräume. Als wir alleine sind, stelle ich meinen Chef zur Rede:

»Was soll das? Ich bin Werbetexter. Diese Firma hat nicht die geringste Verbindung zur Musikbranche. Und Ralf Süffels ist ein lethargischer, übergewichtiger Sesselpupser, dessen einziges Bühnentalent darin besteht, den Gegenständen geschickt auszuweichen, die nach ihm geworfen werden. Wie soll ich daraus bitte einen Superstar machen?«

Rüdiger Kleinmüller klopft mir auf die Schulter.

»Denk an Buddha! Der hatte auch einen dicken Bauch und saß einfach nur unter einem Baum. Und guck, was aus ihm geworden ist. Im Universum ist immer alles möglich. Du hast ein eingespieltes Team. Ihr schafft das schon. Good luck!«

Damit verlässt er den Raum. Anstelle einer rauschenden Hochzeitsnacht mit Aylin erwarten mich quälende Gedanken über den nächsten Karriereschritt von Bernd Banane. Das Leben kann so ungerecht sein!

25
7 Stunden, 23 Minuten nach der geplatzten Hochzeit.

»Daniel, hast du einen Nagel, damit wir das Mekka-Bild hier hinhängen können?«

Aylin hat das Kermit-und-Miss-Piggy-Poster über meinem Schreibtisch entfernt und will es durch ein goldgerahmtes dreidimensionales Mekka-Bild mit Uhr ersetzen, das sogar zum Gebet rufen kann.

»Warum hängst du das Kermit-und-Miss-Piggy-Poster ab?«
»Für Onkel Abdullah sind Schweine unsauber.«
»Aber das ist Miss Piggy. Die ist top gepflegt.«
»Wenn Onkel Abdullah weg ist, kannst du es sofort wieder hinhängen.«

Dass Onkel Abdullah für die nächsten Tage bei mir wohnt, war angeblich seine eigene Idee. Bei den Denizoğlus sind inzwischen alle Betten, Sofas, Matratzen, Futons, Luftmatratzen und Isomatten von diversen Hochzeitsgästen belegt – die Wohnung sieht aus wie ein Flüchtlingslager.

»Daniel, ich nehme auch den Schinken und die Wiener Würstchen mit, okay?«
»Okay.«
»Meine Mutter wird sich freuen.«

Für Abdullah war heute Nacht eigentlich Aylins Zimmer vorgesehen, weil sie nach der Hochzeit zu mir ziehen wollte. Jetzt ist alles anders, und als ich das Thema vor einer knappen Stunde mit Frau Denizoğlu diskutieren wollte, gab es wenig Verhandlungsspielraum:

»Kann Aylin nicht trotzdem heute Abend zu mir kommen?«
»Auf keine Fall. Seid ihr nicht verheiratet.«
»Aber Aylin hat doch schon oft bei mir ...«
Ein warnender Blick von Aylin stoppte mich. Offiziell hat Aylin immer bei einer Freundin übernachtet, wenn sie bei mir war. Ich weiß zwar, dass Frau Denizoğlu Bescheid weiß. Aber aus irgendeinem Grund dürfen manche Sachen nur passieren, solange sie niemand ausspricht. Frau Denizoğlu tätschelte meine Wange.

»Daniel, glaub mir, Onkel Abdullah hat dich genommen tief in seine Herz. Hat mir gesagt, macht ihn unglaublich froh, dass du machst seine Lieblingsnichte so glücklich. Normalerweise, Abdullah akzeptiert niemand – ist große Ehre für dich, dass er will übernachten in deine Wohnung.«

»Wow, ich fühle mich geschmeichelt. Aber ...«
»Vallaha, sehr, sehr große Ehre.«
Ich wusste, dass Frau Denizoğlu Onkel Abdullah einfach nur loswerden wollte. Sie trinkt Alkohol, isst Schweinefleisch und betet eher selten. Jetzt soll *ich* so tun, als wäre ich ein guter Moslem, damit die echten Moslems sämtliche Gebote des Korans ignorieren können.

Aylin kommt mit zwei gerahmten *Titanic*-Titelseiten, die sie aus der Küche entfernt hat, zu mir: Ein großes Foto von Adolf Hitler, dazu der Titel *Depression – wenn Promis am Leistungsdruck zerbrechen*. Außerdem ein Foto einmarschierender Wehrmachtstruppen mit der Überschrift *So wird Deutschland Europameister*.

»Ich habe die mal abgehängt – ich glaube, das könnte Onkel Abdullah falsch verstehen.«

»Meinst du, er würde mich für einen Nazi halten?«
»Nein, das wäre kein Problem für ihn. Aber der Satz *So wird Deutschland Europameister* ... Weißt du, er hasst die Deutschen seit dem EM-Halbfinale 2008.«

»Hey, ich bin auch Deutscher.«
»Für dich macht er eine Ausnahme, weil ich seine Lieblingsnichte bin.«
»Und meine Familie?«
»Für die auch. Es geht eigentlich nur um die anderen 80 Millionen.«

»Ach so. Na dann ...«

Aylin schaut auf die gerahmte Collage, die mir meine *Creative-Brains*-Kollegen im letzten Jahr geschenkt haben, nachdem ich in der Besprechung für einen Koffeinfreien-Kaffee-Werbespot meinem Chef mutig die Stirn geboten habe. Sie haben mich per Fotomontage in eine Soldatenuniform gesteckt, mit dem Fuß auf Rüdiger Kleinmüller, der erschossen am Boden liegt. Über dem Bild steht in Runen: »Held der Schlacht von Brüssel (weil unser Büro in der Brüsseler Straße liegt): Daniel Hagenberger«. Daneben hat Karl eine Held-der-Arbeit-Medaille aus der ehemaligen DDR geklebt, die er mal in Berlin gekauft hat. Aylin lacht:

»Das wird Abdullah gefallen ... *Das* aber nicht.«

Aylin tauscht jetzt das Ölbild der Barbapapa-Familie gegen ein beleuchtetes rotierendes Wasserfall-Motiv, das sie aus dem Wohnzimmer ihrer Mutter mitgebracht hat. Ich seufze:

»Aylin, was ist falsch an der Barbapapa-Familie?«

»Ich finde es ja total süß, dass du so was aufhängst. Aber Onkel Abdullah würde sich fragen, ob du psychische Probleme hast.«

»Du meinst, er würde mich für schwul halten.«

»Exakt.«

Das leuchtet mir ein. Aber ist es wirklich okay, alles aus meiner Wohnung zu entfernen, was etwas mit meinem Charakter zu tun hat, nur um irgendeinen Onkel nicht zu irritieren? Erwartet Aylin, dass ich für die Familienharmonie auf meine Persönlichkeit verzichte? Irgendwo ist aber auch mal die Grenze erreicht. So. Das muss ich jetzt sofort unmissverständlich klarstellen. Obwohl es natürlich ein Konflikt ist – und Konflikte mit Aylin stehen auf meiner Was-ich-in-meinem-Leben-um-jeden-Preis-vermeiden-muss-Liste noch vor ›Geschlechtskrankheiten‹ und ›André Rieu live erleben‹. Ich atme tief durch. Daniel, das ist wichtig. Da musst du durch. Okay. Ich sag's. Jetzt.

»Aylin, ich finde es nicht richtig, dass du das Barbapapa-Familienbild abhängst.«

»Warum nicht?«

»Weil, äh ... also ... na ja, Barbapapa ist rosa – das wirkt erst mal schwul, okay. Aber guck mal, wie verliebt er Barbamama anschaut. Und außerdem: Welcher Schwule hat *sieben* Kinder? Da:

Barbabo, Barbakus, Barbabella, Barbalala, Barbawum, Barbarix und ... Mist, wie heißt noch die Orangefarbene? Egal, das ist eine absolut intakte klassische Familienstruktur.«

»Du hast recht. Ich hänge es trotzdem ab.«

»Okay, kein Problem.«

Herzlichen Glückwunsch, Daniel – du hast deinen Standpunkt tapferer verteidigt als Frodo den Ring der Macht gegen die Truppen von Mordor! Dieser Dialog kommt bestimmt als leuchtendes Beispiel eines brillanten rhetorischen Kunstgriffes in die Ruhmeshalle der Konfliktlösungsstrategien.

Ich werde aus meinen Gedanken gerissen, als Aylin mit meinen Bildern in Richtung Schlafzimmer geht.

»Ich verstecke deine Bilder unter dem Bett.«

»Nein, bitte nicht ...«

»Nur zur Sicherheit.«

»Bitte geh da nicht rein.«

»Wieso nicht? Was ist denn?«

»Kann ich nicht sagen.«

»Und warum nicht?«

»Weil ... ich es nicht sagen kann.«

»Weil du es nicht sagen *willst*.«

»Okay. Ich *will* es nicht sagen.«

»Und *warum* willst du es nicht sagen?«

»Das kann ich auch nicht sagen.«

»Nein, du *willst* es auch nicht sagen.«

»Okay.«

»Und warum willst du nicht sagen, warum du's nicht sagen willst?«

»Wenn ich sage, warum ich's nicht sagen will, kann ich's auch gleich sagen.«

»Das überzeugt mich nicht.«

»Geh einfach nicht rein. Okay?«

»Tut mir leid, jetzt bin ich neugierig.«

Aylin öffnet die Tür und ist sprachlos. Ich seufze:

»Es sollte eigentlich meine Hochzeitsüberraschung sein.«

Ich habe das Schlafzimmer für die Hochzeitsnacht vorbereitet: Über dem nagelneuen Doppelbett hängt ein auf Leinwand gedrucktes Panoramabild der Hamburger Hallig (der Ort, an dem wir uns verlobt haben); an der gegenüberliegenden Wand hängen dreißig kleine Rähmchen mit Fotos aus Antalya – die Tage, in denen Aylin und ich uns ineinander verliebt haben; die Bettwäsche habe ich mit den Worten »Aylin & Daniel« sowie einem Foto des Porzellan-Pärchens von unserer Hochzeitstorte bedrucken lassen; die Hälfte des Kleiderschranks habe ich für Aylin leer geräumt, versehen mit einem Schild »Herzlich Willkommen, Aylins Klamotten«; auf Aylins Nachttisch stehen mehrere Wecker – weil Aylin gerne einen ausschaltet und dann weiterschläft – sowie ein Foto von uns vor dem *Her Majesty's Theatre* mit dem *Phantom-der-Oper*-Plakat im Hintergrund (das Foto hat einer der Japaner gemacht, nachdem er wieder aufgewacht war). Außerdem *Der Schatten des Windes*, weil das Aylins Lieblingsbuch ist, eine Flasche *Rescue*-Tropfen, weil Aylin die nimmt, wenn sie nicht einschlafen kann, und ein Notizbuch mit teurem Einband und goldenem Füller, weil Aylin schon immer ihre Träume aufschreiben wollte.

Aylin sieht sich mit Tränen in den Augen im Zimmer um. Lange bleibt sie vor den Antalya-Fotos stehen und muss plötzlich lachen:

»Guck mal, da im Hintergrund ist die Russin, auf die du im Whirlpool gefallen bist.«

»Ja. Und da am Nachbartisch steht die Rosenverkäuferin, die ich nicht vertreiben konnte.«

Aylin umarmt mich fest.

»Danke, Daniel. Das ist unglaublich toll und süß. Ob wir nun verheiratet sind oder nicht – du bist mein Mann.«

Wir küssen uns. Dann fällt mein Blick auf das Bild der Hamburger Hallig, und ich habe eine Eingebung.

»Aylin, wie wär's, wenn wir da heiraten?«

»Auf der Hamburger Hallig?«

»Ja. Ganz klein. Ganz intim. Ohne Familie. Nur du, ich und ein Standesbeamter.«

»Das wäre sehr romantisch.«

»Nicht wahr?! Vielleicht wollte uns das Schicksal sagen: Macht einfach euer Ding. Ohne die Familie.«

»Ja, das wäre toll ... Aber es geht natürlich nicht.«

»Warum nicht?«

»Weil es nicht geht.«

»Natürlich geht das.«

»Nein, das geht nicht.«

»Doch. Man macht einen Termin, man sagt *Ja* – das war's.«

»Das geht nicht. Heiraten ohne Familie, das ist wie Schafskäse-Rührei ohne Schafskäse, das ist wie Raki ohne Eiswürfel, das ist wie der Mond ohne Yakamoz.* Das geht vielleicht für Deutsche. Aber für Türken auf gar keinen Fall.«

Ich seufze. Da klingelt es. Ich drücke auf und höre, wie sich Onkel Abdullah unter arabischen Flüchen die vier Stockwerke des Altbaus in der Kölner Südstadt hochquält. Als er einige Minuten später keuchend oben angekommen ist, bemühe ich mich, den Platz tief in seinem Herzen zu behalten, und empfange ihn mit einem strahlenden Lächeln:

»Onkel Abdullah, es ist mir eine Ehre, dich bei mir zu haben.«

»Kriegst du Lig TV?«

»Äh, nein. Ich habe Kabelfernsehen, da sind keine türkischen Sender dabei. Wieso?«

»Gleich kommt Büyükşehir gegen Fenerbahçe. Will nicht verpassen – hoffe, diese Zuhälter kriegen eine auf die Fresse.«

»Willst du zum Männercafé fahren?«

»Nein, ich nicht noch mal gehe diese verdammte Treppe. Aylin?«

»Ja, Abdullah Amca?«

»Ruf Kenan an – er soll holen Schüssel.«

Exakt 47 Minuten und 23 Sekunden später hat Reisebüro-Kenan eine Satellitenschüssel in die Außenwand neben meinem Badezimmerfenster gedübelt, sechs Meter Kabel mit Kabelhaltern ins Wohnzimmer geführt und die Sender programmiert:

»Lig TV musst du eigentlich bezahlen, aber ich hab den Code geknackt, das ist kein Problem. Soll ich dir auch noch Sky knacken, für die Bundesliga? Dann hast du zwei Vögel mit einem Stein erschlagen.«

»Zwei Vögel mit einem Stein?«

---

* Türkisch für die Spiegelung des Mondlichts im Meer.

»Genau.«

»Lustig. Wir sagen ›Zwei Fliegen mit einer Klappe‹ ... Aber ›Zwei Vögel mit einem Stein‹ ist als Bild irgendwie kräftiger.«

Kenan hört nicht mehr zu, weil er gerade den Sky-Code knackt. Ich versuche einen Gag:

»Was sagen wohl die Araber – ›Zwei Hochhäuser mit einem Flugzeug‹?!«

Aylin schaut mich vorwurfsvoll an und deutet dann mit dem Blick auf ihren Onkel. Der überlegt kurz und lacht dann.

»Hahaha, der war gut. Deine Mann hat Humor, Aylin. Und ist Moslem. Und für Trabzonspor. Besser geht nicht.«

Abdullah lacht wieder und haut mir etwas zu kräftig auf die Schulter. Aylin lächelt:

»So, dann viel Spaß, ihr Fußballverrückten, ich fahre jetzt mit Kenan zurück zu Tante Emine.«

Ich bin irritiert:

»Du willst zurück ins Krankenhaus?«

»Natürlich. Sie hatte einen Herzinfarkt. Da kann ich sie doch nicht alleine lassen.«

Ich verzichte auf eine Diskussion über die wahre Bedeutung von *alleine lassen* und verabschiede mich mit Wangenküsschen von Aylin sowie mit einem kräftigen Schulterklopfen von Kenan, der mir noch eine Fernbedienung in die Hand drückt:

»Mach dir keine Sorgen, die Fernbedienung ist von einer anderen Firma als der Receiver, aber das funktioniert trotzdem. Macht normal 500 Euro, aber wenn du willst, können wir das ohne Rechnung machen, dann nur 400. Und du kriegst natürlich Familienrabatt, also gib mir einfach 200 Euro und wir sind quitt.«

»Was? Hey, ich wollte gar keine Schüssel, das war ...«

Aylin stoppt mich mimisch und flüstert mir dann ins Ohr:

»Seine Mutter hatte gerade einen Herzinfarkt. Er ist mit den Nerven am Ende. Wenn er ein bisschen Geld verdient, baut ihn das wieder auf. Gib ihm einfach 200 Euro, ich geb's dir morgen wieder.«

Ich seufze und hole 200 Euro aus meiner Krümelmonster-Spardose. Kenan überprüft das Wasserzeichen und steckt sich das Geld in die Hosentasche.

»Danke, Schwager. Und wenn jemand von Sky oder Lig TV klingelt, denk dran: Ohne Durchsuchungsbefehl darf keiner rein.«

Damit hasten Aylin und Kenan die Treppen hinunter – und ich stelle mich darauf ein, die »Hochzeitsnacht« mit Onkel Abdullah zu verbringen.

26
*11 Stunden, 40 Minuten nach
der geplatzten Hochzeit.*

Es ist 21 Uhr 40, und ich glaube, gerade ist mein Trommelfell gerissen. Und zwar, weil Büyükşehir in der achtzigsten Minute das 2:0 gegen Fenerbahçe geschossen hat. Wie sich herausstellte, gibt es bei Onkel Abdullah nur eine Emotion, die noch intensiver ist als seine Liebe zu Trabzonspor: sein Hass auf Fenerbahçe. Er läuft brüllend und laut lachend durch meine Wohnung, wobei sich seine Stimme überschlägt und er völlig die Fassung verliert.

Ich war in der siebzigsten Minute im Sitzen eingenickt und hatte deshalb den Schock meines Lebens, als ich von einem brüllenden Lebewesen mit Wolf-Biermann-Schnäuzer an beiden Schultern gepackt und aus dem Schlaf geschüttelt wurde. Für eine Sekunde dachte ich, es ist tatsächlich Wolf Biermann, der sich dafür rächen will, dass ich seine Platten nie freiwillig gehört habe.

Jetzt steht Onkel Abdullah gut dreißig Zentimeter vor dem Fernseher und verspottet höhnisch den Fenerbahçe-Trainer, dessen Verzweiflung beim Einschlagen des Balles im Netz gerade zum fünften Mal in Zeitlupe wiederholt wird. Ich verstehe jedes Wort – während dieses Spiels hat sich mein türkisches Schimpfwort-Repertoire um die Worte Hayvan (Tier), Öküs (Ochse) und Orospu Çocuğu (Hurensohn) erweitert. Außerdem kenne ich jetzt die liebevolle türkische Redensart »Ananın 'mında çin ordusu manevra yapsın« (In der Mumu deiner Mutter soll das chinesische Militär ein Manöver durchführen).

Als zehn Minuten später der Schlusspfiff ertönt, nimmt Onkel Abdullah meinen Kopf so fest in seine Hände, dass ich eine Quetschung befürchte, und drückt mir einen dicken Schmatzer auf die Stirn, wobei sein Schnäuzer wie ein Extrem-Peeling mehrere Hautschichten entfernt. Ich gehe schnell ins Bad, um etwas homöopathische Wundsalbe aufzutragen. Als ich ins Wohnzimmer zurückkomme, diskutiert Onkel Abdullah auf Türkisch mit Volkan Demirel, dem Fenerbahçe-Torwart, der gerade interviewt wird. Als er mich sieht, grinst er so breit, dass die nach unten weisenden Schnurrbart-Enden fast waagerecht stehen:

»Siehst du, Daniel – wenn du immer betest, wirst du von Allah belohnt. Komm, wir beten zusammen.«

»Tolle Idee. Äh, aber ... wie wär's, wenn wir vorher auf die Niederlage von Fenerbahçe anstoßen?!«

»Na gut.«

Ich gehe in die Küche und komme mit einer Flasche Sekt wieder – woraufhin sich Onkel Abdullahs Miene verfinstert:

»Du trinkst Alkohol? Was bist du nur für ein Moslem?«

»Oh, tut mir leid, das ... äh ... tja.«

Ich bin einfach nicht zum Lügen geboren. Das war so ziemlich der dümmste Fehler, der einem passieren kann, wenn man einen Moslem spielt. Onkel Abdullah mustert mich lange kritisch. Dann lässt er ein lautes Brummen hören, das sich wie ein elektrischer Rasierapparat anhört.

»Alkohol ist verboten. Ich muss schimpfen mit Aylin. Sie hat dir falsch beigebracht.«

Irgendwie praktisch, wenn immer die Frauen schuld sind.

»Dafür, wir beten einfach bisschen länger. Also – wo ist Mekka?«

»Im westlichen Saudi-Arabien.«

»Nein, ich meine: Welche Richtung müssen wir beten?«

»Ach so. Tja, also, äh Moment ... Hier ist die Südstadt, im Osten sind die Poller Wiesen, da muss man links in die Alteburger und dann immer geradeaus, also ich würde sagen: genau da, wo das Plakat von *Ein Fisch namens Wanda* hängt.«

Onkel Abdullah schaut mich durchdringend an.

»Du hast hier noch nie gebetet.«

»Tja, also, äh ... nein.«

»Ich muss wirklich schimpfen mit Aylin. Sie nimmt Religion viel zu locker.«

»Tja. Also ...«

»Ich hole Gebetsteppich.«

Onkel Abdullah kramt einen kleinen Teppich aus einem seiner beiden Koffer, die ich mit Aylin unter Aufbietung meiner allerletzten Kräfte in den vierten Stock geschafft habe. Der Teppich riecht, ebenso wie die Koffer, penetrant nach Essig und Knoblauch.

»Habe ich eingelegte Gemüse für euch mitgebracht. War leider Deckel nicht dicht, und diese Hurensöhne in Flughafen immer werfen Koffer ohne Rücksicht.«

Onkel Abdullah legt den Gebetsteppich auf den Boden:

»Los, Daniel.«

Ich knie mich hinter Onkel Abdullah, der daraufhin seinen Oberkörper dem Boden zuneigt. Onkel Abdullah denkt, ich bete, obwohl ich nur Rückenübungen mache. Jetzt habe ich definitiv das Gefühl, ich gehe zu weit. Nicht zu erwähnen, dass ich kein Moslem bin, ist eine Sache. Aber das hier ist eine bewusste Täuschung! Wenn es Allah tatsächlich gibt, ist er jetzt bestimmt ganz schön wütend auf mich. Und der sieht das sicher weniger entspannt als Buddha, so: »Okay, in diesem Leben hast du's gerade vermasselt, dann versuch's halt mal im nächsten.«

Plötzlich erinnere ich mich an meinen 18. Geburtstag. Ich hatte nur Mark und Gaby Haas eingeladen. Mark ist auch gekommen. Vielleicht hätte ich die Einladung für Gaby Haas etwas offensiver formulieren sollen als: »Wenn du nichts anderes vorhast, kannst du ruhig vorbeikommen, das würde mir nichts ausmachen. Nein, ich würde mich sogar ... ja, freuen wäre jetzt vielleicht übertrieben, aber, äh ... na ja, guck mal in deinen Terminkalender. Also wenn du dran denkst. Wenn nicht, ist auch nicht schlimm.« Aber sie hätte trotzdem spüren können, dass ich sie unbedingt dahaben wollte.

Auf jeden Fall hatte mir Mark – damals noch mit der Stimme von Otto Waalkes – ein Geburtstagsständchen gebracht, danach habe ich erst Marks Geschenk ausgepackt – das Video *Das Leben des Brian* – sowie die Geschenke meiner Eltern: fünf LPs von Wolf Biermann, das Gesamtwerk von Thomas Mann sowie der Frankreich-Reiseführer *Auf den Spuren der Existenzialisten*. Als mein Vater sich dann eine Minute lang räusperte, spürte ich sofort, dass er mal wieder etwas Bedeutendes sagen will:

»Mein Sohn, du bist nun alt genug, dass ich dir ein Geständnis mache ... Dein Lieblingsreh im Kölner Stadtwald ...«

»Tina?«

»Genau. Tina. Also, es ist folgendermaßen: Als wir dir damals erzählt haben, dass man sie in den Bayrischen Nationalpark gebracht hat, weil sie dort viel mehr Auslauf hat ... Diese Geschichte ... Tja, ich muss es so hart formulieren: Es war eine Lüge.«

Ich hatte seit mindestens zehn Jahren nicht mehr an mein Lieblingsreh gedacht, das ich bei jedem Stadtwald-Besuch gefüttert hatte und das dann von einem Tag auf den anderen plötzlich nicht mehr da gewesen war. Ich hatte die Geschichte mit dem Bayrischen Nationalpark ebenso geschluckt wie die Tatsache, dass wir es nicht besuchen konnten, weil in Bayern die CSU regiert. Mein Vater wiederholte sein Räusperritual und fuhr fort:

»Mir war die ganze Zeit nicht wohl bei dem Gedanken, meinen eigenen Sohn zu belügen, aber ich habe mich der Meinung deiner Mutter gebeugt, dass die Wahrheit zu hart für ein siebenjähriges Kind wäre. Obwohl ich dir bereits als Sechsjährigem von Sartre erzählt habe und du insofern schon von der Sinnlosigkeit der Existenz wusstest. Wie dem auch sei, ich habe lange Zeit mit mir gehadert und schließlich mein Gewissen beruhigt, indem ich mir geschworen habe, dir am 18. Geburtstag alles zu sagen. So, jetzt ist es raus. Ich hoffe, du verzeihst mir.«

Mein Vater tupfte sich den Schweiß von der Stirn und lächelte meine Mutter an, als wäre ihm eine große Last vom Herzen gefallen. Das Geständnis hat ihn so mitgenommen, dass er sogar vergessen hat, die Nazizeit zu erwähnen.

So viel zu meiner Sozialisation im Bezug auf Lügen. Und jetzt knie ich hinter einem alten Türken und tue so, als würde ich beten. Und es passiert ... nichts. Kein Donnergrollen, kein Blitz, der auf mich niederfährt. Nicht einmal Ulrich Wickert erscheint, um mich moralisch zu maßregeln. Plötzlich verspüre ich ein positives Kribbeln in der Magengrube, das mich überrascht. Es ist der Reiz des Verbotenen. Ich bin ein Held, der gerade das vertraute Terrain der deutschen Überkorrektheit verlassen hat und zu einem Abenteuer in das Land der Lügen aufgebrochen ist. Vielleicht gibt es in diesem Land für mich ja noch mehr zu entdecken?

27
*21 Stunden, 56 Minuten nach der
geplatzten Hochzeit.*

Es ist Sonntagmorgen und ich stehe völlig gerädert mit Onkel Abdullah am Info-Schalter des Kölner Herzzentrums. Unter Schlafentzug wirkt die rheinische Fröhlichkeit von Hermann Töller irgendwie penetrant:

»Hör mal, wat is los mit euch Türken? Et is schon fast acht, und et sind noch nit mal zehn Besucher jekommen – ihr lasst nach.«

»Also, wo müssen wir heute hin?«

»Auf jeden Fall zur Prunksitzung der Blauen Funken im Sartory-Saal – um 19 Uhr 30. Ist ausverkauft, aber isch kann da Karten besorgen, weil mein Schwager, der Willibert, der arbeitet mit dem Rolf bei Festartikel Klütsch, und der Rolf sitzt ja im Orjanisationskomitee ...«

Trotz meiner bleiernen Müdigkeit bemerke ich eine gewisse Parallele zwischen kölschem und türkischem Klüngel.

»Nein, ich meine, in welchem Zimmer liegt Frau Kılıçdaroğlu?«

»Ach so. Heute lautet die Jewinnziffer ... 341. Also Zimmernummer, ne, is klar, haha, Jewinnziffer is natürlich Quatsch, aber dat Leben is ja ernst jenug, haha.«

Mit letzter Kraft schleppe ich mich in den Aufzug und falle zwischen dem zweiten und dem dritten Stock in einen Sekundenschlaf. Mein Defizit rührt daher, dass Onkel Abdullah heute Nacht versucht hat, einen neuen Guinnessrekord im Lautschnarchen aufzustellen. Es hörte sich an, als würde direkt neben meinem Ohr alle sieben Sekunden eine Harley Davidson gestartet. Nachdem diverse Versuche mit zusammengeknüllten Taschentuchschnipseln gescheitert waren, habe ich mir um halb fünf in der Notapotheke Ohrstöpsel besorgt und bin wohl so um halb sieben eingeschlafen. Um sieben weckte mich dann Onkel Abdullah mit dem Hinweis, dass wir jetzt zum gemeinsamen Frühstück ins Krankenhaus fahren.

Als wir Herzinfarkt-Emines Zimmer betreten, sitzen Aylin, Emines Mann Mustafa sowie Emines Kinder Orkide, Gül und Kenan vor einer extrem reduzierten Version der türkischen Frühstückskultur – also nur gut drei Kilo Schafskäse, 15 Knoblauchwürste, zehn Sesamkringel und lediglich vier verschiedene Sorten Oliven.

Kaffeesatzlese-Emine bedient den Samowar auf der Fensterbank, den Kenan gestern noch geliefert hat. Herzinfarkt-Emine schläft – im Gegensatz zu der Mitpatientin mit den weißen Haaren, die der Familie auf eigenen Wunsch ins neue Zimmer gefolgt ist und das Treiben amüsiert beobachtet. Als Aylin mich sieht, springt sie auf und umarmt mich. Auch sie sieht übernächtigt aus.

»Hast du im Krankenhaus übernachtet?«
»Ja, ich bin auf dem Stuhl eingeschlafen, und als ich aufgewacht bin, war es schon fünf. Da bin ich gleich da geblieben.«
»Ich dachte, die Besuchszeit geht nur bis 18 Uhr?!«
»Ja, aber die Nachtschwester war mal mit Nurcan zusammen.«
»Nurcan?«
»Der Sohn von Şükriye.«

Ich verzichte darauf zu fragen, wer Şükriye ist, und stelle lieber fest: Aylins Familie hat mehr Beziehungen als die Russen-Mafia.

Außerdem habe ich inzwischen gelernt, dass es für Türken im Umgang mit einer kranken Tante vier goldene Regeln gibt:

1. Wer die Tante liebt, ist die ganze Zeit da.
2. Wer die Tante liebt, wird vor Sorge hysterisch.
3. Wer die Tante liebt, der tut alles, was sie verlangt.
4. Wer am längsten da ist, am hysterischsten wird und am meisten tut, hat gewonnen.

Als Aylin keine Anstalten macht, das Krankenhaus zu verlassen, akzeptiere ich das Schicksal, nehme mir einen Stuhl und fange an, ein Tagebuch zu schreiben.

8 Uhr 31:
Herzinfarkt-Emine braucht dringend frisches Gebäck. Onkel Mustafa fährt in die Weidengasse, um welches zu besorgen.

9 Uhr 15:
Prof. Dr. Meyer erwischt Herzinfarkt-Emine dabei, dass sie heimlich Aspirin nimmt. Er erklärt, dass sie nicht in Eigenregie Medizin schlucken darf. Sie glaubt ihm nicht.

9 Uhr 21:
Großer Familienstreit auf Türkisch. Hysterische Emotionen. Verstehe nur ein einziges Wort: »Aspirin«.

9 Uhr 32:
Mustafa kommt mit Gebäck, aber Tante Emine will jetzt lieber frischen Orangensaft. Mustafa geht wieder.

10 Uhr 21:
Onkel Mustafa kommt mit frischem Orangensaft, aber Tante Emine will jetzt doch lieber Wasser trinken.

11 Uhr 25:
Kaffeesatzlese-Emine bekommt einen Schwächeanfall. Herzinfarkt-Emine ist sauer.

11 Uhr 29:
Großer hysterischer Familienstreit auf Türkisch. Diesmal verstehe ich kein Wort. Tante Emines Puls geht auf 187. Prof. Dr. Meyer schmeißt alle raus.

11 Uhr 32:
Alle sind wieder drin. Puls 124. Kenan verkauft Tante Emines Bettnachbarin zehn Packungen *Hugo Woman* zum Preis von neun.

11 Uhr 37:
Frau Denizoğlu versucht, ihren Neffen Harun mit der Krankenschwester zu verkuppeln. Beide sind genervt.

11 Uhr 44:
Herzinfarkt-Emine droht erneut mit ihrem baldigen Ableben, wenn sie im Zimmer-TV keine türkischen Sender bekommt. Onkel Mustafa springt auf, um eine Satellitenschüssel zu besorgen.

13 Uhr 08:
Onkel Mustafa kommt mit Satellitenschüssel und montiert sie auf dem Nachttisch.

13 Uhr 22:
Jetzt läuft türkisches Fernsehen. Herzinfarkt-Emine schaut nicht hin.

13 Uhr 40:
Seit der Fernseher läuft, reden alle noch lauter. Habe Kopfschmerzen.

Ich stecke das Tagebuch ein und gehe den Flur im dritten Stock der Herzklinik in Richtung Fahrstuhl. Unfassbar – ich habe ein schlechtes Gewissen, obwohl ich jetzt in drei Tagen mehr Zeit mit Tante Emine verbracht habe als in den vergangenen zehn Jahren mit meinen Eltern. Irgendwie habe ich das Gefühl, dass in Aylins Familie Liebe mit Anwesenheit verwechselt wird.

Diese Türken haben das Prinzip des emotionalen Drucks perfektioniert. Kenan hat sogar sein Reisebüro geschlossen, um bei seiner Mutter zu sein; zwei Schwestern sowie diverse Nichten und Neffen haben sich beurlauben lassen; da komme ich mir irgendwie schäbig vor, weil ich morgen zur Arbeit will.

Aber der Satz »Die Tante meiner Verlobten liegt im Krankenhaus« gilt in der Werbebranche nicht unbedingt als gute Entschuldigung. Selbst »*Ich* liege im Krankenhaus« ist keine hinreichende Begründung, einer Besprechung fernzubleiben. Rüdiger Kleinmüller hat einmal per Skype an einer Konferenz teilgenommen, bis sein Bett in den OP geschoben wurde. Und selbst da musste der Arzt sehr eindringlich darauf hinweisen, dass er den Laptop jetzt ausschalten müsse. »Ich bin tot« ist eigentlich die einzige Ausrede, die Rüdiger Kleinmüller gelten lassen würde.

Und selbst da würde er auf jeden Fall den Totenschein sehen wollen.

Als ich gerade in den Aufzug gehen will, spüre ich jemanden hinter mir. Es ist Aylin.

»Daniel, ich wollte mich bei dir bedanken.«

»Wofür?«

»Für alles. Ich meine, wir wollten heiraten. Und jetzt ... Aber du bist für mich da. Und für meine Familie.«

»Ich liebe dich. Vergiss das nicht.«

»Ich liebe dich auch.«

Wir küssen uns zärtlich.

»Aylin, wie lange wird das noch dauern?«

»Was?«

»Na das hier. Dass die ganze Familie ihre Zeit im Krankenhaus verbringt.«

»Weiß nicht. Bis Tante Emine über den Berg ist.«

»Aylin?«

»Ja?«

»Sie *ist* über den Berg.«

»Tante Emine entscheidet das selbst. Solange sie sich schlecht fühlt, ist sie nicht offiziell über den Berg.«

»Und bis dahin können wir auch keinen neuen Hochzeitstermin festlegen.«

»Ja. Leider. Im Mondlicht wird der Walnussbaum nicht geschüttelt.«

Ich schaue Aylin irritiert an. Sie lächelt.

»Türkische Redensart. Will sagen: Man muss warten, bis die Rahmenbedingungen stimmen.«

»Verstehe. Weißt du, Aylin ... Ich habe das Gefühl, Tante Emine nutzt es irgendwie aus, dass sie krank ist, und tyrannisiert jetzt die Familie.«

»Stimmt. Das denken wir alle.«

»Das denkt ihr alle?!«

»Klar. Das ist ja auch ziemlich offensichtlich.«

»Aber ... Warum macht ihr das Spiel dann mit?«

»Keine Ahnung. Das muss man halt.«

»Sagt wer?«

»Tja ...«
»Dir ist klar, dass das bescheuert ist.«
»Irgendwie schon. Aber so funktioniert unsere Kultur nun mal.«
»O Mann.«
»Tut mir leid, dass du da mit reingezogen wirst. Pass auf: Wie wär's, wenn wir morgen Abend mal was anderes machen? Ohne meine Familie.«
»Aylin, versteh mich jetzt bitte nicht falsch – ich liebe deine Familie wirklich sehr. Aber ... eine Auszeit wäre toll!«
»Okay, worauf hast du Lust?«
»Mit Mark und Tanja ins Kino?!«
»Perfekt. 19 Uhr am *Cinedom*?«
»Jep.«
»Und dafür bleibst du heute noch ein bisschen hier ...?«
Aylin kann einfach zu süß lächeln. Seufz!

14 Uhr 18:
Kaffeesatzlese-Emine hat sich mit irgendwem versöhnt und dafür Streit mit irgendjemand anderem angefangen. Bin zu müde, um mich an alle Namen zu erinnern.

14 Uhr 23:
Ich soll für Herzinfarkt-Emine frischen Ayran besorgen, weil Onkel Mustafa schon unterwegs ist, um ein besseres Kissen zu holen.

14 Uhr 45:
Dönerladen gefunden und Ayran gekauft. Emine hat keinen Durst mehr.

15 Uhr 01:
Kenan verkauft Tante Emines Bettnachbarin eine Nilkreuzfahrt für zwei Personen mit Frühbucherrabatt.

15 Uhr 12:
Irgendeine Cousine irgendeines Grades kommt mit ihrem fünfjährigen Sohn Taifun. Dieser wird von Kaffeesatzlese-Emine dazu

aufgefordert, der kranken Tante eine Freude zu machen und seinen Penis zu zeigen.

Mir fällt vor Schreck der Stift auf den Boden – ich kann unmöglich weiterschreiben. Meine türkischen Verwandten haben mich ja schon oft überrascht, aber jetzt muss ich mich mehrfach kneifen, um zu glauben, dass es wirklich passiert:

Der fünfjährige Taifun lässt, leicht widerwillig, seine Jeans runter und holt dann sein bestes Stück aus der Unterhose, woraufhin alle Anwesenden begeistert klatschen und Laute der Bewunderung von sich geben. Taifun lächelt stolz und beendet die Vorführung, indem er die Hose wieder hochzieht. Ich nehme Aylin zur Seite:

»Was – war – das?«

»Was?«

»Der Junge hat seinen Penis gezeigt und alle haben geklatscht.«

»Ja. Und?«

»Na ja, ich ... also, äh ... ist das normal?«

»Klar.«

»Okay, ich äh ... ich wollte nur sichergehen.«

Ich bin beeindruckt. Wahrscheinlich liegt hier die tiefenpsychologische Wurzel für das große Selbstvertrauen türkischer Männer! Wie viele Therapiesitzungen würden wir Deutschen uns ersparen, wenn die Familie einfach mal unsere Penisse bestaunen würde. Wenn mein Vater mir nicht Sartre vorgelesen, sondern meinen Schniedel bejubelt hätte – vielleicht hätte ich dann nicht meinen Jeder-soll-mich-lieb-haben-Komplex. Kann man das eigentlich nachholen? Vielleicht sollte ich eine Männer-Selbsthilfegruppe gründen, in der nacheinander jeder Penis beklatscht wird. Das wäre wahrscheinlich auch das beste Mittel gegen Exhibitionisten: Anstatt die Polizei zu rufen, sollte man einfach applaudieren. Ich bin immer noch begeistert, als ich einen Small Talk mit dem kleinen Taifun versuche:

»Du musst jetzt mächtig stolz sein. Weißt du, mein bestes Stück wurde nie beklatscht.«

Taifun schaut mich nachdenklich an:

»Wieso denn nicht?«

»Na ja, ich bin Deutscher.«
»Also wurdest du gar nicht beschnitten?«
»Äh ...«
Blut schießt in meinen Kopf. Hat Onkel Abdullah das gehört? Er hat es gehört. Was soll ich nur tun? Die Lüge aufdecken? Aber was passiert dann? Alle schauen mich an. Zu spät. Ich muss handeln. Ich höre mich sagen:
»Doch. Vor drei Jahren.«
O nein, was habe ich getan? Bisher war ich nur für Onkel Abdullah Moslem. Jetzt haben beide Emine-Tanten, Onkel Mustafa, Kenan und noch drei Verwandte mitgehört, deren Namen ich vergessen habe. Wissen sie, dass ich lüge? Und wenn nicht, wird mir die Antwort in Zukunft Probleme bereiten? Keine Ahnung. Ich bin das Lügen nicht gewohnt. Lügen ist kompliziert. Taifun lässt nicht locker:
»Hat das wehgetan?«
»Äh, na ja, also ... Es war so ... also, da war eine Spritze, und ... na ja ...«
Ich räuspere mich mehrfach und komme mir vor wie mein Vater. Taifuns Mutter rettet mich:
»Taifun, er will nicht drüber reden, also lass ihn.«
Plötzlich merke ich, dass mich die Herzinfarkt-Emine anders anguckt. Liebevoller. Sie klopft neben sich:
»Komm, Daniel, setz dich zu mir.«
Ich setze mich neben die kranke Tante aufs Bett. Sie strahlt mich an und tätschelt meine Wange.
»Habe ich gar nicht gewusst, dass du bist Moslem.«
»Tja ...«
»Ist nicht wichtig. Aber ist trotzdem schön. Meine Herz ist sehr froh, passt du noch besser in Familie. Komm her, meine Junge!«
Tante Emine umarmt mich so liebevoll, dass mir ganz warm ums Herz wird. Ich kann ihr jetzt unmöglich die Wahrheit sagen. Sie hat gerade eine Bypass-OP überstanden. Die Wahrheit würde sie wahrscheinlich nur aufregen. Vielleicht sogar umbringen. Nein, diese Lüge ist gut für ihr Herz.
Emine tätschelt jetzt meine linke Wange, und zwar exakt die Stelle, die auch Frau Denizoğlu bevorzugt. Nach ein paar Jahren

in dieser Familie wird sich dort eine Hornhaut gebildet haben. Emine seufzt einmal theatralisch, dann redet sie mit so pathetischer Stimme, dass der Jesus-Darsteller bei den Passionsspielen in Oberammergau vor Neid erblassen würde:

»Daniel, du bist für mich beste deutsche Mensch aller Zeiten.«

Ich lächele gerührt, weil ich immerhin Martin Luther, den Papst und Jürgen Fliege hinter mir gelassen habe. Dass diese Einschätzung auf einer Lüge basiert, stört mich zu meinem eigenen Erstaunen überhaupt nicht mehr. Das verzweifelte Klammern an die Wahrheit hatte etwas mit meiner deutschen Verkrampfung zu tun – es ist genauso sinnlos wie das Warten an einer roten Ampel, wenn weit und breit kein Auto kommt. Oder das Entwerten eines Fahrscheins am Rosenmontag um Mitternacht in einer Straßenbahn voller schunkelnder Lappenclowns (ich habe mich zum Entwerter durchgequetscht und musste einen stockbesoffenen Pinguin zur Seite schieben, der mir anschließend auf die Füße gekotzt hat).

Jetzt fühle ich mich, als hätte ich plötzlich einen Schlüssel für mein Leben gefunden, der alles einfacher macht, der alle Probleme beseitigen kann: Ich lasse die Überkorrektheit und den Wahrheitsfanatismus los und gewinne nichts weniger als die Freiheit!

28
Exakt zwei Tage nach der geplatzten Hochzeit.

Karls bellendes Lachen geht nahtlos in einen Hustenanfall über. Dabei fällt ihm beim Einlegen des Filters der Tabak vom Zigarettenpapier.

»Bernd Banane will der deutsche Eminem werden? Das ist wirklich krank.«

Ulli wischt sich die Lachtränen aus den Augen, bis das Wort »krank« in seiner Großhirnrinde angekommen ist und er reflexartig seine Lymphknoten abtastet. In dem Moment kommt Lysa rein.

»Sorry, die Bahn kam zu spät.«

Früher war es mir egal, wer wann kommt. Aber jetzt als Boss? Muss ich da nicht für Disziplin sorgen? Nur, wenn ich jetzt sage: ›Ab sofort lege ich Wert auf pünktliches Erscheinen‹ – das passt doch nicht zu mir. Und es wäre auch nicht echt. Nein, Künstler muss man ein bisschen an der langen Leine lassen und sie für die *Sache* begeistern. Mein Problem: Die Sache heißt Bernd Banane.

Nachdem sich Lysa vom obligatorischen Bernd-Banane-will-der-deutsche-Eminem-werden-Lachkoller erholt hat, wird Ulli plötzlich ganz ernst:

»Ich habe erhöhten Augeninnendruck.«

Karl nimmt einen Zug aus seiner selbst gedrehten Zigarette.

»Hat das der Augenarzt gemessen?«

»Nein, ich spüre das.«

Da ich aus Erfahrung weiß, dass Ullis Symptome bei Ablenkung schnell verschwinden, eröffne ich einfach das Brainstorming:

»Leute, Ralf Süffels ist kein Musiker. Er hat keine Ausstrahlung und kein Talent. Andererseits: Wer wird schon Popstar, weil er so ein toller Musiker ist oder Ausstrahlung hat oder Talent?«

Ich habe die Aufmerksamkeit meines Teams und fahre fort:

»Nein, ein Star wird man heute, wenn man ein gutes Marketing-Konzept hat. Und wer sind die besten Profis für gute Marketing-Konzepte? Wir!«

Ich habe diese kleine Rede heute Nacht im Kopf vorbereitet, als im Nebenzimmer alle sieben Sekunden eine Harley Davidson gestartet wurde. Und es hat sich gelohnt: Meine Mitarbeiter hängen mir an den Lippen.

»Versteht ihr? Es kommt überhaupt nicht darauf an, *wen* wir zum Star machen – es zählt nur eins: *wie* wir ihn zum Star machen. Wir haben im letzten Jahr sogar koffeinfreien Kaffee wie ein cooles Produkt aussehen lassen. Und wenn das möglich ist, dann ist *alles* möglich. Dann können wir auch aus Bernd Banane ...«

Leider kann ich den Satz ›*Dann können wir auch aus Bernd Banane den deutschen Eminem machen*‹ nicht zu Ende sprechen. Schon bei dem Wort *Banane* fange ich an zu glucksen, danach bekomme ich einen Lachanfall, der beim Versuch, die Worte *den deutschen Eminem* auszusprechen, regelrecht hysterisch wird. Die Anspannung der letzten Tage löst sich, und mindestens zwei Minuten lang kann ich nicht verhindern, dass ich völlig wehrlos von Lachkrämpfen geschüttelt werde und mir Flüssigkeit aus Augen, Nase und Mund läuft. Als ich mich langsam beruhige, verbrauche ich noch eine halbe Packung Taschentücher, bis meine Augen wieder so klar sind, dass ich in die grinsenden Gesichter meiner Mitarbeiter sehen kann. Ich atme noch einmal tief durch und rede dann mit einer Lifestyle-Reporter-Stimme:

»Meine Damen und Herren, das war die historische Rede, mit der Daniel Hagenberger seine Mitarbeiter so sensationell motivieren konnte, dass an diesem Tag die größte Hip-Hop-Legende aller Zeiten geboren wurde: Bernd Banane!«

Alle lachen noch mal. Dann kriegt Lysa ihren Ich-sage-jetzt-mal-ganz-im-Ernst-was-Kluges-Gesichtsausdruck:

»Es ist eigentlich traurig, aber Daniel hat recht. Jeder Honk wird heute Star. Wir können es versuchen.«

Karl nimmt einen so tiefen Zug aus seiner Zigarette, dass die Glut ihm fast die Fingernägel ansengt:

»Das wäre unser absolutes Meisterstück.«

Ulli hat seinen Augeninnendruck vergessen und klatscht begeistert in die Hände:

»Gerade, weil es eigentlich nicht geht.«

Lysa wird euphorisch:

»O ja! Wir spielen Gott. Wir erschaffen aus einem Klumpen Lehm einen Superstar.«

Ich sehe das Glitzern in den Augen meiner Mitarbeiter. Sie sind top motiviert. Es läuft noch besser, als ich gedacht hatte. In dem Moment öffnet sich die Tür und Kleinmüllers Sekretärin kommt herein.

»Daniel? Kleinmüller will dich sprechen. Die erste Bewerberin für deine Praktikantenstelle ist da.«

»Was? Die Anzeige sollte doch erst morgen raus?!«

Als ich die Tür zu Kleinmüllers Büro öffne, trifft mich fast der Schlag. Auf Kleinmüllers Sofa sitzt eine junge Brünette mit blonden Strähnen und künstlichen Fingernägeln. Es ist Aylins 18-jährige Cousine, Tante Emines Tochter Emine.

»Emine! Was machst du hier?«

»Keine Ahnung.«

Auch wenn sie im Vergleich zu ihrem Disco-Outfit in Jeans und silbernen Turnschuhen fast einen züchtigen Eindruck macht, ist ihr Dekolleté boulevardzeitungstitelseitentauglich.

»Daniel, vallaha, ist unheimlich schöne Firma hier.«

Erst jetzt merke ich, dass auf einem Stuhl in der anderen Ecke Emines Mutter sitzt, die Kaffeesatzlese-Emine. Leicht abwesend begrüße ich sie mit Wangenküsschen.

»Daniel, du hast Aylin erzählt, dass du kriegst eigene Praktikantin, und da hab ich gedacht, ist perfekt für Emine, weil Emine hat großes Begabung in Filmbranche.«

»Äh, Tante Emine, das hier ist nicht die Filmbranche, das ist die Werbebranche.«

»Egal, auf jeden Fall, Emine will unbedingt hier arbeiten.«

»Stimmt das, Emine?«

»Kann schon sein.«

Jetzt meldet sich Kleinmüller zu Wort, der seinen Blick kaum von Emines Dekolleté lösen kann:

»Interessante Family, in die du da einheiratest, Daniel. Ich denke, Emine ist the perfect choice als Praktikantin – was meinst du?«

»Tja ...«

»Egal, ist schon gegreenlighted. Ich habe einfach ein zu weiches Herz im Moment. Ist der Dalai Lama schuld.«

»Das heißt, Emine ist jetzt meine Praktikantin?«

»Exactly. Also zeig Emine schon mal die Firma, dann kann sie morgen anfangen.«

Tante Emine zwinkert mir zu. Dann wendet sie sich an Kleinmüller.

»So, und jetzt, wir müssen sprechen über Geld.«

»Praktikanten kriegen bei uns kein Geld.«

»Gucken wir später. Trinken wir erst mal Tee.«

Völlig verdattert gehe ich mit Emine in den Flur.

»Emine, du hast mir doch mal gesagt, die Werbebranche interessiert dich einen Scheiß.«

»Kann schon sein.«

»Aber du willst trotzdem hier arbeiten?«

»Irgendwie schon.«

»Oder machst du das nur, um dem Konflikt mit deiner Mutter aus dem Weg zu gehen?«

»Wäre möglich.«

»Denkst du nicht, es wäre besser, wenn du offen mit deiner Mutter redest?«

»Wozu?«

»Na, damit du einen Job machen kannst, der dir besser gefällt.«

»Welchen denn?«

»Na, einen, der dich interessiert.«

»Hmmm.«

»Was interessiert dich denn überhaupt?«

»Keine Ahnung.«

»Vielleicht würdest du gerne Haare schneiden?«

»Geht nicht ohne Ausbildung.«

»Dann machst du halt die Ausbildung.«

»Dauert zu lange.«
»Oder du könntest kellnern?«
»Zu stressig.«
»Oder willst du vielleicht studieren?«
»Guter Witz.«
»Aber du musst doch irgendwelche Interessen haben?«
»Weiß nicht. Tanzen.«
»Dann werde doch Tänzerin.«
»Hmmm.«
»Da gibt es viele Möglichkeiten – im Musical, Ballett ...«
»Darf man dann noch rauchen?«
»Wahrscheinlich eher nicht.«
»Dann nicht.«
»Na gut. War ein Versuch. Du fängst also hier an. Willkommen bei *Creative Brains*.«
»Okay.«
»Wie wär's, wenn ich dir zuerst mal unser Studio zeige?«
Zum ersten Mal sehe ich so etwas wie Wissensdurst in Emines Augen:
»Ihr habt ein eigenes Studio?«
»Ja. Rüdiger Kleinmüller hat vor drei Jahren die Nachbarwohnung gekauft und zum Studio umfunktioniert. Interessiert dich das?«
»Ja. Das Studio bei uns um die Ecke hat jetzt neu die Beauty Angel C 46 von Ergoline. Und was für Bänke habt ihr?«
Ich seufze:
»Das ist kein Sonnenstudio. Das ist ein Foto- und Filmstudio. Für Werbeaufnahmen.«
»Ach so.«
»Willst du es trotzdem sehen?«
»Irgendwie nicht.«
In diesem Moment kommt Tante Emine aus Rüdiger Kleinmüllers Büro.
»Ayda beş yüz Euro alacaksın.«
Plötzlich hellt sich Emines gelangweilte Miene auf, und sie antwortet ihrer Mutter in bühnenreifer Lautstärke:
»500 Euro im Monat? Super!«

Offenbar ist es eine alte osmanische Tradition, seinen Brutto-Verdienst sofort nach der Einstellung durch die Firma zu brüllen. Vor allem die beiden anderen Praktikanten, die umsonst bei *Creative Brains* arbeiten, zeigen spontanes Interesse. Aber das ist Kleinmüllers Problem. *Mein* Problem könnte sich noch als wesentlich schwerwiegender erweisen: Aylins Cousine ist ab morgen meine Praktikantin. Im Moment kann ich nur ahnen, was das für mich bedeutet. Emine und ihre Mutter verabschieden sich mit Wangenküsschen von mir, und ich habe das dumpfe Gefühl, dass gerade irgendetwas in meinem Leben dramatisch schiefläuft.

29
Zwei Tage und 41 Minuten nach der geplatzten Hochzeit.

Ich sitze im Kreativbüro, öffne eine Mail von Jupp Süffels und freue mich wie immer, wenn ein Kölscher sich um besonders korrektes Hochdeutsch bemüht:

> Sehr geehrter Herr Hagenberger,
> noch einmal herzlichen Dank für Ihren innovativen Werbe-Slogan *Echt typisch kölsch*, der auch von meiner Belegschaft durch die Bank bezüglich einer Meinung mit positivem Befund aufgenommen zu werden konnte.
> Anbei schicke ich Ihnen sowohl das musikalische Playback als auch den textlichen Schriftbeitrag für das Lied, mit dem der Ralf in die Position eines Superstars befindlich zu machen angedacht wird.
> Ich hoffe, Sie stimmen mir zu, dass Horst Zick sich mit dem schriftlichen Arrangement ebenso selbst übertroffen hat wie mit der musikalischen Kompensation.
> Ich wünsche Ihnen von meiner Seite her ein gutes Gelingen und freue mich, demnächst von Ihnen hören dürfen zu können.
> Mit fröhlichen Grüßen,
> Jupp Süffels.

Zuerst klicke ich auf das Word-Dokument mit dem Titel *Text für Ralf Süffels* und lese Lysa, Karl und Ulli vor:

GANZ SCHÖN BRUTAL
Ein Hip-Hop-Song für Bernd Banane
von Horst Zick

Strophe 1
So manchen Streit hab ich schon angefacht.
Ich bin bedrohlich, nehmt euch in Acht.
Meine Geduld ist knapp bemessen –
mit mir ist nicht gut Kirschen essen.

Bridge
Hey, du Doofmann, schreib dir auf die Fahne:
Keiner ist so stark wie Bernd Banane!

Refrain
Bernd Banane – er ist cool.
Bernd Banane – er ist nicht schwul.
Bernd Banane – ist ganz schön brutal.
Bernd Banane – er tankt Aral.

Strophe 2
Ich ziehe durch die Straßen ohne Bammel,
und wer mir blöd kommt, dem zieh ich die Hammelbeine aber mal so richtig lang.
Ja, da bin ich überhaupt nicht bang.

Repeat Bridge

Repeat Refrain

Anmerkung des Autors: Durch die Erwähnung im Refrain können wir vielleicht die Firma Aral als Karriere-Sponsor für Ralf gewinnen. Alternativ wäre auch der Vers denkbar:

Bernd Banane – ist der Knüller.
Bernd Banane – trinkt Milch von Müller.

Ich schließe das Dokument, und keiner von uns weiß, ob er lachen oder weinen soll. Ich schaue betroffen in die Runde:

»Tja, ich sag mal: Man merkt, dass der Autor jetzt nicht *direkten* Zugang zum Hip-Hop-Milieu hat.«

Lysa lacht:

»*Mit mir ist nicht gut Kirschen essen* – also, wenn es im 19. Jahrhundert Hip-Hop gegeben hätte, wäre das ziemlich innovativ gewesen.«

Ulli schwelgt in Erinnerungen:

»*Ich zieh dir die Hammelbeine lang* – das erinnert mich an die Besuche bei meinem Urgroßvater in der Eifel.«

Karls Augen funkeln:

»Kein Problem: Wenn um Bernd Banane zehn fast nackte Mädels in High Heels und Netzstrümpfen mit ihren Ärschen wackeln, dann achtet sowieso kein Schwein mehr auf den Text.«

Lysa schaut ihn mit gespielt genervtem Blick an:

»Lass mich raten: Du machst das Casting und führst beim Videodreh Regie.«

Karl schließt jetzt die Augen und scheint ein sehr konkretes Bild im Kopf zu haben:

»Jaaaa ... Das könnte ich mir vorstellen, Lysa. Wenn du mittanzt, wird es noch besser.«

»Kann es sein, dass du auf dem hormonellen Status eines 15-Jährigen stehen geblieben bist?«

»Ja. Und es ist toll.«

Karl lehnt sich selbstzufrieden in seinem Stuhl zurück, und Ulli beweist, dass er gleichzeitig seinen Puls messen und brainstormen kann:

»Wenn man die Bässe sehr hart macht und Ralf Süffels etwas undeutlich singt, wird der Text unverständlich. Das könnte klappen.«

»Apropos – lasst uns mal das Playback anhören ...«

Ich klicke auf das MP3, und kurz darauf erklingt etwas, das sich anhört, als hätte man einen achtzigjährigen Alleinunterhalter auf einer goldenen Hochzeit gebeten, mit seiner Heimorgel doch auch mal *was Flottes* zu spielen. Mit Hip-Hop hat es so viel zu tun wie ein Gitarrensolo von Matthias Reim mit Heavy Metal.

Nach vierzig Sekunden platzt es aus Karl heraus:
»Mach das aus. Bitte!«
Ich drücke auf Pause und spüre Erleichterung im Raum. Es folgt ein langes betroffenes Schweigen. Karl dreht sich eine neue Zigarette und fügt diesmal eine beträchtliche Portion Hanf hinzu – wohl um vor der bitteren Realität zu fliehen. Ulli seufzt:
»Mein Puls ist 95, und das ist totaler Müll.«
Karl lacht höhnisch:
»Müll ist ein Euphemismus.«
Lysa schaut angeekelt:
»Da klingt selbst ein Tinnitus angenehmer.«
Ulli hält sich kurz die Ohren zu:
»Nein, mein Tinnitus klingt schlimmer. Aber es ist das schlechteste Stück Musik, das ich je gehört habe.«
Ich merke auf:
»Schlimmer als damals der Grand-Prix-Beitrag von Rudolf Mooshammer?«
Alle nicken.
»Und schlimmer als der Grand-Prix-Beitrag von Zlatko?«
Alle nicken betroffen. Ich stocke.
»Wisst ihr, was das bedeutet? Wenn es noch peinlicher als Zlatko ist, dann ist es das Erste, das auf der nach oben offenen Zlatko-Skala den Wert von 1 Zlatko übersteigt.«
Karl nickt:
»Dann muss es ab heute Bernd-Banane-Skala heißen. Und der Bernd-Banane-Song hat den Wert von 1 Banane.«
Ich protestiere:
»Wieso? Die Zlatko-Skala ist doch nach oben offen. Also gebe ich dem Bernd-Banane-Song 1,05 Zlatko.«
»Ja. Oder Zlatkos Grand-Prix-Song 0,95 Banane auf der Bernd-Banane-Skala.«
»Aber das ist *meine* Skala, und ich habe mich daran gewöhnt. Außerdem will ich nicht alles umrechnen.«
»Das wäre überhaupt kein Problem. Was war bisher auf dem 2. Platz?«
»Die Panflöten-Version von *Wind of Change* mit 0,97 Zlatko.«
Karl tippt in den Rechner seines iPhones.

»Das macht ... 0,9215 Banane.«
»Nein, wir behalten die Maßeinheit Zlatko.«
Nun mischt sich Lysa in die Diskussion ein:
»Warum messen wir nicht in Silbereisen? Für mich hat der mindestens 1,1 Zlatko.«
Karl protestiert:
»Moment, das wäre ja über einer Banane.«
Jetzt ist meine Autorität als Chef gefragt:
»Nein. Ich habe Silbereisen bei 0,85 Zlatko eingeordnet. Und dabei bleibt es auch.«
Lysa schaut mich empört an:
»Silbereisen ist definitiv peinlicher als Zlatko. Hast du mal sein Lied *Ich glaube an Gott* gehört?«
»Das ist peinlich, keine Frage. Aber nur 0,85 Zlatko. Weil er die Töne trifft.«
Ulli sprüht sich einen Stoß Meerwasser-Spray in die Nase:
»Ich bin beeindruckt, mit welcher Weitsicht ihr die elementaren Probleme unseres Planeten analysiert.«

Einige Sekunden schweigen wir ertappt. Plötzlich kommt mir eine Idee:
»Das ist es! Wir haben zwar nicht Deutschlands *besten* Hip-Hopper, aber wir haben Deutschlands *schlechtesten*. 1,05 Zlatko sind etwas Besonderes. Darauf kann man aufbauen.«
Karl zündet seinen Joint an.
»Hä?«
»Wenn etwas so außergewöhnlich schlecht ist, kann man damit Aufmerksamkeit erregen: Wir überreden Ralf, dass er dieses hässliche gelbe Glitzerkostüm anzieht, und dann ... Lysa, du kennst doch den Typ vom SAT.1-Frühstücksfernsehen?!«
»Den Thorsten. Klar.«
»Die müssen doch ihre blöde Sendung vollkriegen, die sowieso kein Schwein guckt. Sieh zu, dass Bernd Banane da reinkommt.«
»Dürfte kein Problem sein.«
»Okay. Karl, der Ingo ist doch noch im Team von *TV Total*, oder?!«
»Klar.«

»Dann gibst du ihm eine DVD mit dem Bernd-Banane-Auftritt bei SAT.1 in die Hand. Ich gehe jede Wette ein: Stefan Raab zeigt das – und dann kriegen wir mindestens eine Million Klicks auf YouTube ... Ich meine, das hat echtes Kult-Potenzial.«

Karl hat inzwischen mehrfach tief inhaliert und schaut mich mit glasigem Blick an:

»Daniel ... du bist ein verdammtes Genie.«

30
2 Tage, 9 Stunden und 15 Minuten nach der geplatzten Hochzeit.

Ich habe bei den Denizoğlus geklingelt und warte vor der Haustür auf Aylin. Erst die verpatzte Silvesternacht, danach der Hochzeitsstress, anschließend das Hysteriefestival in der Uniklinik – jetzt freue ich mich auf unseren ersten entspannten Abend seit Wochen. Wir haben sogar sturmfreie Bude, denn ich habe Onkel Abdullah erzählt, sein Cousin in Düsseldorf sei beleidigt, weil Abdullah noch nicht bei ihm übernachtet hat. Das habe ich mir zwar ausgedacht, aber ich hatte Erfolg damit: Onkel Abdullah hat angebissen und verbringt die Nacht in Düsseldorf. Lügen macht Freude.

Als Aylin aus der Tür tritt, sieht sie einfach zum Anbeißen aus: Die offenen Haare fallen über den Fellkragen ihrer Wildlederjacke, und ihre wohlgeformten Beine leuchten dank einer weißen Wollstrumpfhose zwischen dem Jeans-Minirock und zur Jacke passenden Stiefeln hervor. Ich trage zum ersten Mal den Stoffmantel, den ich mir auf Aylins nachdrücklichen Rat anstelle meiner zehn Jahre alten Daunenjacke zugelegt habe. Aylin nickt anerkennend:

»Wow! Du siehst aus wie ein Stück neugeborener Mond.«

»Wie ein Stück neugeborener Mond?«

»Das sagen wir, wenn jemand gut aussieht.«

»Oh, danke. Du siehst besser aus als alle Stücke des neugeborenen Mondes zusammen.«

Aylin lächelt.

»Fahren wir mit dem Auto, Daniel?«

»Nee, ich bin mit der Bahn hier.«

Aylin grinst, schließt den Ford Focus ihres Vaters auf und setzt sich ans Steuer. Ich bin überrascht:

»Aber ... Wann hast du denn den Führerschein gemacht?«

»Überraschung!«

Aylin gibt mir eine kleine Karte – tatsächlich. Da steht Aylin Denizoğlu.

»Wow! Ja, herzlichen Glückwunsch! Super! Ich bin begeistert.«

Ich setze mich auf den Beifahrersitz, umarme Aylin und wundere mich: Sie hat den kompletten Theorieunterricht, alle Fahrstunden und die Prüfung absolviert, ohne dass ich auch nur den Hauch von einer Ahnung davon hatte. Unwillkürlich frage ich mich, ob es noch andere Dinge gibt, die sie mir verheimlicht.

Aylin startet den Motor im dritten Versuch erfolgreich und fährt sanft aus der Parklücke. Dann lässt sie die Kupplung zu schnell kommen und würgt den Motor ab – der Wagen macht einen Satz und bleibt quer auf der Straße stehen. Wobei das eigentliche Problem der Radfahrer war, dem Aylin die Vorfahrt genommen hat. Und der sich jetzt aufregt wie Jürgen Klopp nach einer falschen Schiedsrichterentscheidung. Aylin lässt das Fenster herunter und brüllt zurück:

»Siktir!«

»Äh, Aylin, ich bin noch nicht so sicher in der türkischen Sprache, aber heißt das nicht ›fick dich‹?«

»Ja, aber auf Deutsch klingt das irgendwie brutaler. Auf Türkisch ist das ganz normal.«

Ich schaue Aylin entsetzt an – Aylin lächelt auf die süßest denkbare Weise zurück:

»Ich hasse alle Radfahrer.«

»Entschuldigung, aber ich fahre auch gerne Rad.«

»Okay, ich hasse alle Radfahrer bis auf einen.«

Aylin startet den Motor diesmal schon im zweiten Versuch und lässt jetzt die Kupplung mit mehr Gas kommen – was dazu führt, dass sie zwar nicht den Motor abwürgt, aber auch beim Hochschalten in den zweiten Gang Vollgas gibt und mit gut 50 km/h eine rote Ampel überfährt. Was nicht so schlimm ist, weil der BMW-Fahrer, der jetzt von rechts auf uns zurast und uns um ein Haar von der Venloer Straße ins Jenseits befördert, sowohl ein gutes Reaktionsvermögen als auch Bremskraftverstärker besitzt. Für sein Hupen wird er von Aylin mit dem Attribut »Göt Lalesi« versehen, das Aylin auf meine Nachfrage mit »Arschtulpe« übersetzt, erneut begleitet von einem süßen Entschuldigungslächeln.

»Tut mir leid, ich bin ein bisschen nervös – ich will dir unbedingt zeigen, wie gut ich schon fahren kann.«

Da ich inzwischen jede Menge Praxis im Nahtoderlebnisse-Verdrängen habe, atme ich nur tief durch und versuche, positiv einzuwirken.

»Schon okay. Denk einfach dran – du hast die Prüfung bestanden. Das heißt, du kannst es.«

»Wieso Prüfung? Kenan hat den Führerschein gekauft.«

»Was???«

Aylin rast auf die Kreuzung Venloer Straße/Innere Kanalstraße zu, beschleunigt kurz auf 90 km/h, legt dann eine Vollbremsung hin und kommt schließlich etwa zwölf Zentimeter vor einem Ford Transit zum Stehen. Mein Herz setzt drei Schläge aus und wummert dann zehnmal kräftiger als der Bass im Bernd-Banane-Playback.

Aylin reagiert etwa so, als hätte sie beim Eingießen ein paar Tropfen Tee verschüttet:

»Sorry, Daniel, ich habe kurz Gas und Bremse verwechselt, hihi.«

Selbst das süßeste Entschuldigungslächeln, das ich je bei Aylin gesehen habe, kann nicht verhindern, dass ich um mein Leben fürchte. Ich ziehe den Schlüssel aus dem Zündschloss. Aylin protestiert:

»Hey, was soll das?«

»Kenan hat den Führerschein ... *gekauft*?«

»Klar.«

»Klar???«

»Klar.«

Die Ampel ist mittlerweile grün. Hinter uns stehen mehrere hupende Autos. Das ist mir egal.

»Aber das ... das ist illegal.«

»Tante Emine wollte ihn mir eigentlich zur Hochzeit schenken, aber dann hat sie ihn mir schon vorher gegeben, damit ich ihr eine neue Bettdecke besorgen kann. Wie hätte ich das ablehnen können?!«

»Aber wo hast du fahren gelernt?«

»Kenan war mit mir auf dem Verkehrsübungsplatz.«

»Wie lange?«

»Zweimal zwei Stunden.«

»Du hast gerade mal vier Stunden Fahrpraxis!«

»Und dann sind wir auch noch eine Stunde zusammen durch die Stadt gefahren. Kenan meinte, ich habe Talent.«

»Ja. Für fünf Stunden fährst du sensationell. Aber man braucht mindestens zwanzig!!!«

»Es sind sechs Stunden. Ich habe die neue Bettdecke in Bergisch Gladbach besorgt.«

Das Hupkonzert hinter uns wird lauter. Es kümmert mich nicht.

»Sag mal, bist du eigentlich lebensmüde?!«

»Gestern bin ich besser gefahren – ehrlich.«

»Aylin, du *musst* eine Fahrschule besuchen und ...«

»... und dann kommt raus, dass ich den Führerschein schon habe, und Kenan kriegt einen Riesenärger.«

»Aber ...«

»Außerdem muss man da völlig überflüssige Verkehrsregeln auswendig lernen – wer hat da schon Lust drauf?!«

»Okay. Frage: Du kommst an eine Kreuzung ohne Verkehrsschild. Von rechts kommt ein Auto. Wer hat die Vorfahrt?«

»Hmmm ... Das mach ich spontan, nach Gefühl.«

»Aylin, jetzt mal ganz im Ernst: Wir Deutschen sind pedantisch und weltberühmt für unsinnige Verbote. Aber zwei Dinge sind nicht verhandelbar: die Menschenrechte und die Verkehrsregeln.«

»Menschenrechte – okay. Aber Verkehrsregeln?«

Die Autos hinter uns fahren jetzt auf der Rechtsabbiegespur an uns vorbei und zeigen uns den Vogel. Auch das ist mir egal. Da sehe ich im Rückspiegel den BMW, dem Aylin die Vorfahrt genommen hat. Er hält direkt hinter uns, der Fahrer steigt aus und kommt auf uns zu. Das ist mir nicht mehr egal.

»Aylin – die Türen verriegeln – schnell!«

Zu spät. Der BMW-Fahrer reißt die Fahrertür auf.
»Heeeeeey! Aylincim!!!«
Es ist Aylins Bruder Cem, der einzige rothaarige schwule türkische Anwalt, den ich kenne. Aylin kreischt vor Freude, springt aus dem Auto und umarmt ihn. Ich winke durch die geöffnete Tür. Cem tadelt seine Schwester:
»Das war echt knapp eben, Aylincim! Ich hab dir doch gesagt: Die ersten drei, vier Wochen nicht bei Rot – dafür brauchst du mehr Praxis.«
»Bin ich bei Rot gefahren?«
»Allerdings. Und sogar *ich* fahre bei Rot höchstens zwanzig oder dreißig. Auf der Landstraße ist es was anderes, da siehst du ja, ob einer kommt.«
Seltsam – diese Frage wurde in meiner Fahrschule gar nicht thematisiert: »Was ist die empfohlene Richtgeschwindigkeit beim Überfahren einer roten Ampel innerhalb einer geschlossenen Ortschaft?« Ich kann es nicht fassen, was ich höre, und springe auch aus dem Auto. Mein Mantel nötigt Cem Respekt ab:
»Heey Schwager, du siehst ja aus wie ein Stück neugeborener Mond.«
»Danke. Aber wie kannst du es zulassen, dass deine Schwester mit einem gekauften Führerschein Auto fährt? Du bist Anwalt!«
»Genau. Deshalb kann ich auch einschätzen, welcher Gesetzesverstoß gefährlich ist und welcher nicht. Dieser ist es nicht.«
»Aylin kann überhaupt nicht fahren.«
»Wieso? Sie hat doch auf dem Übungsplatz gelernt.«
»Vier Stunden!«
»Aylin lernt schnell. Im Sport war sie auch immer Klassenbeste.«
»Aber das ist lebensgefährlich. Ich fahre keinen Meter mehr mit ihr. Hast du verstanden, Aylin?«
Während rechts und links genervte Autofahrer an uns vorbeibrausen, setzt Aylin ihren Schmollmund gegen mich ein. Das ist unfair. Ich weiß, dass ich recht habe. Aber wenn Aylin auf den Schmollmund zurückgreift, würde ich sogar glauben, dass die Erde eine Scheibe ist oder dass Heidi Klum das Selbstbewusstsein junger Mädchen fördert.

Ich bin kurz davor, mich kleinlaut wieder auf den Beifahrersitz zu setzen. Na toll – mein Verstand läuft auf Hochtouren, wenn es um die Karriere von Bernd Banane geht, aber in Überlebensfragen verhalten sich selbst Mikroorganismen intelligenter als ich. Ich glaube, mein Gehirn ist eine evolutionäre Sackgasse.

Einige Sekunden lang kämpft mein Überlebenswille gegen die Wirkung von Aylins Schmollmund. Cem lacht:

»Haha, gegen Aylins Schmollmund gibt es bis heute kein Rezept.«

Das war der entscheidende Impuls, der mir gefehlt hat. Wenn der Überlebenswille nicht ausreicht, hilft mir wenigstens mein Stolz. Ich setze mich auf den Fahrersitz.

»Okay. *Ich* fahre. Und das ist nicht verhandelbar.«

Cem nickt anerkennend:

»Respekt, Schwager. Jetzt unterscheidet dich nur noch eins von einem richtigen Türken ...«

»... und das wäre?«

»Ein echter Türke hätte von Anfang an am Steuer gesessen – selbst wenn seine Frau besser fährt als er.«

Nachdem Cem mit quietschenden Reifen einen U-Turn gemacht hat, starte ich den Motor und merke zum ersten Mal, dass Aylin nicht nur verführerisch, sondern auch beleidigt schmollen kann. Aus einem intellektuell nicht nachvollziehbaren Grund habe ich das Gefühl, dass Aylin sofort und ohne zu zögern unsere Beziehung beenden wird, wenn ich sie nicht innerhalb der nächsten fünf Sekunden wieder zum Lächeln bringe – und dabei ist es völlig egal, dass ich recht hatte und Aylin zu Unrecht schmollt. Schon startet in meinem Schädel ein Aylin-schnell-wieder-zum-Lächeln-bringen-Methoden-Contest, bei dem es drei Ideen ins Finale schaffen:

1. Ich sage: »Bitte verlass mich nicht – ich liebe dich doch über alles!« (übertrieben)
2. Ich würge absichtlich den Motor ab und mache dazu eine lustige Bemerkung in der Art: »Merkst du, dass ich den Motor viel eleganter abwürge als du?« (Ich mache mich schon oft genug *un*absichtlich zum Deppen.)

3. Ich zitiere mit der Stimme von Helge Schneider den Vers: »Der Führer war ein armes Schwein – er hatte keinen Führerschein.« (kontraproduktiv)

Fünf Sekunden sind vergangen. Die schlechte Nachricht: Aylin schmollt immer noch. Die gute Nachricht: Sie hat mich noch nicht verlassen. Als wir am Fernsehturm vorbeifahren, beruhige ich mich langsam: Es ist mein gutes Recht, für meine Überzeugungen einzutreten. Eine gute Beziehung zeichnet sich nicht dadurch aus, dass es keine Konflikte gibt. Sondern dadurch, dass man Konflikte überwindet. Zitat aus irgendeinem Beziehungsratgeber, den ich mal gelesen habe. Klingt toll, aber vielleicht war der Autor irgendein Idiot, der das Buch nur geschrieben hat, um vom Honorar seine Scheidung zu finanzieren, nachdem seine Frau ihn verlassen hat, weil er es nicht geschafft hat, in fünf Sekunden ihr Schmollen zu stoppen.

Ich fahre mit miesem Gefühl in der Magengrube ins *Cinedom*-Parkhaus und muss eine Ehrenrunde drehen, weil alles besetzt ist. Als wir zum zweiten Mal an einem freien Frauenparkplatz vorbeikommen, hört Aylin auf zu schmollen:

»Nimm doch den – ich bin ja eine Frau.«
»Das gilt nur ohne männliche Begleitung.«
»Komm schon, Daniel, jetzt sei doch nicht so spießig.«
»Das ist nun mal die Regel.«

Und schon schmollt Aylin wieder. Und schon stehe ich auf dem Frauenparkplatz. Es war einfach ein Reflex. Und es hat funktioniert: Aylin schenkt mir ihr süßestes Lächeln, küsst mich auf den Mund und öffnet die Tür. Na bitte. Das aufregende Gefühl, das ich bei meiner ersten Lüge hatte, durchströmt mich erneut. Ich habe eine Regel gebrochen, und was passiert? Nichts. Hihi.

Als ich aussteige, werde ich von einem etwa sechzigjährigen Mann im karierten Filzmantel angesprochen:

»Frauenparkplätze sind nur für Frauen ohne männliche Begleitung.«

»Okay. Wenn Sie mit ›männlich‹ meinen: Ein X- und ein Y-Chromosom – schuldig im Sinne der Anklage. Wenn Sie sich aber auf den Testosteronwert beziehen, dann kenne ich einige Frauen, die hier weniger parken dürften als ich.«

»Wollen Sie mich verarschen?«

»Lassen Sie mich kurz überlegen ... Ja, das war mein Plan.«

»Und was soll das?«

»Es hat mir Spaß gemacht. Genau wie das Parken auf einem Frauenparkplatz. Sollten Sie auch mal probieren. Sie werden sehen: Das befreit.«

Der Mann winkt ab und geht. Aylin nimmt mich grinsend an der Hand und zieht mich ins Treppenhaus, das direkt in die gigantische gläserne Innenhalle des Multiplex-Kinos im Kölner ›Mediapark‹ führt.

»Daniel, du wartest draußen auf Mark und Tanja – ich hole die Karten. Okay?«

»Okay. Oder *ich* hole die Karten und *du* wartest draußen auf Mark und Tanja.«

Aylin schaut mich irritiert an. Ich habe kurz vergessen, dass ich der Boss bin. Also entscheide *ich*, dass wir das tun, was Aylin gesagt hat:

»Gut. Ich gehe dann mal raus.«

Ich trete aus der großen Drehtür. Einige Meter entfernt, vor einem Harry-Potter-Plakat, knutschen Mark und Tanja. Als Mark mich sieht, löst er sich von seiner neuen Freundin und überlegt ein paar Sekunden lang, ob wir uns in Tanjas Gegenwart mit der Stimme von Udo Lindenberg begrüßen sollen oder nicht. Ich nehme ihm die Entscheidung ab:

»Dübndüdüüüüü! Eeeeey, Mark, was geht bräutetechnisch ab?«

Mark guckt kurz entschuldigend zu Tanja, dann verfällt auch er in unser altes Begrüßungsritual:

»Dübndüdüüüüü ... ja voll die panikmäßige Halligalli-Zeit ...«

Irgendwie fühlen sich alberne Männer-Rituale seltsam an, wenn eine Frau dabei ist. Vielleicht liegt es auch daran, dass Tanja mit den Augen rollt und ironisch wird:

»O wow! Ihr könnt Udo Lindenberg imitieren! Wie geil ist das denn?!«

In dem Moment kommt Aylin aus der Drehtür:

»Ich hab die Karten. *Ice Age 3* – Mitte/Mitte. Perfekt.«

Diverse Wangenküsschen werden ausgetauscht. Mark und ich mutieren bei der Aussicht, einen guten Animationsfilm zu sehen, regelmäßig zu achtjährigen Jungen. Sogar in Aylins und Tanjas Gegenwart gestehen wir uns noch gut 25–30 % unserer normalen Albernheit zu:

»Weißt du noch, wie Scrat im letzten Teil mit der Zunge an der Eisdecke kleben bleibt?!«

»Ja, haha, und dann schwingt er hin und her, um trotzdem an die Nuss zu kommen ...«

»... dann ist er unter Wasser und schneidet mit den Zähnen die Eisscholle frei ...«

»... und die dreht sich, aber die Nuss ist immer auf der anderen Seite ...«

Mark und mir verursacht die Erinnerung an die beste Slapstick-Szene von *Ice Age 2* Lachtränen, während sich Aylin und Tanja schulterzuckend mit einem So-sind-Männer-nun-mal-Blick anschauen. Wenn sie wüssten, dass wir mit Rücksicht auf sie darauf verzichtet haben, lustige Comic-Geräusche in unser Gespräch einzubauen, wären sie uns jetzt dankbar. Ich nehme Aylin in den Arm.

»So, lasst uns reingehen – dann können wir noch Käse-Nachos besorgen.«

Wir gehen durch die große Drehtür und wollen zum Popcorn-Stand, aber Aylin stoppt mich und winkt jemandem. Kurz darauf kommen meine Eltern auf uns zu. Meine Eltern! Im *Cinedom*! Einem kommerziellen Kino!

Ich schaue ebenso verblüfft wie Mark und Tanja. Aylin strahlt über das ganze Gesicht:

»Überraschung!«

Angeblich benötigt man für ein Lächeln nur siebzehn Muskeln, aber keiner von ihnen erhält gerade einen Impuls aus meinem Großhirn. Aylin fragt sicherheitshalber nach:

»Na, freust du dich?«

Es ist vielleicht nicht der richtige Zeitpunkt, um Aylin darüber aufzuklären, dass wir Deutschen es strikt vermeiden, Eltern und Freunde zusammenzubringen.

»Ja, das ist in der Tat eine ... Überraschung.«

31
2 Tage, 9 Stunden und 46 Minuten nach der geplatzten Hochzeit.

Meine Eltern begrüßen Aylin und mich mit Wangenküsschen und reichen Mark und Tanja die Hand. Sie strahlen übers ganze Gesicht. Meine Mutter jauchzt vor Freude:
»Das ist ja so schön, dass wir mit euch ins Kino gehen. Ich bin ganz aufgeregt. Wir haben so lange nichts mehr zusammen unternommen.«
Mein Vater ergänzt:
»Das war wirklich eine ausgezeichnete Idee von dir, Aylin.«
»Wisst ihr, Daniel hat jetzt so viel Zeit mit meiner Familie verbracht. Da habe ich gedacht: Bestimmt hat er *seine* Familie vermisst.«
Es ist zwar lieb gemeint von Aylin, aber offenbar ist ihr nicht klar, dass ein Deutscher seine Familie frühestens nach ein bis zwei Jahren vermisst. Außerdem: Meine Eltern in einem Animationsfilm – das ist etwa so, als hätte sich Karlheinz Stockhausen ein Roland-Kaiser-Konzert angesehen. Ich versuche, das Unheil noch abzuwenden:
»Äh, seid ihr wirklich sicher, dass ihr *Ice Age 3* gucken wollt?«
Mein Vater zögert keine Sekunde:
»Natürlich. Die Eiszeit war eine naturhistorisch hochinteressante Epoche.«
Ich seufze – und mein Vater ergänzt:
»Obwohl *Eiszeit* natürlich ein viel zu schwammiger Begriff ist. In der Regel meint man die Weichselkaltzeit – beziehungsweise das Quartär – in der Endphase des Pleistozän.«

Meine Mutter wendet sich an Tanja:

»Ich finde das toll, dass du mit Mark zusammen bist. Mark hatte ja immer dieselben Probleme mit Frauen wie Daniel. Ich meine, es kann nun mal nicht jeder Mann wie Brad Pitt aussehen, aber die beiden sind unglaublich lieb, und sie brauchen Frauen, die das zu schätzen wissen.«

Jetzt weiß ich auch wieder, *warum* wir Deutschen es strikt vermeiden, Eltern und Freunde zusammenzubringen. Nach ein paar Sekunden betroffener Stille, in denen mich Mark und Tanja hilflos anschauen, liefert meine Mutter einen weiteren Grund:

»Tanja, wusstest du, dass Mark und Daniel beide perfekt Udo Lindenberg imitieren können? Das ist sooo lustig.«

»Erika, bitte!«

»Was hast du denn, Daniel?! Kommt, macht doch einmal vor, wie ihr euch immer begrüßt! Nur ganz kurz!«

Mein Vater schaut zur Uhr.

»Nur noch eine knappe Viertelstunde! Es wird Zeit, Daniel ...«

»O ja, wir müssen zum Popcorn-Stand!«

Schnell flüchte ich in die Schlange – Aylin, Mark, Tanja und meine Eltern folgen mir. Mein Vater räuspert sich:

»Äh, ich meinte eigentlich: Es wird Zeit, um deiner Mutter und mir eine kurze Synopsis der ersten beiden Teile vorzutragen. Damit wir nichts fehlinterpretieren.«

»Also gut. Im ersten Teil haben das Mammut Manfred und das Faultier Sid ein Menschenkind gefunden, und ...«

»Tut mir leid, dass ich gleich einhaken muss. Das Tempus in der Synopsis ist immer das Präsens. Also: Das Mammut Manfred und das Faultier Sid *finden* ein Menschenkind ...«

Nach gut acht Minuten sind wir fast am Anfang der Schlange, und ich bin am Ende von Teil 2 angelangt. Meine Mutter wendet sich an Tanja:

»Wusstest du, dass Mark sich *Jacques Gelee* nennt, wenn er Daniel eine SMS schreibt? Das ist ein Udo-Lindenberg-Song ...«

Ich bin entsetzt:

»Woher weißt du das?«

»Du hast doch mal dein Handy bei uns vergessen, und als die

SMS kam, habe ich sie gelesen, weil ich dachte, es könnte was Wichtiges sein.«

»O Mann, ich fasse es nicht!«

Meiner Mutter ist der Vorfall nicht im Geringsten peinlich:

»Und Daniel nennt sich *Votan Wahnwitz*. Das ist auch ein Lied von ...«

»Erika, es reicht jetzt.«

»Ach komm, jetzt macht wenigstens *einmal* Dübndüdüüü.«

»Ganz bestimmt nicht.«

»Aber wieso denn nicht? Das macht ihr doch sonst immer.«

»Ja. Aber nicht, wenn man uns zwingt.«

»Na gut. Ich sag nichts mehr. Und wenn ihr gleich spontan Lust habt, Udo Lindenberg zu imitieren, dann macht ihr's einfach. Ganz ungezwungen.«

Mein Vater ist seit gut einer Minute in Gedanken versunken und macht einen leicht verwirrten Eindruck. Aylin schaut ihn besorgt an:

»Ist alles in Ordnung?«

»Fast. Es ist nur ...«

»Ja?«

»Wenn am Ende von Teil 2 alles auftaut, deutet das darauf hin, dass es sich um das Ende der Tundrenzeit so ungefähr 9640 vor Christus handelt. Da erwärmte sich das Klima extrem schnell zum Präboreal, dem ersten Abschnitt des Holozäns ...«

»Rigobert, du hast wirklich genau verstanden, worum es in *Ice Age* geht.«

»... und insofern sollte die Fortsetzung nicht *Ice Age 3* heißen, sondern *Präborealzeit I*.«

Ich klopfe meinem Vater auf die Schulter.

»Tolle Idee. Ich bin sicher, damit wäre der Film viel erfolgreicher.«

»Wobei man auch die ersten beiden Teile korrekterweise *Jungpleistozän I* und *II* hätte nennen müssen.«

Die etwa zwanzigjährige blonde Servicekraft schaut meinen Vater mit einem Normalerweise-rede-ich-ja-nicht-mit-Freaks-aber-das-ist-nun-mal-mein-Job-Blick an:

»Was darf's sein?«

Bevor ich Käse-Nachos und Cola bestellen kann, funkt meine Mutter dazwischen:

»Haben Sie irgendetwas Vitaminreiches ohne Nüsse, ohne Tomaten und ohne lang gereiften Käse? Wissen Sie, mein Sohn ist nämlich Allergiker.«

Nachdem Mark und ich uns mit Cola und Tortilla-Chips eingedeckt haben – trotz zahlreicher Hinweise meiner Mutter bezüglich künstlicher Zusatzstoffe in Käsedips sowie versteckter Zuckermassen in Erfrischungsgetränken –, stehen wir gerade am Einlass von Kino 4, als ich eine sehr laute Stimme deklamieren höre:

»Halt! Wartet auf uns!«

Ingeborg Trutz kommt in einem schwarzen Fellmantel gespielt atemlos auf uns zugelaufen, während Dimiter Zilnik, gemächlichen Schrittes eine Zigarre paffend, hinter ihr hertrottet. Meine Mutter jubelt:

»Ingeborg! Dimiter! Wir dachten, ihr wollt nicht kommen?!«

Ingeborg legt die Hand auf ihr Herz und redet in Auch-die-letzte-Reihe-muss-mich-verstehen-können-Lautstärke auf uns ein:

»Wir hatten gerade eine Probe, so intensiv, sooo innntennnsiiiiiiv! Du kannst dir gar nicht vorstellen, wie intensiv. Du, ich zittere immer noch. Dimiter hat mich in *Romeo und Julia* als gealterte Prostituierte besetzt, und ich sollte meine Trauer über die brutale Sowjet-Herrschaft im ehemaligen Jugoslawien in einen Wutanfall packen – du, es hat mich geschüttelt. Ge-schüt-telt, sag ich dir!«

Ich bin irritiert:

»Äh, wo kommt denn in *Romeo und Julia* eine gealterte Prostituierte vor?«

»Na, die gealterte Prostituierte ist natürlich Julia.«

»Natürlich.«

»Dimiter hat das Stück umgeschrieben.«

Dimiter Zilnik drückt gerade auf Anweisung der Kartenabreißerin seine Zigarre aus, zelebriert einen knapp dreißigsekündigen Hustenanfall und nuschelt dann in gedämpfter Lautstärke vor sich hin (deutlich redet er erst ab 1,5 Promille).

»Ich habe mich auf den Hass zwischen den Familien konzentriert und das Ganze ins serbische Knin des Jahres 1991 versetzt. Den ganzen romantischen Kitsch habe ich eliminiert.«

So und nicht anders kenne ich Dimiter Zilnik. Deshalb erstaunt es mich umso mehr, dass er sich *Ice Age 3* angucken will:

»Dimiter, äh ... bist du sicher, dass du einen Hollywood-Mainstream-Animationsfilm ansehen willst?!«

Ingeborg Trutz antwortet für ihn:

»Natürlich. Dimiter ist offen für die Populärkultur.«

Dimiter Zilnik zuckt mit den Schultern.

»Eigentlich wollte ich während des Films schlafen und anschließend im ›Le Moissonnier‹ einen Cognac aus dem Jahr 1848 trinken ...«

Ingeborg Trutz ergänzt:

»... Schlechter Jahrgang für Revolutionen, aber ausgezeichnet für Weinbrände.«

Kurz darauf sitze ich mit dem Arm um Aylin in Reihe 8. Als das Licht ausgeht und der erste Werbespot erscheint, wird mein Vater unruhig. Nach einer halben Minute brüllt er nach hinten:

»Schärfer! SCHÄRFER!«

Meine Mutter öffnet ihre Handtasche und reicht ihm eine Brille, dank der er jetzt verblüfft feststellt, dass das Bild bereits scharf *ist*. Der Saal lacht – und ich bin froh, dass Dimiter Zilnik und Ingeborg Trutz ein paar Reihen hinter uns sitzen, sodass der Schall von Dimiters blechernem Husten vom Schmatzen zweier übergewichtiger Nerds in Spongebob-T-Shirts übertönt wird, die sich eine Giga-Packung Popcorn und vier Portionen Käse-Nachos teilen. In einer kurzen Schmatzpause kriege ich mit, dass Dimiter Zilnik bereits während eines Trailers für *Harry Potter und der Halbblutprinz* in die erste REM-Tiefschlafphase geraten ist und irgendwelche unverständlichen Brocken vor sich hin murmelt. Mein Vater beugt sich zu mir:

»Basiert *Harry Potter* eigentlich auf der Idee von Goethes *Zauberlehrling*?«

»Keine Ahnung. Aber ich bin froh, dass Dimiter Zilnik nicht Regie geführt hat – sonst wäre Lord Voldemort wahrscheinlich ein serbischer Kriegsverbrecher und Dumbledore eine Prostituierte.«

»Aber klingt doch unheimlich interessant, was Dimiter aus *Romeo und Julia* macht. Ich bin schon gespannt auf die Premiere.«

Meine Mutter wendet sich an Aylin:

»Deine Eltern müssen unbedingt kommen – sie kennen Ingeborg ja jetzt auch, und sie haben sie noch nie auf der Bühne gesehen.«

Das letzte Mal, als ich Ingeborg Trutz auf der Bühne gesehen habe, hat sie sich als Gretchen mit Theaterblut das Wort »Gott« auf die nackten Brüste geschrieben – eine typische Dimiter-Zilnik-Inszenierung. Ich bin sicher, dass wir derartige kulturelle Erfahrungen nicht mit Familie Denizoğlu teilen sollten, und versuche deshalb, Aylin mit panischem Blick und heftigem Kopfschütteln zu stoppen. Vergeblich.

»Au ja – ich sage Anne und Baba Bescheid. Sie freuen sich bestimmt.«

Hervorragend. Jetzt darf der neue Hochzeitstermin auf gar keinen Fall nach der Premiere liegen. Denn auch wenn Türken vieles ignorieren können – eine Dimiter-Zilnik-Premiere garantiert nicht.

32
11 000 Jahre nach der Präborealzeit.

Wir gehen vom *Cinedom* in Richtung Friesenplatz. Aylin hat sich bei meiner Mutter untergehakt und unterhält sich so gut mit ihr, dass sie ständig kichern und sich alle zwanzig Meter umarmen. Einerseits finde ich es toll, dass meine zukünftige Frau und meine Mutter sich verstehen. Andererseits höre ich, dass des Öfteren mein Name fällt, und das macht mir irgendwie Angst.

Vor dem »Cap Royal« am Hohenzollernring bleiben wir stehen. Drinnen hippes Volk. Wenn ich mit Aylin, Mark und Tanja da reingehe, werden meine Eltern bestimmt mit Ingeborg Trutz und Dimiter Zilnik zum »Le Moissonnier« weiterziehen. Ich versuche, eine Verabschiedung einzuleiten:

»Tja, also dann ...«

Mein Vater hat genau verstanden, was ich will:

»... wollen wir mal reingehen.«

Mark und ich gehören schon zu den Älteren im »Cap Royal«, aber meine Eltern, Dimiter Zilnik und Ingeborg Trutz sorgen hier für eine ebenso große Überraschung wie die Dinosaurier in *Ice Age 3*.

Die Filmvorführung verlief ohne größere Zwischenfälle – abgesehen vom Zigarrenduft, der nach einer halben Stunde darauf hindeutete, dass Dimiter Zilnik wieder aufgewacht war; und abgesehen von Ingeborg Trutz' theatralischer Heulattacke bei der Szene, als bei Säbelzahntiger Diego die Kräfte schwinden.

Jetzt trinkt mein Vater zum ersten Mal in seinem Leben einen Mai Thai und räuspert sich. Das hat nichts Gutes zu bedeuten.

»Also, es war relativ schnell klar, dass der Film bewusst auf die korrekte Abbildung der Präborealzeit verzichtet – zugunsten einer wirren Ansammlung zum Teil erfundener sprechender Lebensformen, die nach dem Zufallsprinzip ständig in irgendwelche sinnlosen Kämpfe geraten und diese aus unerklärlichen Gründen nur deshalb überleben, weil sämtliche physikalischen und biologischen Naturgesetze nicht existieren.«

Dimiter Zilnik hat in knapp fünf Minuten zwei doppelte Johnnie Walker auf ex getrunken, sodass seine Zunge sich löst:

»Also, ich fand den Film hervorragend.«

Mein Vater schaut ihn entsetzt an. Genau diesen Effekt wollte Dimiter Zilnik erreichen. Ich habe schon oft erlebt, dass er eine Meinung nur für den dramaturgischen Effekt vertritt. So bezeichnete er die Abholzung der Regenwälder als ›interessantes naturwissenschaftliches Experiment‹, hielt die RTL-Sendung *Frauentausch* für einen ›grandiosen Abschluss der Postmoderne‹ und sah in einem Drohvideo der El Kaida ›die intensivste Inszenierung seit Castorfs *Nibelungen*-Adaption an der Berliner Volksbühne‹.

Mein Vater ist mal wieder vor den Kopf gestoßen:

»Hervorragend – inwiefern? Ich meine, was ...«

»Für mich ist dieser Film eine surreale Fabel, die das Drama der Balkankriege beleuchtet.«

»Was?«

»Die Dinosaurier leben unter der Erde weiter. Das ist natürlich eine Metapher.«

»Für die Russen?«

»Selbstverständlich. Besonders deutlich wird das Drama an der Figur des Faultiers Sid, der die Saurierjungen aufzieht, also das russische Erbe symbolisch adoptiert. Und dann Angst hat, von der Sauriermutter, also von der Vergangenheit, aufgefressen zu werden.«

Dimiter Zilnik lächelt, und mein Vater muss nachdenken. Ich bin nicht sicher, ob Dimiter Zilnik es wirklich ernst meint oder meinen Vater nur provozieren will. Ich versuche, das Gespräch umzulenken.

»Sid wurde übrigens von Otto Waalkes synchronisiert.«

Dimiter Zilnik trinkt einen weiteren Whisky auf ex.

»Tja, Bruno Ganz hätte die seelischen Abgründe sicher besser verkörpert. Dafür bildet Ottos Stimme einen ironischen Kontrast zur Komplexität des Themas. Also schon fast wieder ein Verfremdungseffekt im Brecht'schen Sinne. Schwierige Frage, ob es eine Fehlbesetzung ist. Wahrscheinlich schon.«

Mark und ich tauschen betroffene Blicke aus. So macht es keinen Spaß. Nach einem Animationsfilm muss man sich die besten Szenen erzählen und mit lustigen Geräuschen nachspielen, damit man sich noch mal kaputtlachen kann. Das ist wie Wiederkäuen und gehört zum Filmvergnügen unbedingt dazu. Eine intellektuelle Analyse macht alles kaputt. Aber Gott sei Dank sitzt ja auch noch meine Mutter am Tisch:

»Daniel?«
»Ja?«
»Otto Waalkes kannst du doch auch so toll imitieren.«
»Ja. Aber nicht jetzt.«
»Ich weiß. Das muss spontan kommen.«
»Super. Du hast es verstanden, Erika.«
»Vielleicht sagst du nur einmal kurz *Palim Palim*.«
»Das war nicht Otto Waalkes, sondern Dieter Hallervorden.«
»Stimmt, den kannst du ja auch!«

Ich seufze. Plötzlich und unerwartet kommt mir Dimiter Zilnik zu Hilfe:

»Erika, was soll das? Imitieren ist ein Handwerk, keine Kunst. Der Junge muss seinen eigenen Ausdruck finden.«

Wenn er mit eigenem Ausdruck die Karriere von Bernd Banane meint, hat er auf jeden Fall recht. Bei meinem Vater, der in Gedanken war und seinen Mai Thai schon ausgetrunken hat, scheint ein Groschen gefallen zu sein:

»Du hast recht, Dimiter! Es könnte tatsächlich eine Metapher sein. Der Säbelzahntiger zum Beispiel ...«

Ingeborg Trutz, die schon die ganze Zeit feuchte Augen hatte, bricht jetzt in Tränen aus:

»Das ist so traurig, dass diese stolzen Tiere ausgestorben sind. Als meine Katze Lysistrata mit 13 Jahren so schwach wurde, dass sie nicht mehr auf ihren Kratzbaum klettern konnte ... O Gott, Lysistrata ...«

Die coolen jugendlichen Gäste schauen Ingeborg Trutz, die nun hemmungslos schluchzt, irritiert an, während der Cocktailkellner darüber nachdenkt, wie er uns am besten hinauskomplimentiert. Eigentlich wäre Ingeborg Trutz der optimale Besuch für die kranke Tante Emine – von ihrer emotionalen Intensität wären sogar die Türken beeindruckt. Mein Vater räuspert sich erneut:

»Um auf den Film zurückzukommen: Du hast vielleicht recht, Dimiter, dass er doch tiefgründiger ist, als es zunächst den Anschein hat.«

Dimiter Zilnik mag es überhaupt nicht, wenn jemand ihm recht gibt – schließlich steht er dann nicht mehr allein mit seiner Meinung, ist also nichts Besonderes mehr:

»Eigentlich fand ich den Film albern.«

»Und die Metapher?«

»Ich bezweifle, dass die Filmemacher überhaupt vom Balkan-Konflikt wissen.«

Derweil hat Ingeborg Trutz das Drama ihrer Katze noch nicht zu Ende verarbeitet:

»Ich habe ihr jeden Morgen drei *Brekkies* oben auf den Kratzbaum gelegt. Und wenn ich wiederkam, waren sie weg. Aber an diesem Abend ...«

Sie wimmert und schnäuzt in ein Taschentuch. Dimiter Zilnik schaut sie mit einem leidenden Schauspieler-sind-eine-hirnlose-Masse-die-man-kneten-muss-Blick an:

»Herrgott, sie lag auf dem Sofa.«

»Ja, aber ich dachte, sie war tot.«

»Ingeborg, das ist drei Jahre her und sie lebt noch. Lysistrata kommt nur deshalb nicht mehr auf den Kratzbaum, weil du sie so gemästet hast, dass sie vor lauter Fett nicht mehr klettern kann.«

Ingeborg Trutz hält kurz inne. Dann schaut sie in namenlose Fernen und haucht:

»Trotzdem. Irgendwann ... wird sie sterben.«

Ingeborg Trutz kämpft tapfer gegen ihre Tränen. Plötzlich funkeln Dimiter Zilniks Augen:

»Das ist es! Halt das! Genau dieses Gefühl habe ich gemeint!«

»Welches Gefühl?«

»Julias Erschrecken, als ihr bewusst wird, dass Romeo zehntausend Kroaten brutal abgeschlachtet hat.«

Während Mark mitleidig seufzt und Tanja unwillkürlich zum Notausgangsschild rüberschielt, schauen meine Mutter und Aylin mich liebevoll lächelnd an. Ich ahne Schlimmes. Dann sagt Aylin einen folgenschweren Satz:

»Das war ein unheimlich toller Abend! Das müssen wir jetzt öfter machen.«

Ich gebe meiner Gesichtsmuskulatur den Auftrag, ein Lächeln darzustellen. Sie verweigert mir den Gehorsam. Mir wird klar: Aylin und ich – wir müssen reden.

33
11 000 Jahre und zwei Stunden nach der Präborealzeit.

Als wir wieder das *Cinedom*-Parkhaus betreten und uns dem Ford Focus nähern, erinnere ich mich: Ich habe auf einem Frauenparkplatz geparkt. Noch vor ein paar Tagen hätte ich deshalb das Gefühl gehabt, ich müsste zur Wiedergutmachung dieser Schande mindestens ein Jahr lang die *Emma*-Redaktion putzen. Aber jetzt verspüre ich sogar Lust, mir eine Zigarette anzuzünden, nur weil an der Wand ein Rauchverbotsschild hängt. Lediglich zwei Dinge halten mich davon ab: Erstens bin ich Nichtraucher, und zweitens habe ich keine Zigaretten dabei.

Während wir aus dem Parkhaus fahren, überlege ich, wie ich Aylin die goldene Regel der strikten Eltern-Freunde-Trennung schonend beibringen kann. Sie scheint meine Gedanken zu erraten:

»Worüber grübelst du nach?«
»Na ja ...«
»Was?«
»Also, es ist so ... Nein, es ist spät. Lass uns morgen reden.«
»Daniel, ich will wissen, was los ist.«
»Du darfst das jetzt nicht falsch verstehen ... Aber ... also ...«
»Na los, spuck die dicke Bohne aus dem Mund!«
»Türkische Redensart?«
»Ja.«
»Gut, dann werde ich die dicke Bohne mal ... Also, ich fand es wirklich lieb von dir, aber ... in Deutschland geht man nicht zusammen mit Freunden und Eltern ins Kino.«

»Aber ich dachte, du liebst deine Eltern.«

»Ja, sicher. Und meine Freunde liebe ich auch. Aber gerne an verschiedenen Orten.«

»Warum?«

»Du hast doch gesehen, was passiert ist.«

»Ja. Deine Eltern hatten unheimlich viel Spaß.«

»Exakt das ist der Punkt. *Meine Eltern* hatten Spaß. Und ich glaube, Ingeborg und Dimiter haben sich auch ganz gut amüsiert.«

»Ja. Obwohl Dimiter in die Nase trinkt und nicht in den Mund.«

»Wie, in die Nase?!«

»Sagt man doch, wenn jemand zu viel trinkt: Er trinkt in die Nase und nicht in den Mund.«

»Ach so. Nein, wir sagen: Er hat über den Durst getrunken ... Kann es sein, dass du türkische Redensarten benutzt, um mich vom Thema abzulenken?«

Aylin grinst.

»Aylin, weißt du, ich habe es gerade mithilfe meiner Therapeutin geschafft, meinen Eltern Grenzen zu setzen ...«

»Grenzen? Wofür?«

»Na ja, man muss seinen Eltern doch Grenzen setzen.«

»Aber wozu soll das gut sein?«

»Na ja, damit sie sich nicht einmischen.«

»Worein?«

»In mein Leben.«

»Aber sie sind deine Eltern.«

»Ja und?«

»Eltern mischen sich immer ein.«

»Es sei denn, man setzt Grenzen.«

»Das hört sich irgendwie sehr deutsch an. Grenzen setzen.«

»Das sind die beiden Vorteile der deutschen Kultur: Du fährst nicht über Rot, und du setzt deinen Eltern Grenzen. Beides kann dein Leben retten.«

Aylin sagt nichts mehr, sondern schaut stumm aus dem Fenster. Sie ist enttäuscht. Das geht natürlich nicht. Diesen Zustand muss ich aber mal ganz schnell beenden.

»Äh, Aylin, ich habe gerade noch mal drüber nachgedacht, und dabei ist mir die Erkenntnis gekommen, dass der Abend in Wirklichkeit *doch* unheimlich toll war. Ich war seit über zehn Jahren nicht mehr mit meinen Eltern im Kino, und irgendwie hat es was. Und du hast recht, sie haben sich unheimlich gefreut.«
»Daniel, du bist soooooo süß.«
»Bin ich?«
»Ja. Das ist so lieb von dir, dass du mich anlügst.«
Ich habe immer noch Probleme, die orientalische Logik zu verstehen. Eine Lüge scheint selbst dann noch okay zu sein, wenn sie durchschaut wird. Irgendwie ist wohl alles besser als die Wahrheit. Egal, Aylin lächelt wieder, das ist die Hauptsache. Und wenn sie meine Eltern noch mal anschleppt ... dann kann ich mir immer noch überlegen, wie ich reagiere.

Eine knappe halbe Stunde später liege ich bei Kerzenschein in meinem Bett. Neben mir, auf dem Nachttisch, stehen zwei Gläser Rotwein, und ich warte darauf, dass Aylin aus dem Bad kommt. Ich habe mein Handy abgeschaltet und Aylin hat ihr iPhone auf lautlos gestellt – eine Handlung, die von einigen Familienmitgliedern bestimmt als Verrat an der türkischen Kultur interpretiert würde.

Kerzenlicht, Rotwein ... Irgendetwas fehlt. Ach ja, Musik. Ich gehe zum CD-Player und lege die *Kuschelrock 7* ein, die mir Mark mit den Worten »Falls der unwahrscheinliche Fall eintreten sollte, dass du eine Frau abschleppst« zum 20. Geburtstag geschenkt hat. Dann fällt mir ein, dass meiner ersten Freundin Melanie beim Lied *Forever Young* von Alphaville nach einer Niesattacke ein halbes Gummibärchen aus dem linken Nasenloch rutschte, und ich entscheide mich spontan um und wähle die *Kuschelklassik Piano Dreams 2*, die ich mal um drei Uhr nachts betrunken bei Amazon bestellt habe, zusammen mit den ersten drei Staffeln *Frasier* und einer Sigmund-Freud-Action-Figur aus Plastik.

Als die ersten zarten Klänge der *Earth-Song*-Klassikklavierversion ertönen, genieße ich den Duft von Aylins Duschgel, der aus dem Bad kommt, und lasse die schummrig-romantische Atmosphäre auf mich wirken. Die so schummrig-romantisch ist, dass mir das blinkende Display von Aylins iPhone sofort ins Auge fällt. Der Name ›Abdullah Amca‹ wird angezeigt. Warum ruft er nach Mitternacht an? Will er etwa doch noch zurückkommen? Nein, ich lasse mir nicht noch ein zweites Mal von Aylins Familie die Erotik vermiesen. Ich drehe das iPhone um. Trotzdem kann ich erkennen, dass es weiter blinkt. Ich lege ein Kissen drauf.

Jetzt fühle ich mich als schlechter Mensch, weil ich Onkel Abdullahs Anruf geheim halte. Das darf doch nicht wahr sein! Haben wir denn kein Recht auf Privatsphäre? Als wäre es unsere staatsbürgerliche Pflicht, jederzeit Gewehr bei Fuß zu stehen, wenn irgendein Familienmitglied irgendwas von uns will. Ich hebe das Kissen hoch.

Das Display blinkt weiter.
Das Display blinkt weiter.
Das Display blinkt weiter.
Diese Penetranz! Onkel Abdullah hat nicht das geringste Gespür dafür, was hier los ist. Aber nicht mit mir! Ich werde jetzt mein Recht auf freie Entfaltung der Persönlichkeit wahrnehmen und den Anruf ignorieren.

Das Display blinkt weiter.
Das Display blinkt weiter.
Ich schalte das iPhone aus.
Jaaaaaaa, ich hab's geschafft!!! Wir sind freie Menschen!!! Ich habe uns von den Geißeln der modernen Informationsgesellschaft befreit.

Ich höre, wie Aylin das Wasser abdreht und aus der Dusche steigt. Ich lege mich in Position und versuche, irgendwie locker, aber doch auf männliche Art verführerisch auszusehen. Was gar nicht so leicht ist.

Aylin summt im Bad vor sich hin. Mein Blick bleibt an ihrem iPhone haften. Es wirkt irgendwie tot, wenn es abgeschaltet ist ... Manchmal schaffe ich es, sogar Gegenständen gegenüber ein schlechtes Gewissen zu entwickeln. Als mein letzter Staubsauger kaputtging, habe ich ihn am Abend zu einem großen Haufen Sperrmüll an den Straßenrand gestellt und bin dann mitten in der Nacht mit dem Gefühl aufgewacht, dass er bestimmt traurig ist und mich als undankbar empfindet – nach allem, was er für mich getan hat. Ich bin dann zum Fenster gegangen, und als ich ihn so alleine neben einer alten Matratze stehen sah, bekam ich dasselbe Mitleid wie damals mit »E.T., dem Außerirdischen«, als der von seinen Mit-Aliens einfach auf der Erde vergessen wurde. Die Nacht führt manchmal zu eigenartigen Bewusstseinszuständen. Und, auch wenn mir das inzwischen peinlich ist: Als ich um halb sieben vom Lärm des Sperrmüllwagens geweckt wurde, habe ich meinem Staubsauger zum Abschied zugewinkt. Das darf meine türkische Familie niemals erfahren!

Jetzt bring deine Gedanken unter Kontrolle, Daniel! Die schönste Frau der Welt wird gleich nackt vor dir stehen, und dann ... Aber was ist, wenn Onkel Abdullah doch noch zurückkommt? Um 23 Uhr 27 fährt ein Intercity aus Düsseldorf ab, der um 23 Uhr 49 in Köln ankommt. Wenn Onkel Abdullah dann ein Taxi genommen hätte, wäre er schon hier. Aber wenn er in die Straßenbahn gestiegen ist ... Hör auf, Daniel! Morgen sagst du Aylin, dass Abdullah angerufen hat, und alles ist gut.

Lebe im Hier und Jetzt. Und da gibt es nur dich und Aylin. Und sonst nichts. Lebe im Hier und Jetzt. Das ist der Schlüssel zum Glück.

Ich hätte Onkel Abdullah nicht den Schlüssel geben sollen. Dann müsste er klingeln und wir wären gewarnt ... Vielleicht sollte ich ihn zurückrufen und fragen, ob er noch in Düsseldorf ist? Herrgott, Daniel, entspann dich!

Die Badezimmertür öffnet sich. Mit nassen Haaren sieht Aylin noch verführerischer aus. Sie schickt mir einen heißen Blick, der mir sofort unter die Haut geht. Leider hat sie sich mein 1. FC-Köln-Badehandtuch um den Körper gewickelt, sodass jetzt zwei Gedanken gleichzeitig in meinem Kopf auftauchen:

1. Ich begehre Aylin so sehr wie keine Frau jemals zuvor.
2. Wird der 1. FC Köln am Samstag in Frankfurt wohl mit 4-4-2- oder 4-5-1-System antreten?

Dann kommt es in nur zwei Sekunden zu folgender Gedankenkette: 1. FC Köln – Geißbock – kölsch wie der Geißbock – Süffels Kölsch – Jupp Süffels – Schnurrbart – Onkel Abdullah.

Aylin schaut mich irritiert an:
»Alles in Ordnung, Daniel?«
»'tschuldigung, war kurz abwesend.«
»Was ist denn?«
»Nichts.«

Aylin legt sich zu mir und nimmt ein Glas Rotwein, wobei sich das Handtuch öffnet und herunterrutscht. Wir stoßen an, trinken und schauen uns tief in die Augen. Es läuft perfekt. Sieht man von der Tatsache ab, dass ich immer noch ein schlechtes Gewissen habe:

»Du bist doch nicht böse, wenn ich dein iPhone abgeschaltet habe, oder?«

Aylin schaut mich überrascht an.
»Du hast mein iPhone abgeschaltet?«
»Ja.«
»Okay.«
»Okay?«
»Ja, okay. Ich meine, es ist ja nicht verboten, sein iPhone auszuschalten.«
»Exakt. Genau das hab ich auch gedacht.«

Jetzt geht es mir besser. Ich knabbere an Aylins Schulter und spüre, wie Aylin sich verkrampft. Mir wird klar: Ich habe einen Fehler gemacht. Aylin grübelt:

»Ich meine, es ist nach Mitternacht – da ruft keiner mehr an.«
»Genau.«
»Also jedenfalls *wahrscheinlich* nicht.«
»Exakt.«
»Es sei denn, es wäre ein Notfall.«
»Genau.«
»Dann können wir's ja auch eigentlich anlassen, Daniel.«
»Wieso?«
»Na, weil ja wahrscheinlich keiner anruft.«
»Aber im Notfall wissen sie ja, dass du hier bist. Dann können sie uns übers Festnetz erreichen.«

»Du weißt doch, dass ich offiziell bei Emine übernachte.«
»Bei welcher Emine?«
»Ist doch egal. Auf jeden Fall bin ich offiziell nicht hier.«
»Aber deine Eltern wissen, dass du hier bist.«
»Glaube schon.«
»Gut, dann lassen wir's also aus.«
»Okay.«
»Und Onkel Abdullah kannst du morgen früh zurückrufen.«
Ich küsse Aylins Hals in der Hoffnung, dass sie meinen letzten Satz überhört hat. Vergebens.
»Onkel Abdullah hat angerufen?«
»Ja.«
»Wann?«
»Gerade, als du unter der Dusche warst.«
»Was wollte er?«
»Weiß nicht. Bin ja nicht drangegangen.«
»Was???«
»Ich bin nicht drangegangen.«
»Aber jetzt denkt Onkel Abdullah, ich will ihn nicht sprechen.«
»Du willst ihn ja auch nicht sprechen.«
»Ja schon. Aber er darf nicht *denken*, dass ich ihn nicht sprechen will.«
»Warum nicht?«
»Weil das unhöflich ist.«
»Unhöflich ist es, nach Mitternacht anzurufen.«
»Aber vielleicht ist es ein Notfall.«
»Das ist unwahrscheinlich.«
»Aber möglich.«
Ich reiche Aylin das iPhone.
»Okay, jetzt bin ich selbst neugierig.«
Aylin schaltet das iPhone wieder ein und schaut mich sorgenvoll an:
»Ich hoffe, es ist nichts mit Tante Emine passiert.«
Ich höre, wie Onkel Abdullah sich meldet. Aylin redet aufgeregt Türkisch. Dann legt sie auf und lächelt mich an:
»Eine gute und eine schlechte Nachricht.«
»Zuerst die schlechte!«

»Onkel Abdullah ist in zehn Minuten hier.«
»Okay, wir beeilen uns!«
Ich verliere keine Zeit und küsse Aylins Hals. Drei Sekunden später wird mir klar, dass ich zu angespannt bin. Ich seufze:
»Und was ist die gute Nachricht?«
»Onkel Serkan war auch in Düsseldorf.«
»Hochzeitssalon-in-Leverkusen-Onkel-Serkan?«
»Genau.«
»Und das ist eine gute Nachricht.«
»Ja. Er hat nämlich gerade erfahren, dass für Samstag eine Hochzeit abgesagt wurde. Wir können den Saal haben, wenn wir wollen. Onkel Abdullah hat sofort Tante Emine gefragt – sie hat nichts dagegen. Sie meinte, der Kaffeesatz hat diesmal nicht die Wahrheit gesagt. Sie ist über den Berg.«
»Das heißt: Wir können schon am Samstag heiraten?«
»Ja.«
Ich bekomme eine Gänsehaut. Aylin und ich umarmen uns fest, während der CD-Player die Piano-Klassik-Version von *Über sieben Brücken musst du geh'n* ins Zimmer spült. Nur noch fünf Tage. Wenn wir einen Termin beim Standesamt kriegen. Und die Prognose aus dem Kaffeesatz sich nicht doch noch bewahrheitet. Und auch sonst niemand ernsthaft erkrankt. Und niemand rausfindet, dass ich kein Moslem bin. Und die Denizoğlus nach der *Romeo-und-Julia*-Premiere am Mittwoch keinen Rückzieher machen. Und Aylin nicht mehr ihr Leben an roten Ampeln aufs Spiel setzt.

Mach dich nicht verrückt, Daniel. Was ist das Schlimmste, das in den fünf Tagen passieren kann? Tja.

VIERTER TEIL

3. und 4. Februar

34
2 Tage, 1 Stunde, 35 Minuten vor der Hochzeit.

Am nächsten Morgen machen Aylin und ich im Kölner Standesamt den neuen Hochzeitstermin aus: Donnerstag, 5. Februar, elf Uhr im historischen Rathaus. Für Freitag und Samstag gab es keine Termine mehr, aber so können wir uns Donnerstagabend ganz auf die Hochzeitsnacht konzentrieren, Freitag den Saal schmücken und Samstag gelöst feiern.

Wir haben das Standesamt noch nicht verlassen, als Aylin die frohe Botschaft bereits per iPhone via SMS, Facebook, E-Mail und Skype möglichst vielen Familienmitgliedern, Freunden, Bekannten und Unbekannten verkündet hat.

Wenig später sitzen wir bei »Starbucks« am Friesenplatz. Die Nachricht von unserem neuen Hochzeitstermin gefällt auf Facebook bereits hundertachtunddreißig Menschen und hat siebenundvierzig Kommentare; Aylins iPhone piepst im Schnitt alle 6,3 Sekunden, um den Eingang einer Glückwunsch-SMS zu vermelden; und ich habe in fünfundvierzig Minuten mit über zwanzig vor Freude kreischenden Familienmitgliedern telefoniert, von denen ich sogar fast die Hälfte kannte. Jetzt stoßen wir mit Chai Latte auf unsere bevorstehende Hochzeit an. Aylin strahlt:

»Ich kann es noch gar nicht fassen, dass es so schnell geklappt hat.«

»Ich auch nicht. Das ist ... super!«

Habe ich gerade *super* gesagt? Das Wort ist viel zu banal für diesen außergewöhnlichen Anlass. Ich scanne meinen mentalen Thesaurus nach besseren Begriffen für das Hurra-wir-können-jetzt-doch-heiraten-Glücksgefühl durch und komme auf: toll, klasse, supi, spitze, geil, supergeil, megageil und geilomat. Offensichtlich ist mein Sprachzentrum von akutem Sauerstoffmangel befallen.

»Alles okay, Daniel? Daniel? Daniel?«

Ich schrecke aus einem Sekundenschlaf hoch.

»Ja. Alles ist ... äh ... super.«

Ich habe mal wieder eine schlaflose Nacht hinter mir. Aylin ist gegangen, als Onkel Abdullah wiederkam. Ich weiß nicht, wie er das schafft, aber er schnarcht schon während des Zähneputzens los. Und gestern Nacht hat er einen neuen Rekord aufgestellt – dieser Mann verursacht beim Schnarchen mehr Lärm als ein startender Düsenjet mit Hella von Sinnen und den Ten Tenors an Bord.

Um mich abzulenken, habe ich die ganze Nacht türkisches Fernsehen geguckt. Obwohl ich außer »Allah, Allah« und »Pezevenk« (Zuhälter) kein Wort verstanden habe, hielt ich sechs Folgen osmanischer Seifenopern hintereinander durch – in der Hoffnung, dass mein Gehirn davon aufweicht und ich einschlafen kann. Was natürlich nicht funktioniert hat. In einem Anflug nächtlichen Wahnsinns habe ich dann ab halb vier mithilfe meiner Stoppuhr interessante Statistiken über das Verhalten von Türken in Soaps erstellt:

> 28 % der Zeit weint eine Frau, während sich Männer hilflose Blicke zuwerfen.
> 19 % der Zeit weinen Frauen gemeinsam ohne Männer.
> 14 % der Zeit tröstet eine Frau eine weinende Frau.
> 12 % der Zeit versuchen Männer, hysterische Frauen zu beruhigen.
> 11 % der Zeit streitet sich ein Liebespaar.
> 8 % der Zeit versuchen Frauen, Männer zu überreden, eine Waffe nicht zu benutzen.
> 5 % der Zeit versuchen heterosexuelle Paare, sich heimlich zu küssen, in Angst, dabei erwischt zu werden (davon werden sie in 43 % der Fälle auch tatsächlich erwischt).
> 2 % der Zeit werden Männer von streitenden Frauen beim Fußball-Gucken gestört.

1 % der Zeit werden Männer von *weinenden* Frauen beim Fußball-Gucken gestört.

Aylin sieht mich fragend an. Ich kämpfe gegen den Schlaf.
»Hast du verstanden, Daniel? Ich habe gesagt, Onkel Serkan verrechnet die Kosten mit dem Ausfallhonorar vom Samstag. Dann müssen deine Eltern nicht draufzahlen.«
Schlagartig bin ich wach:
»Äh, Moment. *Meine* Eltern?«
»Ja, klar.«
»Wir dachten, *deine* Eltern zahlen.«
»Nein, es zahlt doch traditionell die Familie des Bräutigams.«
»In Deutschland zahlt die Familie der Braut.«
»Oh.«
»Oh.«
»Tja.«
»Und was sollen wir jetzt machen, Daniel? Vielleicht 50/50?«
»50/50? Aylin, das sind doch alles *eure* Gäste – wir wollten höchstens 50 Leute einladen, ich meine ...«
Aylin schmollt. Das ist natürlich ein Argument.
»... ich meine, 50/50 klingt fair. Ich rede mal mit Rigobert und Erika.«
Aylin lächelt wieder und will mich gerade mit einem Versöhnungskuss belohnen, als mal wieder ihr Handy klingelt. Diesmal ist es Reisebüro-Kenan. Aylin erschrickt, sagt dann mehrfach »O nein!« und »Allah, Allah«. Dazu macht sie ein bestürztes Gesicht. Mein Magen krampft sich zusammen. Ist Tante Emines Voraussage doch noch eingetroffen und eine Komplikation aufgetreten? Das Gespräch zieht sich viel zu sehr in die Länge.
»Allah, Allah ... O nein! Allah, Allah ... Allah, Allah ... O nein!«
Ich fürchte, ich werde bis zur Hochzeit bei jedem Anruf Panik kriegen. Aylins engster Familienkreis besteht aus gefühlt 500 Leuten – die können doch nie alle gleichzeitig gesund sein. Und ich kenne bisher nur eine Regel:
Verwandter zweiten Grades (Tante) + Herzinfarkt = Absage.
Aber was wäre, wenn ein Cousin einen Nierenstein hat? Was ist mit Gelbsucht bei Verwandten dritten Grades oder Borreliose

bei angeheirateten Onkeln mütterlicherseits? Das macht mich verrückt: dass meine Hochzeit von einem einzigen Zeckenbiss abhängen kann. Meine Therapeutin hat mir zwar geraten, ich soll das Glas nicht als halb leer, sondern als halb voll betrachten. Aber immer wenn ich mir das Glas halb voll vorstelle, dann ist Kräuter-Bionade drin. Und ich *hasse* Kräuter-Bionade.

Ich weiß ja inzwischen: Alles ist Schicksal, und wenn der Beduine Pech hat, fickt ihn in der Wüste ein Polarbär. Trotzdem werde ich langsam nervös, denn Aylin telefoniert immer noch:

»Allah, Allah ... Inanmıyorum ... Allah, Allah ...«

Das Wort *Inanmıyorum* kenne ich inzwischen auch, weil es so oft verwendet wird. Es bedeutet: »Ich glaube es nicht.« Paradoxerweise wird es meistens in Kombination mit *Allah, Allah* verwendet.

Meine Nervosität steigt. Was auch immer Aylin gerade erfährt, es klingt dramatisch. In türkischen Telefonaten klingt zwar *alles* dramatisch, also auch, wenn Tante Ayşe die Knoblauchwurst angebrannt ist oder Onkel Mustafa ein Loch in der Socke hat. Aber etwas Dramatisches klingt eben auch dramatisch – und ich habe immer noch keine Methode gefunden, echte Dramatik von künstlicher Dramatik zu unterscheiden.

»Allah, Allah ... Allah, Allah ... Inanmıyorum ... Okay, ich sag's Daniel.«

Aylin legt auf, und ich warte in stiller Panik auf die Hiobsbotschaft.

»Daniel, es gibt zwei Probleme. Ein kleines und ein großes.«

»Okay, ich will zuerst das große hören. Nein, das kleine. Oder, halt! Doch zuerst das große.«

»Gut, zuerst das kleine: Kenan hat unsere gesamte Hochzeits-Dekoration über eBay an ein Paar in Rheda-Wiedenbrück versteigert. Die heiraten zwar erst in drei Wochen, haben aber schon alles abgeholt. Jetzt könnten wir die Sachen zurückkaufen, aber die haben 2500 Euro bezahlt und wollen jetzt 3500.«

»Und das große Problem?«

»Die Sitzordnung.«

»Was ist mit der Sitzordnung?«

»Du weißt doch: Beim ersten Termin gab es das Problem, dass

Emine nicht mit Ayşe gesprochen hat. Weshalb wir gesagt haben, wir machen zwei Familientische und beim Brautpaar sitzen nur die Eltern.«

»Stimmt, das war eine von deinen 372 SMS.«

»Jetzt hat sich Ayşe nach dem Herzinfarkt so rührend um Emine gekümmert, dass sie sich versöhnt haben.«

»Na wunderbar, dann können alle wieder an einen Tisch.«

»Das war nicht der Punkt. Emine muss sowieso noch im Krankenhaus bleiben.«

»Und was ist der Punkt?«

»Kenan hat gerade erzählt, dass Ayşe inzwischen nicht mehr mit Hatice redet, weil sie Emine nur einmal im Krankenhaus besucht hat.«

»Und da wären es wieder zwei Tische.«

»Außerdem hat sie sich mit der anderen Emine verkracht, weil sie immer noch ein Problem im Kaffeesatz sieht. Und sie redet auch nicht mehr mit ihrer Nichte Aysun, weil die während der OP im Kino war. Onkel Abdullah ist auch auf ihrer Liste – seit er gesagt hat, dass Emines Herzinfarkt eine Strafe von Allah für ihr Lotterleben war.«

»Moment mal. Erst hat Ayşe nicht mit Emine geredet, dann versöhnt sie sich mit Emine, redet aber mit niemandem mehr, der Emine schlecht behandelt hat.«

»Exakt.«

»Dann kommen die alle an den Leute-mit-denen-Tante-Ayşe-nicht-redet-Tisch.«

»Im Prinzip ja, aber die Kaffeesatzlese-Emine redet *auch* nicht mit ihrer Nichte Aysun ...«

»Dann brauchen wir einen dritten Tisch.«

»... und Tante Hatice hat sich gestern mit Onkel Abdullah gestritten, weil sie in seiner Gegenwart ein Schweineschnitzel gegessen hat.«

»Okay, das wird kompliziert. Wir machen einfach nur Vierertische, dann kann sich jeder aussuchen, mit wem ...«

»Das kostet zu viel Platz.«

»Dann müssen sie sich eben irgendwie arrangieren.«

»Das gibt eine Katastrophe: Die Frauen werden hysterisch;

dann kommen die Männer, wollen schlichten, und am Ende kommt's zur Schlägerei.«

»Aber kannst du der Familie denn nicht klarmachen, dass es aus Platzmangel nicht möglich ist ...«

»Entschuldigung, Daniel, aber du gehst von einer falschen und, tja ... sehr deutschen Vorstellung aus ...«

»Und die wäre?«

»Dass die Beteiligten ihren *Verstand* benutzen.«

35
1 Tag, 23 Stunden, 14 Minuten vor der Hochzeit.

»Emine, kannst du diese Unterlagen für mich kopieren, bitte?«
»Okay, Schwager.«
Ich warte. Nichts passiert. Dann höre ich Hühner gackern.
»Emine?«
»Hm?«
»Die Kopien?!«
»Okay.«
Ich warte. Dann ertönt das Blöken eines Schafs.
»Emine?«
»Yasemin hat mir ein Schaf geschenkt.«
»Großartig. Ich bin begeistert.«
»Jetzt hab ich mehr Schafe als Hühner.«
»Herzlichen Glückwunsch.«
Emine ist seit einer Stunde damit beschäftigt, virtuelle Tiere zu kaufen, um damit im Internet einen imaginären Bauernhof zu betreiben. Was natürlich Priorität hat.

»Emine, die positive Entwicklung deines Farmbetriebs freut mich wirklich sehr. Und dass du für das Pflanzen eines Apfelbaums mit dem getigerten Schwein belohnt wurdest, sollte bei Gelegenheit gefeiert werden. Aber solange du hier arbeitest, musst du mit *Farmville* Pause machen. Okay?«
»Okay. Oh. Auf Kenans Farm hat sich eine rosa Kuh verirrt. Die muss ich unbedingt noch adoptieren.«

Ich seufze. Wahrscheinlich bin ich der einzige Chef der Welt, der seiner Untergebenen die virtuelle Adoption einer rosafarbenen Kuh als Entschuldigung durchgehen lässt.

»Aber wenn du die rosa Kuh hast, machst du die Kopien.«
»Klar ... Dann brauch ich nur noch die weiße fliegende Kuh und das Schaf auf dem Motorrad.«

Das darf ja wohl nicht wahr sein! Dabei hat mein Tag so schön begonnen: Erst der neue Hochzeitstermin und dann habe ich mir auf dem Weg zur Arbeit die deutsche Überkorrektheit weiter abtrainiert:

1. Ich habe die zehn Cent, die mir der Büdchenbesitzer für die Cola-Dose zu viel rausgegeben hat, einfach behalten und beschlossen, mit dem schlechten Gewissen zu leben.
2. Ich bin am Friesenplatz bei Rot über die Straße gegangen.
3. Ich habe die leere Cola-Dose in eine *private* gelbe Tonne geworfen. (Sicher, es wäre *noch* rebellischer gewesen, wenn ich sie in eine private blaue Tonne geworfen hätte, aber man muss ja nicht alle Prinzipien auf einmal über den Haufen werfen.)
4. Ich bin in der Venloer Straße bei Rot gegangen.
5. Ich bin in der Brüsseler Straße bei Rot gegangen.
6. Ich habe den Typ von *McFit*, der mich anwerben wollte, mit der Lüge gestoppt, dass ich schon Mitglied bin.

Anschließend habe ich beim Lesen des *Kölner Express* Wesentliches über unsere Welt gelernt: Peter Maffay schwört auf Klappmesser, Nelly Furtado hat einen Töpferkurs besucht, und in Salt Lake City wurde eine Demo gegen die vom Menschen verursachte Klimaerwärmung von einem Schneesturm gestoppt.

Danach habe ich bei Facebook erfahren, dass Mark jetzt mit Gott befreundet ist – also ein ganz normaler Arbeitsbeginn. Bis Emine siebenunddreißig Minuten zu spät in meinem Büro eintraf, natürlich ohne sich zu entschuldigen, und mich seitdem durch konstantes Desinteresse an mir und ihrem Job wahnsinnig macht.

»Emine, jetzt komm schon. Muss ich denn erst wütend werden?«

Eine leere Drohung. Ich *bin* ja schon wütend. Es ist mir nur physisch unmöglich, meine Umwelt daran teilhaben zu lassen. Ich weiß zwar theoretisch, dass ich meine Stimme erheben und Sätze sagen müsste wie: ›So, mir reicht's! Entweder, du machst jetzt *sofort* Kopien, oder du kannst nach Hause gehen.‹ Aber in der Praxis habe ich auf diesen Teil des menschlichen Verhaltensrepertoires keinen Zugriff. Emine lacht:

»Guck mal, Schwager, mit der rosa Kuh kann ich Erdbeermilch produzieren.«

Auf meinem Laptop-Monitor leuchten seit gut zehn Minuten zwanzig verschiedene Entwürfe für den Schriftzug »Echt typisch kölsch«. Ich sollte mich jetzt für einen davon entscheiden. Stattdessen taucht in meinem Kopf meine Biologielehrerin auf, an die ich seit über zehn Jahren nicht mehr gedacht habe, und erklärt mir, dass es erstens keine rosa Kühe gibt und dass diese zweitens, selbst wenn es sie geben würde, keine Erdbeermilch produzieren könnten.

Verdammt noch mal, alle Praktikantinnen dieser Welt machen Kopien, nur meine nicht.

»Also, Emine, was ist mit den Kopien?«

»Kommen sofort, Schwager.«

Mir ist längst klar, dass das Wort ›sofort‹ sowohl eine europäische als auch eine orientalische Bedeutung hat – das gilt übrigens für alle Zeitangaben:

Begriff	Europäische Bedeutung	Orientalische Bedeutung
Sofort	Innerhalb der nächsten ein bis zwei Minuten.	Erst mal nicht.
Gleich	Innerhalb eines Zeitrahmens, der etwa zwischen einer Minute und einer Stunde liegen kann.	Jedenfalls nicht in dieser Woche.
Heute	Heute.	Vielleicht morgen.
Morgen	Morgen.	Nie.
In einer Minute	In einer Minute.	Wenn innerhalb der nächsten zwei bis drei Tage nichts passiert, einfach noch mal nachfragen.

Obwohl ich es prinzipiell beneidenswert finde, dass der Orientale an sich weniger stressanfällig ist als ich, habe ich doch das Gefühl, dass ich als Boss irgendwann mal was sagen sollte, wenn die Praktikantin seit zwei Stunden *Farmville* spielt. Sarkasmus ist das, was in meinem Verhaltensinventar dem Äußern von Wut noch am nächsten kommt:

»Emine, ich bin mir der überragenden Bedeutung deiner Tätigkeit voll bewusst. Wahrscheinlich wären rosa Kühe ohne dich schon ausgestorben, und du wirst dafür irgendwann das Bundesverdienstkreuz erhalten. Aber auch das Kopieren ist eine heilige Aufgabe, und du musst dich ihr in deinem Leben irgendwann stellen.«

Emine schaut mich mit leerem Blick an.

»Was meinst du, Schwager?«

Sarkasmus wirkt leider nur bei Menschen, die ihn verstehen.

»Ich meinte, du wolltest diese Unterlagen kopieren.«

»Okay, Schwager. Oder soll ich dich jetzt Chef nennen?«

»Nenn mich einfach Daniel.«

»Okay, Schwager.«

Ich seufze.

»Was ist, Schwager?«

»Die Kopien?!«

»Kommen gleich.«

»Nicht gleich. *Jetzt*.«

Für eine Sekunde denke ich, dass Emine genervt aufstöhnt, aber in Wirklichkeit hat nur die rosa Kuh gemuht. In diesem Moment kommt Ulli rein, der trotz 22 Grad Celsius in der Firma einen dicken Wollschal um den Hals gewickelt hat:

»Du, Daniel, ich hab hier mal einen Entwurf fürs CD-Cover von Bernd Banane.«

Er überreicht mir einen Ausdruck, auf dem Bernd Banane im gelben Glitzeranzug posiert und in James-Bond-Manier eine Banane in der Hand hält, als wäre es eine Pistole. Es sieht genauso albern aus, wie wir es haben wollten. Ich lache:

»Perfekt, Ulli! Dagegen hat selbst Jürgen Drews eine erhabene Ausstrahlung.«

Emine wendet sich Ulli zu und redet plötzlich mit einer Ich-bin-auf-der-Suche-nach-einem-geeigneten-Sexualpartner-und-dabei-ziemlich-kompromissbereit-Stimme:

»Du, Ulli, kannst du mir einen Gefallen tun?!«

Ich kann beobachten, wie sich der freie Wille aus Ullis Gehirn verabschiedet.

»Einen Gefallen? Ja. Klar.«

»Kannst du diese Unterlagen kopieren?«

»Sicher.«

»Super. Und bringst du mir aus der Küche 'ne Cola mit?!«

»Kommt sofort.«

Emine lächelt mich kurz an und widmet sich dann dem Verkauf von frischer Erdbeermilch.

Eine Stunde später sitze ich bei Rüdiger Kleinmüller im Büro. Mein Chef instruiert gerade telefonisch seine Sekretärin:

»... der soll gefälligst seinen Arsch hier in meine Firma schwingen – ich bin doch kein Hansel, der es nötig hat, für 10 000 Euro bei einem Mittelstands-Arschloch anzutanzen und um den Auftrag zu betteln. Für wen hält der sich eigentlich?«

Wütend drückt Kleinmüller den Knopf seines schnurlosen Telefons. Das ist zweifellos ein Nachteil des Fortschritts – dass man nicht mehr den Hörer auf die Gabel knallen kann wie früher. Es ist unmöglich, seine Wut durch das Drücken eines Knopfes abzureagieren. So bleibt nach einem unangenehmen Telefonat immer ein Wutrest übrig, der dann irgendwo anders hinmuss. Normalerweise zum nächsten Gegenstand, der in der Nähe ist. In diesem Fall zu mir:

»Daniel, wo ist das Plakat? Es sollte doch schon fertig sein!«

Zum Glück bin ich in der Kunst der eleganten Ausrede geschult:

»Ich wollte noch über das Motiv sprechen.«

»Der Dom. Wie immer bei Süffels Kölsch.«

»Ja, wir haben aber mal über Alternativen nachgedacht: zum Beispiel das Millowitsch-Denkmal, die KölnArena oder ein paar schöne Altstadthäuser. Dann hatte Karl die Idee, dass sich eine Cheerleaderin des 1. FC Köln den Schriftzug *Echt typisch kölsch* als Arschgeweih tätowieren lässt – das fand ich echt ...«

Rüdiger Kleinmüller schaut mich traurig an. Ich verstehe:
»... oder wir nehmen einfach den Dom.«
»Hey, you got it.«
»Und was ist mit *neuen Wegen*?«
»Hier, lies selbst.«
Rüdiger Kleinmüller dreht seinen Monitor mit einer E-Mail zu mir:

> Sehr geehrter Herr Kleinmüller,
> wie ich Ihnen bereits im persönlichen Kontakt zu verstehen gegeben versucht haben wollte, möchten wir bezüglich der Plakatgestaltung einmal neue Wege zu gehen gedenken.
> Traditionell wurde die Fotografierung des Doms immer von der Frontseite her durchzuführen getätigt. Nun sind wir gemeinsam einstimmlich der Entscheidung anheimgefallen, den Standpunkt des Fotografen 200 Meter nach links zu verlegen. Auf diese Weise wird die Dom-Südseite zu größerer Proportionierung gelangen und somit einer veränderten Ästhetik beiwohnen.
> Mit freundlichen Grüßen,
> Jupp Süffels.

Als ich fertig gelesen habe, sehe ich, wie Rüdiger Kleinmüller gerade Angela Merkel, deren Foto auf dem Cover des *Spiegel* prangt, ein Hitler-Bärtchen ins Gesicht malt. Ich frage mich, wer heutzutage noch ernsthaft Hitler-Bärtchen auf ein Foto malt und dabei denkt: Was bin ich nur für ein Rebell!

Kleinmüller beendet seine ›künstlerische Tätigkeit‹ und kippt einen Kaffee auf ex:
»Und – wie läuft es mit Bernd Banane?«
»Er ist am Freitagmorgen bei SAT.1 im Frühstücksfernsehen.«
»Und du meinst, der Plan mit *TV Total* und dem anschließenden YouTube-Hype geht auf, Daniel?«
»Es ist unsere einzige Chance.«
»Okay. Ralf Süffels muss am Freitag total gut drauf sein. Er soll sich für den absoluten Ober-Champ halten.«
»Genau so geht's.«
»Jep. Ich will, dass du mit nach Berlin fliegst.«

»Das geht nicht. Ich heirate am Donnerstag.«
»Schon wieder? Du hast doch erst letzte Woche geheiratet.«
»Ich hab doch erzählt, dass die Hochzeit ...«
»Ach ja. Der Onkel war gestorben.«
»Nein. Die Tante hatte einen Herzinfarkt.«
»Auch egal. So oder so – Familie ist immer scheiße, believe me.«
»Das finde ich nicht. Obwohl: Sie kann schon nerven.«
»Nerven? Familie ist Terrorherrschaft auf genetischer Grundlage.«
»Auf jeden Fall fliege ich am Donnerstag nicht nach Berlin.«
»Na schön. Das ist aber deine letzte Hochzeit in diesem Halbjahr. So, ich muss jetzt noch den Online-Werbedeal mit dieser Kondom-Firma eintüten. Die Arschlöcher wollen mich im Preis drücken – dann sollen die ihre Scheiße doch woanders machen.«

Ich mag Männer, die zu kernigen Aussagen fähig sind – vor allem, wenn hinter ihnen ein Rahmen mit dem Spruch hängt: ›Öffne dein Herz und sende jedem Lebewesen deine Liebe‹.

Als ich zurück ins Kreativbüro komme, sitzen Karl, Ulli und Lysa gemeinsam mit Emine an Karls Computer und spielen *Farmville*. Na bravo. Jetzt hält meine Praktikantin auch noch meine Mitarbeiter von der Arbeit ab. Karl nebelt zwar den Bildschirm ein, aber ich kann trotzdem einen Elefanten erkennen. Lysa redet mit Emine:

»Natürlich lohnt sich die Anschaffung eines Elefanten, der bringt Erdnüsse ein.«

Ulli stutzt:

»Seit wann produzieren Elefanten Erdnüsse? Das ist völlig unlogisch.«

»Das sagt jemand, der sich zur Hautkrebs-Vorsorge mit Edding ein Melanom unter die Achselhöhlen gemalt hat.«

»Natürlich war das logisch. Ich wollte testen, ob die Ärztin gründlich vorgeht.«

Jetzt sieht mich Emine:

»Hallo, Schwager. Hast du gerade was für mich zu tun ...?«

Na immerhin. Emine will sich endlich ihrem Job als Praktikantin widmen.

»... Ich muss nämlich mal für 'ne Stunde weg, okay?!«

»Okay ... Nein, Moment, das ist nicht okay. Wieso musst du weg?!«

»Tante Emine fühlt sich noch wackelig auf den Beinen, jetzt soll ich Stützstrümpfe besorgen.«

Meine Praktikantin stört nicht nur das Team und lenkt mich von meinen Aufgaben ab, sie überrascht auch mit einer sehr interessanten Interpretation des Wortes »Arbeitszeit«. Das darf ich nicht durchgehen lassen. Ich atme tief durch und spiele eine Autoritätsperson:

»Emine, du hast hier einen Job! Und in der Arbeitszeit besorgst du nur Dinge für *Creative Brains*.«

Ha! Das war überzeugend. Ich hab es mir selbst abgenommen. Ich bin der Boss. Emine rollt mit den Augen:

»Okay, und *was* soll ich besorgen?«

»Äh ... Heftzwecken.«

Heftzwecken? Warum habe ich Heftzwecken gesagt? Wir brauchen keine verdammten Heftzwecken. Alle schauen mich irritiert an. Ich muss noch was nachschieben.

»Aber äh ... Hauptsächlich auch ... Druckerpatronen.«

»Bitte. Wie du willst, Schwager.«

Emine zieht genervt ab. Ich habe gewonnen. Druckerpatronen brauchen wir zwar auch nicht, aber meine Autorität bleibt gewahrt. Das ist die Hauptsache. Ich muss auch vor Lysa, Karl und Ulli zeigen, dass ich den Laden im Griff habe. Ich lächle selbstzufrieden und werde von Lysas Stimme in die Realität zurückgeholt:

»Da, eine hässliche Ente! Wenn wir die adoptieren, wird sie in ein paar Tagen zum Schwan.«

»Das ist auch total unlogisch.«

»Ulli, du nervst.«

Als meine Mitarbeiter zwanzig Minuten später immer noch *Farmville* spielen, überlege ich, mit welchen Worten ich sie wieder zur Arbeit motivieren kann. Inhaltlich zu argumentieren wird schwierig, denn das Betreiben eines virtuellen Bauernhofs und die Karriereplanung für Bernd Banane teilen sich in der Liste der sinnlosesten Tätigkeiten aller Zeiten den Spitzenplatz noch weit vor Felsblock-einen-steilen-Hang-Hinaufrollen und Nordic Walking.

Als ich gerade in Erwägung ziehe, erst mal eine halbe Stunde mitzuspielen und *danach* Disziplin einzufordern, steht plötzlich Reisebüro-Kenan im Büro. Ich bin wie vom Blitz getroffen, als er mich mit Wangenküsschen begrüßt:

»Hallo Schwager! Emine hat gesagt, du brauchst Druckerpatronen. Kein Problem. Ich mache dir einen Superpreis.«

»Kenan, das ist nett, aber ich möchte Arbeit und Familie gerne trennen.«

Kenan lacht und klopft mir auf die Schulter.

»Du hast echt einen guten Humor, Daniel. Das mag ich ... Du, ich habe gerade gesehen, eure Bildschirme sind der totale Schrott. Da ist bei mir gerade 1-A-Ware eingetroffen, können wir sogar mit Rechnung machen, wenn es unbedingt sein muss.«

36
1 Tag, 15 Stunden, 27 Minuten vor der Hochzeit.

Ich gehe neben Aylin den Ubierring entlang in Richtung meiner Wohnung. Seit über zwanzig Minuten reden wir kein Wort miteinander. Was nicht etwa daran liegt, dass wir uns gestritten haben. Aber seitdem Aylin mich in der Firma abgeholt hat, ist sie am Handy pausenlos damit beschäftigt, besorgte Familienmitglieder über die Sitzplatzverteilung aufzuklären. Als wir in die Alteburger Straße einbiegen, glaube ich für fünf Sekunden, Onkel Abdullahs Schnarchen in meinem Kopf zu hören. Auch wenn es diesmal eine echte Harley Davidson ist, habe ich doch das Gefühl, dass meine Nerven ganz langsam den Geist aufgeben. Ich habe mich seit Monaten auf die Hochzeit gefreut, und jetzt ist allein die Tischordnung komplizierter als eine Friedenskonferenz im Gaza-Streifen. Mit den Informationen, die mir zugetragen wurden, habe ich in meiner Mittagspause eine Tabelle erstellt, um einen Überblick über die aktuelle Situation zu bekommen:

	Ayşe	Kaffeesatz-Emine	Hatice	Aysun	Abdullah
Kaffeesatz-Emine	Reden nicht mehr miteinander	–	–	–	–
Hatice	Versöhnt, steht aber auf der Kippe	Hassen sich	–	–	–
Aysun	Reden kein Wort mehr	Ignorieren einander	Lieben sich	Kann sich selbst nicht leiden	–
Abdullah	Verstritten wegen Schweineschnitzel	Kontakt abgebrochen	Sind sich gleichgültig	Hassen sich bis aufs Blut	–
Emine Nr. 3 (angeheiratet)	Beste Freundinnen (noch)	Reden kein Wort mehr	Reden miteinander, aber kühl	Eisiges Schweigen, brauchen mindestens zehn Meter Abstand	Kann keiner sagen – Risiko

Diese Liste ist gerade mal ein paar Stunden alt und stimmt schon nicht mehr: Zwar haben sich Ayşe und Abdullah überraschenderweise versöhnt, dafür hat aber eine weitere Emine den Kontakt zu Ayşe abgebrochen. Außerdem habe ich einen Streit zwischen Yasemin und Gül ebenso außer Acht gelassen wie die Tatsache, dass Mustafa seit drei Tagen den Kopf wegdreht, wenn er Valide sieht. Ich habe das Gefühl, wir bewegen uns im Kreis.

Als wir meine Wohnung betreten, beendet Aylin gerade ein Handygespräch und strahlt mich an:

»Das war Onkel Abdullah. Er lädt dich zu einem Männerabend ein. Mein Vater kommt auch. Und Onkel Mustafa. Und Cem mit seinem Freund.«

Perfekt. Mal was mit der Familie unternehmen – was für eine schöne Abwechslung! Ich spüre ein Kribbeln in der Nase – wahrscheinlich bin ich kurz davor, eine Allergie gegen das Wort »Familie« zu entwickeln. Wenn meine Hautärztin auf meinem Rücken mit ein paar Schnäuzerhaaren von Onkel Abdullah einen Prick-Test durchführen würde, hätte ich bestimmt schon einen Ausschlag wie bei Pferden, Katzen und Paranüssen. Trotzdem ist es eine nette Geste, dass Onkel Abdullah sich für meine Gastfreundschaft revanchieren möchte. Also halte ich mal schön den Ball flach:

»Okay, wo treffen wir uns denn?«
»Bei dir.«
»Bei mir?«
»Ja.«

Das war's. Die Schlacht um meine Privatsphäre* ist endgültig verloren. Nach dem Gästezimmer fielen heute auch Küche und Wohnzimmer unter osmanische Herrschaft. Ich muss gleich mal draußen nachschauen – ich wäre erstaunt, wenn immer noch Hagenberger auf dem Klingelschild steht. Aber was soll's? Ich besuche mehrmals in der Woche eine fremde Tante im Krankenhaus, parke auf Frauenparkplätzen, hole die Familie in die Firma und gebe mich als Moslem aus. Warum soll ich nicht auch noch die Kontrolle über meine eigene Wohnung aufgeben?

»Super-Idee. Männerabend in meiner Wohnung. Ich freue mich.«

Da ist es wieder: Aylins Lächeln. Und schon geht es mir gut. Nun ist es ja eine alte männliche Tradition, in der Gegenwart einer attraktiven Frau auf so unbedeutende Dinge wie Selbstachtung zu verzichten. Trotzdem frage ich mich, ob es langfristig klug ist, wenn ich nur für ein Lächeln meine Prinzipien schneller wechsle als ein durchschnittlicher FDP-Abgeordneter.

Aylin schaltet den Samowar an, den Onkel Abdullah gestern anstelle meiner Kaffeemaschine auf die Arbeitsplatte gestellt hat:

»Ich bereite euch schon mal Tee vor – sie kommen nämlich in einer halben Stunde.«

»Gut zu wissen.«

»Und denk dran: Cem ist natürlich nicht offiziell mit Chrístos zusammen. Sie sind einfach nur beste Freunde.«

---

* Interessanterweise gibt es im Türkischen kein Wort für »Privatsphäre«. Wozu auch etwas benennen, das nicht existiert?!

»Schon klar.«

»Cem kommt mit einer Frau zu unserer Hochzeit, Fatma. Sie ist eigentlich Kellnerin, aber wir haben allen erzählt, sie sei Anwältin.«

»Warum?«

»Keine Ahnung. Weil's besser klingt, denke ich. Auf jeden Fall: Fatma ist Cems dritte feste Freundin. Alexandra durfte ihn nicht heiraten, weil ihre Eltern keinen Moslem in der Familie wollten, und Ayça war von Anfang an eine falsche Schlange. Das ist die offizielle Version – nur falls jemand nachfragt. Du musst wissen, nicht jeder ist so tolerant wie meine Eltern.«

»Äh, wäre es nicht toleranter, wenn sich Cem keine Lügen ausdenken müsste und seine Homosexualität offen leben könnte?!«

Aylin lacht:

»Wie süß – du bist so naiv manchmal. Ach, und Chrístos ist natürlich auch kein Grieche.«

»Natürlich nicht.«

»Er ist Moslem, genau wie du.«

»Puh – das erfordert Glaubenskraft, bei dem Namen.«

»Wieso?«

»Na ja. Er heißt halt nicht Mohammed, sondern Chrístos.«

»Stimmt. Ist mir noch nie aufgefallen. Egal.«

»Aber abgesehen davon, dass Cems Freund ein heterosexueller nichtgriechischer Moslem ist, muss ich nichts beachten?«

»Nein.«

»Gut.«

»Nur, falls du unsere Kennenlern-Geschichte erzählen willst: Onkel Mustafa weiß nicht, dass ich als Kinderanimateurin gearbeitet habe. Offiziell war ich in der Zeit bei Onkel Serkan zu Besuch.«

»Okay.«

»Außer für Onkel Serkan. Er denkt, dass ich bei Tante Nihal war.«

»Perfekt. Jetzt bin ich auf alle Eventualitäten vorbereitet.«

»Lass mich nachdenken ... Ansonsten musst du nur ein paar Kleinigkeiten beachten: Onkel Mustafas Tochter war noch nie in der Disco, die Haarfarbe von Tante Emine ist echt – und dass ich offiziell noch Jungfrau bin, weißt du ja.«

»Gut. Dann kann ich mich ja ganz ungezwungen unterhalten.«

Eine gute halbe Stunde später sitze ich mit Aylins Vater, Onkel Mustafa, Cem und Chrístos in meinem Wohnzimmer, während Onkel Abdullah ein gigantisches Tablett mit Çiğ Köfte auf den Tisch stellt – das sind kleine, stark gewürzte Frikadellen aus rohem Fleisch. Im Gegensatz zu weiblichen orientalischen Gastgebern hält es Onkel Abdullah offenbar nicht für nötig, noch 1000 Schälchen mit Kleinigkeiten dazuzustellen. Rohes Fleisch reicht. Was würde auch besser zu einem Männerabend passen?

Ich kann beobachten, wie Chrístos beim Anblick von mindestens zehn Kilo totem Tier so übel wird, dass Cem ihn mimisch beruhigen muss. Chrístos ist mit Abstand der weiblichste Grieche, den ich je gesehen habe: Seine Augenbrauen sind gezupft, die Fingernägel maniküert, seine Bewegungen erinnern mich an Mireille Mathieu, um seine Wimpern würden ihn die meisten Frauen beneiden, und seine Gesichtszüge sind so männlich wie ein Himbeertörtchen auf Vanilleschaum. Kurz: Es gehört eine enorme Verdrängungsleistung dazu, ihn als heterosexuell wahrzunehmen. Immerhin lässt ihn sein dunkler Teint südländischer wirken als Cem, der mit seinen roten Haaren und den blauen Augen so türkisch aussieht wie Hansi Hinterseer. Dafür passt seine breitbeinige Sitzposition besser zu einem Männerabend als Chrístos' übereinandergeschlagene Oberschenkel. Während Cem sich gerade vier Çiğ Köfte auf einmal in den Mund schiebt, packt Onkel Mustafa dem zögerlichen Chrístos mindestens zehn Frikadellen auf den Teller.

»Na los, mein Junge! Ist genug da für alle.«

Chrístos windet sich und schaut Cem Hilfe suchend an. Offensichtlich ist er nicht nur ein schwuler christlicher Grieche, sondern auch noch Vegetarier. Da bin ich mit meiner Moslemlüge ja noch relativ dicht an der Wahrheit. Cem antwortet für seinen Freund:

»Chrístos hat sich gestern den Magen verdorben.«

Chrístos lächelt entschuldigend, während Onkel Abdullah einen leicht verächtlichen Brummton vernehmen lässt. Nun tritt eine Gesprächspause ein, die darin begründet liegt, dass sich Onkel Abdullah, Cem, Onkel Mustafa und Herr Denizoğlu offensichtlich in einem Wettstreit befinden: Wer am schnellsten isst, hat gewonnen. Ich bin beeindruckt. Noch nie in meinem Leben habe ich Menschen in einer derartig gigantischen Geschwindigkeit essen sehen. Und obwohl ich oft Naturdokumentationen gucke, konnte ich auch im Tierreich nichts Vergleichbares beobachten. Als Cem einmal für fünf Sekunden durchschnauft, tupft ihm Chrístos liebevoll die Mundwinkel mit einer Serviette ab. Die beiden sind wirklich ein süßes Paar. Beziehungsweise wirklich süße beste Freunde. Dabei steht Chrístos auch noch sein kleiner Finger ab. Obwohl er sich Mühe gibt, möglichst viele Hinweise auf seine Homosexualität zu liefern, scheint niemand etwas zu bemerken.

Diese Fähigkeit zur Verdrängung scheinen Türken durch jahrelanges Training zu perfektionieren. Ich glaube, Chrístos könnte hier im rosa Tütü sitzen und »Ich bin schwul« auf die Stirn tätowiert haben – sie könnten immer noch darüber hinwegsehen.

In weniger als zehn Minuten ist der gigantische Fleischberg komplett vertilgt, obwohl ich höchstens 200 Gramm hatte und Chrístos gar nichts. Das bedeutet, die anderen vier müssen jeder über zwei Kilo Fleisch gegessen haben. Respekt.

Jetzt bedanken sich meine Verwandten bei Allah dafür, dass sie gerade eins seiner Geschöpfe vertilgen durften, und wenden sich mit zufriedenen Seufzern wieder ihren Teegläsern zu. Onkel Abdullah lächelt mich an:

»Daniel, warum hast du deine Schwiegervater nix erzählt, dass du bist Kriegsheld?«

Was hat er gerade gesagt? Kriegsheld? Ich? Was ist das jetzt schon wieder für ein Hirngespinst? Ich bin verunsichert:

»Wieso Kriegsheld? Was ... äh ...«

»Aaaaaah, du musst nicht sein so bescheiden, Daniel. Ich habe gesehen Urkunde und Medaille in deine Flur.«

Ach so – die Fotomontage von Karl, Ulli und Lysa mit der DDR-Medaille, die mich als »Held der Schlacht von Brüssel« ausweist.

»Nein, das ist eigentlich ...«

Herr Denizoğlu unterbricht mich:

»Weißt du, meine Sohn, Militär ist für mich sehr wichtig. Ist

sehr wichtig für Menschheit. Und deshalb, ich bin unheimlich stolz, dass ich habe so eine tapfere Schwiegersohn.«
»Tja, das ist sehr schmeichelhaft, aber ...«
Schon ist Onkel Abdullah aufgestanden, hat das Bild aus dem Flur mitgebracht und Herrn Denizoğlu in die Hand gedrückt. Der ist begeistert:
»Vallaha, sehr beeindruckend. Uniform steht dir gut, Daniel.«
Er glaubt es wirklich. Das kann doch einfach nicht wahr sein! Gut, Ulli ist ein ausgezeichneter Grafiker – die Urkunde sieht tatsächlich authentisch aus. Aber erstens sind auf normalen Urkunden keine Fotos, und zweitens prangen auf dem Held-der-Arbeit-Orden Hammer und Zirkel – ein eindeutiger Hinweis auf die DDR. Doch im Ignorieren von Hinweisen auf die Wahrheit ist Herr Denizoğlu ja bestens geschult. Cem muss grinsen – er weiß, was los ist. Und gibt mir mimisch zu verstehen, dass ich das Missverständnis nicht aufklären muss. Herr Denizoğlu klopft mir auf die Schulter:
»Habe ich nicht gewusst, Daniel. Aber vallaha, meine Respekt für dich ist jetzt noch größer.«
Damit reicht er die Urkunde weiter an Onkel Mustafa, der ebenso beeindruckt nickt und mir den gestreckten Daumen zeigt. Ob es daran liegt, dass ich durch den dauernden Schlafmangel matschig in der Birne bin – plötzlich finde ich es großartig, als Kriegsheld gesehen zu werden. Diese bewundernden Blicke, dieser Respekt – so etwas habe ich noch nie erlebt. Und wenn sie Chrístos abkaufen, dass er ein heterosexueller, fleischfressender, nichtgriechischer Moslem ist, dann ist alles möglich. Dann kann ich auch ein Kriegsheld sein.
»Wo hast du denn gekämpft?«
Herr Denizoğlu reißt mich aus meinen Gedanken. Ich höre mich sagen:
»In Afghanistan.«
Spinnst du, Daniel? Du hast keine Ahnung von Afghanistan. Spätestens jetzt musst du alles aufklären! Du könntest nicht eine einzige Nachfrage glaubwürdig beantworten ... Zu spät. Onkel Abdullah ist neugierig geworden:
»Und wofür hast du bekommen Medaille?«

»Ach so, das war so, also äh, meine Einheit lag kurz vor äh ...«
Toll, jetzt fällt mir keine einzige Stadt in Afghanistan ein.

»... äh ... also, da waren viele Häuser, aber das Ortseingangsschild war beschädigt, deshalb kann ich mich jetzt nicht mehr an den Namen ...«

Hör auf, Daniel. Lügen ist was für Profis. Du bist ein Amateur. Sag endlich die verdammte Wahrheit! Andererseits ... ist Herr Denizoğlu immer noch stolz auf mich, wenn ich ihm erzähle, dass ich in Wirklichkeit wegen multipler Kreuzallergien ausgemustert wurde?! Nein, ich ziehe das jetzt durch.

»... und dann, also, ja, es war so: Wir wurden angegriffen, von äh Heckenschützen. Also, da war eine Hecke. Mit Schützen drin. Ich weiß jetzt nicht mehr genau, ob es Kirschlorbeer war oder Buchsbaum, aber egal ...«

Was redest du für einen Schwachsinn, Daniel? Ich fühle mich, als wäre ich in einer albernen Tür-auf-Tür-zu-Boulevard-Komödie gefangen – der deutsch-türkischen Variante von *Tante Trude aus Buxtehude*.

»Jedenfalls, die Heckenschützen habe ich erledigt. Mit meiner ... äh ... ja, Waffe.«

Herr Denizoğlu nickt beeindruckt:

»Was für eine Waffe hattest du?«

Na toll. Ich kenne keine einzige Waffe beim Namen.

»Tja, das war so eine ... Schusswaffe. Also, äh ... so ähnlich wie eine Pistole. Im Prinzip *war* es auch eine Pistole. Nur ein bisschen größer. Also ... es war eine ... M7 von Ektorp.«

Bist du jetzt von allen guten Geistern verlassen, Daniel? Ektorp ist der Name deines IKEA-Sofas! Was soll das denn für eine Waffe sein? Egal, die Antwort scheint Herrn Denizoğlu zufriedenzustellen:

»Bravo, mein Sohn ... Was für ein Mann ... Ich bin vallaha sehr stolz. Sehr stolz.«

Chrístos fächelt sich selbst Luft zu:

»O mein Gott, was für eine schreckliche Geschichte. Mir ist schon beim Zuhören der Schweiß ausgebrochen ...«

Jetzt bringt Onkel Mustafa zu meinem Glück eine überraschende Wendung ins Gespräch:

»Wie geht es eigentlich deiner Frau, Chrístos?«
»O gut. Beziehungsweise *zu* gut. Gestern hat sie sich schon wieder vier Paar Stiefel gekauft ... Weiber!«

Das Wort »Weiber« hätte selbst Wolfgang Joop nicht tuntiger aussprechen können. Niemand stört sich daran.

Zwei Stunden und gefühlte 3000 Lügen später brummt mir der Schädel, weil ich mir langsam aufschreiben muss, wem ich was erzählt habe. Außerdem: Was werden meine Eltern sagen, wenn sie erfahren, dass ich mich als muslimischer Kriegsheld ausgebe? Ich glaube, ich bin zu weit gegangen. Aber jetzt kann ich auch nicht mehr so leicht zurückrudern. O nein, was habe ich getan? Ich muss mit einem Lügenprofi reden und ziehe Cem zu einem Vieraugengespräch in den Flur.

»Was ist, Schwager?«

»Cem, ich glaube, ich schaffe das nicht mit dem Lügen.«

»Wieso? Du machst das super. Bald bist du Profi.«

»Ich weiß gar nicht, ob ich Profi werden will. Ich ... Stört dich das eigentlich nicht, die ganze Zeit mit dieser riesengroßen Lüge zu leben?«

»Doch, klar.«

»Aber du willst trotzdem immer so weitermachen.«

»Natürlich nicht. Die ständige Lügerei geht mir langsam auf den Zeiger. Irgendwann will ich heiraten.«

»Das würdest du dich trauen? Ich meine, die türkische Kultur ist in der Frage ja schon ein klitzekleines bisschen ... äh ...«

Plötzlich kriegt Cem große Augen – er hat eine Idee:

»Weißt du was? Wir geben auf deiner Hochzeit meine Verlobung bekannt!«

Ich kann kaum glauben, was ich höre. Cem will sich vor über 500 Leuten outen und dann auch noch eine Schwulen-Hochzeit ankündigen.

»Wirklich? Wow, das ... wäre echt mutig von dir.«

»Ja. Ich habe auch etwas Angst. Aber es ist an der Zeit.«

Ich umarme Cem herzlich:

»Cem – ich bin stolz auf dich. Egal, wie die anderen reagieren – ich halte zu euch.«

37
16 Stunden, 27 Minuten vor der Hochzeit.

»Dübndüdüüüüüü – eeeey Mark, alter Schlawiner, was macht das Lilalotterleben?!«

»Dübndüdüüüüüü – Daniel, alter Unter-die-Haube-Kriecher ...«

Mark und ich tänzeln vor dem Eingang des *Cinedoms* in Lindenberg-Manier ein paar Sekunden voreinander herum, bis wir uns schließlich so unbeholfen in die Arme nehmen, wie es die männliche Tradition verlangt. Für meinen zweiten und hoffentlich letzten Junggesellenabschied haben wir beschlossen, *Ice Age 3* ohne Familie, dafür aber in 3-D zu genießen.

»Mark, das war eine Super-Idee. Ich konnte mich letzte Woche gar nicht auf den Film konzentrieren, weil mein Vater mich die ganze Zeit mit Informationen über die Tundrenzeit zugetextet hat.«

»Tja, lustige, sprechende Urzeittiere sind definitiv ein würdigerer Abschluss des Junggesellendaseins als nackte Frauen ... Oder was machen wir nach dem Kino?«

»Ich würde sagen: Wir gehen zu dem Table-Dance-Club am Kaiser-Wilhelm-Ring, trauen uns nicht rein, dann zu dem Strip-Schuppen im Belgischen Viertel, trauen uns auch nicht rein, und am Ende versacken wir in irgendeiner Kneipe.«

»Klingt nach einem perfekten Plan.«

Ein entspannter Abend mit Mark ist genau das, was ich so kurz vor der Hochzeit brauche, denn der heutige Tag war, gelinde gesagt, problematisch. Mein Team hat dank meiner Praktikantin zwar sehr viel Zeit mit erdnussproduzierenden Elefanten, fliegenden weißen Kühen und Motorrad fahrenden Schafen verbracht, aber sehr wenig Zeit mit Bernd Banane. Dann sind zwei Cousins und ein Onkel von Aylin aufgetaucht, die alle der Firma irgendwelche günstigen Angebote machen wollten. Und schließlich hat sich irgendeine Cousine mit irgendeiner Tante gestritten und damit die schöne Sitzordnung, die Aylin mir gestern nach Mitternacht gemailt hat, wieder über den Haufen geworfen. Ich kann langsam nicht mehr. Ich will endlich verheiratet sein. Wenn man die Hochzeit einfach überspringen könnte, wär's mir auch recht.

Mark und ich stellen uns in die Schlange an der Kasse, direkt hinter einer Gruppe von fünf 18-jährigen Jungs, die allesamt den Schritt ihrer Jeanshosen in Kniehöhe baumeln haben. Dadurch sieht es aus, als hätten sie extrem kurze Beine – und sie erinnern mich an *E.T.* Als ich gerade mit Erschrecken feststelle, dass ich den Geschmack der Jugend nicht mehr verstehe, vibriert mein Handy. Es ist meine Mutter.

»Hallo, Erika.«

»Daniel, hast du alles vorbereitet für morgen? Vergiss den Ausweis nicht. Du weißt ja, dass du eine halbe Stunde vorher da sein musst. Wo bist du jetzt überhaupt? Habe ich dich zu Hause erwischt, oder bist du schon draußen? Ich höre Stimmen – sitzt du in der Straßenbahn?«

»Nein, ich bin ...«

»Moment, für die Straßenbahn fehlen die typischen metallischen Fahrgeräusche. Du hast also den Bus genommen. Oder nein, es klingt eher so, als wärst du in einer Kneipe.«

Die Erfindung des Handys hat aus meiner Mutter eine Art Geräuschdetektivin gemacht. Heute Mittag hat sie anhand der *Farmville*-Soundeffekte den Schluss gezogen, dass ich einen Ausflug aufs Land gemacht habe.

»Erika, ich ...«

»Hast du schon was gegessen? Sonst wird es nämlich langsam knapp. Oder arbeitest du etwa noch? Du weißt, du sollst es nicht übertreiben. Du heiratest schließlich morgen, da muss dein Chef doch Verständnis haben, auch wenn er ein skrupelloses Kapitalisten-Arschloch ist ... O Gott, du hast doch nicht etwa auf Lautsprecher gestellt und er hört mit?!«

»Nein, Erika ...«
»Herr Kleinmüller, das hab ich nicht ernst gemeint gerade! Herr Kleinmüller? Hallo? Das war ein Spaß, hahahaha ...«
»Erika, ich bin im Kino!«
»Wieso, was willst du denn im Kino?«
»Einen Film gucken.«
»Aber gleich ist Dimiters Premiere mit *Romeo und Julia* im Schauspielhaus. Da *musst* du kommen.«
Mist! Die Premiere – die habe ich in der Aufregung vergessen. Aber nein, ich werde meinen Junggesellenabschied nicht in einer Dimiter-Zilnik-Inszenierung verbringen.
»Ich muss überhaupt nichts. Ich kann machen, was ich will. Und ich will lieber ins Kino.«
»Na gut. Wie du meinst.«
Ich bin überrascht. So schnell gibt sie normalerweise nicht auf.
»Okay, Erika – wir sehen uns dann morgen.«
»Moment. Ich gebe dir kurz Frau Denizoğlu.«
Ich höre, wie meine Mutter Frau Denizoğlu erzählt, dass ich nicht komme, und wie Aylins Mutter daraufhin mehrere *Allah, Allahs* sowie ein lang gezogenes »ooooooooooooh« hören lässt. Ich ahne, dass mir eine harte Prüfung bevorsteht.
»Daniel?«
»Hallo!«
»Daniel, du musst vallaha kommen! Ich kann sehen: Deine Mutter ist unheimlich traurig, vallaha ich sehe Träne in ihre Auge. Ich weiß, sie ist sehr nette Frau, sie will dir nicht sagen – aber ich schwöre dir, wenn du nicht kommst, ist sehr, sehr schlimm für deine Mutter, wird sicher weinen die ganze Nacht.«
Das darf doch einfach nicht wahr sein. Meine Mutter wusste genau, was passieren wird, wenn sie Frau Denizoğlu einspannt. Verdammt, das ist raffiniert – sie lässt Aylins Mutter die Drecksarbeit machen. Sieht so meine Zukunft aus – zwei Mütter, die mich im Duett kontrollieren und den freien Willen aus mir heraussaugen? Wenn ich jetzt nicht hart bleibe, habe ich für die nächsten Jahre verloren.
»Frau Denizoğlu, ich möchte aber ...«

Aber Frau Denizoğlu ist verschwunden. Stattdessen höre ich die Stimme meiner Verlobten.

»Hallo, Daniel!«

»Aylin? Ich wollte deiner Mutter gerade sagen ...«

»Daniel, ich hab die Premiere auch vergessen. Und ich weiß, du willst in *Ice Age 3*. Aber ... *meine* Eltern sind da, *deine* Eltern sind da, *ich* bin da – du fehlst einfach.«

»Aber ...«

»Bitte, Daniel ... Bittebittebitte ...«

In diesem Moment sehe ich ihren Schmollmund vor meinem geistigen Auge. Aber ich muss jetzt stark bleiben.

»Tut mir leid, Aylin. Das ist mein Junggesellenabschied, und da darf ich machen, was ich will. Und ich will mit Mark ins Kino.«

»Na gut. Aber bleibt brav hinterher. Strip-Lokale – okay. Aber ohne anfassen.«

»Du wirst es nicht glauben, aber wir machen's sogar ohne *Reingehen*.«

»Du lügst.«

»Ich wünschte, es wäre so.«

»Na gut ... Wir sehen uns dann vorm Standesamt. Ich liebe dich.«

»Ich liebe dich auch.«

Ich lege auf. Und bin unglaublich stolz auf mich. Ich strahle Mark im Gefühl des Triumphs an:

»Hast du das gehört? Ich habe mich gegen extremen emotionalen Druck meiner Mutter, meiner Schwiegermutter *und* meiner Verlobten behauptet – das war meine Meisterprüfung. Ich kann meine Therapie beenden. Du darfst mir gratulieren: Gerade eben bin ich endgültig erwachsen geworden.«

Mark schüttelt mir die Hand und klopft mir auf die Schulter. Inzwischen sind wir an der Kasse angelangt, wo eine bleiche Schwarzhaarige mit blauen Strähnen, *Nightwish*-T-Shirt und einer auf den Hals tätowierten schwarzen Rose uns gelangweilt anguckt. Ich setze gerade an zu sprechen, als Mark mir zuvorkommt:

»Äh, Daniel – ich will ja deine Euphorie nicht bremsen, aber hattest du nicht gesagt: Wenn ich bei der *Romeo-und-Julia*-Premiere nicht eine diplomatische Meisterleistung hinlege, kommt es zur Katastrophe?«

»Das stimmt, das habe ich gesagt. Aber ... äh ...«

Ich komme ins Grübeln. Die Gothic-Lady an der Kasse schiebt sich mit der Zunge ihr Oberlippenpiercing zurecht, als handle es sich um den Einschalt-Knopf für ihr Sprachzentrum:

»Also, in welchen Film wollt ihr?«

»Tut mir leid. Ich muss zu *Romeo und Julia*.«

Nachdem mir Mark netterweise versichert hat, dass es ihm erstens nichts ausmacht, *Ice Age 3* alleine zu gucken, und dass es aus therapeutischer Sicht trotzdem ein Durchbruch war, wie ich mich gegen meine Mutter, meine Schwiegermutter und Aylin behauptet habe, treffe ich 23 Minuten später im Foyer des Kölner Schauspielhauses ein, wo sich meine Eltern gerade in einer lebhaften Diskussion mit den Denizoğlus befinden. Meine Mutter ist in voller Fahrt:

»... und mit acht war Daniel in seine Klassenlehrerin verliebt. Sie war eine Lesbe – eine unheimlich intelligente, toughe Frau, und enorm attraktiv. Auf dem Sommerfest ist sie mit der Gitarre aufgetreten und hat gesungen: ›Ich habe abgetrieben‹ – das fand ich unglaublich mutig. Dabei hatte sie gar nicht abgetrieben, das war einfach ein politisches Statement. Ich hatte dann ein kurzes Verhältnis mit ihr, aber keine Sorge, das war damals nur eine ganz kurze Experimentierphase. Was ich sagen wollte: Daniel hat sich immer zu starken Frauen hingezogen gefühlt. Er hat sich nur nie getraut, sie anzusprechen, aber ... Ah, wie schön – Daniel!«

Ich bin keine Sekunde zu früh gekommen. Und habe ein ganz mulmiges Gefühl, was den Verlauf des Abends betrifft. Eine Dimiter-Zilnik-Inszenierung ist mit Abstand das schlechteste Programm, das man sich als Vorbereitung auf eine Hochzeit vorstellen könnte. Meine Aufgabe wird darin bestehen, den Schaden zu begrenzen.

Während Aylin mich erfreut in den Arm nimmt, wird meine Mutter von Alice Schwarzer begrüßt, für deren *Emma* sie gelegentlich Artikel schreibt. Frau Denizoğlu ist begeistert:

»Aaaaaaaah, ich habe Sie gesehen bei ›Wer wird Millionär‹ ...

Sind Sie vallaha unheimlich klug. Habe ich noch nie gesehen eine so kluge Frau, vallaha. Müssen Sie mir unbedingt sagen: Wie ist Günther Jauch? Ich mag ihn unheimlich, vallaha, ist meine Liebling, Günther Jauch. Vielleicht könne Sie mir geben Adresse von seine Fernsehstudio, dann bringe ich für nächste Sendung Börek und Schafskäse vorbei.«

Alice Schwarzer lächelt – aber bevor sie antworten kann, wird sie von einem Journalisten des *Kölner Stadt-Anzeigers* beiseitegezogen, der von ihr ein kurzes Statement zur Premiere hören will und daraufhin von Frau Schwarzer aufgeklärt wird, dass sie Theaterinszenierungen in der Regel besser beurteilen kann, *nachdem* sie sie gesehen hat.

Derweil wendet sich Frau Denizoğlu an meine Mutter:

»Ist sehr attraktive Frau. Hat sie eine Mann?«

»Nein.«

»Perfekt. Müssen wir sie bekannt machen mit Onkel Abdullah. Seit seine Frau gestorben, er ist sehr einsam.«

Meine Mutter ist irritiert:

»Sie wollen Alice Schwarzer mit Onkel Abdullah verkuppeln?!«

»Ja. Ich habe gesehen bei Günther Jauch, dass sie ist sehr nette Frau, und kann gut umgehen mit Männer. Wird Onkel Abdullah auf jeden Fall mögen.«

»Sie wissen, dass sie Deutschlands führende Feministin ist?«

»Was ist Feministin?«

»Sie setzt sich für die Rechte der Frauen ein.«

»Ach so, ist kein Problem. Kann sie machen, wenn Onkel Abdullah guckt Fußball.«

»Also, ich glaube, das ist keine so gute Idee.«

»Natürlich, sie muss konvertieren zum Islam.«

»Alice Schwarzer???«

In diesem Moment wird die heitere Diskussion leider vom dritten Gong unterbrochen, der uns ins Auditorium ruft. Ich gehe mit Aylin und unseren Eltern zu den Plätzen, die Dimiter Zilnik uns nebeneinander in der ersten Reihe reserviert hat. Als wir uns der Bühne nähern, die aus zwei völlig leeren grauschwarzen Räumen besteht, gerät mein Vater ins Schwärmen:

»Wieder mal ein phantastisches Bühnenbild – abstrakt, aber unheimlich suggestiv.«

Suggestiv gehört zu den Lieblingswörtern meines Vaters, und er benutzt es immer dann, wenn ich *leer* sagen würde.

Herr Denizoğlu setzt sich auf seinen Platz und guckt verwirrt auf die Bühne:

»Wo ist denn Bühnenbild?«

»Dort, die beiden symbolischen grauen Räume.«

»Aber hängt kein Bild da.«

»Ach so. Nein, äh, also, äh ... Nun, als Bühnenbild bezeichnet man die optische Gestaltung eines szenischen Raumes.«

»Aber Raum ist nicht gestaltet. Raum ist einfach nur grau.«

»Exakt. Genau das *ist* ja die Gestaltung. Die Kunst besteht in der Reduktion.«

Herr und Frau Denizoğlu schauen sich ratlos an. Nach einer Weile wendet sich Aylins Mutter an meine:

»Das ist unheimlich schade! Warum hat eure Freund nicht Bescheid gesagt? Wir haben für Hochzeitsfeier noch vier Ballen Tüll übrig – gold und rot. Hätte ich alles geben können, würde jetzt viel hübscher aussehen.«

Meiner Mutter verschlägt es für einen Moment die Sprache:

»Äh, haha, ja, also, äh ...«

»Und einfach nur ein paar Kerzen – macht unheimlich viel aus. Und aus Keupstraße kann Kenan besorgen wunderschöne Bilder mit Blumen, aus Leder, mit Hand gemacht. Sieht vallaha unglaublich aus. Und kann man bisschen Porzellanfiguren in die Ecke stellen.«

»Tja, ich denke nicht, dass das Dimiters Intention ...«

»Und Möbel – warum sind keine Möbel in Zimmer? Müssen alle auf dem Boden sitzen, ist unheimlich unbequem.«

»Wissen Sie, Frau Denizoğlu, Dimiter geht es darum, den Schmerz und die Schrecken des Balkankrieges auszudrücken. Ich denke nicht, dass roter Tüll oder Blumenbilder aus Leder diesen Zweck erfüllen würden – oder was meinen Sie?«

»Ich meine: Einfach alles grau – das ist so schade. So schade. So schade, vallaha.«

Ein blechernes Husten verkündet, dass nun auch der Regisseur im Auditorium Platz genommen hat. Das Licht geht aus, und ein Spot leuchtet mit kalkweißem Licht in die schmale Gasse zwischen den beiden leeren (beziehungsweise *suggestiven*) Räumen. Während entfernte Kampfgeräusche eingespielt werden, die sich vortrefflich mit Dimiter Zilniks Husten vermengen, kriecht eine nackte alte Frau auf allen vieren quälend langsam in Richtung Rampe, bleibt dann zusammengekrümmt liegen und wimmert. Meine Mutter ist aufgeregt und flüstert:

»Gucken Sie mal, Frau Denizoğlu – da ist Ingeborg Trutz.«

Auf den Gesichtern der Denizoğlus kann ich sehen, was das Wort ›Kulturschock‹ bedeutet. Sie sind ja schon einiges von meinen Eltern gewohnt, aber beim Anblick der zusammengekrümmten nackten Ingeborg Trutz fasst sich Frau Denizoğlu ans Herz und atmet schwer. Aylin schaut mich besorgt an; Herr Denizoğlu holt unwillkürlich eine Gebetskette hervor und wendet den Blick ab.

Ich finde es grundsätzlich großartig, wenn alte Menschen zu ihrem Körper stehen. Das ist allerdings meine theoretische Einstellung. In der Praxis frage ich mich gerade, ob der Anblick von Ingeborg Trutzens ergrauten Schamhaaren in weniger als drei Metern Entfernung meinen zukünftigen Schwiegereltern nicht doch eine zu große Verdrängungsleistung abverlangt.

Mein Vater wendet sich Herrn Denizoğlu zu und flüstert ergriffen:

»Das ist typisch Dimiter Zilnik. Sehen Sie das Wort ›Ficken‹ auf Ingeborgs Hintern? Es geht darum, die kleinbürgerlich-spießige Vorstellung, die wir von der Julia-Figur haben, unverzüglich und schonungslos zu brechen.«

Die Augen von Aylins Vater starren ausdruckslos ins Nichts. Er könnte nicht *noch* schockierter sein – selbst wenn Costa Cordalis im Wohnzimmer der Denizoğlus die griechische Nationalhymne anstimmen oder die PKK im Trabzonspor-Stadion ein freies Kurdistan ausrufen würde. Dieser Mann befindet sich gerade im gleichen Zustand wie Keanu Reeves, als er zum ersten Mal die *Matrix* verlässt: Er muss erkennen, dass er sich sein Leben lang etwas vorgemacht hat und die Welt ein hässlicher, brutaler Ort ist.

Er wird erst aus seiner Schockstarre gerissen, als seine Frau hektisch eine 300-ml-Flasche *Kolonya* aus ihrer Handtasche holt, seine Hände ergreift und mindestens 100 ml hineinschüttet. In einer automatischen Bewegung klatscht sich Herr Denizoğlu den Flüssig-Urinalstein ins Gesicht und holt das nach, was er in den letzten zwei Minuten schlicht vergessen hat: das Atmen.

Nachdem Ingeborg Trutz etwa drei Minuten wimmernd auf dem Boden lag, springt sie urplötzlich auf – wobei mich ihre Haut ein kleines bisschen an meinen Besuch im Panzernashorn-Gehege des Kölner Zoos erinnert – und brüllt:

»ICH – BIN – EINE – HUUUUREEEEEEEEE!!!!!
ICH–HABE–EINE–MÖÖÖÖÖÖÖÖÖÖÖSEEEEEEEEE!!!!!!«

Wie es scheint, hat Dimiter Zilnik den Shakespeare-Originaltext tatsächlich geringfügig abgewandelt. Oder, wie es im Programmheft heißt: *die subtile Erotik der Shakespeare'schen Originalsprache ins 21. Jahrhundert transferiert.* Wenn das wahr ist, hole ich mir morgen einen Popel aus der Nase und behaupte, ich habe die Venus von Milo neu interpretiert.

Frau Denizoğlu schaut flehend zum Notausgangsschild und hyperventiliert. Herr Denizoğlu hat die Augen geschlossen, und Aylins Hand krampft sich in meinen Oberschenkel.

Die gute Nachricht: Den ersten Schock haben wir überstanden.

Die schlechte Nachricht: Dimiter-Zilnik-Inszenierungen dauern nie unter drei Stunden und sind bekannt dafür, sich zum Ende hin zu steigern.

38
Noch zweieinhalb Stunden nackte brüllende Menschen und einmal schlafen bis zur Hochzeit.

Nachdem Ingeborg Trutz ohne erkennbaren Grund – weiterhin splitternackt – schreiend durchs Publikum gerannt und verschwunden ist, bestehen die nächsten gut sechzig Minuten darin, dass sich zwei Familien pausenlos in bedeutungsschwangeren Sätzen anbrüllen und alle neunzig Sekunden aufeinander schießen. Dazu werden Bilder vom Balkankrieg auf die am Boden liegenden Leichen projiziert, während ein kopfüber von der Decke hängender Transvestit wie wild auf einem Klavier herumhämmert. Der Lärmpegel ist so hoch, dass Herr Denizoğlu trotz intensiver Bemühungen keinen Schlaf findet und dann unter dem Vorwand einer Magenverstimmung mit seiner Frau den Saal verlässt. Im Gegensatz zu den vielen Abonnenten, die bereits nach fünf Minuten gegangen sind, knallen sie immerhin nicht wütend die Tür zu. Dimiter Zilnik wird hinterher sagen, dass diese Menschen der emotionalen Intensität seiner Inszenierung nicht standhalten konnten. Er wird beim Verbeugen ausgebuht werden, und das wird ihn glücklich machen. Denn wenn das Publikum buht, ist es Kunst. Ich flüstere Aylin ins Ohr:

»Ich habe dir ja gesagt, es wird schrecklich!«

»Ich dachte, du übertreibst. Aber das hier ist schlimmer als eine Wurzelbehandlung.«

»In der Tat. Vom Quälfaktor her kann es locker mit einem Flippers-Konzert mithalten. Ich rede mal mit deinen Eltern.«

Unter den tadelnden Blicken meiner Eltern stehe ich auf und bewege mich in Richtung Ausgang. Ich kriege gerade noch mit, wie der splitternackte Romeo aus Leibeskräften »Ficken ist Macht« brüllt und daraufhin von einer Regenmaschine nass gemacht wird. Im Foyer sitzen die immer noch verstörten Denizoğlus an einem Tisch, und ich geselle mich hinzu. Frau Denizoğlu fächert sich mit einer Hand Luft zu, während ihr Mann mehrfach »Allah, Allah« vor sich hin murmelt.

Panik steigt in mir hoch: Sie haben das Nacktbild meiner Mutter verdrängt und die Erzählungen über das Sexleben der Hagenbergers ignoriert. Aber über eine Dimiter-Zilnik-Inszenierung kann man einfach nicht hinwegsehen. Ich habe das Gefühl, dass eine Katastrophe passiert, wenn mir jetzt nicht sehr überzeugende Sätze einfallen:

»Also, tja, haha, das ist modernes Theater. Wissen Sie, mein Vater ist 1944 geboren, also mitten im Krieg – wenn er etwas Schreckliches sieht, gibt ihm das ein Gefühl der Geborgenheit ...«

Die Denizoğlus schauen mich ratlos an.

»... Egal. Was ich sagen wollte: Ingeborg Trutz sollte eigentlich gar nicht nackt spielen – das Kostüm ist nur nicht rechtzeitig fertig geworden ...«

Was rede ich denn da für einen Schwachsinn? Verdammt, ich brauche eine Idee ... Ich *habe* eine Idee:

»Tja, so ist halt Theater. Und warum ist Theater so? Weil die Griechen es erfunden haben.«

Herr Denizoğlu lacht.

»Vallaha, du hast recht, Daniel. Ich habe mich schon gefragt, warum ist so scheise. Aber das ist sehr gute Erklärung.«

Na bitte. Auch Frau Denizoğlu ringt sich jetzt ein Lächeln ab. Ich seufze erleichtert:

»Gut, dass Sie's locker nehmen. Ich hatte schon Angst, dass Sie jetzt sagen: In so eine Familie darf Aylin nicht einheiraten.«

Jetzt legt Herr Denizoğlu seinen Arm um mich:

»Daniel, mach dir keine Sorge. Du bist schon wie eine Sohn für mich ... Und seit gestern, ich bin dir auch noch über alles dankbar.«

»Weil ich ein Kriegsheld bin?«

»Nein, weil du Cem Mut gegeben hast, damit er endlich heiratet.«

Jetzt bin ich überrascht: Cem hat sich schon geoutet, und seine Eltern stimmen zu? Ich kann kaum glauben, dass das so reibungslos läuft:

»Moment mal, Sie stimmen der Hochzeit zu?«

»Na klar. Wir warten seit Jahren darauf.«

»Aber ... ich meine ... das ist unglaublich tolerant ...«

»Ich weiß, Fatmas Vater ist für Fenerbahçe – aber was soll ich machen? Ich bin froh, dass mein Sohn kommt endlich unter die Haube.«

»Was???????? Cem heiratet *Fatma*????? Und nicht ...«

Herr Denizoğlu lacht:

»Wen soll er denn sonst heiraten? Mit Ayça ist schon Schluss seit zwei Jahren.«

Plötzlich dreht sich mein Kopf. Ich muss dringend mit Cem sprechen. Ich entschuldige mich bei den Denizoğlus, gehe nach draußen an die frische Luft und wähle seine Nummer.

»Cem? Hier ist Daniel.«

»Hey, Schwager! Koyun copluyor mu?«

»Was? Ich verstehe nicht ...«

»Ist ein Witz. Heißt so viel wie ›schlägt dich dein Schaf?‹.«

»Ob mich mein Schaf schlägt?«

»Genau.«

»Hat das was mit *Farmville* zu tun?«

»Nein, das ist ein Wortspiel. Ich merke gerade, auf Deutsch funktioniert das nicht.«

»Na ja, egal.«

»Weißt du, auf Türkisch hat das eine sexuelle Doppeldeutigkeit.«

»Ah.«

»›Koyun‹ heißt ›dein Schaf‹. Aber ›koyunca‹ bedeutet: ›wenn du stößt‹.«

»Verstehe. Ich bin sicher, für Türken ist das ein Brüller.«

»Und das andere Wort ... aber das ist zu kompliziert jetzt. Warum hast du angerufen?«

»Tja, also ... Ich habe gerade gehört, du heiratest eine Frau.«

»Ja, habe ich dir doch gesagt.«

»Ich dachte, du willst Chrístos heiraten.«

Lautes Lachen am anderen Ende der Leitung.
»Du hast echt Humor, Schwager.«
»Aber ... du hast doch gesagt, du willst mit dem Lügen aufhören.«
»Genau. Deshalb werde ich jetzt heterosexuell. Dann muss ich nicht mehr lügen.«
»Aber du kannst nicht einfach sagen: Jetzt bin ich heterosexuell. Das funktioniert doch nicht.«
»Wieso? Wenn ich eine Frau heirate, heißt das: Ich bin hetero.«
»Und was wird aus Chrístos?«
»Der findet's okay.«
»Echt?«
»Klar. Schließlich ist er auch verheiratet.«
»Was? Das war *keine* Lüge?«
»Nein.«

Mir wird langsam schwindelig. Ich muss mich gegen die Glastür lehnen. Eben hatten die Denizoğlus einen Kulturschock, jetzt habe *ich* einen. Cem redet so, als handle es sich um die größte Selbstverständlichkeit der Welt:

»Weißt du, meine Beziehung mit Chrístos läuft ganz normal weiter, das hat eigentlich keinen Einfluss dadrauf.«
»Aber was wird Fatma dazu sagen?«
»Die weiß Bescheid. Schließlich ist sie lesbisch.«
»Ah.«
»Aber Kinder wollen wir schon – ein oder zwei.«
»Das ist ... toll. Ich äh, also ... dann ... äh ... wir sehen uns!«

Ich lege auf. Ich bin verwirrt. Plötzlich erscheint mir die türkische Kultur unglaublich fremd. Durch die Scheibe sehe ich, dass Aylin inzwischen bei ihren Eltern ist. Ich gehe wieder rein und ziehe sie zur Seite:

»Du, Aylin, mir ist gerade nicht so wohl. Liegt sicher an der Dimiter-Zilnik-Inszenierung, haha. Du, ich gehe nach Hause, okay? Wir sehen uns dann morgen früh am Standesamt.«

Aylin nickt leicht enttäuscht, und wir küssen uns zum Abschied.

»Ach, Daniel, eins hab ich noch vergessen: Hast du gehört, dass Cem um Fatmas Hand angehalten hat?«

»Ja.«

»Ist das nicht phantastisch?«

»Na ja. ›Phantastisch‹ wäre jetzt nicht das erste Attribut, das mir in diesem Kontext in den Sinn käme.«

»Auf jeden Fall: Ich habe mir etwas überlegt. Es wäre doch eine tolle Überraschung, wenn wir Cems Verlobung mit Fatma auf unserer Hochzeitsfeier bekannt geben.«

»Ich weiß nicht ...«

»Oder noch besser: *Du* gibst sie bekannt. O ja, das wäre perfekt. Die Familie wird dich dafür lieben!«

Mir wird schwindelig. Aylin strahlt mich an. Das sollte mich glücklich machen. Tut es aber nicht.

»Aylin, das ... ich kann das nicht.«

»Was? Warum nicht?«

»Cem und Fatma ... Das ist eine Lüge.«

»Nein, sie wollen wirklich heiraten.«

»Aber Cem liebt Chrístos.«

»Er wird auch Fatma lieben. Das braucht nur ein bisschen Zeit. Also, du machst das, ja? Mach es für mich.«

Aylin setzt ihren Schmollmund ein. Aber diesmal funktioniert er nicht.

»Tut mir leid, das ist zu viel ... Weißt du, ich war tagelang bei deiner kranken Tante. Ich habe versucht, deine hysterischen Verwandten zu beruhigen, ich habe deinen schnarchenden Onkel in meiner Wohnung und deine Cousins und Cousinen auf meiner Arbeit. Ich habe auf einem Frauenparkplatz geparkt, ich habe mich als Moslem und Kriegsheld ausgegeben. Das war alles okay. Aber ...«

»Aber was?!«

Mein Kopf dreht sich. Dann wird plötzlich alles klar.

»... Ich habe das Gefühl, diese Hochzeit ... das alles hat nichts mit *mir* zu tun. Das bin ich nicht. Ich wollte dir ein Liebesgedicht schreiben, das dich zu Tränen rührt. Stattdessen versuche ich zu verhindern, dass bei unserer Hochzeit der dritte Weltkrieg ausbricht. Ich wollte eine romantische Atmosphäre an einem ganz besonderen Ort und keine Neonröhren in Leverkusen. Ich wollte unsere Liebe nur mit Menschen teilen, die mir etwas bedeuten, und nicht mit 1000 Leuten, von denen ich über 900 nicht kenne.«

Aylin schaut mich erschrocken an. Ich will mich stoppen. Ich schaffe es nicht.

»Aber das habe ich alles in Kauf genommen, weil ich mein Leben mit dir verbringen wollte. Weil ich gedacht habe, ich muss nur diese Hochzeit hinter mich bringen, und dann wird alles gut. Nur jetzt ... ganz plötzlich ... weiß ich nicht, ob ich dich überhaupt richtig kenne. Ob du nicht ganz andere Werte hast als ich ... Weißt du, ich wollte nie der Boss sein in deinem Leben. Wir sollten gemeinsam der Boss sein. Aber jetzt habe ich das Gefühl, wir sind nur kleine Angestellte in einer großen Firma – deiner Familie. Und das will ich nicht.«

Aylin ist erschüttert. Ich bin auch erschüttert. Warum habe ich das alles gesagt? Komm, Daniel, reiß dich zusammen. Sag irgendwas, das Aylin wieder zum Lächeln bringt. Es geht nicht. Da kommt kein Satz mehr. Ich habe gesagt, was ich zu sagen hatte. Aylin weint:

»Ich denke, unter diesen Umständen ... sollten wir morgen nicht heiraten.«

Alarm! Alarm! Alaaaaaaaaarm!!!!! Los, Daniel, sag, dass alles ein Missverständnis war. Sag: *Aylin, doch, lass uns bittebittebitte heiraten.* Mach schon, Daniel!

Ich nicke traurig und gehe. Ich lasse sie einfach stehen, meine Verlobte. Ohne Abschied. Ohne Versöhnung. Ohne den geringsten Versuch, ihr Lächeln zurückzuzaubern. Ich gehe weg und habe nicht die Kraft, mich noch einmal umzudrehen. Monatelang hatte ich Angst davor, dass sie mich verlassen könnte. Jetzt verlasse ich sie.

FÜNFTER TEIL

5.–7. Februar

39
Fünf Minuten vor der zweiten geplatzten Hochzeit.

»In wenigen Minuten erreichen wir Wolfsburg Hauptbahnhof.«
Ich schrecke aus dem Schlaf und erinnere mich: Ich befinde mich in Wagen 34 auf Platz 47 im ICE nach Berlin. Und wie es aussieht, werde ich um elf Uhr nicht neben Aylin im Kölner Rathaus sitzen, sondern neben dem leeren Platz 48 in Wolfsburg. Ausgerechnet Wolfsburg.
»In a few minutes we will arrive at Wolfsburg main station.«
Der Schaffner könnte den Satz auch noch auf Französisch, Italienisch und Kisuaheli wiederholen – er würde Wolfsburg trotzdem kein internationales Flair verleihen. Ich bin dem Schicksal zwar dankbar, dass ich in Köln-Mülheim eingeschlafen bin, sodass mir der Anblick von Leverkusen erspart blieb – aber jetzt werde ich die Minuten, die die schönsten meines Lebens werden sollten, in Wolfsburg verbringen. Wolfsburg – der Barbarossaplatz* als Stadt.
»Der Ausstieg ist in Fahrtrichtung links. The äh ... out-step is in the driving direction left.«
Meine Abneigung gegen Wolfsburg ist eigentlich pures Vorurteil – schließlich war ich noch nie dort. Vielleicht ist es ja in Wirklichkeit eine architektonische Perle und wird von Kennern ›das Florenz von Niedersachsen‹ genannt. Ich wage es allerdings zu bezweifeln.

---

* Betonwüste in Köln, wo städteplanerisches und architektonisches Kollektivversagen zu einem Ensemble des Grauens geführt hat, das durch die totale Abwesenheit von Ästhetik beeindruckt (Synonyme: Mordor, Todesstern, Dimiter-Zilnik-Inszenierung).

Auf meinen Streit mit Aylin folgte eine zweistündige Tour durch Kölner Altstadt-Kneipen, bei der mich selbst das Mitgrölen der 1.-FC-Köln-Hymne in der Stimmungskneipe »Keks« nicht aufheitern konnte – und das trotz erheblich gestiegenen Alkoholpegels. Danach irrte ich ebenso betrunken wie ziellos durch die Kölner Altstadt, diskutierte zwischendurch eine halbe Stunde mit dem Millowitsch-Denkmal über das Thema Großfamilie, beschloss schließlich, die Begegnung mit Onkel Abdullah zu vermeiden, und checkte im Hotel »Heinzelmännchen« ein. Dabei verfestigten sich drei Gedanken in meinem Kopf:

1. Ich habe – vielleicht zum ersten Mal in meinem Leben – nicht versucht, es allen recht zu machen, nur damit man mich liebt.
2. Meine Therapeutin wird stolz auf mich sein.
3. Das Timing meiner Selbstfindung war extrem beschissen.

In den folgenden Stunden habe ich festgestellt, dass ich auch ohne Onkel Abdullahs Schnarchen die Nacht durchmachen kann. Ich wollte Aylin vergessen, indem ich auf irgendeinem Spartenkanal drei Blondinen beim Strip-Poker zusah. Nach fünf Minuten legte die erste Dame ihren Silikonbusen frei und zwinkerte dabei so verkrampft in die Kamera, dass die Darbietung einen ähnlichen Erotik-Level erreichte wie die nackte Ingeborg Trutz – danach habe ich zwei Stunden lang bei Center TV die Straßenbahnlinie 16 durch Köln fahren sehen.

Anschließend versuchte ich bei einer Wiederholung von *Gute Zeiten, schlechte Zeiten* vergeblich, mit einem Typen mitzuheulen, der gerade von seiner Freundin verlassen wurde – woraufhin ich aus Frust bei einem Homeshopping-Kanal anrief und mir sechs Spültücher aus der *Das-Blaue-Wunder*-Kollektion bestellt habe – doch selbst die Aussicht, mein Geschirr demnächst mit hohem Bambus-Anteil für streifenfreien Glanz polieren zu können, befreite mich nicht aus meiner trüben Stimmung.

Um Viertel nach sechs war mein Alkoholpegel dramatisch gesunken, und ich hatte Hunger. Ich checkte aus und wartete dann zehn

Minuten vor der Bäckerei Merzenich in der Hohe Straße. Als sie um halb sieben öffnete, begrüßte mich eine Frau um die sechzig mit einer Kombination aus penetrant guter Laune und einer Reibeisen-Stimme, die selbst Bonnie Tyler vor Neid erblassen ließe:

»Einen wunderschönen juten Morjen, der Herr – wat darf et sein? Lecker Käffchen?«

Jede Pore in meinem Gesicht muss der Frau gezeigt haben, dass es mir beschissen ging – da gehört schon eine große Portion Ignoranz dazu, von einem wunderschönen guten Morgen zu sprechen. In solchen Momenten habe ich das Gefühl, dass sich die berühmte kölsche Toleranz an der Grenze zur Gleichgültigkeit bewegt, nach dem Motto: »Mir doch egal, aus welchem Land der kommt. Für Ausländerfeindlichkeit fehlt mir einfach die Zeit.«

Als mich die Bäckereifachverkäuferin immer noch anstrahlte, nachdem ich ihr einen Ich-hasse-gute-Laune-Blick geschickt hatte, verspürte ich das spontane Bedürfnis, nach Berlin zu fahren. Berliner sind prinzipiell erst mal unfreundlich und scheiße drauf – also der perfekte Ort für meine gegenwärtige Stimmung. Um 7 Uhr 47 habe ich die Fahrkarte für den ICE gekauft, der um 7 Uhr 48 losfährt, bin dann in aller Ruhe zu Gleis 1 geschlendert, um dann festzustellen, dass eine Minute gar nicht mal soooo viel Zeit ist. Ich legte meine neue persönliche Bestzeit über 200 Meter hin und erwischte die letzte noch geöffnete Zugtür. Der Schaffner wartete mürrisch und begrüßte mich mit Berliner Akzent:

»Det is wegen Leute wie Sie, det wir zu spät kommen. Und dann heißt det wieder: die blöde Bahn. Da sag ick immer: Wenn wir nur halb so bescheuert wären wie unsere Kunden, dann lief hier gar nüscht mehr.«

Miesdraufsein in Reinkultur. Ich hätte ihn abknutschen können.

Es ist 11 Uhr 01 und wir sind in Wolfsburg. Ich schalte mein Handy ein – vielleicht will Aylin mich ja erreichen, um ... ja, warum eigentlich? Drei neue Nachrichten. Ich wähle die Mailbox an und höre die Stimme meiner Mutter:

»Daniel, ich versuche seit einer Stunde, dich zu erreichen. Wo bist du? Zu Hause bist du nicht, da hab ich's schon probiert. Oder bist du nicht drangegangen? Also, als ob es nicht schlimm genug war, dass du die Aufführung verlassen hast – dann bläst du auch noch die Hochzeit ab ... Du, die Premiere wurde noch besser, nachdem du weg warst, da hast du was verpasst: Ingeborg hatte am Ende Sex mit Romeo im Blut ihrer eigenen Familien, während Hunderte Kreuze von der Decke regneten und vorne ein Zwerg Texte von Elfriede Jelinek in ein Megafon gebrüllt hat – das war eine unglaubliche Szene, also ich hatte eine Gänsehaut. Aber das ist ja jetzt alles furchtbar unwichtig. Ich meine, was ist denn passiert? Aylin war ja völlig aufgelöst. Angeblich hast du irgendwas gegen türkische Familienstrukturen gesagt. Also, Daniel, man *kann* eine Hochzeit abblasen, keine Frage, aber doch nicht aus rassistischen Motiven! Ehrlich, ich verstehe dich nicht – hast du denn gar nichts aus der Geschichte gelernt? Wenn sie dich mit Ehrenmord bedroht hätten oder Zwangsbeschneidung – dann hätte ich verstanden, dass du dich von der Kultur distanzierst, aber ... Na ja, ich meine, es geht mich zwar nichts an, aber du musst mir *alles* erzählen. Jedes Detail. Jede Kleinigkeit. Ich will dich ja verstehen, aber ich verstehe dich einfach nicht. Ich bin doch deine Mutter, mit mir kannst du doch reden. Ich ... Du weißt ja, dass ich dich lieb habe, das muss ich ja nicht sagen. Also ruf mich an. Oh, da kommt Dimiter. Ich muss ihm gratulieren. Dimiter, es-war-sooooooooo-toll ...«

Die zweite Nachricht ist von meinem Vater:

»Mein Sohn, ich wollte dir nur Folgendes sagen: Also, was die Hochzeit betrifft, äh ... hmmm ... also ... nun ... Tja. Du weißt ja, ich rede nicht so gerne mit einer Maschine ... Tja.«

Die dritte Nachricht ist von Mark:

»Hallo, Daniel? Also, ich bin hier am Rathaus, und ihr seid nicht da. Es ist fünf vor elf. Da müsstet ihr doch eigentlich ...«

Wie immer, wenn Mark emotional wird, wechselt er zur Stimme von Udo Lindenberg:

»Ich hoffe, es ist nichts panikmäßig Schlimmes passiert ... dübndüdüüü ... Also ruf mich an ... Dein Jacques Gelee.«

Während ich Mark eine Antwort-SMS als Votan Wahnwitz schreibe, döse ich ein – und wache erst am Berliner Hauptbahnhof wieder auf.

13 Grad – fast frühlingshafte Temperaturen Anfang Februar, dazu Sonne satt. Ist das schon der Klimawandel, oder will mir das Schicksal einfach kein Wetter gönnen, das zu meiner trüben Stimmung passt? Auf dem Weg durch den gigantischen neuen Hauptstadt-Hauptbahnhof (quasi ein eigenes Stadtviertel) erreicht mich ein Anruf von Rüdiger Kleinmüller:

»Du, Daniel, ich hatte gerade eine Phone-Conference mit Jupp Süffels, der will unbedingt, dass sein Sohn morgen im Frühstücksfernsehen eine Süffels-Kölsch-Schirmmütze trägt. Kannst du das gerade mal von deinem SAT.1-Kontaktmann greenlighten lassen? Falls der dafür Kohle will, ruf mich noch mal an.«

»Tja, also ...«

»Und übrigens Glückwunsch zur Hochzeit. Alles super, nehme ich an?!«

»Nein.«

»Gut, dann halt die Ohren steif, und ... Was?«

»Lange Geschichte. Auf jeden Fall ...«

Plötzlich habe ich eine Idee.

»... also, die Hochzeit ist abgesagt, dafür bin ich sofort nach Berlin gefahren, um morgen früh bei Ralf Süffels zu sein. Die Reisekosten übernimmt doch die *Creative Brains Unit*?«

»Klar. Und wegen der Hochzeit, mach dir keinen Kopf. Shit happens. Wenn du meinen Rat willst: Such dir eine Nutte und lass dich ein bisschen verwöhnen – dann kommst du gar nicht erst ins Grübeln.«

Ob er das auch im Buch vom Dalai Lama gelesen hat, wage ich zu bezweifeln. Als ich das Gespräch beende, glaube ich für einen kurzen Moment, im Büro meines Chefs blökende Schafe zu hören. Für fast eine Minute bin ich euphorisch, weil mein Spontan-Trip plötzlich einen Grund bekommen hat, dann kehrt die Trübsal zurück. Bernd Banane ist zur Sinnstiftung grundsätzlich ungeeignet. Außerdem habe ich noch 18 Stunden Berlin vor mir, ehe ich dem Karrierestart der neuen Hip-Hop-Legende beiwohnen darf.

Da ich ohne Gepäck gereist bin, spaziere ich einfach drauflos. Während ich die Spree überquere, rufe ich meinen SAT.1-Kontaktmann an. Es hat in der Geschichte menschlicher Diskurse schon anspruchsvollere Themen gegeben als den Preis für das Tragen einer Süffels-Kölsch-Schirmmütze im Frühstücksfernsehen. Fünf Minuten später, vor dem Reichstag, merke ich, dass mein Gehirn seit mindestens fünf Minuten das Lied *Pizza wundaba* von den Höhnern in einer Endlos-Schleife abspielt. Das darf doch nicht wahr sein: Ich fahre nach Berlin, um vor der kölschen Fröhlichkeit zu flüchten – und in meinem Hypothalamus findet eine imaginäre Karnevalssitzung statt.

Als ich etwa 100 Meter vor dem Reichstag stehe und die gelungene Glaskuppel bewundere, empfinde ich eine gewisse Diskrepanz zwischen der Erhabenheit des Ortes und dem Refrain »O lala, willst du eine Pizza, O lala, Pizza wundaba – lalalalalalalala-lala«, der sich gerade zum 250. Mal in meinem Kopf wiederholt.

Irgendjemand hat mir mal erzählt, das Lied *Thank you for the Music* von Abba würde lästige Ohrwürmer neutralisieren. Also summe ich leise »Thank you for the Music« vor mich hin, und tatsächlich: Die Höhner sind innerhalb von zwei Minuten aus meinem Kopf verschwunden. Jetzt spukt dort zwar »Thank you for the Music«, aber im Vergleich zu den Höhnern ist das geradezu ein Trauermarsch. Passenderweise laufe ich wenig später am Holocaust-Mahnmal vorbei, das perfekt zu meiner momentanen Stimmung passt, quasi die deutsche Top-Location für Trauerarbeit. Aber ich bin natürlich politisch viel zu korrekt, um das Gedenken an die dunkelsten Kapitel unserer Geschichte für die Verarbeitung privater Probleme zu instrumentalisieren, also gehe ich weiter. Dabei sehe ich auf einer der fast 3000 Stelen einen Fenerbahçe-Sticker kleben. Offensichtlich das Werk eines türkischen Fußball-Fans mit entspanntem Verhältnis zur deutschen Vergangenheit. Ich bin empört: Ein Trabzonspor-Sticker am Holocaust-Mahnmal wäre ja schon unpassend, aber Fenerbahçe – das geht gar nicht. Ich reiße den Sticker ab und freue mich, in doppelter Hinsicht eine gute Tat vollbracht zu haben.

Zufrieden spaziere ich weiter. Vielleicht soll ich heute nicht trauern. Vielleicht sollte ich mich einfach amüsieren. Also steuere ich den Potsdamer Platz an, dieses Mini-Manhattan im ehemaligen Niemandsland, und stelle zu meiner großen Freude fest, dass das CinemaxX-Kino in einer Viertelstunde *Ice Age 3* in 3-D zeigt.

Ich kaufe mir ein Ticket sowie einen großen Eimer Popcorn. Das gönne ich mir jetzt. So.

Es ist ein interessanter Effekt, wenn man *Ice Age 3* am Tag seiner geplatzten Hochzeit ansieht: Plötzlich stellt man fest, dass es sich gar nicht, wie man bisher immer dachte, um einen witzig-harmlosen Unterhaltungsfilm handelt. Nein, die Geschichte des Faultiers Sid, das so gerne in die Tyrannosaurus-Rex-Familie aufgenommen werden will, ist ... sooooooooooo traurig!

Die kulturellen Unterschiede zwischen Faultieren und Tyrannosauriern sind am Ende zu groß, und Sid muss sich von seinen Kaltblüter-Freunden trennen. In diesem Moment schluchze ich laut los, und die gut 100 gackernden Kinder im Publikum schauen mich ebenso entgeistert an wie ihre erwachsenen Begleiter. Im Gegensatz zu Dimiter Zilnik erkenne ich zwar keine Verbindung zu den Balkankriegen, aber zum ersten Mal in meinem Leben verstehe ich, was in Ingeborg Trutz vorgeht. Als ich feststelle, dass mit verheulten Augen der 3-D-Effekt verloren geht, verlasse ich das Kino.

Bin ich ein Faultier, das in eine Dinosaurier-Familie wollte? War das unser Problem – dass wir zu verschieden sind? Irgendwie zieht es mich nach Kreuzberg. Ich brauche eine Antwort. Ich fahre mit der U-Bahn zum Halleschen Tor, gehe am Landwehrkanal entlang in Richtung Prinzenstraße. Der Weg schlängelt sich am Carl-Herz-Ufer entlang, wo sich Trauerweiden im Wasser spiegeln. Na bitte – Trauerweiden sind doch mal eine dem heutigen Tag angemessene Pflanzenart. Nur die fröhlich zwitschernden Spatzen stören ein wenig.

Ich erreiche den Urban-Hafen, wo einige Restaurant-Schiffe auf Kunden warten, und bald darauf beginnt der Orient: Türkische Geschäfte und Restaurants reihen sich aneinander – in einer der Straßen ist das einzig Deutsche ein Tempo-30-Schild; und selbst da wurde die Drei mit Edding zu einer Acht umgemalt.

Ich betrete das »Hadigari Grillhaus« und bestelle mir eine Portion Manisa Kebap – mein türkisches Lieblingsfleischgericht. Verdammt noch mal, ich liebe doch die türkische Kultur – was ist denn passiert?

Am Nachbartisch beobachte ich eine junge Frau, die mit ihrem

Vater darüber diskutiert, ob sie morgen in die Disco darf. Welche deutsche Zwanzigjährige würde ihren Vater deswegen um Erlaubnis bitten? Ein deutscher Vater ist ja schon froh, wenn seine 14-jährige Tochter wenigstens Kondome mitnimmt.

Als der Vater nicht direkt Ja sagt, setzt die junge Türkin einen Schmollmund ein, der zwar nicht ganz an Aylins heranreicht, bei ihrem Vater aber die entsprechende Wirkung erzielt: Nach einem lang gezogenen Seufzer, mehreren ›Allah, Allahs‹ und genervten Blicken zur Decke gibt er schließlich seine Erlaubnis. Zum Dank wird er auf die Wange geküsst – und schon ist seine Tochter auf die Straße verschwunden. Ich wende mich dem Vater zu:

»Entschuldigung, wenn Ihre Tochter einen deutschen Freund hätte, was würden Sie von ihm erwarten?«

Der Mann schaut mich kurz irritiert an, dann lässt er einen Seufzer vernehmen. Dann noch einen. Und noch einen. Und noch einen. Offenbar bereitet ihm allein die Vorstellung, seine Tochter könnte einen deutschen Freund haben, körperliche Probleme. Schließlich lässt er einen weiteren Stoßseufzer nahtlos in einen Satz übergehen:

»Ich würde erwarten, dass meine Tochter keine Beziehung mit einem deutschen Mann anfängt. Das funktioniert nicht. Deutsche haben kein Verständnis für die Familie.«

»Wie meinen Sie das?«

»Allein schon die Altersvorsorge ... Ein türkischer Schwiegersohn nimmt uns nach Hause und pflegt uns. Ein deutscher Schwiegersohn schickt uns in Altenheim, und wir müssen selbst bezahlen.«

Zwei Stunden später laufe ich wütend durch Ostberlin. Wütend darauf, dass ich keine Lösung sehe. Warum gibt Aylin denn keine Pressekonferenz wie Julia Roberts am Ende von *Notting Hill*? Da könnte ich dann in letzter Sekunde auftauchen, sagen, dass ich ein Idiot war, und alles wäre wieder gut. Aber war ich denn überhaupt ein Idiot?

Auf dem Alexanderplatz haben sich drei Peruaner aufgebaut und geben mit der Panflöte Metallicas *Nothing else matters* zum Besten – was ich noch um 0,2 Zlatko peinlicher finde als die Panflötenversion von *Wind of Change*. Ist denn eigentlich gar nichts mehr vor der Panflöte sicher? Das ist doch grauenhaft – dieses Instrument zerlegt jedes noch so schöne Lied in seine Einzelteile, es bleibt nichts anderes übrig als ein hässlicher Klangbrei, und dann kann man Metallica nicht mehr von DJ Bobo unterscheiden ... Was kommt demnächst? Die Schlacht von Stalingrad auf der Panflöte nachgeblasen? Bin Ladens schönste Terrorbotschaften – jetzt ganz romantisch zum Schwelgen?

Wut steigt in mir hoch. Ich habe Neonazis, Atomkraftwerke und *DSDS* kommentarlos hingenommen, weil ich dachte: Okay, es gibt das Böse auf der Welt. Ich kann keine Umweltkatastrophen verhindern und auch keine Kriege. Aber irgendwann ist Feierabend – *Nothing else matters* auf der Panflöte, das geht zu weit. Ich muss handeln. Ich werfe den Peruanern verächtlich zehn Euro zu, nehme mir eine CD, schmettere sie zu Boden, springe mehrfach drauf und trete dann die Einzelteile in Richtung Fernsehturm.

Jaaaaaaaa, das hat gutgetan! Hahahaaaaaaa! Daniel Hagenberger lebt! Daniel Hagenberger leistet zivilen Widerstand! Daniel Hagenberger lässt nicht mehr alles mit sich machen! Daniel Hagenberger ist wieder daaaaaaaaa!

In diesem Moment wird mir schmerzhaft bewusst, dass die Peruaner immer noch *Nothing else matters* spielen. Und dass ich gerade zehn Euro für eine Panflöten-CD ausgegeben habe. Und dass mich die drei indianisch anmutenden Herren mit den IKEA-Teppichen auf den Schultern jetzt wohl für geistesgestört halten. Und dass sie wahrscheinlich recht haben.

Die Peruaner spielen den letzten Ton, und ich verspüre den unwiderstehlichen Drang, mich zu entschuldigen:

»Äh, tut mir leid, ich bin gerade mies drauf. Wissen Sie, ich wollte heute eigentlich heiraten, aber wir haben uns getrennt, Aylin und ich. Und es könnte sein, dass ich die Trauer und die Wut, die ich deshalb empfinde, fälschlicherweise auf Sie projiziert habe.«

Die Peruaner schauen mich ausdruckslos an. Ich hasse peinliche Gesprächspausen, also rede ich weiter:

»Nicht, dass wir uns falsch verstehen: Ich halte es für ein geschmackliches Verbrechen, Metallica auf der Panflöte nachzublasen. Aber das hier ist Deutschland, und ein jeder hat das Recht, schlechte Kunst zu produzieren. Gucken Sie sich mal in Köln *Romeo und Julia* an – dann wissen Sie, was ich meine.«

Die Nachfahren der Inka erbringen nun einen weiteren Nachweis, dass die Hochkultur in ihrem Land seit über 500 Jahren tot ist, und stimmen *Amazing Grace* an.

»Also, noch mal: Ich fühle mich inhaltlich im Recht, aber die Aggression war unangebracht. Okay?!«

»Sorry, no hablamos alemán.«

Wenig später ist es dunkel und kalt geworden. Ich trotte vorbei an der Synagoge in der Oranienburger Straße. Mehrere Damen, deren Garderobe sich nur in kleinen Details vom Disco-Outfit meiner Praktikantin unterscheidet, haben sich am Straßenrand postiert. Eine von ihnen sucht meinen Blick, als ich in ihre Richtung komme:

»Hi, ich bin Janine, und wer bist du?«

Janine ist höchstens Mitte zwanzig, hat lange braune Haare und könnte die Schwester von Sandra Bullock sein. Ich sollte gehen. Ich habe noch nie mit einer Prostituierten gesprochen, und so sollte es auch bleiben. Andererseits wäre es unhöflich, die Frage einfach so im Raum stehen zu lassen.

40
9 Stunden, 34 Minuten nach der zweiten geplatzten Hochzeit.

»Also, ich bin Daniel. Aber ich möchte keine falschen Hoffnungen wecken – ich bin nicht an Ihren Diensten interessiert. Ich habe gerade die Panflötenversion von *Nothing else matters* gehört – heute kann ich unmöglich Sex haben. Abgesehen davon halte ich käuflichen Sex für moralisch ... äh ... Wobei, ich will Ihnen jetzt kein schlechtes Gewissen machen, das ist natürlich *Ihre* Entscheidung. Es geht nur darum, äh ... dass ich in meinem persönlichen Wertekodex gekauften Sex zu den Dingen zähle, die ich ebenso unterlassen möchte wie FDP wählen und zu einem Jeanette-Biedermann-Konzert gehen.«

Janine, die auf so hohen Plateau-Pumps steht, dass sie im Zirkus sofort als Stelzenläuferin anfangen könnte, schaut mich irritiert an:

»Na, du bist mir ja vielleicht ein komischer Vogel.«

»Wow – noch nie hat jemand *komischer Vogel* zu mir gesagt. Ich dachte, dieser Begriff wäre ausgestorben, und man sagt jetzt *Freak* oder *Nerd*.«

Janine lacht und streicht mir über den Arm. Irgendwie tut es gut, berührt zu werden.

»Weißt du was, Daniel?«

»Was?«

»Ich glaube, du willst es und traust dich nur nicht.«

»Ich sehe es ein kleines bisschen anders: Mein *Es* will, aber mein Ich und mein Über-Ich sind sich einig, dass das eine schlechte Idee wäre.«

»Okay. Französisch 50 Euro, GV 100 Euro.«

Janine hat sich offensichtlich entschlossen, nur mit meinem Es zu kommunizieren – was sowohl mein Ich als auch mein Über-Ich als grobe Unhöflichkeit empfinden. Wenn ich Politiker wäre, würde ich Janine jetzt sagen: »Nun, ich werde Ihr Angebot jetzt erst mal intern mit meinen Moral-Ausschüssen in aller Sorgsamkeit diskutieren und dann zu gegebenem Zeitpunkt mit einem Beschluss in die Öffentlichkeit treten.« Aber ich bin ja kein Politiker. Janine wird langsam ungeduldig:

»Na los – gib dir einen Ruck!«

Ich denke nach: Ich und Über-Ich gegen Es – das ist eine klare 2/3-Mehrheit. Der Fall ist also klar: Ich werde ›Nein danke‹ sagen und gehen.

»Äh ... GV, das steht für ...«

»Geschlechtsverkehr.«

»Ich hatte es vermutet, aber bei Abkürzungen bin ich immer vorsichtig – es hätte ja auch Garantie-Vertrag heißen können. Oder Grapefruit-Verzehr. Oder Gürteltier-Verein.«

Janine lacht höflichkeitshalber und streicht mir dabei erneut über den Arm. Okay, offenbar habe ich aus irgendeinem Grund nicht ›Nein danke‹ gesagt und bin auch nicht gegangen.

Stattdessen probt das Es einen Aufstand und versucht das Ich auf seine Seite zu ziehen – wobei es von Janine neue Argumente geliefert bekommt: Sie öffnet ihre Jacke ein wenig weiter und gibt einige Zentimeter mehr von ihrem BH frei, der durch das transparente Oberteil hindurchschimmert. Was dem Über-Ich wurscht ist. Eigentlich ist das Über-Ich ein ziemlich arroganter Schnösel mit seinen unerschütterlichen Prinzipien. Ein echter Moral-Streber. In der Schule hätten wir so jemanden mit nassen Schwämmen beworfen oder während des Unterrichts mit seinen eigenen Schnürsenkeln am Stuhl festgebunden. Irgendwie ist mir plötzlich das Es sympathischer. Der Kerl ist spontan und folgt seinen Instinkten – einer wie Lukas Podolski.

»Also, was läuft?«

Das ist jetzt meine zweite verpasste Hochzeitsnacht. Die erste habe ich mit Onkel Abdullah verbracht. Wäre es nicht eine Steigerung, wenn ich die zweite mit Janine verbringe?

»Äh, also 100 Euro?«
»Jep.«
»100 Euro ... tja ...«
Janine nimmt meine Hand:
»Na los – in meinem Bett ist es kuschelig warm. Deine Finger sind ja fast zu Eis gefroren.«
Plötzlich fällt mir ein, dass ich als Kind immer alles in Becher-Eis umgerechnet habe. Ich liebte Becher-Eis, vor allem das grüne: Waldmeister – hmmm, lecker! Oft habe ich so hastig gegessen, dass ich Kopfschmerzen bekam. Im Sommer durfte kein Tag ohne mindestens ein Becher-Eis vergehen. Deshalb war es bei fünf Mark Taschengeld in der Woche gar nicht so leicht, richtig zu kalkulieren – und Becher-Eis wurde zu meiner Währung. Ein Becher-Eis kostete 50 Pfennig, also waren eine Mark zwei Becher-Eis. Heute wäre ein Euro beim Kurs von 2:1 folgerichtig vier Becher-Eis.
»Also – was ist?«
Janines Stimme holt mich zurück in die Gegenwart. Ich bin irritiert:
»100 Euro für Geschlechtsverkehr? Aber das sind ja 400 Becher Eis!«
Janine schaut mich mit einem irritierten Okay-jetzt-bist-du-kein-lustiger-Vogel-mehr-sondern-doch-ein-Freak-Blick an:
»Becher-Eis?«
»Ja, weißt du, als Kind, da habe ich immer ...«
»Aber du bist jetzt erwachsen. Oder nicht?«
Sie hat recht. Ich bin erwachsen. Aber da gibt es einen kleinen Daniel in mir, und der ist heute traurig. Er ist zehn Jahre alt und möchte keinen Sex. Er möchte getröstet werden. Aber nicht von Janine.

Knapp drei Stunden später liege ich wach in meinem schicken Design-Hotelzimmer, das ein ambitionierter Innenarchitekt in ein Gründerzeithaus der Rosa-Luxemburg-Straße gezaubert hat. Nachdem ich Janine kopfschüttelnd zurückgelassen hatte, habe ich ohne ein einziges Gepäckstück im Hotel »Lux 11« eingecheckt, danach fast zwei Stunden lang geduscht, bis ich merkte, dass meine Haut schrumpelig war, anschließend im Pay TV den Film *Kung Fu Panda* geguckt, ohne ihn wahrzunehmen, und dann noch gute drei Stunden damit verbracht, Seiten aus der Zeitschrift *Top Berlin* zu reißen, daraus Flugzeuge zu falten und diese in den Papierkorb fliegen zu lassen.

Jetzt versuche ich, mit einer Entspannungsübung meiner Therapeutin den Schlaf zu finden:

Ich soll die Augen schließen und mir vorstellen, ich läge am Strand einer einsamen Insel unter Palmen – um mich herum plätschern die Wellen, und eine sanfte Brise milder Meeresluft umschmeichelt meinen Körper. Dieses schöne Bild kann ich etwa dreißig Sekunden lang genießen, dann tauchen die ersten Fragen auf: Wenn das eine einsame Insel ist, warum bin ich da? Bin ich das Opfer eines Flugzeugabsturzes wie Tom Hanks in *Verschollen*? Gibt es Nahrung auf der Insel? Giftige Insekten? Schlangen? Sanitäre Anlagen?

Ich korrigiere das Bild und liege jetzt am überwachten Strand eines Fünfsternehotels in der Karibik, wo es kein Ungeziefer gibt, aber eine Bar und All-inclusive-Büfett.

Dieses Bild halte ich immerhin vierzig Sekunden. Dann wird mir klar, dass All-inclusive-Büfetts immer irgendwelche nervenden Pauschaltouristen anziehen. Schon liegen rechts neben mir zwei Schwaben, die sich über die Vor- und Nachteile des Bausparens unterhalten, während sich hinter mir eine sächsische Familie beim Strand-Kellner über die miese Getränkeauswahl beschwert. Auf meiner linken Seite grölt ein besoffener Engländer *God save the Queen*, und in den plätschernden Wellen tanzt das Ensemble von Riverdance. Ich habe keine Ahnung, wie sich das Ensemble von Riverdance in diese Vision geschlichen hat, zumal der große Erfolg dieser durchchoreografierten Bewegungsabnormität mindestens zehn Jahre her ist. Als auch noch einer der hüpfenden Iren von einem Hai gefressen wird, fürchte ich, dass ich verrückt werde.

Ich rufe meinen Geist zur Ordnung: Okay, Daniel, Pauschalurlaubsvisionen funktionieren nicht, also versuch's einfach mit Individualtourismus. Eine kleine Familienpension an einem einsamen Strand der Französischen Riviera, in der ich der einzige

Gast bin und liebevoll umsorgt werde. Diesmal kann ich fast eine Minute ungestört am Strand liegen, bis plötzlich Kenan auftaucht und Geld für meine Sonnenliege verlangt. In diesem Moment höre ich Onkel Abdullahs Schnarchen. Wenig später kommen mindestens 500 hysterische Türken aus dem Wasser und laufen zur kranken Tante Emine, die jetzt auf meiner Liege liegt, während ich bis zum Kopf in den Sand eingebuddelt bin und mich nicht mehr bewegen kann. Eine mir wohlbekannte alte Rosenverkäuferin mit höchstens noch drei Zähnen kommt auf mich zu:

»Du Rosse kaufe? Funf Öro.«

»Entschuldigung, würden Sie *bitte* aus meiner Entspannungsvision verschwinden?«

»Rott Rosse, kelb Rosse, weiss Rosse. Drei Öro fönza.«

»Jetzt hören Sie mir mal zu: Diese Übung haben sich Profi-Psychologen ausgedacht. Da erwarte ich ein klein wenig mehr Respekt.«

Sie legt mir eine Rose vor die Nase.

»Drei Öro fönza.«

Okay, Daniel – das ist nur in deinem Kopf. Denk dir einfach 100 Euro, dann verschwindet sie. Ich stelle mir also zwei Fünfzig-Euro-Scheine vor – mit dem Ergebnis, dass jetzt zehn weitere Rosenverkäuferinnen angelaufen kommen, weil ich so ein guter Kunde bin. Als der fünfjährige Taifun mir dann auch noch seinen Schniedel präsentieren will, beschließe ich, die Entspannungsübung abzubrechen. Allein das Wort *Familien*pension hat ausgereicht, um mir Schreckensbilder zu bescheren. Ich sollte jetzt weinen, einfach alles rauslassen. Ich spüre, wie die Tränen auf den Augapfel drücken, aber sie kommen einfach nicht raus, die Feiglinge.

Ganz ruhig, Daniel. Was ist das Schlimmste, das jetzt passieren kann? Ich denke nach. Und bin erstaunt: Die übliche Horrorvision bleibt aus. Das Schlimmste, das passieren kann, ist bereits passiert: Ich habe Aylin verlassen. Schlimmer kann der Tod auch nicht sein. Diese Erkenntnis entspannt mich, und ich falle in einen tiefen, traumlosen Schlaf, aus dem mich mein Handywecker nach einer knappen Dreiviertelstunde wieder zurückholt: Zeit für Bernd Banane!

41
*10 Minuten vor dem künstlerischen Durchbruch
von Bernd Banane.*

Es ist Freitagmorgen, halb sechs Uhr, und ich sitze mit Jupp und Ralf Süffels in einer tristen SAT.1-Frühstücksfernsehen-Garderobe, in der eine Autogrammkarten-Galerie von Künstlern, die hier zu Gast waren, den einzigen Schmuck bildet: Von Soap-Sternchen über Schlagerstars bis hin zu Möchtegern-Star-Astrologen hat hier jeder schon mal seine Nase reingehalten, dem ein Fernsehauftritt wichtiger war als gesunder Schlaf.

Ich befinde mich in einer Art Wachkoma und fühle mich von Jupp Süffels' guter Laune belästigt, mit der er das Lied »Jetzt geht's los« von den Höhnern viel zu laut in die kleine Garderobe katapultiert. Ich summe leise »Thank you for the Music« dagegen, aber der Trick funktioniert nur, wenn der Ohrwurm im Kopf rotiert und nicht im Zimmer.

Als sich Ralf Süffels unter dem kritischen Blick seines Vaters den gelben Glitzeranzug anzieht, habe ich das Gefühl, durch einen Riss im Raum/Zeit-Kontinuum in eine erotische Phantasie von Carmen Nebel geraten zu sein. Ich reiße mich zusammen und versuche, positiv zu wirken:

»Also, Ralf, geh da raus und rock den Laden. Du kannst das!«

Mein Gott, bin ich verlogen. Jetzt legt Jupp Süffels den Arm um seinen Sohn und beweist, dass er die moderne Motivationspsychologie meisterhaft beherrscht:

»Dat ist deine jroße Chance, Ralf – verstehste? Wenn du dat hier versaust, dann war et dat mit deiner Karriere.«

Ralf nickt unsicher. Und ich habe eine spontane Einsicht: Familiären Druck gibt es in einer deutschen Familie genauso wie in einer türkischen – hierzulande gibt es nur weniger Personen, die ihn ausüben können.

Während sich Ralf eine unglaublich alberne gelb glitzernde Schirmmütze mit eingesticktem Süffels-Kölsch-Schriftzug auf den Kopf setzt, memoriert er noch einmal seinen Text:

»Hey, du Doofmann, schreib dir auf die Fahne: Keiner ist so stark wie Bernd Banane ...«

»Stimmt, dat wollte isch dir die janze Zeit schon sagen, Ralf ...«

»Wat denn, Papa?«

»Dat mit dem Doofmann, dat jefällt mir nit. Da fehlt der Charme.«

»Papa, normalerweise singen die: ›Du Pisser‹ oder ›Du Hure‹.«

»Echt? Dat is aber meilenweit unter Niveau.«

»Dat is nit unter Niveau, dat is normal im Hip-Hop.«

»Dat hat misch die janze Zeit schon jestört. Oder auch die andere Zeile da: ›Mit mir is nit jut Kirschen essen‹ – wat soll dat?«

»Papa, isch habe in fünf Minuten den Auftritt! Isch muss misch jetzt konzentrieren.«

»Isch mein ja nur. Wir sind Kölsche. Wir sind tolerant, und mit uns *ist* jut Kirschen essen.«

»Papa, die von Aggro Berlin, die singen, dat sie die anderen umbringen und die Jeschlechtsteile abschneiden und so – isch meine, da ist dat mit dem Kirschenessen doch harmlos.«

»Die wollen die Jeschlechtsteile abschneiden? Also, dat hat für misch nix mehr mit Unterhaltung zu tun.«

»Außerdem: Würdest du bitte aufhören, den Text zu kritisieren?! Isch muss da gleich raus.«

Die Tür öffnet sich, und eine unterkühlte Ich-bin-was-Besseres-denn-ich-arbeite-beim-Fernsehen-Blondine mit Headset steckt kurz ihren Kopf ins Zimmer:

»Herr Banane? Jetzt läuft gerade der Bericht über Laktoseintoleranz bei Nagetieren, danach ist Ihr Auftritt. Ich hole Sie dann in drei Minuten ab.«

Ralf Süffels pustet tief durch. Jupp Süffels klopft ihm auf die Schulter.

»Jetzt bleib mal janz ruhig, Ralf. Den Text kannst du eh im Schlaf, den kann sogar *isch*, obwohl isch dat Lied nur dreimal jehört hab. Herr Hagenberger, Sie sind doch auch Texter ... Könnennense nit schnell wat anderes finden als ›Hey, du Doofmann‹?«

Ich döse.

»Herr Hagenberger?«

Ich döse immer noch.

»Herr Hagenberger?!«

Erst jetzt sind die vergangenen zwei Minuten in meiner Großhirnrinde angekommen. Normalerweise hätte mir spätestens die Diskussion über Aggro Berlin die Lachtränen in die Augen getrieben – aber heute ... Da ist nichts. Gar nichts. Na los, Daniel! Nicht schlappmachen! Nicht drei Minuten vor dem großen Auftritt von Bernd Banane! Ich atme tief durch und bin wieder bei klarem Verstand: Ich muss Ralf vor seinem eigenen Vater beschützen – ich muss ihm jetzt Kraft geben. Ich gehe zu Ralf, lege ihm die Hände auf die Schultern und nicke ihm lächelnd zu:

»Ralf, vergiss alles, was dein Vater gesagt hat. Das Lied ist großartig, und dein Auftritt wird dich ganz nach oben ...«

Plötzlich und ohne Vorwarnung schießen mir die Tränen ins Gesicht.

»... ganz nach oben in die Liste der lächerlichsten Menschen Deutschlands katapultieren.«

Ich schluchze. O nein! Bitte nicht, Daniel – nicht zwei Minuten vor dem Auftritt! Jupp Süffels zieht mich von seinem Sohn weg.

»Herr Hagenberger, wat soll dat?«

Ich kann mich nicht mehr kontrollieren. Von heftigem Schluchzen geschüttelt, fließen mir Sätze aus dem Mund.

»Ja, wahrscheinlich schaffen wir es, Ihren Sohn berühmt zu machen – aber was ist der Preis?«

»Dat Ihr Chef den Werbedeal bekommt.«

»Das meine ich nicht. Ich meine: Das ist der schlechteste Hip-Hop-Song aller Zeiten – den sollte niemand singen müssen! Und niemand sollte Bernd Banane heißen. Niemand sollte vor einem Millionenpublikum der Lächerlichkeit preisgegeben werden. ›Die Würde des Menschen ist unantastbar‹? Ha! Wenn dieser Artikel konsequent angewendet würde, wäre das gesamte Privatfernsehen längst verboten! Aber es geht nie um die Menschenwürde, es geht immer um irgendwelche Deals. Süffels, BMW, Nokia – egal. Die Würde ist doch scheißegal, solange der Profit stimmt. Dschungelcamp, Topmodel, Supertalent – das sind doch alles Verzweifelte, die sich für ein bisschen Aufmerksamkeit zum Affen machen. Und Ihr Sohn ist die ärmste Sau von allen! Ich meine: Wie tief muss man sinken, um in einem gelben Glitzerkostüm im SAT.1-Frühstücksfernsehen nach einem Bericht über Laktoseintoleranz bei Nagetieren ...«

Und wieder fange ich an zu schluchzen. Ich bin von mir selbst überrascht. Normalerweise denke ich gar nicht so moralisch. Und wenn, dann wenigstens mit der Stimme von Udo Lindenberg.

Jupp Süffels ist jetzt sauer:

»Herr Hagenberger, hören Sie auf! Der Ralf muss sich konzentrifizieren!«

»*Ich* soll aufhören? *Sie* drängen ihn doch zu dem Schwachsinn hier. Wie ich diesen familiären Druck hasse! Daniel, mach dies, Daniel, mach das. Den musst du anlügen, und die dürfen nicht nebeneinandersitzen, und ...«

»Wovon reden Sie überhaupt?!«

»Ich ... äh ...«

»Dat muss isch mir nit anhören. Verlassen Sie auf der Stelle die Garderobe meines Sohnes.«

Ich nicke stumm und will gerade gehen, als sich die Tür öffnet und der Kopf der Headset-Tusse erneut erscheint:

»Es ist so weit. Kommen Sie bitte mit, Herr Banane.«

»Nein.«

Jupp Süffels ist schockiert:

»Ralf, na los ...«

»Nein. Herr Hagenberger hat recht. Isch wollte nie auftreten. Nit im Karneval, und schon gar nit hier. Dat war immer nur *dein* Wunsch.«

Die Headset-Tusse spricht in ihr Headset:

»Wir haben ein Problem mit dem Künstler. Zieht den Beitrag über den Erfinder der aufziehbaren Hüpfpenisse vor.«

Jupp Süffels legt jetzt jovial den Arm um sie:

»Mädschen, dat hab isch gleisch. Gib mir drei Minuten, dann ist der Jung parat.«

»Na hoffentlich.«

Die Headset-Tusse verschwindet, und Jupp Süffels redet jetzt auf seinen Sohn ein wie ein Box-Coach auf seinen Schützling nach einer verlorenen Runde:

»Hey, lass disch nit hängen – du jehst da jetzt raus und singst dat Lied. Haben wir uns verstanden???!!!«

»Nein.«

»Doch.«

»Nein.«

»Scheiße! Scheiße! Scheiße!«

Plötzlich bin ich hellwach. Und mir kommt eine Idee:

»Herr Süffels, wenn Ihr Sohn nicht will – warum treten *Sie* nicht auf?«

»Isch? Dat ist doch Quatsch.«

»Wieso? Sie haben doch eben gesagt, Sie können den Text.«

Jupp Süffels denkt kurz nach. Dann atmet er einmal tief aus und dreht sich zu seinem Sohn:

»Ralf, zieh dat Kostüm aus, und zwar schnell. Jetzt jeht et um die Familienehre.«

In Windeseile wechselt das Kostüm den Träger. Ob man die Familienehre rettet, indem man seinen Bierbauch in ein gelbes Glitzerkostüm zwängt, ist mir allerdings nicht zu 100 Prozent klar.

Als Jupp Süffels von der Headset-Tusse ins Studio geführt wird, bleiben Ralf und ich in der Garderobe. Über einen Monitor können wir die Sendung verfolgen – gerade hüpft ein aufziehbarer Hüpfpenis vom Beckenrand in einen edlen Swimmingpool, dann erscheint eine Moderatorin:

»Tja, es gibt viele Wege, zu einer Strandvilla in Malibu zu kommen. Der Vertrieb von aufziehbaren Hüpfpenissen ist einer davon. Freuen Sie sich jetzt auf einen Mann, der Ihnen heute Morgen den Rhythmus beim Zähneputzen vorgibt: Hier ist – live gesungen – Bernd Banane.«

Es folgt ein Schnitt auf Jupp Süffels, der unbeholfen in der

Kulisse steht, während sich die gelbe Weste über seinem Bauch spannt:

»Welsche Kamera is jetzt die richtige? Die, wo dat rote Licht brennt?!«

Auch wenn Kleinmüller den Süffels-Deal nach meinem heutigen Verhalten wohl verlieren dürfte, lenkt mich diese absurde Performance erfolgreich von meinem Liebeskummer ab.

Im Monitor hüpft Jupp Süffels mit einer ähnlichen Eleganz wie zuvor der Plastikpenis durchs Bild und singt:

»Schallallallallallaaaa schallallallallalllllalllllaaaaaa ...«

So viel zum Thema ›Ich kann den Text‹.

Ich kann mir ein Lachen nicht verkneifen, und auch Ralf Süffels lässt sich vom skurrilen Auftritt seines Vater erheitern, der seinen Höhepunkt findet, als Jupp Süffels bei einem Ausfallschritt kurz nacheinander erst die Weste und dann das Hemd platzen.

Ich höre im Geiste schon, wie Kleinmüller mich feuert, weil ich den Süffels-Deal versaut habe, als etwas Erstaunliches passiert: Jupp Süffels reißt das Hemd nach dem Refrain komplett auf und präsentiert voller Stolz sein Feinripp-Unterhemd – als sei die Panne geplant gewesen.

Dann tanzt er beschwingt durchs Studio, macht kurz vor der Kamera halt und zwinkert hinein – kaum zu glauben, dass das sein erster Auftritt ist. Die Moderatorin klatscht begeistert im Takt mit – und wird wenig später von Jupp Süffels, der immer mehr in Fahrt kommt, zum Tanzen aufgefordert. Jetzt improvisiert er:

»Isch sag nicht ›Hure‹ und nicht ›Pisser‹ –

Dat ist unter dem Niveau.

Außer zu 'nem Düsseldorfer,

denn dat macht die Seele froh.«

Auch wenn die Spontan-Dichtung sicherlich nicht den Annette-von-Droste-Hülshoff-Preis gewinnen dürfte, hat Jupp Süffels ganz offensichtlich etwas, das sein Sohn nicht besitzt: Showtalent.

Fünf Minuten später geht die Garderobentür auf. Jupp Süffels kommt mit drohendem Zeigefinger auf mich zu:

»Dat is alles Ihre Schuld! Ihretwegen habe isch die schlimmsten Minuten meines Lebens durchgemacht ...«

Dann spüre ich plötzlich seinen Bierbauch auf meinem Magen. Kann es sein, dass mich Jupp Süffels umarmt? Tatsächlich.

»... und Ihretwegen ist mein Jugendtraum endlisch wahr jeworden – isch danke Ihnen, von janzem Herzen!«

42
*2 Stunden, 13 Minuten nach dem Karrierestart
von Jupp Süffels.*

Mit roten Augen nähere ich mich dem Gebäude des Berliner Hauptbahnhofs, um meine Rückreise nach Köln anzutreten. Seit zwei Stunden renne ich durch Berlin, in der Hoffnung, dass mein Körper irgendwann Endorphine ausschüttet und sich so der Seelenschmerz reduziert. Ich bin so daneben, dass ich sogar kurz vor zwei Zeugen Jehovas stehen bleibe, um mich zu erkundigen, ob die Welt bald endlich untergeht oder ob ich noch weiter leiden muss. Dummerweise haben sie keinen exakten Armageddon-Zeitplan. Dilettanten!

Ich habe vor einer Stunde mein Handy eingeschaltet – niemand will mich erreichen. Das ist so deprimierend. Wenigstens meine Mutter könnte mich fragen, wo ich gerade bin und was ich gerade mache. Dann könnte ich sagen, dass ich es ihr nicht sage; sie würde anfangen zu raten, und ich wäre genervt – das wäre toll. Oder Mark? Oder Ulli? Oder Lysa? Oder Karl? Irgendwer muss doch Notiz davon nehmen, dass ich noch existiere. Oder ... Aylin? Was ist mit ihr?

Mein Handy vibriert in der Hosentasche, und mein Herz macht einen Sprung. Wenn das Aylin ist, dann hat sie im selben Moment an mich gedacht, und das würde bedeuten ... Es ist Rüdiger Kleinmüller. Der Mensch im Universum, mit dem ich jetzt am allerwenigsten sprechen will. Aber immer noch besser als gar keiner.

»Ja?«

»Du, Daniel, wie isses denn gelaufen mit Bernd Banane? Ich

wollt's mir aufnehmen, aber da ist irgendwas schiefgelaufen, weil der Speicher meines Festplattenrekorders schon voller Pornos ist, haha. No, I'm only joking, es sind höchstens zwei, drei Softsex-Filme – das Scheiß-Teil ist einfach kaputt.«

»Also, es lief zwar anders als geplant, aber gut, denke ich.«

»Schön. Du, pass auf, ich hab einen Job für dich, es geht um eine Campaign für Ostfriesentee.«

»Klingt ungeheuer spannend.«

»Auf jeden Fall: Ich habe keine Zeit, deshalb musst du zu dem Kick-off-Meeting mit dem Produzenten fahren. Du fragst ihn einfach, was er will, checkst dann ein paar Ideen ab und guckst mal, auf welche Scheiße er anspringt, okay?«

»Okay.«

»Perfect. Du, das ist irgendwo auf dem platten Land – deshalb hab ich einen Driving Service engagiert, der dich da abliefert. Sag mir einfach, wo du gerade bist – dann gebe ich dem Fahrer Bescheid.«

Knapp 15 Minuten später sitze ich in einem Mercedes S-Klasse und verlasse Berlin in Richtung Norden. Ehe ich mir weitere Gedanken machen kann, holt sich mein Körper das, was ich ihm in den letzten Tagen vorenthalten habe: Schlaf.

Gut vier Stunden später werde ich wach. Die Limousine hält vor einem Haus mit typisch friesischem Reetdach. Ich schleiche in Richtung Eingang. Plötzlich stoppt mich die Stimme des Chauffeurs:

»Herr Hagenberger?«

»Ja?«

»Die Besprechung findet dort hinten statt.«

Er weist am Haus vorbei, auf eine Wiese. Dahinter ist Meer. Wie praktisch – da kann ich mich gleich nach der Besprechung reinstürzen. Ich sehe mich zum ersten Mal richtig um: Ich kenne diesen Ort ... Ich bin auf der Hamburger Hallig! Dem Ort meiner Verlobung!

Als ich weiter über die Wiese gehe, sehe ich plötzlich zwei Gestalten: einen Mann und eine Frau im weißen Kleid. Es ist ... ein

Brautkleid. Ich denke kurz darüber nach, ob mich eine Wahnvorstellung heimsucht – aber als ich näher komme, sehe ich, dass ich mich nicht getäuscht habe. Es ist tatsächlich ein Brautkleid. Ein wunderschönes Brautkleid. Und darin ... Aylin.

43
Wann? Wo? Was?

»Aylin? Aylin!«

Ich gehe wie in Trance auf sie zu. Aylin lächelt mich durch den weißen Schleier an. Ihre Augen und Lippen sind dezent, aber wirkungsvoll geschminkt, die Haare elegant zusammengesteckt. Sie sieht bezaubernd aus.

»Hallo, Daniel.«

»Was ... wie ... ich ... ich dachte, ich habe eine Besprechung mit einem Tee-Produzenten.«

»Tja, da haben wir deinen Chef wohl zu einer kleinen Lüge angestiftet.«

»Wir?«

»Emine und ich. Seit Kleinmüller mit ihr geschlafen hat, würde er ihr wahrscheinlich *jeden* Wunsch erfüllen.«

»Emine hat mit Kleinmüller ... Ich hab's geahnt.«

Ich lache, und Aylin schaut mich an. Sie atmet tief ein.

»Weißt du, Daniel ... Für mich ist das normal, das ganze Familienchaos. Die ständigen Anrufe, die Emotionen, die Hysterie, der Druck. Ich bin damit aufgewachsen, und manchmal merke ich das alles gar nicht. Deshalb ... na ja, also ich denke, mir war nicht klar, dass das alles zu viel für dich war. Dass ich dich überfordert habe. Dass meine Familie dich überfordert hat.«

»Ich habe es dir ja auch nie gesagt.«

»Weil du der liebste Mensch der Welt bist und mir alles recht machen wolltest. Du hast genug Zeichen gegeben, aber ich ... ich war einfach in diesem Film drin, und ... ja, ich wollte allen zeigen, wie toll sich mein deutscher Verlobter in die Familie integriert.

Ich wollte so sehr, dass sie dich akzeptieren, dass ich nicht mehr wahrgenommen habe, wie es dir geht. Und wo deine Grenzen sind. Ich wollte das nicht, das musst du mir glauben – aber in den letzten Wochen, da war mir das Bild, das meine Familie von dir hat, viel wichtiger als *du*. Und dafür möchte ich mich entschuldigen – von ganzem Herzen. Verzeihst du mir?«

Jetzt sollte ich sie erst mal eine Weile zappeln lassen.

»Natürlich. Natürlich verzeihe ich dir. Ich liebe dich.«

Ob man bei 0,36 Sekunden von einer ›Weile‹ sprechen kann, weiß ich nicht. Aber ich habe ihr schon in dem Moment verziehen, als ich sie gesehen habe. Für meine Verhältnisse war ich also extrem cool. Aylin schaut mich lange an.

»Daniel, benimle evlenmek istiyor musun?«*

Okay. Aber jetzt lasse ich sie zappeln.

»Ja. Ja, ich will!«

Fast eine Sekunde. Weil ich noch einatmen musste.

Wir umarmen uns ganz fest. Tränen der Freude und der Erleichterung fließen aus unseren Augen – obwohl es eigentlich überflüssig ist, noch mehr Salzwasser zu produzieren, wenn um uns herum die Nordsee tobt. Als ich zur Seite gucke, sehe ich einen älteren Herrn, der angestrengt an uns vorbeistarrt. Ich war so auf Aylin fixiert – ich habe völlig vergessen, dass wir nicht alleine sind. Aylin tupft sich unter ihrem Schleier die Tränen ab.

»Das ist Herr Petersen, der Standesbeamte. Herr Petersen, das ist Daniel Hagenberger.«

Herr Petersen steht an einem kleinen Pult, und wie es sich für einen ordentlichen Norddeutschen gehört, sagt er erst mal nichts. Er nickt mir nur höflich zu. Da ich ja inzwischen darin geübt bin, mich schnell in eine fremde Kultur zu integrieren, verzichte auch ich auf Worte und nicke höflich zurück. Ich flüstere Aylin ins Ohr:

»Aber so schnell kriegt man doch normalerweise keinen Hochzeitstermin. Was hast du dir diesmal für eine Lüge ausgedacht?«

Aylin flüstert zurück:

* Willst du mich heiraten?

»Ich habe mir keine Lüge ausgedacht, ich habe einfach unsere Geschichte erzählt. Wie wir uns verlobt haben. Und dass du dir gewünscht hast, hier zu heiraten.«

»Ich wusste gar nicht, dass norddeutsche Beamte Romantiker sind.«

»Okay, meinen Schmollmund hab ich natürlich auch eingesetzt.«

Völlig überraschend und wie aus dem Nichts sagt Herr Petersen plötzlich etwas:

»So.«

Aylin und ich warten eine gute halbe Minute, dass noch etwas folgt. Ein ›So‹ kommt ja in der Regel nicht alleine. Da schließt sich eigentlich immer was an: ›So, ich bin dann mal weg.‹ ... ›So, Ihre Waschmaschine läuft wieder – das macht 600 Euro.‹ ... ›So, ich bin jetzt mit der Sonde in Ihrem Magen angekommen.‹

Aber ein Norddeutscher kann ein ›So‹ auch einfach mal stehen lassen. Das macht einen Rheinländer irgendwann wahnsinnig. Als das ›So‹ nach einer Minute immer noch alleine in der Luft schwebt, wage ich eine Nachfrage:

»Äh, wollten Sie mit dem Wort ›So‹ andeuten, dass wir anfangen können?«

Pause.

Pause.

Paaaaaauuuuuuuuuuuusssssseeeeeeeeeee.

»Jouw.«

Für Norddeutsche müsste es eine Fast-Forward-Taste geben, mit der man sie schneller machen kann. Es ist zwar verhältnismäßig warm für einen sechsten Februar, aber es geht ein ziemlicher Wind, und ich sehe, dass Aylin in ihrem luftigen Kleid langsam zu frieren anfängt.

Herr Petersen schaut mich auffordernd an. Will er etwas von mir? Ich glaube ja. In der einen Hand hält er Aylins Personalausweis, die andere streckt er mir entgegen. Natürlich, die Ausweise! O mein Gott – habe ich meinen Perso dabei? Ich durchsuche panisch mein Portemonnaie. Nichts. Mein Herz setzt zwei Schläge aus.

»Äh, tut's auch die Dauerkarte vom 1. FC Köln?«

Pause.

Pause.

Gleich wird er sowieso »Neij« sagen, also suche ich panisch weiter. Aylin schaut mich besorgt an:

»Du hast ihn doch sonst immer dabei.«

Ich durchforste weiter mein Portemonnaie: EC-Karte, VISA-Karte, Mitgliedsausweis der Aktion Fischotterschutz ... Ich hasse mein Portemonnaie dafür, dass es so viele Fächer hat. O Gott sei Dank, da ist er! Ich strahle Aylin an, sie seufzt erleichtert. Dann gebe ich Herrn Petersen meinen Personalausweis.

»Neij.«

Wie – ›neij‹?! Ist der etwa abgelaufen? Ach so, das bezog sich noch auf die FC-Dauerkarte. Alles ist gut. Herr Petersen prüft quälend langsam unsere Ausweise. Ich reibe die mittlerweile zitternde Aylin an Armen und Oberkörper. Nach einer Weile beweist Herr Petersen, dass er überraschenderweise auch einen ganzen Satz formulieren kann:

»Die Personalien konnte ich feststellen.«

Pause.

Pause.

Paaaaaaaaaaaaauuuuuuuuuuuuusssssssseeeeeeeee.

»Die Ringe, bitte.«

Aylin und ich lächeln uns an. Wir haben unsere Verlobungsringe nie abgenommen. Jetzt reichen wir sie Herrn Petersen, der sie im Zeitlupentempo auf dem Pult platziert.

»So.«

Pause.

Pause.

Schon wieder ein ›So‹ ohne Folgetext? Nein, diesmal kommt was:

»Bevor ich Sie jetzt offiziell vermähle ...«

Pause.

Pause.

»... habe ich eine kleine Rede vorbereitet.«

Herr Petersen schaut uns jetzt mit einem Ich-gebe-Ihnen-nun-etwas-sehr-Bedeutsames-mit-in-die-Ehe-Blick an.

Pause.

Pause.

Ich ziehe meine Jacke aus und lege sie Aylin um die Schultern. Sie lächelt mich dankbar an. Jetzt ist *mir* kalt. Herr Petersen scheint davon auszugehen, dass seine Rede umso bedeutsamer wird, je länger die Pause davor andauert.

Pause.
Pause.
Paaaaaaaauuuuuuuuuuuussssseeeeeeeeeee.
»Also ...«
Pause.
Pause.
»... Seid nett zueinander und geht nicht zu spät ins Bett.«
Pause.
Pause.
Pause.

War das die Rede? Das war die Rede. Aylin und ich schauen uns an. Wenn man ein Lachen unterdrücken will, wird es bekanntlich schlimmer. Aylin sieht unglaublich süß aus, wenn sie versucht, sich zu beherrschen, während es sie schüttelt und die ersten Lachtränen aus den Augen fließen.

Herr Petersen blättert jetzt quälend lange in den Unterlagen, sodass ich ein wenig auf der Stelle hüpfe, um mich warm zu halten. Aylin sieht das – und kichert wieder los. Ich kichere mit. Was tun Brautpaare nicht alles, um ihre Hochzeit unvergesslich zu machen? Sie heiraten im Hubschrauber über den Niagarafällen; sie heiraten unter Wasser mit Zeichensprache; sie reiten auf Pferden zu einem Altar am Seychellen-Strand. Aber wenn mich irgendwann mal jemand fragt, was ich wirklich romantisch finde, dann ist es das gemeinsame Unterdrücken eines Lachanfalls aus Rücksicht auf die Gefühle eines alten Friesen.

Herr Petersen wendet sich uns wieder zu, und wir spielen ein seriöses Brautpaar.

»Herr Hagenberger, möchten Sie die hier anwesende Aylin Denizoğlu zur Ehefrau nehmen, dann antworten Sie bitte mit ›jouw‹.«

»Ja. Ja, ich will.«

»Frau Denizoğlu, möchten Sie den hier anwesenden Daniel

Hagenberger zum Ehemann nehmen, dann antworten Sie bitte mit ›jouw‹.«

»Ja. Ja, ich will. Von ganzem Herzen.«

»Dann erkläre ich Sie hiermit zu Mann und Frau.«

Die Nachmittagssonne über der Nordsee taucht die Schäfchenwolken in ein kräftiges Orange – eine Winterromantik, die selbst die besten Dreamworks-Programmierer nicht so bombastisch hinbekommen hätten. Herr Petersen reicht uns die Ringe, die wir uns mit zitternden Fingern anstecken. Ich lüfte Aylins Schleier und bin überwältigt, wie schön sie mit verschmiertem Kajal aussieht. Dann küsse ich zum allerersten Mal meine Ehefrau.

Allein für diesen Augenblick würde ich ein ganzes Jahr lang Onkel Abdullahs Schnarchen ertragen und mindestens zwanzig türkische Tanten im Krankenhaus besuchen.

44
2 Stunden, 35 Minuten nach der Hochzeit.

Aylin sitzt in ihrem Hochzeitskleid auf der Bettkante und schaut mich erwartungsvoll an. Ich versuche, ein Saxofon zu imitieren, das die Melodie von *You can leave your hat on* spielt. Dabei knöpfe ich mit vielsagenden Blicken mein Hemd auf.

Nach der Trauung sind wir bei einem Candlelight-Dinner im Hallig-Krog, der extra für uns aufgemacht hat, langsam wieder aufgetaut – wobei uns zwei Gläser Grog und eine extrem leckere Fischsuppe geholfen haben. Danach lieferte uns der Chauffeur in der Ferienwohnung eines Bauernhofs ab, in der wir damals nach unserer Verlobung schon einmal übernachtet haben – mit geschätzten 500 Flaschenschiffen würde sie auch als Museum durchgehen. Damals wollte ich Sex, aber Aylin wollte noch warten. Heute gibt es nichts, das uns von einer perfekten Hochzeitsnacht abhalten kann. Nichts? Nichts. Alle Kommunikationsmedien sind abgeschaltet und Aylins Familie ist über 400 Kilometer weit weg.

Aylin feuert mich jauchzend an – ich lasse erst die linke, dann die rechte nackte Schulter sehen und ziehe das Hemd aus. Bis auf eine kurze Verzögerung, in der ich den Ärmelknopf nicht aufkriege, steht meine Performance den California Dream Boys in nichts nach. Ich lasse das Hemd über meinem Kopf kreisen, um es dann elegant wegzuschleudern. Wobei es wohl Abzüge in der B-Note gibt, als es sich in der Deckenlampe verheddert.

Plötzlich habe ich das Bedürfnis, Aylin etwas zu fragen, was nichts mit Erotik zu tun hat. Ich denke kurz darüber nach, ob ich die Frage nicht besser verschiebe, aber ich würde bestimmt die ganze Zeit daran denken; dann würde ich mich ärgern, und meine Hochzeitsnacht hätte für immer einen Makel.

»Aylin, diese Hochzeit war genau so, wie ich es mir gewünscht habe. Nur noch besser – Herr Petersen war einfach Weltklasse.«

Bei der Erinnerung müssen wir beide wieder kichern. Gemeinsames Kichern ist eine unterschätzte Vorspiel-Praktik.

»Aber jetzt ... Statt 1000 verrückter Türken hatten wir einen einzigen stocksteifen Friesen. Hast *du* jetzt nicht alles aufgegeben?«

»Daniel, alles, was mir wichtig war, habe ich bekommen: dich!«

»Aber ich finde, wir sollten trotzdem noch mit der Familie feiern. Ich weiß, sie bedeutet dir viel. Und ich will, dass du glücklich bist. Außerdem ist eine Hochzeit nicht komplett, wenn niemand wegen der Sitzordnung beleidigt ist.«

Aylin strahlt:

»Dann ist es ja gut, dass ich die Feier noch nicht abgesagt habe.«

Ich muss lachen:

»Hast du nicht?«

»Nein.«

»Hast du geahnt, dass ich ...«

»Ja. Weil du der warmherzigste und liebevollste Mensch bist, den ich kenne. Deshalb habe ich dich doch geheiratet.«

»Ach so. Und ich dachte, weil ich so ein begnadeter Stripper bin.«

Ich lasse wieder die Mund-Saxofon-Version von *You can leave your hat on* hören. Aylin johlt, greift sich meinen Arm und zieht mich aufs Bett.

Gut acht Stunden später wache ich in dem Bewusstsein auf, die schönste Hochzeitsnacht aller Zeiten erlebt zu haben. (Natürlich habe ich keinen Vergleich und kann nicht garantieren, dass Lothar Matthäus bei einem seiner diversen Versuche nicht etwas ähnlich Tolles widerfahren ist.)

Ich bin überrascht, was die Hochzeitsnacht mit meinem Gehirn angestellt hat: Plötzlich freue ich mich auf Leverkusen! Ich denke: Was hatte ich nur immer gegen diese pulsierende Metropole?

Ich wecke Aylin sanft. Kaum ist sie wach, schon strahlt sie mich an:

»Das war unglaublich schön gestern. Schade, dass keiner die Zeremonie gesehen hat.«

Ich habe einen Geistesblitz:

»Aylin, wie wär's, wenn wir die Zeremonie faken? Ein Bekannter von mir spielt den Standesbeamten, und die ganze Familie denkt, dass sie live bei der Trauung dabei ist.«

»Das ... das ist brillant! Wow, du kannst schon wie ein echter Türke denken.«

»Ist das ein Kompliment?«

»Natürlich. Du hast unsere Kultur verstanden. Herzlichen Glückwunsch. Und was Cems Verlobung betrifft ...«

Ich zucke zusammen. Das Thema habe ich völlig verdrängt. Cems Scheinehe war der Grund für das Platzen der Hochzeit. Wird sie jetzt auch der Grund für den ersten Ehekrach?

»... ich habe nachgedacht, Daniel ... Weißt du, ich bin immer noch verwirrt. Mir ist klar, dass Cems Verlobung eine Lüge ist. Aber ich weiß auch, dass viele Familienmitglieder die Wahrheit nicht akzeptieren können. Und wenn mein Bruder sich entscheidet, den einfacheren Weg zu gehen, dann verstehe ich das.«

»Aber verstehst du auch, dass ich den Romantikfaktor einer Scheinehe relativ gering einstufe?«

»Ja. Du musst das nicht auf unserer Feier verkünden. War eine blöde Idee von mir.«

»Nein, das war keine ... doch, eigentlich war es schon eine blöde Idee.«

Wir lachen, und Aylin boxt gespielt beleidigt gegen meinen Brustkorb. Ich entspanne mich wieder. Für exakt vier Sekunden.

»Daniel?«

»Hmm?!«

»Hast du deinen Gästen eigentlich gesagt, dass du offiziell Moslem bist?«

»Nein.«

»Uuuh, das könnte Probleme geben.«

Ich zucke schon wieder zusammen. Meine Lügen habe ich genauso schön verdrängt wie Cems Verlobung. Die Schweißdrüsen, die sich gerade beruhigt haben, fangen wieder an zu arbeiten. Es gibt nur zwei Möglichkeiten: Entweder kommt alles raus, oder ich muss die nächsten fünfzig Jahre weiterlügen. Das ist, als hätte man die Wahl zwischen Pest und Cholera. Zwischen Guillotine und elektrischem Stuhl. Zwischen Wolfsburg und dem Barbarossaplatz. In mir reift ein Gedanke: Ob sie mich danach noch lieben oder nicht – ich muss das Risiko eingehen.

»Aylin, es geht nicht anders – ich muss die Wahrheit sagen.«

»Wann?«

»Auf der Feier.«

»Bist du sicher? Das könnte ein Erdbeben verursachen.«

»Es ist die einzige logische Alternative.«

»Tja. Und jetzt denkst du wie ein echter Deutscher. Aber das ist auch okay. Egal, wie die Familie reagiert, ich bin bei dir.«

45
*28 Stunden, 35 Minuten nach der Trauung,
eine Stunde vor der Wahrheit.*

Der Mercedes hält mitten in einem Industriegebiet irgendwo in Leverkusen. Onkel Serkans Hochzeitssalon würde von außen auch als Lagerhalle durchgehen. Lediglich ein gut zwei mal vier Meter großes Stoff-Transparent mit dem Schriftzug

Aylin'in ve Daniel'in düğünü

sowie gut zwanzig große Herzen mit verschiedenen türkischen Inschriften, die aus vielen Hundert roten Rosen geformt sind, lassen auf den eigentlichen Zweck der Halle schließen. Aylin zupft meinen glänzenden weißen Hemdkragen zurecht und streift meine Anzugjacke glatt. Dann zieht sie sich den Schleier vors Gesicht. Wir steigen aus der Limousine und gehen über einen roten Teppich an dem Spalier der roten Herzen vorbei in den Saal. Sofort brandet Applaus von gut 1200 Gästen auf – es sind spontan noch einige hinzugekommen. Während es offenbar ein Gesetz gibt, das türkischen Männern verbietet, in etwas anderem als einem engen schwarzen Glanzanzug auf einer Hochzeit zu erscheinen, ist bei den Frauen vom strassbesetzten kleinen Schwarzen über pinke Satinkleider bis hin zu silbernen und goldenen Paillettenträumen alles vertreten – es muss nur hauteng, möglichst auffällig und vor allem: glitzernd sein. Auch Schminke wird nicht etwa zur dezenten Betonung eingesetzt – es werden im Gesicht eigenständige farbige Erlebniswelten erschaffen. Insgesamt kann man sagen: Der Anblick türkischer Hochzeitsgäste ist nur schwer von der Wirkung halluzigener Pilze zu unterscheiden.

Zunächst sehe ich nur unbekannte Gesichter, bis ich Herrn Töller, den Portier vom Info-Schalter des Herzzentrums, ausmachen kann:

»Herr Töller, wie schön! Wer hat Sie denn eingeladen?«

Herr Töllers Zunge bewegt sich unter Alkoholeinfluss noch leichter als ohnehin schon:

»Fragen Se misch lieber, wer misch *nit* einjeladen hat. Den ersten fünf hab isch ja noch abjesagt, weil isch jedacht hab, bei den Moslems jibbet kein Kölsch, die trinken ja nur Tee und Rosenwasser. Als dann der Sechste kam, hab isch mal nachjefragt, und dann wurde mir jesagt, et jibt Efes Pilsen, und dat schmeckt ja wie eine Mischung aus Gaffel und Sünner Kölsch, also hab isch jedacht: Hermann, da biste mal tolerant, und außerdem sag isch immer: Einem jeschenkten Bier schaut man nit ins Visier – haha, kleiner Spaß, muss auch mal sein. Weil sonst sagt man ja Gaul und Maul, ne, aber isch hab dat umjetextet auf Bier; und weil sisch Maul ja nit auf Bier reimt, kam isch dann auf Visier, hahahaha. Kam mir einfach so unter der Dusche, die Idee, ja, isch weiß auch nit, wo isch dat immer herhole, isch meine, dat is Talent – der eine hattet, der andere hattet nit. Isch hab et halt – da bilde isch mir jar nix drauf ein, dat is halt einfach so. Bier – Visier, hahaha, isch schmeiß misch weg. Nee, isch bin schon ne Marke.«

Während Aylin von mindestens vierzig Frauen umschwärmt wird, die alle mit spitzen Schreien und großen Gesten ihr Kleid bewundern, lache ich noch einmal höflichkeitshalber über den Bier-Visier-Reim und schiebe mich dann weiter durch die Menge, bis ich meine Eltern erblicke, die mit Dimiter Zilnik, Ingeborg Trutz und Oma Berta bereits an einem der riesigen Tische Platz genommen haben. Im Vergleich zu den gestylten türkischen Gästen wirkt mein Vater mit seinem Cord-Jackett fast wie ein Obdachloser – meine Mutter scheint in ihrem beigefarbenen Hosenanzug von einem anderen Planeten zu stammen als die wandelnden türkischen Farbexperimente. Als sie mich sieht, springt sie auf und umarmt mich:

»Ich freue mich ja so, dass ihr's euch anders überlegt habt! Was war denn los? Warum habt ihr euch denn gestritten? Und wie habt ihr euch versöhnt? Und wo? Was hast du überhaupt gegen die türkische Familienkultur gesagt? Ach, Schwamm drüber, du, ich glaube, du hast dich erkältet, deine Nase ist ganz rot. Aber die Halle hier ist ja umwerfend, das wirkt wie eine postmoderne Pop-Art-Parodie. Also, wenn man's unter satirischem Blickwinkel sieht – phantastisch!«

Wie mir Aylin auf der Fahrt erzählte, hat Cem die komplette Ausstattung vom ersten Mal aus Rheda-Wiedenbrück zurückgekauft, während Kenan gleichzeitig bei eBay das Zubehör einer großen Christopher-Street-Day-Party ersteigert und Frau Denizoğlu ein Tüll-Lager in Köln-Kalk leergekauft hat. So war plötzlich die dreifache Menge an Deko-Material da, und es wurde *alles* verwendet.

Ich schaue mich zum ersten Mal in Ruhe um: Es sieht aus, als wäre Bayern-König Ludwig II. wiederauferstanden, weil ihm Schloss Neuschwanstein nicht kitschig genug war, und hätte die Ausstatter von Disney World mit dem Ästhetik-Komitee des Sissi-Fanclubs zusammengebracht, um gemeinsam den schwulsten Raum aller Zeiten zu erschaffen. Das Lichtkonzept besteht aus einer Kombination aus mit rosa Folie zugeklebten Neonröhren und der kompletten Jahresproduktion einer chinesischen Lichterkettenfabrik. Die Tische quellen über vor roten, goldenen, weißen und silbernen Tüchern, Kerzen in allen denkbaren Farben und Formen (darunter die lustigen Tier-Kerzen aus London) und Deko-Kitsch wie glitzernde Rehe, rosa Gartenzwerge und orientalisch geformte silberne, goldene und bronzene Vasen, in die künstliche, mit Glitzerspray überzogene Blumen gesteckt wurden. Wände und Decke sind hinter mehreren Schichten Tüll verborgen, und die letzten freien Millimeter werden von Flachbild-Monitoren ausgefüllt, auf denen man das Treiben in anderen Ecken der Halle bewundern kann – die gesamte Feier wird nämlich, das hat Kenan organisiert, parallel mit fünf fest installierten und drei Handkameras gefilmt, an einem Mischpult geschnitten, auf die Monitore gespielt sowie über den Hochzeitssender Düğün TV live in die Türkei übertragen und kann nach der Feier für 39 Euro auf DVD sofort mitgenommen werden. Auf einer Bühne, die aussieht wie die Kulisse für *Captain Cook und seine singenden Saxofone* beim Grand Prix der Volksmusik, sitzen sechs Musiker an fünf Keyboards und einem Schlagzeug, trinken Tee, und drücken alle zehn Sekunden irgendeine Taste, die bewirkt, dass der orientalische Klangteppich, der die ganze Zeit durch den Saal wabert, eine neue Nuance bekommt.

Jetzt wendet sich Oma Berta an mich:

»Gut, dass du kommst, Daniel. Gleich spricht der Führer.«

»Berta, der Führer ist seit über sechzig Jahren tot.«

»Wie, der ist tot? Der hat gestern noch eine Fernsehansprache gehalten.«

»Berta, das war nur ein Film, in dem Bruno Ganz Hitler gespielt hat.«

»Der hat den Führer gespielt? Au weia! Wenn das rauskommt, wird der bestimmt erschossen.«

Während mein Vater seine Mutter beiseitenimmt und ihr erklärt, in welchem Jahr wir uns befinden, umarmt mich Ingeborg Trutz theatralisch:

»Daniel, ich gratuliere dir – du, der Raum ist phantastisch, phan-taaaas-tisch. Also, es macht mich zwar traurig, wenn ich daran denke, dass man mit dem Geld, das diese Feier kostet, mindestens 1000 Katzen retten könnte, aber lass dir davon nicht die Freude verderben – du hast es dir verdient. Ich fühle eine gaaaa-anz intensive positive Energie, wenn ich an dich und Ayşe denke!«

»Aylin.«

»Hab ich Ayşe gesagt? Hach, mein Gehirn ist durchlöchert wie die Mauern von Sarajevo im Jugoslawienkrieg.«

Es ist schwer, das Bild der nackten Ingeborg aus dem Kopf zu kriegen, auch wenn sie heute ein Kleid aus aneinandergenähten Stoffresten trägt – die künstlerisch ambitionierte Variante eines Lappenclown-Kostüms. Dimiter Zilnik hat die 1,5-Promille-Grenze noch nicht erreicht und sagt insofern erst mal gar nichts, sondern versucht, sein blechernes Husten als weitere Sound-Nuance in den orientalischen Klangteppich einzuweben. Meine Eltern, Ingeborg und Dimiter sind als Einzige in den Fake eingeweiht – das musste ich tun, weil unser Standesbeamter auch in

Dimiters *Romeo-und-Julia*-Inszenierung mitspielt. Er stellt dort einen serbischen Kriegsverbrecher dar, der am Ende in eine Kanone uriniert.

Ich gehe weiter und treffe die Denizoğlus. Während Herr Denizoğlu den obligatorischen schwarzen Glanzanzug trägt, hat seine Frau ein leuchtend rotes Abendkleid an. Sie umarmt mich mit großem Pathos und Tränen in den Augen:

»Daniel, vallaha, ich bin unheimlich froh, dass hat doch noch geklappt alles, vallaha, ich war wahnsinnig traurig wegen abgesagte Hochzeit, aber jetzt vallaha, ich bin so froh, kannst du dir nicht vorstellen, wie froh, vallaha billaha ... Komm her, mein Sohn.«

Jetzt nimmt Frau Denizoğlu die Haut meiner Wangen in beide Hände und schüttelt daran – offensichtlich mit dem Ziel, mir eine Gehirnerschütterung zu verursachen. Dann kneift sie mir noch ins Kinn und ins Ohrläppchen, bevor sie mich so fest an sich drückt, dass mein von der Fahrt zerknittertes Hemd dabei geglättet wird. Diese Gesten in Kombination mit der Tatsache, dass sie mich als ihren Sohn bezeichnet, werte ich als dezente Hinweise, dass sie mich immer noch liebt.

Herr Denizoğlu klopft mir auf die Schulter:

»Mein Sohn ... heute ist für mich wunderbare Tag ...«

»Für mich auch.«

»... weil Trabzonspor hat gewonnen 1:0 bei Antalyaspor.«

»Toll, herzlichen Glückwunsch.«

»Ach ja – für dich auch herzlichen Glückwunsch!«

»Zur Hochzeit?«

»Nein, weil 1. FC Köln hat gespielt 2:2 in Frankfurt.«

Wenig später treffe ich direkt neben einer gigantischen silbernen Vase, in der sich in fast zwei Metern Höhe mit goldenen Pailletten beklebte violette Stoffblumen befinden, auf Jupp und Ralf Süffels, die gerade von Onkel Abdullah in sein Sommerhaus am Schwarzen Meer eingeladen werden. Jupp legt mir sofort den Arm auf die Schulter und zieht mich beiseite:

»Hör mal, Jung, dat jeht aber nit.«

»Was?«

»Efes Pilsen bei einer Hochzeit in Köln.«

»Äh, hier ist Leverkusen.«

»Für misch existiert kein Leverkusen. Ejal, wenn ein Kölscher wie du Hochzeit feiert, dann muss et Kölsch jeben. Isch hab jrad mal den Pitter anjerufen, der bringt ein Fünfzig-Liter-Fass vorbei. Keine Ursache, ist selbstverständlich. Du, hör mal, ich war gestern in der NDR-Talkshow zu Gast, heute Morgen hatte ich schon über 500 000 Klicks bei YouTube, und heute Mittag kamen Einladungen zu *TV Total* und *Willkommen bei Carmen Nebel*. Jung, ejal wo du bist, ob in Köln, in der Türkei oder am Nordpol – wenn du Kölsch brauchst, ruf misch an, und du kriegst so viel, wie du willst.«

Als die Musik plötzlich stoppt, merke ich: Der große Moment ist gekommen. Zwei vergoldete Stühle werden auf die Bühne gestellt. Aylin und ich nehmen Platz. Als der von mir engagierte Schauspieler zum Mikrofon schreitet, kommt mir das irgendwie surreal vor, aber ich genieße jede Sekunde. Gestern hatte ich die Traumhochzeit für meine deutsche Seele – und es hätte definitiv etwas gefehlt, wenn nicht heute das türkische Mega-Event gefolgt wäre. Im Publikum sehe ich, dass Ralf und Jupp Süffels mit Mark und Tanja an einem Tisch sitzen. Alle vier zeigen mir jetzt den gestreckten Daumen. An den Tischen der türkischen Familie entsteht kurz Unruhe, weil zwei Tanten beleidigt aufstehen und den Platz wechseln, als Onkel Abdullah sich setzt. Der Schauspieler, Gerd Erdmann, nimmt das Mikrofon.

»So, ich darf mich kurz vorstellen: Mein Name ist Heribert Fassbender, und ich bin Standesbeamter der Stadt Köln.«

Warum nennt er sich wie der ehemalige ARD-Sportchef, Moderator der *Sportschau* und ungeschlagener Meister des gelangweilten Spielkommentars? Egal, wird schon niemandem auffallen.

»Ich konnte die Personalien überprüfen und ihre Richtigkeit feststellen, und deshalb sage ich nun: Llllllllet's get ready to rrrrrummmmblllleeeeee ...«

Ja, ist der denn von allen guten Geistern verlassen? Erst nennt er sich Heribert Fassbender, und jetzt imitiert er Michael Buffer. Man sollte Schauspieler nie ohne Regisseur agieren lassen.

»Also, ich frage zunächst die anwesende ... äh ...«

Er lässt sich von Aylin ihren Namen ins Ohr flüstern.

»... Aylin Denizoğlu: Wollen Sie den hier anwesenden Daniel Hagenberger zum Mann nehmen, ihn lieben und ehren, in guten wie in schlechten Zeiten, bis dass der Tod euch scheidet ...«

Das ist zwar der kirchliche Text, aber solange er Gott nicht erwähnt, wird es wohl durchgehen.

»... so antworten Sie in Gottes Angesicht laut und vernehmlich mit ›Ja‹.«

Aylin lächelt.

»Ja, ich will.«

»Und wollen Sie, äh, Daniel Hagenberger, die hier anwesende ... Aylin äh ... Duru ... lolu zur Frau nehmen, sie lieben und ehren, in guten wie in schlechten Zeiten, bis dass der Tod euch scheidet, so antworten Sie in Gottes ...«

Ich habe ihm einen warnenden Blick geschickt, damit er Gott nicht noch mal erwähnt, aber er hat es eine Nuance zu spät gemerkt. »... äh, und natürlich auch in Allahs Angesicht ... laut und vernehmlich mit ›Ja‹.«

»Ja, ich will.«

»Kraft des mir von Gott, nein, von äh der Stadt Köln verliehenen Amtes erkläre ich Sie hiermit zu Mann und Frau. Sie dürfen die Braut jetzt küssen.«

Ich lüfte Aylins Schleier und küsse sie unter dem Applaus von 1200 Gästen – ein erhebendes Gefühl. Heribert Fassbender schüttelt uns die Hände und verlässt die Bühne. Eigentlich war die Performance keine 100 Euro wert, aber der euphorische Applaus zeigt, dass Familie, Freunde und wer sonst noch so heute hier ist, bereitwillig über die kleinen Unstimmigkeiten hinwegsehen.

Onkel Abdullah hebt jetzt eine Holzkiste an, die vor dem geöffneten Eingangstor steht. Es kommen zehn weiße Tauben zum Vorschein, die sich sofort majestätisch in die Luft erheben, begleitet von Hunderten ergriffener Oooooooohs und Aaaaaaaahs. Onkel Abdullah beweist ausgesprochenen Sinn für romantische Momente, als er einer der Tauben, die nicht sofort losfliegt, mit einem beherzten Tritt Starthilfe gibt.

Als ich Aylin zulächle und den Moment genießen will, platzt

fast mein Trommelfell, weil die Band spontan das Tarkan-Lied *Şıkıdım* in voller Lautstärke aus dem Keyboard-Speicher in die Lautsprecher befördert. Dann werde ich erneut Zeuge eines Weltrekords: In weniger als zwei Sekunden ist eine leere Tanzfläche mit über 900 Leuten gefüllt, die ihre Hüften kreisen lassen und schnipsen.

Ich bin mal wieder beeindruckt, wie sich Türken bewegen können. Selbst Kleinkinder zeigen eine natürliche Geschmeidigkeit, als hätten sie schon in der Gebärmutter jeden Tag Unterricht erhalten. Einige wenige Gäste sitzen noch an den Tischen: alte, gebrechliche und deutsche.

Nach ein paar Minuten wagt sich mein Vater auf die Tanzfläche und versucht zu zeigen, dass er sich genauso locker bewegen kann wie die Türken – wobei es für mich eher so aussieht, als hätte Joe Cocker kurz nach einer Hüft-OP eine Dose Ecstasy-Pillen verschluckt. Wenig später folgen meine Mutter und Ingeborg Trutz. Meine Mutter hüpft fröhlich auf der Stelle und schafft es – im Gegensatz zu den sinnlich mit der Hüfte kreisenden Türkinnen –, jegliche Erotik aus ihrer Tanzperformance herauszuhalten; das hat seine ganz eigene Qualität. Ingeborg Trutz hingegen zieht zunächst ihre Schuhe aus und bewegt sich dann theatralisch-esoterisch, wobei sie aus irgendeinem nicht nachvollziehbaren Grund wild mit den Armen über ihrem Kopf herumfuchtelt. So beweist sie eindrucksvoll, dass man die Stimmung der Musik auch komplett ignorieren kann, wenn man nur genügend Ideen für sinnlose Bewegungen in sich trägt. Dimiter Zilnik sitzt mit Oma Berta am Tisch und zieht an seiner Zigarre. Er ist seit seiner Geburt überzeugter Nichttänzer und wird es auch für den Rest seines Lebens bleiben.

Eine Stunde lang wird geschnipst, gehüftkreist und gehüpft, dann stoppt die Musik, weil das Essen aufgetragen wird: Mindestens dreißig Kellner schieben große Metallgestelle in den Saal, auf denen sich vorbereitete Teller mit Reis und gigantischen Fleischbergen befinden. Als eine halbe Stunde später die Teller leer gegessen sind, sehe ich zu meinem Entsetzen, wie mein Vater in Richtung Bühne marschiert. Ich ahne Schlimmes und kann nichts dagegen tun – es ist wie in einem Bond-Film, wenn 007 gefesselt ist und mit ansehen muss, wie der Oberschurke die Welt zerstört. Mit dem Unterschied, dass James Bond im Gegensatz zu mir die Katastrophe in der letzten Sekunde abwenden kann. Mein Vater ergreift das Mikrofon und räuspert sich eine halbe Minute lang, während er diverse Zettel sortiert – dann nimmt das Unheil seinen Lauf:

»Liebe Hochzeitsgäste. Benim adım Rigobert. Das bedeutet: Mein Name ist Rigobert. Da ich noch ganz am Anfang meiner Bemühungen um die türkische Sprache stehe, war ich leider gezwungen, auf diese klischeehafte Begrüßungsformel zurückzugreifen, und muss den Rest meiner gut zwanzigminütigen Rede nun auf Deutsch halten.«

Zwanzig Minuten? O neeeeeeiiiiiiiiiiiiiiiiiiiinnnnnnnnnn!!!!

»Zunächst einmal möchte ich darauf hinweisen, dass, obwohl die Türken bekanntlich nicht zu den verfolgten Minderheiten im Dritten Reich gehörten, ...«

Mist, jetzt habe ich nicht gestoppt. Dabei waren es höchstens zwanzig Sekunden, das wäre neuer Rekord bei Festreden!

»... mir bewusst ist, dass die muslimische Minderheit in Deutschland zum Teil erheblichen Diskriminierungen ausgesetzt wird ...«

Da ist es, das Moslem-Thema. Das ist mein Stichwort! Mein Magen krampft sich zusammen: Die Zeremonie war eine sympathische kleine Lüge für die Familie. Jetzt wird es Zeit für die Wahrheit. Ich stürme auf die Bühne und nehme meinem Vater das Mikrofon aus der Hand:

»Entschuldigung, Rigobert, aber ich muss eine kurze Zwischenansage machen.«

Mein Vater schaut mich irritiert und leicht beleidigt an.

»Tja, da mein Vater das Thema gerade angeschnitten hat, möchte ich euch jetzt noch etwas mitteilen.«

Alle schauen mich erwartungsvoll an. Ich kann meinen Puls hören – er hat den Takt von Speed-Metal angenommen. Was ist der Preis meiner Ehrlichkeit? Bald werde ich schlauer sein. Mein Mund wird trocken.

»Ich möchte zunächst einmal betonen, wie dankbar ich dafür bin, dass mich die Familie Denizoğlu und die gesamte Verwandtschaft so herzlich aufgenommen haben. Allerdings gibt es etwas, das mich in den letzten Tagen gequält hat, und zwar ... also, ich habe euch nicht die Wahrheit gesagt. Und die Wahrheit ist: Ich bin kein Moslem.«

Totenstille im Saal – nur das Gurren einer Taube, die sich in den Saal verflogen und in einer orangen Tüllbahn verheddert hat, ist zu hören.

»Und außerdem bin ich auch kein Kriegsheld.«

In die Augen meines Vaters tritt eine völlige Leere. Offensichtlich kann er meine Sätze nicht in das ihm bekannte Universum einordnen. Aber das ist mir im Moment egal:

»Die Urkunde war ein Gag, den sich meine Kollegen ausgedacht haben.«

Ich höre Karls Lache und sehe ihn an einem Tisch mit Ulli, Lysa, Kleinmüller und Emine. Ansonsten eisiges Schweigen. Hunderte Türken starren mich ungläubig an. Ich schaue zu Aylin, die mir zulächelt und aufmunternd nickt, obwohl auch sie angespannt ist. Ich weiß nicht mehr, was ich sagen soll, und gebe das Mikro meinem Vater zurück, der verwirrt hineinstammelt:

»Nun, das ... äh ... was ... also ... Kriegsheld?«

In diesem Moment sehe ich, dass Cem zur Bühne kommt. Will er seine Hochzeit ankündigen? Diesmal ist er es, der meinem verdutzten Vater das Mikro aus der Hand nimmt:

»Ich habe euch auch etwas zu sagen. Eigentlich wollte ich jetzt meine Verlobung mit Fatma bekannt geben. Aber Daniels Mut hat auch mir Mut gemacht, zur Wahrheit zu stehen. Und die Wahrheit ist: Ich bin schwul.«

Fassungslosigkeit im Saal. Chrístos schreit spitz auf und zieht die Blicke auf sich. Herr und Frau Denizoğlu strahlen eine ähnliche Begeisterung aus wie beim Nacktauftritt von Ingeborg Trutz. Aber Cem ist noch nicht fertig.

»Und ich habe eine Beziehung mit einem Griechen.«

Frau Denizoğlu sackt ohnmächtig in sich zusammen und kommt erst wieder zu sich, als ihr Mann eine halbe *Kolonya*-Flasche in ihr Gesicht gespritzt hat. Ihre Schnappatmung ist außer der kreischenden Taube, die jetzt von einem Tüllschleier umhüllt auf das Schlagzeug kracht, das einzige Geräusch im Saal. Die Zeit dehnt sich. Es scheint wie die Ruhe vor dem Sturm, die nur von Oma Berta kurz unterbrochen wird:

»Warum sind denn alle so ruhig? Ist schon wieder Fliegeralarm?«

Weiterhin angespannte Stille. Ich habe keine Ahnung, was hier gleich losbricht. Als ich gerade fürchte, dass der dritte Weltkrieg in diesem Saal seinen Anfang nehmen könnte, fängt irgendwer lauthals an zu lachen. Dann stimmen mehrere mit ein. Schließlich lacht der ganze Saal. Cem kann es nicht fassen:

»Nein, ehrlich. Ich bin schwul, und mein Freund ist Grieche.«

Es folgen geradezu hysterische Lachstürme. Cem und ich gucken uns ratlos an. Aylin zuckt mit den Schultern und fängt dann auch an zu kichern. Onkel Mustafa stürmt auf die Bühne und reißt das Mikro an sich:

»Und ich wurde entführt von Außerirdischen.«

Jetzt ist der Saal nicht mehr zu halten. Ohrenbetäubende Lacher, Pfeifen und Applaus. Ich beginne zu begreifen. Ein Outing braucht zwei Seiten: eine, die sich outet, und eine, die dafür bereit ist.

Als sich das Lachen langsam wieder beruhigt, nimmt mein Vater das Mikrofon wieder an sich und wirkt verwirrt:

»Nun, ich nehme an, dass das Sich-Outen auf Hochzeiten eine türkische Tradition darstellt, die mir allerdings bis heute nicht ... äh ... aber um auf mein Thema zurückzukommen: Gerade aufgrund unserer Geschichte als Deutsche bin ich, also sind *wir*, also Erika und ich ... wobei das ›Wir‹ in diesem Falle einen Gesinnungskonsens in dieser historisch so wichtigen Frage ausdrücken soll und nicht etwa das blinde Verschmelzen der Meinung innerhalb einer Ehe, wie es in unemanzipierten Verhältnissen ... egal. Auf jeden Fall ... äh, tut mir leid, ich bin ein bisschen verwirrt, von äh ... Daniel, warum hast du gesagt, dass du kein Moslem bist? Egal, zurück zum Thema ...«

Niemand hört meinem Vater zu. Überall wird jetzt aufgeregt getuschelt. Plötzlich brechen an einem der Familientische wilde Diskussionen los. Offensichtlich hat sich irgendeine Tante neben irgendeine andere Tante gesetzt, die mit ihr nicht mehr spricht. Innerhalb von Sekunden bilden sich Fronten, und ein Tumult entsteht: Mehrere Männer wollen schlichten und geraten dabei aneinander, werden von anderen Männern festgehalten, die dann ihrerseits aufeinander losgehen wollen. Mein Vater kriegt von alldem nicht mal ansatzweise etwas mit:

»... und obwohl Hitler eine gewisse Sympathie für Atatürk und die Türkei gehegt hat, sehe ich die Ehe zwischen Daniel und Aylin nicht in dieser Tradition, sondern, äh, in einer neuen Form der deutsch-griechischen Freundschaft ... also, äh ... ich meine natürlich die deutsch-*türkische* Freundschaft ... nun ja ...«

Die Aufmerksamkeit von Herrn Denizoğlu ist zu 100 % von der drohenden körperlichen Auseinandersetzung am Familientisch absorbiert, sodass er den Griechen-Fauxpas erst beim gemeinsamen Anschauen der Hochzeits-DVD zu sehen bekommen wird – ich freue mich jetzt schon drauf. Als der erste Mann gegen einen Tisch geschubst wird und mehrere Teller krachend auf dem Boden landen, riecht es nach Massenschlägerei, bis Aylins Cousine Gül zur Bühne rennt und mittlerweile die Vierte ist, die meinem verdutzten Vater das Mikro aus der Hand reißt:

»Wir müssen schnell in die Uniklinik – meine Mutter hatte einen Rückfall.«

Nach einer kurzen Schrecksekunde stürmen gut 400 der 1200 Hochzeitsgäste unter hysterischem Gezeter zum Ausgang und rennen sich dabei fast gegenseitig über den Haufen. Die Kaffeesatzlese-Emine, die ihre gut neunzig Kilo in ein viel zu enges grünes Satinkleid gezwängt hat, lässt eine Mischung aus Sorge und Triumph vernehmen:

»Ich habe gewusst ... Ich habe gewusst.«

Ich schaue Aylin fragend an, sie nickt besorgt – auch wir gehen. Als wir am Tisch meiner Eltern vorbeikommen, sehe ich, dass meine Mutter das Treiben ebenso fasziniert beobachtet wie Ingeborg Trutz und Dimiter Zilnik, der sich bereits Notizen macht. Mein Vater steht hilflos mit dem Mikro auf der Bühne:

»Nun ja ... Also, manchmal, da ... äh ... treten unvorhergesehene Ereignisse ein und machen eine geplante Rede ... äh, eigentlich überflüssig. Lassen Sie mich dennoch zu meinem Hauptgedanken zurückkehren ...«

In diesem Moment drückt einer der Musiker auf sein Keyboard,

und das türkische Eurovisions-Gewinner-Lied von 2003 *Everyway that I can* dröhnt in ohrenbetäubender Lautstärke los. Eine Zehntelsekunde später ist die Tanzfläche voll. Ich brülle Aylin ins Ohr:
»Was meinst du? Soll ich bei unseren Gästen bleiben, und du fährst ins Krankenhaus?!«
»Entscheide du. Du bist der Boss.«
»Tja, also, ich bin nicht ganz sicher, was jetzt ...«
»Okay, du kommst mit.«
»Okay.«

Mir wird endgültig klar, dass ich zwar offiziell der Boss bin, dass dieser Titel aber nie auch nur ansatzweise eine inhaltliche Bedeutung hatte, hat oder haben wird. Es hört sich einfach nur gut an. Aber das ist ja auch was Feines.

Als Aylin und ich den Saal verlassen, sehe ich, dass mein Vater mit einer wegwerfenden Handbewegung von der Bühne geht und daraufhin von einer Frau in einem rosaroten Glitzerkleid auf die Tanzfläche gezerrt wird. Aylin und ich eilen zur Limousine und fahren – mal wieder – zur Uniklinik.

46
*26 Stunden, 45 Minuten nach der echten und
2 Stunden nach der Fake-Hochzeit.*

Bis vor einer Viertelstunde war Aylin der Mittelpunkt des Abends – jetzt ist sie genau wie ich Teil einer Menge von 400 hysterisch-besorgten Türken, die sich durch die viel zu kleine Eingangstür des Herzzentrums quetscht. Ich werde mit einem solchen Druck an Onkel Mustafa gepresst, dass ich mit meinem Brustkorb seinen Puls messen kann. Da dieser mindestens 180 beträgt, versuche ich ihn ein wenig abzulenken:
»Das war gut eben. Von Außerirdischen entführt ... Super-Idee.«
»Was heißt Idee? Ich wurde wirklich entführt von Außerirdischen.«
»Ah. Ach so. Ja dann, äh ... Okay.«

Als wir endlich im Foyer sind, stürmt Aylins Familie die Treppe hoch, während ich – offenbar habe ich meinen deutschen Ordnungssinn doch noch nicht überwunden – mich erst mal zum Info-Schalter begebe. Dort sitzt zu meiner großen Überraschung: Hermann Töller.
»Herr Töller – waren Sie nicht gerade noch bei unserer Hochzeitsfeier?«
»Tja, isch hab Dienst ab 22 Uhr, da musste isch schon nach zehn Efes weg. Aber dat ihr extra für misch die Feier verlegt – dat wäre doch nit nötisch jewesen. Hahaha, kleiner Spaß, muss auch mal sein.«
»Wo liegt denn Frau Kılıçdaroğlu jetzt?«
»Wer ist denn Frau Kılıç ... ach, Sie meinen Tante Emine?!«

»Ja.«

»Zimmer 347. Aber isch glaube, da kommense heute schwerer rein als in die Lachende KölnArena ... Wobei, da kann isch Ihnen noch Karten besorgen, kein Thema, weil mein Schwager, der Willibert, der kennt ja den Jupp von den Roten Funken, und der ist mit dem Schlagzeuger der Höhner befreundet, dem Janus Fröhlisch ...«

Ich zucke mit den Schultern und eile in den dritten Stock, wo ich nicht lange nach dem Zimmer suchen muss, weil der Gang voller Familienmitglieder ist und es weder vor noch zurück geht. Aylin steckt zehn Meter näher am Zimmer zwischen ihrem Vater und Tante Ayşe fest, während ihre Mutter ihr von hinten *Kolonya* in den Nacken spritzt.

Aylins Cousine Ayşe sieht uns:

»Aylin, Daniel – Tante Emine will euch sehen.«

Nun teilt sich die Familie vor uns wie das Rote Meer vor Moses, und unzählige Arme schieben uns zu Zimmer 347. Es ist ein surreales Erlebnis, in einem sterilen engen Korridor durch eine hysterische türkische Hochzeitskostümparade geschoben zu werden. So ungefähr müssen sich die Pferde im Kölner Rosenmontagszug fühlen. Als Aylin und ich das Zimmer betreten, verlassen Emines Töchter Orkide und Gül sowie ihr Sohn Kenan sofort den Raum und lassen uns mit ihrer Mutter allein. Aylin stürzt besorgt zu ihrer Tante:

»Teyze, ne oldu? Nasılsın? Ben çok korktum!«*

Tante Emine lächelt milde.

»Mache keine Sorgen, Kinder! Setzt euch.«

Aylin und ich nehmen uns zwei Stühle und platzieren uns neben dem Bett. Tante Emine nimmt Aylins Hand:

»Meine Kinder, ich kenne unsere Familie. Macht immer viel Stress. Und waren alle sehr aufgeregt wegen meine Herzinfarkt, deshalb noch mehr Stress. Dann ich habe zu Gül gesagt: Wenn gibt Problem auf Hochzeit, du musst sagen, ich habe Rückfall, damit alle werden wieder vernünftig.«

---

* Tante, was ist passiert? Wie geht es dir? Ich habe solche Angst gehabt!

Ich bin fassungslos:
»Also hast du gar keinen Rückfall?«
»Nein.«
»Aber die Familie macht sich große Sorgen.«
»Werden schon sehen, dass ich sterbe nicht. Ist gut, wenn machen sich bisschen Sorgen, dann sehe ich, ich bin nicht egal für sie.«

Tante Emine lacht. Aylin seufzt erleichtert und weint:
»Seni çok seviyorum Teyze.«*

Ich weiß nicht genau, warum, aber auch meine Augen werden feucht:
»Danke, Tante Emine, dass du für uns einen Rückfall vorgetäuscht hast. Ich bin mir zwar nicht sicher, ob ich deine Methode weiterempfehlen kann, aber ich weiß, du hast es für uns getan.«

Nachdem Tante Emine meine Wange geschüttelt und mein Kinn gezwickt hat, nimmt sie meine Hand:
»Daniel ... Mein Kinder haben erzählt, dass du hast gemacht Witz auf Hochzeitsfeier. Hast gesagt, du bist kein Moslem. Sag mal ... bist du jetzt Moslem oder nicht?«

Ich lächle Tante Emine an. Ich spüre, dass sie mich in ihr Herz geschlossen hat. Als Moslem? Oder als Daniel? Ich gucke ihr tief in die Augen.
»Ist das wirklich wichtig?«
Sie drückt meine Hand fester.
»Nein.«

Vor dem Zimmer hat sich die Familie inzwischen ein wenig beruhigt, weil die Kaffeesatzlese-Emine gerade im Kaffeesatz gelesen hat, dass Herzinfarkt-Emine außer Gefahr ist. Trotzdem steht ihnen der Schock noch in die Gesichter geschrieben.

Als ich am Ende des Korridors Prof. Dr. Meyer erblicke, denke ich, dass es nicht schaden kann, wenn auch er die Wahrheit erfährt. Ich kämpfe mich zu ihm durch:
»Prof. Dr. Meyer? Ich wollte nur sagen, dass Frau Kılıçdaroğlu ... also sie hat nur ...«

---

* Ich liebe dich sehr, Tante.

Plötzlich denke ich: Er ist Arzt. Er wird die Wahrheit schon selbst herausfinden. Aylins Familie hat bisher mit ihrem Verhalten überlebt, und ich kann das auch einfach mal so stehen lassen. Prof. Dr. Meyer erkennt mich nicht wieder und schaut mich irritiert an:
»Gehören Sie zur Familie?«

Also was jetzt? Gehöre ich zu diesen Menschen? Die einen Herzanfall vortäuschen, um einen Streit zu beenden? Die die Zufahrt zum Krankenhaus blockieren, um schneller bei ihrer Tante zu sein? Die innerhalb einer Zehntelsekunde hysterisch werden können und für die die Wahrheit nicht mehr ist als eine mögliche Option unter vielen? Vor einer Woche konnte ich diese Frage nicht beantworten.

Aber jetzt sehe ich Aylin, die mir verliebt zulächelt. Ich sehe, wie sich Frau Denizoğlu zum hundertsten Mal eine Ladung *Kolonya* ins Gesicht klatscht, und muss an die innige Umarmung von vorhin denken; und dass sie mich als ihren Sohn bezeichnet, obwohl sie meinetwegen die Schamhaare von Ingeborg Trutz sehen musste. Dann fällt mein Blick auf Herrn Denizoğlu und Onkel Abdullah, die sich gegenseitig aufmunternd auf den Rücken klopfen und mir dann mit traurigem Blick zulächeln. Ich schaue auf Aylins Bruder Cem, auf die Cousinen, Cousins, Tanten und Onkel, die aus einem einzigen Grund heute hier sind: Sie sind eine Familie. Sie sind zwar bescheuert und treiben sich gegenseitig in den Wahnsinn, aber in der Krise halten sie zusammen.

Vielleicht werde ich sie niemals zu 100 % verstehen. Vielleicht werden auch sie nie ganz begreifen, was ich denke und fühle. Warum ich meine Zlatko-Skala brauche, gelegentlich mit der Stimme von Udo Lindenberg rede und Angst habe, meine eigene Unterschrift nicht hinzukriegen, wenn sie bei einer EC-Cash-Zahlung verlangt wird.

Aber ich habe mit diesen Menschen ein seltsames Weihnachtsfest, zwei Hochzeitsabsagen, einen Herzinfarkt, mehrere Nahtoderfahrungen im Auto, eine Dimiter-Zilnik-Inszenierung, die Rede meines Vaters, mein Outing als Nicht-Moslem und Nicht-Kriegsheld, Cems Outing als schwuler Liebhaber eines Griechen, eine

Prügelei und einen vorgetäuschten Rückfall überstanden, und wir lieben uns immer noch – was bitte kann uns jetzt noch erschüttern?

Ich weiß, jeder Tag mit ihnen wird ein Abenteuer werden. Es wird nicht alles so laufen, wie ich es mir wünsche. Es wird auch nicht alles so laufen, wie sie sich das wünschen. Aber geht es nicht auch darum in der Liebe? Dass man Unterschiede zulässt und nicht versucht, den anderen zu verbiegen?

Ich lächle Aylin zu und wende mich wieder an Prof. Dr. Meyer. Meine Stimme ist klar und selbstsicher, als ich sage:

»Die Antwort ist ›ja‹. Ja, ich gehöre zur Familie.«

ENDE

Danke

An erster Stelle will ich mich von ganzem Herzen bei meiner Frau Hülya bedanken. Wenn man als Autor eine Türkin mit Dramaturgieausbildung heiratet und dann Romane über die türkische Kultur schreibt, könnten einem missgünstige Menschen Berechnung unterstellen. Zumal Hülya mit einer seltenen Kombination aus Fachverstand, Liebe, guten Ideen und Instinkt meine wertvollste Beraterin war und ist. Sie besitzt außerdem die Gabe, den Finger immer genau in die Wunde zu legen, wofür man sie im ersten Moment umbringen, aber nur wenige Minuten später küssen will. Außerdem hat sie jeden Gag als Erste gehört und meine Arbeit durch zahlreiche Lachanfälle zu einem Vergnügen gemacht. Ohne sie würde es dieses Buch nicht geben. Aber ich schwöre: Als ich mich in sie verliebte, hatte ich keine Hintergedanken.

Ein großer Dank gilt meinem Lektor Martin Breitfeld. Niemand auf diesem Planeten kann Kritik so vorsichtig formulieren und doch exakt dort eingreifen, wo es nötig ist. Wenn irgendein Mensch das Zeug hat, den Nahostkonflikt zu lösen, dann er.

Außerdem danke ich Juliane Schindler für ihre Korrekturen und dem gesamten Team von Kiepenheuer & Witsch. Besonders erfreulich fand ich wieder einmal die Zusammenarbeit mit der Grafik-Abteilung, die in der Cover-Frage sehr flexibel reagiert hat.

Heike Schmidtke vom Argon Verlag hat ebenfalls wertvolle Hinweise geliefert. Danke!

Für seine dramaturgischen Tipps bedanke ich mich bei Roger Schmelzer und fordere hiermit jeden Produzenten oder Redakteur, der das liest, auf, Herrn Schmelzer unverzüglich um Rat zu fragen. Der deutsche Film könnte so viel besser werden!

Außerdem danke ich meinen Freunden Dietmar Jacobs und Thomas Lienenlüke, die mich in Momenten des Zweifels an meine Stärken erinnert haben. Teilweise sogar mit den Stimmen von Jochen Busse und Willy Brandt.

Ich danke auch meiner türkischen Familie, die mich – größtenteils freiwillig – inspiriert hat. Ich möchte aber darauf hinweisen, dass die Figuren im Roman fiktiv und frei erfunden sind. Das gilt ganz besonders für Schwager Cem.

Ebenfalls herzlicher Dank an meine Eltern, die mich stets zum Quatschmachen ermutigt haben und meinen Humor selbst dann noch fördern, wenn sie selbst zur Zielscheibe werden; aber auch an meine Tanten Ilse und Helli, die mich immer unterstützen.

Einige Menschen haben ihr Talent und Wissen als Heiler besonders liebevoll bei mir angewendet und mir so ermöglicht, das Roman-Projekt in physischer und geistiger Gesundheit zu bewältigen. Um es mit *Herr der Ringe* zu sagen: Meine Verbündeten im Kampf gegen die dunklen Mächte von Mordor: Anke Berger von Oesen, Anke Doll, Ardalan Schamlu, Natascha Lobisch und Thomas Roth.

Meine Agenten Barbara Schwerfel und Ralf Remmel halten mir immer den Rücken frei, sodass ich mich mit Buchstaben beschäftigen darf und nicht mit Zahlen. Danke!

Und schließlich danke ich den vielen Lesern von *Macho Man*, die mich durch ihre positiven Rückmeldungen ermutigt haben, weiterzuschreiben.

Wie immer habe ich Angst, jemanden vergessen und damit verletzt zu haben. Deshalb bin ich gerne bereit, meine Danksagung handschriftlich zu ergänzen:

Ich bedanke mich besonders herzlich bei

und entschuldige mich, dass ich sie/ihn (Unzutreffendes bitte streichen) vergessen habe.

Köln, 15. 11. 2011
Moritz Netenjakob

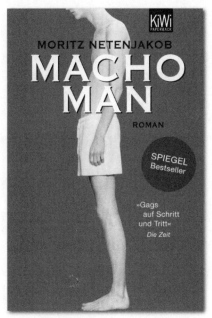

Moritz Netenjakob. Macho Man. Roman. Taschenbuch
Verfügbar auch als eBook

So fing alles an: Von den 68ern erzogen, lebte er dreißig Jahre als Weichei. Jetzt verliebt er sich in eine Türkin. Aber wie überlebt ein Frauenversteher in einer Welt voller Machos?

»Herrliche Charaktere, blasierte Intellektuelle, vitale Migranten, männliche Frauen und weibliche Männer. Geballte Situationskomik und akribische Beobachtungen machen ›Macho Man‹ zu einem Tipp-Deluxe!« *Michael Gantenberg*

»Eine kleine Sensation! Klein im Sinne von doch eher groß.« *Bastian Pastewka*

www.kiwi-verlag.de

Detlef Dreßlein. Türkisch für Anfänger. Roman. Basierend auf dem Drehbuch von Bora Dagtekin. Taschenbuch

Was ist schlimmer als ein Urlaub mit einer berufsjugendlichen Single-Mutter in der Midlife-Crisis? Natürlich mit einem türkischen Macho auf einer einsamen Insel zu stranden! So schlimm hat sich selbst Pessimistin Lena Schneider (19) ihren Urlaub nicht vorgestellt. Denn mitten im Indischen Ozean stürzt das Flugzeug ab. Ein Clash der Kulturen und der Egos beginnt, bei dem es ums Überleben geht und vor allem um die erste große Liebe.

www.kiwi-verlag.de

Kirsten Ellerbrake. Guten Morgen, Revolution - du bist zu früh! Roman. Taschenbuch. Verfügbar auch als eBook

Als ihre Tochter Charlie wegen der Blockade des Castortransports verhaftet wird, ist Nora fassungslos: War sie nicht gerade selbst noch zwanzig und voll und ganz damit beschäftigt, die Welt zu retten?
Eine liebevolle Annäherung zwischen Mutter und Tochter, eine unterhaltsame Zeitreise durch die Achtziger im WG-Milieu, das Revival einer alten Liebesgeschichte – turbulent, lustig und klug.

Ausführliche Leseprobe unter: www.kiwi-verlag.de

Mark Welte. In die Füße atmen. Roman. Taschenbuch.
Verfügbar auch als eBook

Jan und Lina träumen von ganz unterschiedlichen Dingen: Er von ihr – und sie von der Schauspielschule. Als Lina den Sprung auf die Schauspielschule schafft, ergattert auch Jan dort einen Platz. Stück für Stück kämpft er sich an seine große Liebe heran. Und dabei kann er alles brauchen, was er auf der Schauspielschule lernt: Fechten, Flirten und in die Füße atmen.

www.kiwi-verlag.de